Marcus Sakey
Eine bessere Welt

amazon crossing

Das Buch

Mit den Genialen hat sich alles geändert.

Seit 1980 kommt ein Prozent aller Kinder mit Gaben auf die Welt, von denen wir bis dahin nur träumen konnten. Sie können die intimsten Geheimnisse eines Menschen wahrnehmen, Börsenbewegungen voraussagen oder sich fast unmerklich fortbewegen. Seit dreißig Jahren wächst die Kluft zwischen diesen außergewöhnlichen Menschen … und uns anderen.

Nun hat ein von Genialen organisiertes Terrornetz drei Städte lahmgelegt. Die Regale der Supermärkte sind leer, Notrufe werden nicht beantwortet, Menschen werden bei lebendigem Leib verbrannt.

Nick Cooper kämpft seit jeher darum, dass seine Kinder einst in einer besseren Welt leben können. Selbst ein Genialer, ist er auch Berater des US-Präsidenten und gegen alles, wofür die Terroristen stehen. Doch während Amerika in einen verheerenden Bürgerkrieg schlittert, muss Cooper sich auf ein Spiel einlassen, das er nicht verlieren darf. Denn seine Gegner haben ihre eigene Vorstellung von einer besseren Welt.

Der Autor

Marcus Sakeys Thriller wurden für unzählige Preise nominiert, unter anderem für den Edgar und zweimal für den ITW Thriller Award. Sein Roman »Im Augenblick der Angst« wurde mit James Franco und Kate Hudson verfilmt.

Für die Recherche zu seinen Thrillern hat Marcus Sakey schon Gang-Cops bei der Arbeit begleitet, mit Scharfschützen trainiert, eine Leichenhalle besucht, Flugzeuge gesteuert und gelernt, Schlösser zu knacken. Der Autor ist außerdem Moderator der beliebten Reisesendung *Hidden City* auf dem Travel Channel, in der er regelmäßig mit Pfefferspray eingesprüht und von Hunden attackiert wird. Marcus Sakey lebt mit Frau und Tochter in Chicago.

MARCUS SAKEY

Eine bessere Welt

Thriller

Aus dem Amerikanischen von Olaf Knechten

amazon crossing

Die Originalausgabe erschien 2014 unter dem Titel
»A Better World« bei Thomas & Mercer, Las Vegas.

Deutsche Erstveröffentlichung bei
AmazonCrossing, Amazon Media E.U. Sàrl
5 Rue Plaetis, L-2338, Luxembourg
Juni 2015

Umschlaggestaltung: bürosüd° München, www.buerosued.de
Lektorat: Dirk Müller
Korrektorat: Sonja Rose
Satz: Monika Daimer, www.buch-macher.de

Printed in Germany
By Amazon Distribution GmbH
Amazonstraße 1
04347 Leipzig, Germany

ISBN: 978-1-503-94623-1

www.amazon.com/crossing

Für meinen Vater, der mir beigebracht hat,

was es heißt, ein Mann zu sein.

Etwas Kaltes, Nasses klatschte Kevin Temple ins Gesicht und brachte ihn wieder zu sich.

Er war die ganze Nacht gefahren, auf seiner Stammroute nach Indiana, wo er frisches Gemüse geholt hatte. Eine Viertelstunde, nachdem er das Depot in Cleveland verlassen hatte, hatte er plötzlich dieses schale Gefühl gehabt. Zu viel Kaffee, mit dem er zu viel Beef Jerky runtergespült hatte. Eigentlich hätte er richtig Lust auf einen doppelten Cheeseburger gehabt, doch auch wenn ein Rettungsring um die Hüften bei Truckern nichts Ungewöhnliches war, war er stolz darauf, mit seinen neununddreißig Jahren nur fünf Kilo mehr zu wiegen als in der Highschool.

Als plötzlich hinter ihm heulende Lichter die Dunkelheit zerrissen, schreckte er zusammen und fluchte. Vielleicht war er leicht weggetreten und hatte zu heftig aufs Gas gedrückt … aber nein, der Tacho zeigte hundert Stundenkilometer an. Er war zwar müde, aber von der Spur abgekommen war er auch nicht. Ein kaputtes Rücklicht? Es war schon nach vier Uhr morgens, vielleicht hatten die Cops einfach Langeweile.

Kevin fuhr auf den Seitenstreifen. Er gähnte und reckte sich, dann schaltete er das Licht in der Kabine an und ließ das Fenster runter. In einer Woche war Thanksgiving. Die kalte Luft tat gut.

Der Staatspolizist war schlank, in mittleren Jahren und hatte etwas Grimmiges an sich. Seine Uniform war gestärkt und der Hut verbarg seine Augen. »Wissen Sie, warum ich Sie angehalten habe?«

»Nein, Sir.«

»Steigen Sie bitte aus.«

Es musste ein defektes Rücklicht sein. Manche Cops stießen einen gern mit der Nase drauf. Kevin zog den Führerschein aus seiner Brieftasche, griff sich Ladeliste und Zulassung, öffnete die Tür und stieg hinunter. Ein zweiter Polizist war dazugekommen.

»Bitte halten Sie die Hände so, dass ich sie sehen kann.«

»In Ordnung«, sagte Kevin und reichte dem Cop die Papiere. »Worum geht's denn, Officer?«

Der Polizist hielt den Führerschein hoch und schaltete eine Taschenlampe ein. »Mr ... Temple.«

»Ja, Sir.«

»Sie sind nach Cleveland unterwegs?«

»Ja, Sir.«

»Fahren Sie diese Strecke regelmäßig?«

»Zwei-, dreimal die Woche.«

»Und sind Sie ein Freak?«

»Hä?«

»Sind Sie ein Abnormer?«

»Worauf wollen Sie ... Warum wollen Sie das wissen?«

»Beantworten Sie einfach die Frage. Sind Sie ein Abnormer?«

Es war so ein Moment, in dem er wusste, was er eigentlich tun *sollte*. »Sollte« im idealistischen Sinne. Er sollte sich weigern zu antworten. Er sollte diesem engstirnigen Cop einen Vortrag darüber halten, dass die Frage seine Bürgerrechte verletzte. Diesem Idioten sagen, er soll die Klappe halten und nicht mit solchen Ausdrücken wie »Freak« um sich werfen.

Aber es war vier Uhr morgens, die Straßen waren leer und er war müde. Und manchmal gewann einfach das, was man gewillt war zu tun, gegenüber dem, was man tun sollte, die Oberhand. Also verkündete er einfach nur mit leicht trotziger Stimme: »Nein, ich bin kein Genialer.«

Der Polizist starrte ihn kurz an, dann hielt er ihm plötzlich die Taschenlampe ins Gesicht. Kevin zuckte zurück, kniff die Augen zusammen und sagte: »He, Mann, ich kann nichts sehen.«

»Ich weiß.«

Aus dem Augenwinkel konnte er sehen, wie der andere Cop einen Gegenstand hochhielt, der knisternd blaue Funken versprühte. Dann traf ein Blitz Kevin Temple mitten in die Brust. Sofort verkrampfte sich jeder einzelne seiner Muskeln und er hörte, wie seinem Mund ein Schrei entwich, und sah nur noch Sterne, während Nadeln sich in seine Brust bohrten.

Als der Schmerz schließlich nachließ, brach er zusammen. Die Gedanken entglitten ihm immer wieder und er hatte Mühe zu begreifen, was geschehen war. Der Boden war kalt. Und bewegte sich. Nein, er selbst bewegte sich, wurde über den Boden gezerrt. Und seine Hände waren auf dem Rücken. Irgendetwas hielt sie zusammen.

Dann klatschte ihm die Flüssigkeit ins Gesicht. Sie war so kalt, dass er scharf die Luft einsog und dabei ein wenig Flüssigkeit in den Mund bekam. Sie schmeckte scheußlich. Eine beißende, chemische Substanz, deren Geschmack ihm fremd war, doch den Geruch kannte er nur zu gut. In diesem Moment verdrängte Panik die letzten Spuren des Schmerzes, denn er lag am Straßenrand, Handschellen um die Handgelenke, und wurde mit Benzin überschüttet.

»Oh Gott, bitte, bitte, nein, bitte nicht …«

»Schhh.« Der grimmig aussehende Polizist hockte sich neben ihn. Sein Partner hielt den Kanister mit der Öffnung nach unten und goss rückwärts laufend eine Benzinspur. »Ruhig jetzt.«

»Bitte, Officer, bitte …«

»Ich bin kein Polizist, Mr Temple. Ich bin …« Er zögerte. »Man könnte sagen, ich bin Soldat. In der Armee Darwins.«

»Ich tue, was Sie wollen. Ich habe ein bisschen Geld. Sie können alles haben …«

»Seien Sie still und hören Sie zu, okay?« Der Ton des Manns war bestimmt, aber nicht barsch. »Hören Sie zu?«

Kevin nickte heftig. Überall war Benzin, brannte ihm in Nase und Augen, während es sich im Gesicht und an seinen Händen eiskalt anfühlte.

»Es hat nichts mit Ihnen persönlich zu tun oder damit, dass sie ein Normaler sind. Es tut mir auch aufrichtig leid, dass wir es auf diese Weise tun müssen. Doch im Krieg gibt es keine Unbeteiligten.« Kurz sah es so aus, als wollte er noch etwas hinzufügen, doch dann stand er auf.

Die nackte Angst, mächtiger, als er sie je verspürt hatte, machte sich in Kevin Temple breit, drückte ihn aus sich heraus und streifte ihn sich über wie einen Anzug. Er wollte heulen, betteln, schreien, wegrennen, doch er fand keine Worte, seine Zähne klapperten, seine Hände waren gefesselt, seine Beine wie Gummi.

»Falls es Sie tröstet, Sie sind jetzt Teil einer großen Sache. Ein wesentlicher Teil des Plans.« Der Soldat rieb ein Streichholz an einer Schachtel. Einmal, zweimal. Es entzündete sich und flammte auf. Das leuchtend gelbe Flackern spiegelte sich in seinen Augen. »Es geht uns um eine bessere Welt.«

Dann ließ er das Streichholz fallen.

DREI WOCHEN ZUVOR

KAPITEL 1

Die Arme hochgereckt, die leeren Hände offen, stand Cooper da. Er war sich genau bewusst, wie viele Waffen auf ihn gerichtet waren, und dachte an all das, was schiefgelaufen war.

Es war ein ereignisreicher Monat gewesen. Ein ereignisreiches Jahr. Sechs Monate hatte er verdeckt gearbeitet, war von seinen Kindern getrennt gewesen, um den meistgesuchten Mann Amerikas aufzuspüren. Doch als er John Smith gefunden hatte, hatte Cooper entdeckt, dass alles, was er geglaubt hatte, auf Lügen aufbaute. Dass seine Behörde nicht nur im Verborgenen arbeitete, sondern korrupt war und von einem Mann geleitet wurde, der für seine eigenen Ziele einen Krieg schürte.

Seine Entdeckung hatte dramatische Folgen gehabt, blutige Folgen, vor allem für seinen Vorgesetzten. Die Wochen seitdem hatte er zum Teil damit zugebracht, das entstandene Chaos zu beseitigen, und zum Teil damit, die Beziehung zu seinen Kindern zu kitten.

Heute hätte eigentlich ein ruhiger Tag sein sollen. Seine Exfrau Natalie besuchte mit den Kindern ihre Mutter. Cooper hatte keine Termine, nichts zu erledigen und im Moment auch keinen Job. Er wollte ins Fitnessstudio gehen und dann irgendwo zu Mittag essen. Anschließend vielleicht in ein Café und sich den Nachmittag über in einem Buch verlieren. Abends eine Kleinigkeit zu essen machen, eine Flasche Bourbon knacken, lesen und sich dabei langsam in einen frühen Schlummer trinken. Und dann zehn Stunden durchpennen, weil es ein so seltener Luxus war.

Bis zum Mittagessen ging alles gut.

Linsensuppe und ein Falafel-Sandwich in einem winzigen arabischen Restaurant, das er gern mochte. Cooper saß an einem kleinen Tisch vorn am Fenster, die fahle Novembersonne warf Reflexe auf das Besteck, er schüttete scharfe Soße in seine Suppe, da merkte er, dass er nicht allein war.

Es geschah einfach so. Zuerst war der Stuhl ihm gegenüber leer und im nächsten Augenblick saß sie da. Als wäre sie aus Sonnenlicht entstanden.

Shannon sah gut aus. Nicht einfach gut im Sinne von »gesund und fit«, sondern im Sinne von »da könnte ein Mann auf ganz andere Gedanken kommen«. Sie trug ein eng anliegendes, schulterfreies schwarzes Top, das Haar fiel ihr über die Ohren und sie hatte den Mund zu ihrem typisch schiefen Lächeln verzogen. »Hi«, sagte sie. »Hab ich dir gefehlt?«

Er lehnte sich zurück und betrachtete sie. »Weißt du, als ich dich um ein Date gebeten habe, meinte ich bald, nicht erst einen Monat später.«

»Ich hatte einiges zu erledigen.«

Cooper konnte sie lesen, nahm mehr auf als ihre Worte: die leichte Anspannung des Trapezmuskels, die schnelle Seitwärtsbewegung, die ihre Augen machen wollten, ohne es zu tun, die Alarmbereitschaft, mit der sie den Raum erfasste. *Noch immer die Soldatin und nicht sicher, ob du auf ihrer Seite bist.* Was verständlich war. Er wusste es selbst nicht. »Okay.«

»Nicht, dass ich dir nicht traue …«

»Ich verstehe schon.«

»Danke.«

»Aber jetzt bist du hier.«

»Jetzt bin ich hier.« Sie nahm sich die Hälfte seines Sandwiches. »Also, Nick, was tun wir heute?«

Die Antwort darauf war, wie sich herausstellte, beiden völlig klar, und nachmittags trieben sie es, bis in seiner Wohnung die Bilder von der Wand fielen. Schon komisch, es war erst das zweite Mal, dass sie sich liebten – und das dritte und ein begonnenes viertes Mal –, doch herrschte zwischen ihnen eine Unbefangenheit wie sonst nur zwischen Menschen, die seit Langem vertraut miteinander waren. Vielleicht lag es daran, dass er den ganzen Monat an sie gedacht hatte, darauf geharrt hatte, dass sie auftauchte, und vielleicht war diese Erwartung etwas Ähnliches wie tatsächliches Zusammensein.

Oder vielleicht lag es einfach daran, dass ihre Beziehung in jeder anderen Hinsicht schon kompliziert genug war. Er war ein Abnormer, der von Berufs wegen für die Regierung andere Abnorme gejagt hatte. Und sie war eine Revolutionärin, deren Methoden an Terrorismus grenzten. Verdammt, als sie sich zum ersten Mal begegnet waren, hatte sie eine Knarre auf ihn gerichtet, und nicht zum letzten Mal.

Andererseits hat sie deine Kinder gerettet und dir geholfen, den Präsidenten zu stürzen.

Als Spitzenagent der Analyse- und Einsatzbehörde hatte Cooper seine Karriere damit bestritten, Terroristen dingfest zu machen, meistens noch, bevor sie zuschlagen konnten. Doch einer war ihm immer entkommen – war allen entkommen –, und zwar der gefährlichste. John Smith war eine charismatische Führungspersönlichkeit und ein Meisterstratege. Und man hatte ihm die Ermordung zahlloser Unschuldiger zur Last gelegt.

Nach einem verheerenden Anschlag in New York, dem über tausend Menschen zum Opfer gefallen waren, war Cooper untergetaucht, um als verdeckter Ermittler John Smith zu suchen. Damals hatten er und Shannon sich kennengelernt, anfangs als Todfeinde, dann als widerwillige Kampfgefährten und schließlich als Liebende. Doch als er Smith endlich aufgespürt hatte, hatte der ihm die schreckliche Wahrheit offenbart: Das wahre Ungeheuer war Drew Peters, Coopers Mentor. Den Beweis dafür lieferte eine Videoaufnahme, in der Peters gemeinsam mit dem Präsidenten der Vereinigten Staaten ein Massaker in einem beliebten Restaurant in Capitol Hill plante. Ein politisches Manöver, um das Land zu polarisieren und größere Machtbefugnisse für die Regierung durchzusetzen. Indem sie abnorme Terroristen für den Anschlag verantwortlich machten, konnten Peters und seinesgleichen sich immense Macht und die Befugnis sichern, Geniale zu kontrollieren und sogar zu töten.

Der Preis dafür war lediglich der Tod dreiundsiebzig unschuldiger Menschen gewesen, darunter sechs Kinder.

Als Cooper die Wahrheit entdeckte, entführte Drew Peters, seine Kinder und seine Exfrau, um ihn zu erpressen. Shannon hatte Cooper geholfen, sie zu befreien. Er hatte nicht den geringsten Zweifel, dass seine Kinder ohne sie nicht mehr am Leben wären.

Also ja, die Sache war kompliziert. Er und Shannon waren wie ein Diagramm mit sich überschneidenden Kreisen. Teile von ihnen waren immer außen vor, doch die Schnittmenge, oh Mann.

Der Sex war jedenfalls großartig gewesen, ebenso die Dusche und der Sex unter der Dusche. Und ihre Unterhaltungen waren unkompliziert verlaufen. Sie hatte ihm berichtet, was sie im letzten Monat getan hatte, von ihrer Zeit in New Canaan, der Enklave in Wyoming, in der Abnorme versuchten, eine neue Welt aufzubauen. Sie hatte über die Stimmung dort geredet. Dass die Leute sich Sorgen machten. Sie redeten über die Mikrochip-Kennzeichnung, die im nächsten Sommer beginnen sollte. Die Regierung wollte jedem Abnormen direkt an der Halsschlagader einen Chip einsetzen, mit dem er jederzeit auffindbar war. Beginnen würden sie mit Begabten ersten Grades. Wie Shannon. Und Cooper selbst.

So weit es sich zurückverfolgen ließ, war das Phänomen der Abnormen Anfang 1980 entstanden, jedoch unentdeckt geblieben, bis 1986 eine Studie offenbart hatte, dass aus unbekannten Gründen ein Prozent aller Neugeborenen als sogenannte »Geniale« zur Welt kamen, Menschen mit außergewöhnlichen Fähigkeiten. Diese Gaben waren ganz unterschiedlicher Natur, meist eindrucksvoll, aber harmlos. Etwa die Fähigkeit, große Zahlen zu multiplizieren oder ein Musikstück, das man nur einmal gehört hatte, exakt nachzuspielen.

Andere veränderten die Welt. Wie die strategische Gabe von John Smith, der simultan drei Schachgroßmeister geschlagen hatte … mit vierzehn.

Oder Erik Epsteins Gabe für Datenanalyse, die ihm ein Vermögen von dreihundert Milliarden Dollar eingebracht und den Kollaps der weltweiten Finanzmärkte herbeigeführt hatte.

Oder Shannons Gabe, durch die sie die Welt um sich herum als ein komplexes Gebilde von Bewegungslinien wahrnahm und sich unbemerkt fortbewegen konnte, indem sie immer da war, wo gerade niemand hinschaute.

Cooper selbst hatte die Fähigkeit, bei anderen Menschen Muster zu erkennen – eine Art extrem ausgeprägter Intuition. Er las ihre Körpersprache und erkannte anhand der Muskelbewegungen unter der Haut, was jemand im nächsten Augenblick tun würde. Wenn er die Wohnung einer Zielperson untersuchte, konnte er sich mittels der Bücher im Regal und der Gegenstände auf dem Nachttisch und durch die Art, wie die Kleider im Schrank eingeräumt waren, eine recht genaue Vorstellung davon machen, wohin diese Person fliehen würde. Seine Gabe machte ihn zu einem hervorragenden Jäger. Doch er bezahlte einen hohen Preis dafür, denn all das, was er bei seiner Arbeit gesehen hatte, verfolgte ihn. Ein Elitesoldat zu sein, der verzweifelt versuchte, einen Krieg zu verhindern, war nicht ohne Ironie.

Du bist kein Soldat mehr. Und es ist nicht dein Krieg.

Das versuchte er, sich seit Monaten immer wieder einzureden, doch es gelang ihm nicht.

»Haben sie dich verhört?« Sie saßen jetzt auf der Couch, nackt und wund, in eine Decke gehüllt. Shannon hatte den Kopf an seiner Schulter und spielte mit seiner Brustbehaarung.

»Deine alte Behörde?«

»Ja.«

»Was hast du ihnen über Peters erzählt?«

»Sie haben gar nicht gefragt.«

»Im Ernst? Der Direktor einer AEB-Abteilung fliegt von einem Hochhaus und die stellen keine Fragen?«

»Sie wussten mit Sicherheit, dass ich es war. Aber darum hat sich Quinn gekümmert.« Coopers alter Freund und Partner war in der Nacht damals der Dritte in ihrem Team gewesen. Er hatte die Sicherheitszentrale des Gebäudes gekapert und anschließend sämtliche Spuren beseitigt. »Wenn es eindeutige Beweise gegeben hätte, hätten sie keine Wahl gehabt. Aber so konnten sie einen Skandal vermeiden. Sie haben mir sogar meinen alten Job wieder angeboten.« Er merkte, wie sie sich verspannte. »Keine Angst, ich habe abgelehnt.«

»Du bist also arbeitslos?«

»Das heißt bei uns Freistellung. Offiziell bin ich immer noch Regierungsbeamter, doch ich habe genug für Gott und

Vaterland getan. Ich brauche Zeit, um ein paar Dinge in Ordnung zu bringen.«

Shannon nickte. Seine Gabe, die immer aktiv war und sich nicht kontrollieren ließ, formulierte einen Gedanken in seinem Kopf. *Sie will dich etwas fragen. Es geht um mehr.*

Doch dann fragte sie nur: »Wie geht's deinen Kindern?«

»Hervorragend. Sie hatten eine Zeitlang Albträume, aber sie sind beide stark. Ich glaube, wir haben es überstanden. Kate durchläuft gerade eine Nudistenphase. Sie zieht sich ständig aus und rennt kichernd durch die Wohnung. Und Todd will Präsident werden, wenn er groß ist. Er meint, wenn der letzte so was verbricht, dann brauchen wir einen besseren.«

»Meine Stimme hat er.«

»Meine auch.«

»Und Natalie?«, fragte sie etwas zu beiläufig.

»Der geht's gut.« Cooper war klug genug, es dabei zu belassen.

Später, zur goldenen Stunde, gingen sie spazieren. Es war kurz vor Sonnenuntergang und das Licht schien von überallher zu kommen. Es war ein milder Herbst und die Bäume, ein Farbenmeer, warfen erst seit ein paar Tagen Laub ab. Jeanswetter, Blätter, die unter ihren Schuhsohlen knirschten, rote Wangen und ihre warme Hand in seiner. Washington im Herbst, gab es etwas Schöneres? Sie flanierten über die National Mall, am Reflecting Pool vorbei.

»Also, wie lange bleibst du?«

»Ich weiß noch nicht«, antwortete sie. »Eine Weile vielleicht.«

»Um was zu tun?«

»Ein paar Dinge erledigen.«

»Aha, Dinge.«

»Es wird immer schlimmer, Cooper. Der Krieg, vor dem du dich so fürchtest, rückt immer näher. Die meisten Menschen, normale und abnorme, wollen einfach nur miteinander auskommen, aber die Extremisten zwingen alle, sich für eine Seite zu entscheiden. Weißt du, dass in Liberia Neugeborene mit Muttermalen ausgesetzt werden? Die Leute glauben, sie seien ein Zeichen dafür, dass das Kind abnorm ist. In Mexiko haben Geniale die Kartelle übernommen und kämpfen gegen die Regierung. Privatarmeen, die von abnormen Kriegsherren angeführt und mit Drogen finanziert werden.«

»Ich schaue auch Nachrichten, Shannon.«

»Ganz zu schweigen von den rechten paramilitärischen Gruppen, die überall in Amerika aus dem Boden sprießen. Wie ein neuer Ku-Klux-Klan. Letzte Woche hat eine Gruppe Normalos in Oklahoma einen Abnormen gekidnappt, ihn an ihrem Pick-up festgebunden und über ein Feld geschleift. Weißt du, wie alt die waren?«

»Sechzehn.«

»Sechzehn. Bombenattentate auf Schulen in Georgia. Menschen sollen Mikrochips in den Hals gepflanzt bekommen. Auf CNN reden Senatoren davon, die Akademien auszubauen und Kinder mit Gaben zweiten und sogar dritten Grades hineinzustecken.«

Er ging zu einer Parkbank und setzte sich. Die Säulen des Lincoln Memorial strahlten im weißen Flutlicht und auf den Stufen drängten sich noch immer Touristen. Aus der Ferne konnte er die Statue nicht ausmachen, doch er sah sie vor seinem geistigen Auge: Der gute alte Abe, der über die Probleme, die das Land auseinanderzureißen drohten, grübelte.

»Cooper, es ist mir ernst …«

»Schade.«

»Was?«

»Ich hatte gehofft, du wärst gekommen, weil du mich sehen wolltest.«

Shannon öffnete den Mund, sagte aber nichts.

Cooper fragte: »Also, was will John von mir?«

»Woher weißt du …?«

»Deine Pupillen haben sich erweitert, das bedeutet Fokus, und du hast nach links geschaut, was Erinnerung bedeutet. Dein Puls hat sich um zehn Schläge beschleunigt. Du hast eine Reihe von Horrorgeschichten runtergeleiert, aber in geografischer Anordnung, von weit zu nah. Das ist kein Zufall. Und du hast mich Cooper genannt anstatt Nick.«

»Ich …«

»Deine ganze Rede war einstudiert. Du willst mich zu irgendwas überreden. *Er* will mich zu irgendwas überreden. Also, worum geht's?«

Shannon starrte ihn an und biss sich auf die Lippe. Dann setzte sie sich neben ihn auf die Bank. »Tut mir leid. Aber ich bin wirklich wegen dir hier. Das hier hat nichts damit zu tun.«

»Ich weiß. Typisch John Smith: Hinter jedem Vorhaben verbirgt sich ein geheimer Plan, hinter jedem Plan weitere Motive … Also, was will er?«

Sie sprach, ohne ihn anzusehen: »Es hat sich einiges getan, seit seine Unschuld bewiesen wurde. Wie du weißt, hat er ein Buch geschrieben.«

»›*Ich bin John Smith*‹. Mit dem Titel hat er sich wirklich Mühe gegeben.«

»Er steht jetzt im öffentlichen Leben, hält Vorträge, redet mit den Medien.«

»Ja …« Cooper fasste sich an den Nasenrücken. »Und was hat das alles mit mir zu tun?«

»Er will, dass du dich ihm anschließt. Das wäre doch toll: Smith und der Mann, der ihn früher gejagt hat, tun sich zusammen, um die Welt zu verändern.«

Cooper sah hinaus in das schwindende Sonnenlicht und schaute den Leuten zu, die die Stufen des Denkmals erklommen. Es war rund um die Uhr geöffnet, was ihn schon seit jeher bewegte.

»Ich weiß, du traust ihm nicht«, sagte sie leise. »Aber du weißt, dass er unschuldig ist. Du hast selbst den Beweis geliefert.«

Doch es ging nicht nur um Lincoln. Martin Luther King hatte auf diesen Stufen gestanden und der Welt von seinem Traum berichtet. Und nun konnte jeder herkommen, zu jeder Stunde, vom Millionär bis zum Müllmann …

Der Müllmann wirkt sehr steif, sein Haar ist kurz wie bei einem Agenten und er hält sich schon eine Ewigkeit mit diesem Papierkorb auf.

Er schaut sich um, in alle Richtungen, nur nicht nach rechts … wo ein Geschäftsmann in sein Handy spricht. Ein Handy mit dunklem Display. Ein Geschäftsmann mit einer Beule unter einem Arm.

Und dieses Geräusch, das stammt von einem Turbomotor mit dicken Kolben.

… und jeder war willkommen.

Cooper wandte sich an Shannon: »Erstens ist John ungefähr so unschuldig wie Dschingis Khan. Er hat vielleicht nicht getan, was ihm vorgeworfen wurde, trotzdem hat er Blut an den Händen, bis zu den Ellbogen. Und zweitens: Hau ab, schnell.«

Sie war ein Profi und machte keine hastigen Bewegungen, sah sich nur um, als würde sie die Aussicht genießen. Sie versteifte sich leicht, als sie den Müllmann bemerkte. »Im Team sind wir besser.«

»Nein«; sagte er. »Ich bin immer noch Regierungsbeamter, mir können sie nichts. Aber du bist eine gesuchte Kriminelle. Tu das, was du sonst auch tust. Geh durch Wände.«

Das Motorengeräusch wurde stärker. Es kam aus verschiedenen Richtungen. Mehrere Fahrzeuge, wahrscheinlich

Geländewagen. Er schaute über die Schulter, dann wandte er sich wieder Shannon zu. »Hör zu, ich meine es ernst …«

Sie war weg.

Cooper lächelte und schüttelte den Kopf. Dieser Trick wurde nie alt.

Er stand auf, zog seine Jacke aus, holte seine Brieftasche heraus und legte beides auf den Boden. Dann trat er zurück und streckte die Arme aus, seine Hände leer.

Sie waren wirklich gut. Vier schwarze Cadillac Escalades mit getönten Scheiben kamen gleichzeitig aus vier verschiedenen Richtungen angerauscht, ein hollywoodreifes Manöver. Die Türen schwangen auf, in präziser Choreografie stürmten Männer heraus und lehnten sich mit ihren automatischen Gewehren auf die Motorhauben. Mindestens zwanzig an der Zahl, gleichmäßig verteilt, mit freien Schusslinien.

Die gute Nachricht war: Sie gingen so professionell und zugleich unverfroren vor, dass sie wahrscheinlich für die Regierung arbeiteten. Die schlechte Nachricht war: Viele in der Regierung wollten ihn tot sehen.

Also gut. Mit weit ausgestreckten Armen rief er: »Ich heiße Nick Cooper. Ich bin ein Agent der Analyse- und Einsatzbehörde. Und unbewaffnet. Mein Ausweis steckt in meiner Brieftasche auf dem Boden.«

Ein Mann in einem unscheinbaren Anzug stieg hinten aus einem der Cadillacs. Er kam auf Cooper zu, der bemerkte, wie die anderen ihre Gewehre herumschwangen, um alle Seiten zu sichern.

»Wir wissen, wer Sie sind, Sir.« Der Agent hob Coopers Brieftasche und Jacke auf und reichte sie ihm. Dann sagte er abgehackter Stimme, als würde er in ein Mikrofon sprechen: »Gelände gesichert.«

Eine Limousine kam um den Kreisverkehr gefahren, holperte über den Bordstein, schob sich zwischen zwei der SUVs hindurch und kam vor ihnen zum Stehen. Der Agent öffnete die Tür.

Innerlich die Achseln zuckend stieg Cooper ein. Im Wagen roch es nach Leder. Zwei Personen saßen darin: Eine schlanke Mittfünfzigerin mit Stahlblick und der Aura höchster Kompetenz und ein Schwarzer, der etwas von einem Harvard-Professor an sich hatte … was er früher auch einmal gewesen war.

Und dabei dachtest du schon vorher, dass es ein seltsamer Tag wird.

»Hallo, Mr Cooper. Darf ich Sie Nick nennen?«

»Natürlich, Mr President.«

* * *

»Entschuldigen Sie, dass wir dieses Treffen auf so dramatische Weise arrangiert haben. Aber wir sind in letzter Zeit alle ein wenig nervös.« Lionel Clay hatte die Stimme eines Dozenten, klangvoll und tief, vor Bildung triefend und abgerundet mit einer Spur South Carolina.

So kann man es auch ausdrücken. Die Begabten beherrschten weiterhin sämtliche Lebensbereiche von Atomphysik bis Zehnkampf und die Beunruhigung der Normalen nahm zu. Es fiel nicht schwer, sich eine Welt vorzustellen, in der die Menschheit wie bei H. G. Wells zweigeteilt war, und keiner wollte ein Morlock sein. Andererseits kämpften die Extremisten unter den Begabten nicht nur für Gleichberechtigung. Sie fühlten sich überlegen und waren bereit zu töten, um es zu beweisen. Amerika hatte sich an Terrorismus gewöhnt, an Selbstmordattentäter in Einkaufszentren und Giftsendungen an Senatoren. Doch das schlimmste Ereignis war der Anschlag auf die New Yorker Börse am zwölften März gewesen, dem 1143 Menschen zum Opfer gefallen waren. Cooper war dort gewesen, war benommen durch graue Straßen voller Trümmer geirrt. Manchmal träumte er noch von dem rosa Plüschtier, das mitten auf dem Broadway gelegen hatte. *Wir sind nicht nur nervös. Wir haben eine Scheißangst.* Aber er sagte nur: »Ich verstehe, Sir.«

»Dies ist meine Stabschefin, Marla Keevers.«

»Ms Keevers.« Obwohl Cooper seit elf Jahren für die Regierung arbeitete, hatte er sich nie besonders für Politik interessiert, doch selbst er wusste, wer Marla Keevers war. Eine knallharte politische Strategin, die im Verborgenen agierte und für ihre Unnachgiebigkeit bekannt war.

»Mr Cooper.«

Der Präsident klopfte gegen die Trennscheibe und der Wagen setzte sich in Bewegung. »Marla?«

Die Stabschefin fragte: »Mr Cooper, haben Sie das Video vom Monocle veröffentlicht?«

Sie redet nicht lange um den heißen Brei.

Er dachte an den Abend zurück. Nachdem Shannon seine Kinder befreit hatte, hatte Cooper seinen alten Chef auf das Dach des Hochhauses gehetzt. Er hatte das Video von dem Komplott zwischen Drew Peters und Präsident Walker gefunden und daraufhin Peters vom Dach gestoßen.

Es hatte richtig gut getan.

Anschließend hatte Cooper nicht weit von dort, wo sie jetzt waren, auf einer Bank gesessen und überlegt, was er mit dem Video tun sollte. Das Massaker im Restaurant Monocle war der erste und folgenreichste Angriff auf die Einigkeit des Landes gewesen. Und diesmal hieß es nicht Norden gegen Süden oder Liberale gegen Konservative, sondern Normale gegen Abnorme. Die Wahrheit über diesen Anschlag zu veröffentlichen war ihm richtig erschienen, auch wenn er gewusst hatte, dass sich die Folgen seiner Kontrolle entziehen würden.

Was hatte Drew noch kurz vor seinem Ende gesagt? *»Wenn Sie das jetzt tun, wird die Welt in Flammen aufgehen.«*

Präsident Clay beobachtete ihn. Es sollte ein Test sein, das merkte Cooper jetzt. »Ja, das war ich.«

»Das war sehr unbedacht von Ihnen. Mein Vorgänger war vielleicht kein guter Mensch, aber er war der Präsident. Sie haben den Glauben der Nation an dieses Amt erschüttert. Und an die Regierung insgesamt.«

»Sir, verzeihen Sie, aber das hat Präsident Walker selbst besorgt, indem er die Ermordung amerikanischer Bürger angeordnet hat. Ich habe nur die Wahrheit ans Licht gebracht.«

»Wahrheit ist ein schwer zu definierender Begriff.«

»Nein, das Gute an der Wahrheit ist, dass sie wahr ist.« Seine alte Aufsässigkeit meldete sich wieder, doch er hatte sich im Griff. »Sir.«

Marla Keevers schüttelte den Kopf und schaute aus dem Fenster. Clay fragte: »Was tun sie eigentlich im Moment, Nick?«

»Die AEB hat mich freigestellt.«

»Und wollen Sie wieder zurück?«

»Ich weiß noch nicht.«

»Warum arbeiten Sie nicht für mich? Sonderberater des Präsidenten. Klingt doch nicht schlecht, oder?«

Cooper hätte mit allem gerechnet, aber nicht damit, dass der Präsident der Vereinigten Staaten ihm einen Job anbieten würde. Er merkte, dass sein Mund offen stand, und schloss ihn. Dann sagte er: »Ich glaube, Sie sind falsch informiert. Ich verstehe überhaupt nichts von Regierungsangelegenheiten.«

»Okay, kommen wir zur Sache.« Clay fixierte ihn mit stetem Blick. »Walker hat ziemliches Chaos angerichtet. Die AEB hätte unsere größte Chance für eine friedliche Zukunft sein können, aber Walker und Peters haben sie zu einer Spitzelorganisation gemacht und für ihre eigenen Zwecke missbraucht. Würden Sie dem zustimmen?«

»Ich ... äh, ja, Sir.«

»Sie selbst haben mehr als ein Dutzend Menschen getötet und streng geheime Informationen öffentlich gemacht.«

Cooper nickte.

»Und doch waren Sie bei dem ganzen Desaster der Einzige, der sich anständig verhalten hat.«

Als sie das hörte, kräuselte die Stabschefin die Lippen, sagte aber nichts. Der Präsident beugte sich vor. »Nick, die Lage wird immer bedrohlicher. Wir befinden uns am Rande eines Abgrunds. Es gibt Normale, die alle Genialen einsperren oder sogar versklaven wollen. Und es gibt Abnorme, die alle Normalen vernichten wollen. Wir stehen vor einem neuen Bürgerkrieg, gegen den der alte wie ein harmloses Scharmützel wirken würde. Ich brauche Hilfe, um eine Katastrophe zu verhindern.«

»Sir, ich fühle mich geschmeichelt, aber ich habe wirklich keinen blassen Schimmer von Politik.«

»Politische Berater habe ich bereits. Was ich brauche, ist der Rat eines Abnormen, der sein Leben der Jagd auf abnorme Revolutionäre verschrieben hat. Zudem haben Sie bewiesen, dass Sie immer tun, was Sie für richtig halten – koste es, was es wolle. So einen Berater brauche ich.«

Cooper starrte den Präsidenten an und versuchte zusammenzubekommen, was er über ihn wusste: Er war Geschichtsprofessor in Harvard, später Senator gewesen. Außerdem erinnerte Cooper sich vage an einen Zeitungsartikel, in dem behauptet wurde, Clay sei damals nur aus wahltaktischem Kalkül als Vizepräsident aufgestellt worden. Denn ein Schwarzer aus South Carolina würde sowohl die Wähler aus dem Süden als auch die Afroamerikaner mobilisieren.

Gott, Cooper. Ein Zeitungsartikel, an den du dich nur vage erinnerst? Halte dich lieber an das, was du mit eigenen Augen siehst.

»Tut mir leid, Sir. Ich weiß Ihr Angebot wirklich zu schätzen, aber ich glaube, ich bin nicht der Richtige für diesen Job.«

»Sie verstehen nicht«, sagte Clay sanft. »Ihr Land braucht Sie. Es ist keine Bitte.«

Cooper musterte …

Clays Haltung, seine ganze Körpersprache, stimmte perfekt mit seinen Worten überein.

Das ist keine PR-Aktion oder ein Versuch, dich zum Schweigen zu bringen.

Und alles, was er über den Zustand der Welt gesagt hat, trifft zu.

… seinen neuen Chef.

»In dem Fall, Sir, bin ich dem Präsidenten gern zu Diensten.«

»Gut. Was wissen Sie über eine Gruppe, die sich ›Kinder Darwins‹ nennt?«

EINE WOCHE VOR THANKSGIVING

KAPITEL 2

Ethan Park starrte in das Supermarktregal.

Es war leer. Nicht dürftig bestückt. Nicht schlecht sortiert. Leer. Ratzekahl.

Er schloss die Augen und fühlte den Boden wanken. Lange Arbeitszeiten war er gewohnt. Das Forschungsteam stand seit einem Jahr kurz vor dem Durchbruch. Seit die Machbarkeitsstudien im Gange waren, wusste er kaum noch, welcher Tag gerade war. Sie aßen im Stehen und hielten hin und wieder ein Nickerchen auf einem Stuhl im Pausenraum. Seit einem Jahr war Ethan ununterbrochen müde.

Doch erst, seit seine Tochter Violet zur Welt gekommen war, wusste er, was echte Erschöpfung war. Das Schwarz hinter seinen Augenlidern wirkte gefährlich angenehm, wie eine Decke in einer kalten Nacht, in die er sich hüllen und einfach wegdämmern konnte …

Ruckartig kam er wieder zu sich, öffnete die Augen und inspizierte das Regal erneut. Immer noch leer. Auf dem Schild über dem Gang stand: SIEBEN – VITAMINE, BIOKON-

SERVEN, PAPIERHANDTÜCHER, WINDELN, BABYNAHRUNG.

Papierhandtücher gab es noch jede Menge, aber auf dem Regal, wo bis heute Babynahrung der verschiedensten Marken zu finden gewesen war, lag jetzt nur noch eine weggeworfene Einkaufsliste im angesammelten Staub.

Ethan fühlte sich regelrecht verraten. Wenn einem etwas ausging, holte man sich im Supermarkt Nachschub. Darauf beruhte im Grunde unser modernes Leben. Also was geschah, wenn das nicht mehr funktionierte?

Du kehrst mit einem belämmerten Gesicht zu deiner erschöpften Frau und deinem hungrigen Kind zurück.

Bevor sie selbst Eltern waren, hatte er für die Behauptung, Stillen sei schwierig, immer nur Spott übrig gehabt. Er war Genetiker. Brüste waren dafür gemacht, Junge zu säugen. Wie schwierig konnte das schon sein?

Verdammt schwierig, wie sich herausstellte. Zumindest für die zarten Brüste moderner Frauen, die immer in Baumwolle und Spitze gehüllt, nie Wind und Sonne ausgesetzt waren und nie wund oder rau wurden. Einen Monat lang hatte Amy, seine Frau, sich mit langwierigen Stillaktionen herumgequält und sogar eine »Stillberaterin« zu Rate gezogen, die sie von oben herab behandelt hatte und ihr spezielle Kissen und homöopathische Cremes aufschwatzen wollte, aber da ihre Brustwarzen immer rissiger wurden, bluteten und sich schließlich entzündeten, hatten sie beide beschlossen, die Notbremse zu ziehen. Amy band sich die Brüste ab, um den Milcheinschuss zu stoppen, und sie stellten auf Pulvernahrung um. Ihre ganze Generation war damit aufgezogen worden, und ihnen hatte es auch nicht geschadet. Außerdem war es so einfach.

Jedenfalls so lange, wie im Supermarkt Babynahrung zu finden war.

Also, Alternativen …

Kuhmilch war in Violets Alter nicht das Beste. Caseinmicellen belasteten die Nieren eines Säuglings zu sehr. *Andererseits ist Kuhmilch besser als gar keine Milch …*

Das Kühlregal für Milchprodukte war leer. Daran klebte ein Zettel.

DURCH DIE KÜRZLICHEN ÜBERFÄLLE WURDEN UNSERE LIEFERUNGEN UNTERBROCHEN. BITTE ENTSCHULDIGEN SIE DIE UNANNEHMLICHKEITEN. UNSERE REGALE WERDEN HOFFENTLICH BALD WIEDER VOLL SEIN.

VIELEN DANK FÜR IHR VERSTÄNDNIS IN DIESEN SCHWIERIGEN ZEITEN.

Ethan starrte auf den Zettel. Gestern war alles noch normal gewesen. Jetzt gab es keine Babynahrung mehr. Und keine Milch. Was war nur los?

Backzutaten.

Er drehte sich auf dem Absatz um und eilte durch den Gang. Er bemerkte, dass andere Kunden sich drängten und stritten, während sie den Inhalt ganzer Regale in ihre Einkaufswagen packten. Ethan stellte sich das Geschäft in einer Stunde vor: Nur noch Grußkarten, Zeitschriften und Schulbedarf. Vielleicht hatte niemand an …

Wo sonst die Kondensmilch stand, herrschte gähnende Leere.

Ethan ging in die Hocke, um in die hinterste Ecke des Regals zu schauen. Vielleicht war ja eine Dose übersehen worden. Er wusste, es war vergebens.

Ein anderer Laden.

Im Ausgangsbereich des Save-A-Lot herrschte heilloses Gedränge. Die Schlangen an den Kassen nahmen kein Ende und die Kassierer wirkten völlig perplex. Ethan bahnte sich drängend seinen Weg nach draußen.

Es war Mitte November, kalt und bewölkt. Ein Hupen ließ ihn zusammenschrecken. Ein Audi, der sein Tempo kaum zügelte. Auf dem überquellenden Parkplatz hatte sich eine Autoschlange bis hinaus auf die Detroit Avenue gebildet. Ethan stieg in seinen Pick-up und schaltete WCPN ein, während er vom Parkplatz fuhr.

»… Berichte, dass im gesamten Großraum Cleveland großer Mangel an Lebensmitteln und Gebrauchsgütern herrscht. Die Polizei bittet die Bevölkerung, Ruhe zu bewahren. Ich bin jetzt verbunden mit Dr. James Garner vom Verkehrsamt und Rob Cornell von der Analyse- und Einsatzbehörde. Dr. Garner, können Sie uns die Situation näher schildern?«

»Ich werde es versuchen. Heute in aller Frühe haben in Tulsa, Fresno und natürlich Cleveland eine Reihe schrecklicher Anschläge auf Transportunternehmen stattgefunden. Terroristen haben über zwanzig Lastkraftwagen überfallen und die Fahrer ermordet.«

»Wie wurden sie ermordet?«

Dr. Garner hustete. »Die Fahrer wurden bei lebendigem Leibe verbrannt.«

Mein Gott! In den letzten Jahren hatte es häufig Anschläge gegeben. Terrorismus gehörte mittlerweile in Amerika zum Alltag. Man hatte sich fast daran gewöhnt. Doch dann, am zwölften März, hatte sich die Explosion in der neuen New Yorker Börse ereignet. Es hatte mehr als elfhundert Todesopfer und tausende Verletzte gegeben, und plötzlich konnte man den Graben, der sich langsam durch die amerikanische Gesellschaft zog, nicht mehr ignorieren. Doch so entsetzlich dieser Anschlag auch gewesen war, die aktuellen Überfälle waren irgendwie noch schlimmer. Einen Menschen aus einem Truck zu zerren, mit Benzin zu übergießen und ihn anzuzünden, das war viel brutaler, viel persönlicher.

»… außerdem wurden in allen drei Städten Auslieferungslager bombardiert. In Tulsa und Fresno konnte die Feuerwehr die daraus resultierenden Brände löschen. Das Lager in Cleveland wurde jedoch völlig zerstört.«

Der Nachrichtensprecher unterbrach: »Alle Anschläge werden einer Abnormengruppe zugeschrieben, die sich ›Kinder Darwins‹ nennt. Es geht hier um große Städte und Tausende von Lieferungen.«

»Richtig. Aber wegen der Überfälle auf die Fahrer sahen sich die Versicherungen gezwungen, allen Transportunternehmen den Versicherungsschutz zu kündigen. Und ohne den dürfen die Laster nicht einmal das Depot verlassen.«

Ethan hatte zwei Ampeln geschafft, doch die dritte war rot. Während er wartete, tappte er mit den Fingern auf das Lenkrad.

»Wollen Sie damit sagen, dass schon nach einem Tag ohne Lieferungen die Geschäfte leer sind?«

»Unsere moderne Welt ist ein kompliziertes Gefüge von Verbindungen. Die Lebensmittelbranche arbeitet mit bedarfsorientierter Bestandsverwaltung. Wenn Sie eine Dose Bohnen kaufen, gibt der Scanner dem Computer den Auftrag, weitere zu kaufen, und die kommen direkt mit der nächsten Lieferung. Ein äußerst komplexes System. Die Kinder Darwins haben das offensichtlich begriffen. Sie zielen mit ihren Anschlägen auf die Schwachstellen des Systems ab.«

»Mr. Cornell, Sie gehören der Analyse- und Einsatzbehörde an. Ist es nicht Aufgabe der AEB, solche Anschläge zu verhindern?«

»Zuerst einmal möchte ich mich für die Einladung bedanken. Außerdem möchte ich noch einmal alle – auch Sie, Ma'am – bitten, die Ruhe zu bewahren. Dies ist nur ein kurzzeitiges Problem, das von einer äußerst gewalttätigen, aber sehr kleinen Terrororganisation verursacht wird …«

Ethan sauste Richtung Osten, an einem Restaurant, einem Parkplatz und einer Schule vorbei. Nicht weit vom Flussufer hatte vor Kurzem ein neuer Luxussupermarkt eröffnet. Der war so teuer, dass die Leute vielleicht noch gar nicht auf die Idee gekommen waren, es dort zu versuchen. *Doch sie werden nicht lange auf sich warten lassen, also überleg dir genau, wie du vorgehst. Zuerst die Babynahrung, egal, was für eine Öko-Veganer-Sorte die dort führen. Dann Milch. Und so viel Fleisch, wie in den Einkaufswagen passt. Nichts leicht Verderbliches, nur Dosen- und Tiefkühlgemüse …*

Die Zufahrtsstraße zum neuen Supermarkt war völlig verstopft. Überall Hupen und aufblitzende Scheinwerfer. Die Autos drängten sich in Zweierreihen auf der einspurigen Fahrbahn. Vierzig Meter vor sich sah Ethan einen Menschenauflauf rund um den Eingang. Eine Frau versuchte, sich mit einem Einkaufswagen einen Weg durch die Menge nach draußen zu bahnen. Er hörte Schreie und die Menschen drängten sich noch dichter zusammen. Ein Mann in einem Geschäftsanzug riss die Einkaufstaschen aus dem Wagen der Frau. Die schrie, doch der Mann lud sich die Arme voll, wobei er den Einkaufswagen umstieß, und machte sich davon. Dosen und Flaschen rollten über den Asphalt und alle stürzten sich darauf. Ein dünner Mann packte sich ein Hähnchen wie einen Football unter den Arm und rannte davon. Zwei Damen mit teuren Frisuren kämpften um eine große Flasche Milch.

»… wir werden das Problem sicher bald unter Kontrolle haben, vorausgesetzt, wir alle bewahren die Ruhe und arbeiten zusammen.«

Ethan hörte ein Krachen und sah, wie die Fensterfront des Supermarkts zerschmetterte. Die Menge stürmte johlend in den Laden.

Ethan wendete und fuhr davon.

* * *

Als sie nach Cleveland gezogen waren, hatte der Makler ihnen versichert, Detroit Shoreway sei genau die richtige Wohngegend für sie: nur anderthalb Kilometer vom See und drei vom Stadtzentrum entfernt, gute Schulen, baumgesäumte Straßen, eine freundliche Gemeinschaft, lauter Leute »wie sie« – also mit allen Vorzügen der Vorstadt, doch relativ zentral gelegen. Ideal, um Kinder großzuziehen, wie der Makler ihnen mit einem wissenden Blick versicherte, als würden vor seinem geistigen Auge schon Ei- und Samenzelle verschmelzen.

Ethan brauchte eine Weile, um sich einzugewöhnen. Er war gebürtiger New Yorker und betrachtete jeden Ort, an dem man ein Auto brauchte, mit Skepsis. Hätte jemand ihm vor zwei Jahren erzählt, dass er in Cleveland enden würde, er hätte nur müde gelächelt. Doch Abe hatte sein Labor in Cleveland eingerichtet, und auch wenn er ein wahnsinnig arrogantes Arschloch war, er war ein Genie, und die Stelle als Nummer zwei des Instituts für fortgeschrittene Genomforschung konnte Ethan einfach nicht ablehnen.

Am Ende war er angenehm überrascht gewesen. So sehr er Manhattan auch liebte, dort konnte man zehn Jahre in derselben Wohnung wohnen, ohne jemals seinen Nachbarn zu begegnen. Hier im Mittelwesten war alles so anders: die direkte, freundliche Art der Leute, die Grillpartys und überhaupt dieses Nachbarschaftsgefühl à la »Ich kümmere mich um deine Post und du kannst dir auch meinen Rasenmäher leihen, denn wir sind alle eine große Gemeinschaft«.

Außerdem liebte er das Haus. Kein Apartment, keine Eigentumswohnung, nein, ein richtiges Haus mit Keller und Garten. *Ihr* Haus, wo sie die Musik so laut aufdrehen konnten, wie sie wollten, und wo Violets nächtliches Weinen keine Nachbarn wecken würde. Er war handwerklich einigermaßen geschickt, konnte eine Lampe anschließen und selbst die Gipskartonwände fürs Kinderzimmer ziehen, und es hatte ihm ungeheuer viel Freude bereitet, das Haus an verschwitzten Nachmittagen nach und nach in ein Heim zu verwandeln, um sich nach getaner Arbeit mit einem Bier auf die Veranda zu setzen und zuzusehen, wie die Sonne hinter seinen Ahornbäumen unterging.

Nun fragte er sich, ob er sich etwas vorgemacht hatte. Vielleicht war Manhattan ja zu eng und zu teuer und Washington zu hektisch und zersiedelt; jedenfalls würde dort niemals den Supermärkten die Milch ausgehen.

Gestern hättest du das Gleiche noch von Cleveland behauptet.

Er stellte den Motor ab und blieb im Dunkeln sitzen. Morgen könnte er weiter rausfahren, über den Highway, und irgendwo Babynahrung besorgen.

Ja, aber sie hat jetzt Hunger. Sei ein Mann, Daddy.

Ethan stieg aus seinem Honda CR-V und ging zum Haus seiner Nachbarn, einem massiven viktorianischen Bau, dessen Südseite vollkommen von Efeu überwuchert war. Sie hatten drei Jungen, jeweils genau zwei Jahre auseinander, und ihr wildes Herumtollen war bereits von draußen zu hören.

»He, Buddy«, sagte Jack Ford, als er die Tür öffnete. »Was gibt's?«

»Entschuldige, aber uns ist die Babynahrung ausgegangen und die Geschäfte sind völlig leer geräumt. Habt ihr vielleicht welche?«

»Tut mir leid, aber Tommy isst das Zeug schon seit einem halben Jahr nicht mehr.«

»Ach so.« Eine Sirene ertönte, Polizei oder Krankenwagen, nicht weit weg. »Und normale Milch?«

»Klar, die haben wir.« Jack zögerte. »Weißt du was? Wir haben im Keller Kondensmilch. Willst du die?«

Ethan lächelte. »Du bist meine Rettung.«

»Dazu sind Nachbarn doch da. Komm rein und trink ein Bier mit.«

Jacks Haus, das waren Kinderzeichnungen, gellend laute Zeichentrickfilme und der Geruch von Schmortopf. Ethan folgte ihm über knarrende Stufen in den halbfertigen Kellerraum. Auf einem Stück Teppichboden in der Ecke standen zwei Fernsehsessel vor einem riesigen Tri-D-Bildschirm, einem neuen Modell mit erweitertem Projektionsfeld. Den restlichen Platz nahmen tiefe Regale ein, die mit Konservendosen und anderen haltbaren Lebensmitteln vollgepackt waren.

Ethan pfiff beeindruckt. »Du hast hier unten ja deinen eigenen Lebensmittelladen.«

»Ja, weißt du, einmal Pfadfinder …« Eine Spur verlegen senkte Jack den Kopf, dann holte er zwei Dosen Budweiser aus einem Minikühlschrank. Er ließ sich auf einen Sessel fallen und deutete auf den anderen. »Die Supermärkte sind also leer?«

»Da, wo ich gerade war, wird schon geplündert.«

»Das sind die Abnormen«, sagte Jack. »Es wird von Tag zu Tag schlimmer mit denen.«

Ethan nickte zögernd. Er kannte viele Geniale. Sie hatten in allen Bereichen die Messlatte höher gelegt, doch in Wissenschaft und Technik wurde ihre Überlegenheit besonders deutlich. Sicher, es gab Tage, da machte es ihn einfach wahnsinnig, dass er sich mit diesen Leuten trotz seiner Abschlüsse aus Columbia und Yale nie würde messen können. Es war, als würde man im Park Basketball gegen die Lakers spielen. Auch wenn man sonst ein absolutes As war, einer von denen drückte einem immer den Ball ins Gesicht.

Aber was sollte er tun? Aufhören zu spielen? Nein, danke.

»Jede Generation glaubt doch, dass die Welt vor die Hunde geht.« Ethan nahm einen Schluck Bier. »Der Kalte

Krieg, Vietnam, die Verbreitung von Atomwaffen, was auch immer ... Der bevorstehende Weltuntergang ist der Normalzustand.«

»Ja, aber keine Milch im Supermarkt? Das ist nicht mehr Amerika.«

»Es wird schon wieder. Im Radio haben sie gesagt, die Nationalgarde will Lebensmittel verteilen.«

»An eine halbe Million Menschen?« Jack schüttelte den Kopf. »Ich habe eine Frage. Du hast doch Evolution studiert, nicht wahr?«

»Sozusagen. Ich bin Epigenetiker. Ich studiere die Beziehung zwischen der Umwelt und unserer DNA.«

»Das ist sicher eine grobe Vereinfachung«, sagte Jack lächelnd. »Aber ich akzeptiere die Erklärung. Mich würde nur interessieren, ob es so was schon mal in der Natur gegeben hat. Ich meine, dass urplötzlich etwas ganz Neues auftaucht.«

»Klar, invasive Arten. Organismen, die in ein fremdes Ökosystem eingeschleppt werden: asiatische Karpfen, Wandermuscheln, der Pilz, der das Ulmensterben verursacht ...«

»Daran habe ich auch gedacht. Und die Einführung dieser Arten hatte doch katastrophale Folgen, nicht wahr? Ich bin kein Reaktionär. Ich habe nichts gegen die Genialen. Aber die *Veränderungen* machen mir Angst. Das Gleichgewicht der Welt ist so labil. Wie sollen wir mit so einem massiven Umbruch leben?«

Diese Frage hörte man dieser Tage häufig, sie wurde auf Dinnerpartys aufgeworfen und in den Nachrichtensendungen und Feedcasts erörtert. Anfangs, als die Begabten entdeckt wurden, waren die Leute vor allem neugierig gewesen. Ein Prozent der Bevölkerung, das war nicht mehr als ein Kuriosum. Erst als die ersten unter ihnen erwachsen wurden, wurde den Menschen klar, was für grundlegende Veränderungen dieses eine Prozent bewirken würde.

Doch von dieser Erkenntnis zum Hass auf alle Genialen war es nur ein winziger Schritt. »Ich verstehe dich ja, Mann. Aber Menschen sind keine Karpfen. Wir müssen einen Weg finden.«

»Natürlich. Du hast recht.« Jack hievte sich aus dem Sessel. »Wie dem auch sei. Es kommt schon in Ordnung. Suchen wir mal nach der Milch.«

Ethan folgte ihm durch den Keller. Die Regale hatten jeweils vier Böden, die mit Kisten voller Konserven, Batterien und Decken gefüllt waren. Jack zog einen Karton mit vierundzwanzig Milchdosen aus dem Regal. »Bitte sehr.«

»Zwei Dosen würden mir reichen.«

»Nimm schon. Es ist doch nichts.«

»Kann ich wenigstens dafür bezahlen?«

»Sei nicht albern.«

Ein Teil von ihm wollte weiter protestieren, doch er dachte an Violet und den leeren Supermarkt und sagte nur: »Danke, Jack. Ich werde die Milch ersetzen.«

»Schon in Ordnung.« Sein Nachbar sah ihn lange an. »Ethan, die Frage klingt vielleicht komisch, aber wie schützt du dich?«

»Mit einem Stapel Kondome auf dem Nachttisch.«

Jack lächelte, aber nur aus Höflichkeit.

Ethan sagte: »Was meinst du denn?«

»Komm mal her.« Er ging zu einem Stahlschrank und fingerte am Zahlenschloss herum. »Mir wäre wohler, wenn du eine von denen mitnehmen würdest. Nur bis die Nationalgarde die Sache im Griff hat.«

Im Waffenschrank waren Büchsen und Flinten ordentlich in Halterungen aufgereiht und an Haken hing ein halbes Dutzend Pistolen. Ethan sagte: »Ich hab's eigentlich nicht so mit Waffen.«

Jack ignorierte ihn und holte eine Pistole heraus. »Das ist ein .38 Revolver, die einfachste Waffe der Welt. Du musst einfach nur abdrücken.« Auf dem öligen Metall schimmerten fluoreszierende Lichtreflexe.

»Schon okay, Mann.« Ethan lächelte gezwungen und hielt den Karton mit der Milch hoch. »Das reicht völlig, ehrlich.«

»Nimm ihn schon. Nur für alle Fälle. Leg ihn in einen Schrank und denk nicht mehr dran.«

Ethan wollte einen Witz machen, doch sein Nachbar sah ihn mit ernster Miene an. *Der Typ will dir nur helfen. Beleidige ihn nicht.* »Danke.«

»Wie gesagt, dafür sind Nachbarn doch da.«

* * *

Die Haustür zu öffnen und sein Haus zu betreten fühlte sich nach den letzten zwei Stunden an wie eine Umarmung. Ethan ließ das Türschloss zuschnappen und streifte die Schuhe ab. Gregor Mendel schlenderte auf ihn zu, rieb seinen Kopf an seinen Knöcheln und schnurrte sanft. Ethan kraulte den Kater am Nacken, nahm den Karton mit der Milch und folgte dem warmen Lichtschein durch den Flur, um seine beiden Mädchen zu suchen. Er fand sie in der Küche. Amy hielt Violet an sich gedrückt.

»Gott sei Dank.« Das Gesicht seiner Frau hellte sich auf, als sie ihn sah. »Ich habe schon Angst bekommen. Hast du die Nachrichten gehört? Es ist von geplünderten Geschäften die Rede.«

»Ja.« Er streckte die Arme aus und Amy reichte ihm Violet. Seine Tochter war wach und unglaublich süß, pummelig, ohne Hals und mit einem Schopf kastanienbrauner Haare. »Ich weiß, ich hab's selbst gesehen. Alles ist wie leer gefegt. Die Milch hat Jack mir geschenkt.«

»Gut, dass er noch welche hatte.« Sie öffnete eine Dose und goss den Inhalt in ein Fläschchen. »Willst du sie füttern?«

Ethan lehnte sich an die Arbeitsplatte, nahm Violet in den linken Arm und ließ ihr Gewicht auf seiner Hüfte ruhen. Als sie die Flasche sah, begann sie zu weinen. Es hörte sich verzweifelt an, als hätte sie Angst, er wollte sie mit der Flasche nur foppen. Er steckte ihr den Sauger in den Mund. »Ist das eine ganze Dose?«

»Hundertfünfzig Gramm.« Sie las das Etikett. »Ganz schön kalorienreich. Wir können die Milch sicher mit Wasser strecken, dann hält sie länger.«

»Warum? Wir haben noch dreiundzwanzig Dosen.«

»Sie trinkt viermal täglich. Das reicht nicht mal eine Woche.«

»Bis dahin ist das Problem doch längst behoben.«

»Trotzdem …«, sagte sie.

Er nickte. »Du hast recht. Gute Idee.«

Sie standen einen Moment einfach da, beide zum Umfallen müde, doch irgendwie hatte die Situation etwas Wohliges an sich. Alles hatte dieser Tage etwas Wohliges an sich, einen goldenen Schimmer, als würde er sein eigenes Leben auf einer von der Sonne ausgebleichten Filmkopie anschauen. Wenn man Vater wurde, nahm plötzlich alles eine besondere Bedeutung an.

»He«, sagte er, »soll ich dir was Witziges erzählen?«

»Schieß los.«

»Jack ist ein Survival-Fanatiker. Sein Keller ist ausgerüstet wie ein Bunker. Er hat mir sogar eine Waffe gegeben.«

»Was?«

»Ich weiß.« Er schmunzelte. »Er hat sie mir regelrecht aufgedrängt.«

»Hast du sie bei dir?«

Ethan balancierte Violet auf einem Arm, klemmte sich das Fläschchen unters Kinn und zog die Waffe aus der Jackentasche. »Verrückt, was?«

Amy sah ihn mit großen Augen an. »Wie kommt er denn darauf, dass wir eine Waffe brauchen?«

»Er meint, wir sollten uns schützen.«

»Hast du ihm gesagt, dass wir Kondome haben?«

»Er scheint der Ansicht zu sein, dass das nicht ausreicht.«

Amy fragte: »Kann ich mal sehen?«

»Vorsichtig, sie ist geladen.«

Sachte wog sie sie in der offenen Hand. »Schwerer, als ich gedacht hätte.«

»Ich weiß.« Ethan hielt Violet an seine Schulter und rieb ihr den Rücken. Prompt rülpste sie wie ein Trucker. »Sie macht dir doch keine Angst, oder?«

»Ein bisschen schon.« Sie legte die Waffe auf die Arbeitsplatte. »Aber vielleicht ist es gar keine so schlechte Idee. Nur für alle Fälle.«

»Was für Fälle?«

Sie antwortete nicht.

Indestructible-Star Jake Flynn geoutet!

Jake Flynn, Schwarm aller Frauen, ist allseits für seine strammen Bauchmuskeln bekannt. Doch was die Fans besonders überrascht, ist die Tatsache, dass er ein Abnormer ist. Vergangene Woche offenbarte der Sänger, der sich zur Leinwandsensation entwickelt hat, zum ersten Mal, dass er ein Grad-Vierer ist.

In einem Exklusivinterview mit *People* erzählt uns der Herzensbrecher alles über sein Leben, die Liebe und was es bedeutet, begabt zu sein.

PEOPLE: Lassen Sie uns zuerst über Ihre Gabe reden. Sie sind hyperthymestisch. Was bedeutet das?

FLYNN: Ich kann mich ganz genau an triviale Details aus meiner Vergangenheit erinnern. Wenn Sie ein Datum nennen, kann ich Ihnen sagen, welche Kleidung ich an dem Tag getragen habe, wie das Wetter war ... so was.

PEOPLE: 3. Mai 1989.

FLYNN: Das war so ein Tag, wo man weiß, der Frühling ist da. Blauer Himmel, bauschige Wolken, der Geruch von wachsendem Grün. Ich trug einen Spiderman-Schlafanzug. [Lacht.] Ich war fünf.

PEOPLE: Sie haben bisher nie erwähnt, dass Sie begabt sind. Warum nicht?

FLYNN: Wenn ich es öffentlich gemacht hätte, hätte man mich in eine Schublade gesteckt: »Abnormer Schauspieler übernimmt Hauptrolle in bla, bla, bla.« Für mich spielt es keine große Rolle und ich fand, dass es für andere auch nicht so wichtig sein sollte.

PEOPLE: Warum haben Sie sich gerade jetzt geoutet?

FLYNN: Das Thema sorgt für so viel Aufregung; ich dachte, wenn ich es verheimliche, werde ich selbst Teil des Problems. Ich wollte einfach sagen: »He, ihr dachtet alle, ich wäre normal, aber in Wirklichkeit bin ich abnorm. Und eigentlich ändert sich doch dadurch gar nichts, also beruhigt euch.

PEOPLE: Durch Ihre Gabe fällt es Ihnen bestimmt leicht, Ihren Text zu lernen, oder?

FLYNN: Schön wär's. Aber mit einem guten Gedächtnis im herkömmlichen Sinne hat es nichts zu tun. Ich verlege zum Beispiel ständig meine Autoschlüssel.

PEOPLE: Abnorme sind im Moment absolut angesagt. Was entgegnen Sie Leuten, die behaupten, Sie hätten sich nur um der Publicity willen geoutet?

FLYNN: Das ist lächerlich.

PEOPLE: Warum?

FLYNN: Weil es keine große Rolle für mich spielt. Ich sehe mich als Ehemann, als Vater, als Amerikaner, Schauspieler, Sänger, Cubs-Fan, Hundenarr und so weiter und so fort. Und dann fällt mir ein, ach ja, außerdem bin ich abnorm.

PEOPLE: Wie denken Sie über den wachsenden Konflikt zwischen Normalen und Abnormen?

FLYNN: Es ist einfach furchtbar. Abnorm zu sein ist wie blaue Augen zu haben. Mehr bedeutet es nicht. Klar, es gibt auch Grad-Einser, außergewöhnliche Menschen, durch die sich alles ändert. Aber es gibt viel mehr Begabte, die so sind wie ich. Ich kann mich erinnern, dass es am neunten Juni letzten Jahres in Denver geregnet hat. Und deshalb will die Regierung mir einen Mikrochip in den Hals pflanzen? Also ehrlich.

PEOPLE: Wenn Sie es so darstellen, wirkt die Kontroll- und Aufklärungsinitiative tatsächlich ein wenig albern.

FLYNN: Das Problem ist, dass die Medien uns in zwei Lager aufteilen wollen, Normale und Abnorme, und jeder soll sich für eine Seite entscheiden. Doch in Wirklichkeit ist es eine breite Skala. An deren einem Ende steht Präsident Walker, der die Genialen kontrollieren wollte und aus Angst vor ihnen seine eigenen Leute umgebracht hat. Am anderen Ende stehen die abnormen Terroristen, denen Gleichberechtigung nicht reicht und die die Welt beherrschen wollen. Die Extremisten sind das Problem. Die meisten Menschen wollen einfach nur ihr Leben leben.

PEOPLE: Da wir gerade davon reden, in Ihrem Haus gibt es auch neues Leben. Sie und Ihre Frau, Victoria's-Secret-Model Amy Schiller, haben kürzlich eine kleine Tochter bekommen ...

FLYNN: Oh Gott, bitte nicht wieder der Name.

PEOPLE: Ihr Name ist aber sehr ungewöhnlich.

FLYNN: Was soll ich Ihnen sagen? Sie soll ein eigenständiger Mensch werden und nicht das Gefühl haben, sich irgendwelchen Zwängen anpassen zu müssen, und außerdem lieben wir beide Teigwaren, also ...

PEOPLE: Noodle Flynn.

FLYNN: Jedenfalls wird sie die Einzige im Kindergarten sein, die so heißt.

KAPITEL 3

Als der Geländewagen schließlich anhielt, war er zu der Spinne geworden.

Es war ein schwarzer Pick-up. Zwei Männer darin. Der Wagen war fast drei Minuten ausgerollt, bevor er zum Stehen kam. Es würde weitere drei Minuten dauern, bis sich die Türen öffneten. Dann noch mal fünf, um die paar Schritte bis zu ihm zurückzulegen. Er hatte noch reichlich Zeit, die Spinne zu sein. Ein Meer von Zeit, gewaltig, tief, erdrückend und kalt. Zeit, die war wie der Marianengraben, elftausend Meter tief. Zeit, die Gewicht hatte und Verwerfungen bildete.

Die Spinne. Hellbraun und schwarz, zweieinhalb Zentimeter lang. Eine Wolfspinne, glaubte er, doch er war kein großer Spinnenexperte. Er beobachtete sie seit elf Stunden. Zuerst hatte er Abscheu empfunden, hatte unwillkürlich geschaudert. Doch schließlich fand er, dass sie mit den kleinen Haarbüscheln auf Bauch und Beinen so weich aussah, so kuschelig wie ein Stofftier. Sicher ein Weibchen. Sie hatte acht Augen, glänzend und perfekt. Ihr Kieferklauen faszinierten ihn. Seine Waffen so offen vor sich herzutragen, als Albtraum durch die Welt zu wandeln … Die Spinne sah ihn an, und er sah die Spinne an.

Sie war vollkommen. Die Ruhe selbst, bis Bewegung erforderlich wurde. Und dann bewegte sie sich so flink, so zielgenau, dass die Beute sie kaum wahrnahm. Brutal und erbarmungslos. Die Welt bestand für sie nur aus Nahrung und Bedrohung. Gab es vegetarische Spinnen? Sicher nicht.

Nein, sie war eine Killerin.

Von seiner Position aus hatte er sowohl die Spinne als auch den Geländewagen im Auge. Nun wandte er seine Aufmerksamkeit dem Wagen zu. Seine Augen bewegten sich natürlich nicht, denn sie waren in der unendlichen Langsamkeit seiner Muskeln, der Trägheit von Fleisch und Blut gefangen.

Doch er hatte schon vor langer Zeit gelernt, seine Aufmerksamkeit auf Neues zu lenken, auch wenn sein Körper hinterherhinkte. Es war einfach, sich auf den Wagen und die beiden Männer darin zu konzentrieren. Der Fahrer sagte etwas. Er brauchte zwanzig Sekunden, um sechs Wörter zu formulieren. Seine Lippen zu lesen fiel nicht schwer.

Er fragte: »Also, wer ist dieser Typ überhaupt?«

»Er heißt Soren Johansen. Der gefährlichste Mensch, dem ich jemals begegnet bin.« John Smith lächelte hinter der Windschutzscheibe. »Und mein ältester Freund.«

Hallo, John. Du hast mir gefehlt.

* * *

Mit Menschen hatte er besondere Schwierigkeiten.

Er war nicht ohne Grund allein. Lebte wie ein buddhistischer Mönch zurückgezogen auf einem Berggipfel. Und wie solch ein Mönch strebte er nicht nach Wissen oder Weisheit, sondern nach dem Nichts. Nicht nach der Vorstellung von Nichts; er machte keine Exerzitien, ließ auch keine Gedanken, die seine Meditation störten, den Fluss hinabtreiben. Nein, wahres Wohlbefinden hatten nur die raren Momente des reinen Nichts gebracht. Momente, in denen er aufgehört hatte zu existieren. Nur dann wurde er nicht von der zermürbenden Langsamkeit des Seins erdrückt.

Wenn es ihm nicht gelang, im Nichts aufzugehen, was häufig vorkam, dann wurde er etwas anderes. Etwas Einfaches, Reines. Wie diese Spinne.

Doch Menschen waren weder einfach noch rein. Mitanzusehen, wie sie sich durchs Leben kämpften wie durch nassen Zement, war unerträglich. Für jede Bewegung, jedes Wort brauchten sie eine Ewigkeit, und weshalb? Bewegungen ohne Zweck und Anmut, Worte, die umherirrten und dahintrieben.

Deshalb überraschte ihn die Feststellung, dass er John vermisst hatte. Doch von allen Begabten – und andere Menschen interessierten ohnehin nicht – ähnelte ihm John am meisten. John lebte in einer Welt, die von seinem vielschichtigen Blick in die Zukunft geprägt war, von Plänen, die weitere Pläne in sich bargen, einer Welt, in der Gespräche von heute Ereignisse im nächsten Jahr auslösten. Seine Perspektive unterschied sich von Sorens, doch es gab Bezugspunkte zwischen beiden, die ein Verstehen möglich machten.

Wie jetzt etwa, wo John die wenigen Meter zu ihm rannte, anstatt ihn mit langsamen Schritten zu quälen, und so sprach, wie er es früher immer getan hatte: »Wiegehtsdir?«

Keine reine Höflichkeit, wie Soren wusste. Eine Frage, hinter der sich mehr verbarg. John wollte wissen, ob er zurechtkam.

Erinnerungen blitzten auf, deutlich wie Tri-D: der elfjährige John Smith, der auf dem Spielplatz der Hawkesdown-Akademie mit ihm sprach. Der ihm ein Taschentuch für seine blutige Nase reichte, die einer der Älteren ihm gebrochen hatte. Er sagte: »Ich rede wohl besser schnell, was?«

Und dann: »Dubistklug, aberdudenkstnichtnach.«

Und: »EsisteineStärke, diedunutzenmusst.«

Und: »Dannhautdichniemandmehr.«

John hatte ihn gelehrt zu meditieren, dem schwindelerregenden Mahlstrom der Zukunft zu entfliehen und nur im Jetzt zu leben. Er hatte ihm beigebracht, dass er, wenn er sich nur unter Kontrolle hatte, diesen schrecklichen Fluch nutzen konnte, um zu tun, was ihm beliebte, und sich gegen all die dummen Kinder zu wehren, die ihm wehtun wollten. John verstand, dass der Junge, den alle für ein seelisches Wrack hielten, einfach überfordert war, erdrückt von jeder einzelnen Sekunde.

Die Leute glaubten, die Zeit sei eine Konstante, denn das sagte ihnen ihr Verstand. Doch Zeit war wie Wasser. Und selbst das stillste Wasser vibrierte vor Energie.

John hatte es ihm beigebracht und als die großen Jungen wieder hinter ihm her waren, erinnerte sich Soren. Er wurde eins mit dem Augenblick. Er plante nicht, kalkulierte nichts voraus. Beobachtete sie nur, wie sie sich in Zeitlupe bewegten, und ganz gemächlich schnitt er dem Größten mit einem gestohlenen Skalpell die Kehle durch.

Danach hatte ihn nie wieder jemand angegriffen. »Ich habe mehr Nichts als je.«

Smith verstand. »Dasistgut.«

»Du brauchst mich.«

»Ja.«

»Draußen in der Welt.«

»Ja, tutmirleid.«

»Ist es wichtig?«

»Sehr.« Eine Pause. »Soren, esistZeit.«

Nun verwandelte er sich von der Spinne zurück in den Mann. Einen Moment lang drohte die Zukunft, ihn mit ihrer erschreckenden Unendlichkeit zu überfluten. Es war, als wäre er in einer sternenlosen Nacht allein im Pazifik, um ihn herum nur Wasser und Zeit, und das tiefste Loch des Planeten zöge ihn hinab in die Dunkelheit.

Sei nichts. Sei weder Spinne noch Mann, weder Zukunft noch Vergangenheit. Sei der Moment. Sei nichts. So wie John es ihm beigebracht hatte.

Soren würde aufstehen und mit seinem Freund in die Welt hinausgehen. Und würde tun …

»Was immer du willst.«

PERSÖNLICHES > ZWANGLOSE TREFFEN > NORMAL/ABNORM

Behandle mich wie den dreckigen Freak, der ich bin
M. 18 J. G4, schlank, rasiert. Mein Vater hat mich rausgeschmissen. Willst du mein neuer Daddy sein?

Paar norm. sucht Hausmädchen abnorm
Wir: Mitte 40, Akademiker, erfolgreich, fit. Du: Leserin, Grad 2 oder 3. Wenn du die Richtige bist, weißt du schon, was wir wollen.

Abnormer, verh., sucht Spaß ohne Beziehungsstress
Man nennt uns nicht ohne Grund begabt. Dein Freak wartet schon auf dich.

Einsam an der Spitze
Physiker, G1, suchte andere G1er für Gespräche, Freundschaft und, wenn die Chemie stimmt, auch mehr. Alter, Hautfarbe, Geschlecht egal.

Groupie suchte heiße Action mit Abnormen
Ich weiß, es ist falsch, doch ist mir egal. Nur mit Treffert-Down-Test und/oder Akademiezeugnis. Bin besuchbar.

Mach mir ein Kind
Attraktive Normalofrau, 37, sucht G1 für leidenschaftliche Zeugungsnacht. Keine Kondome, keine Verpflichtungen. Einfach Hose runter und her mit den Genen.

KAPITEL 4

Cooper hatte sich immer noch nicht daran gewöhnt. Ganz und gar nicht.

Drei Wochen waren seit der unverhofften Spritztour in der Limousine vergangen. Einundzwanzig Tage als Sonderberater des amerikanischen Präsidenten, und jeder Tag ein Arbeitstag – er hatte das Gefühl, dass freie Wochenenden bald nur noch eine blasse Erinnerung sein würden –, den er mit Konferenzen im Situation Room zubrachte, wenn er nicht gerade über Berichten brütete.

Im Situation Room des Weißen Hauses, verdammt. Einundzwanzig Tage reichten bei Weitem nicht, um sich daran zu gewöhnen. Am Wachhäuschen auf der Pennsylvania Avenue wedelte Cooper mit seinem Ausweis und wartete auf das Summen des Türöffners.

»Morgen, Mr Cooper.«

»Morgen, Chet. Ich habe doch gesagt, nur Cooper.« Er zog seine Jacke aus und legte sie auf seinen Aktenkoffer auf dem Band des Durchleuchtungsgeräts, dann zog er seinen Ausweis durch das Lesegerät und gab seine Kennung ein. »Hatten Sie eine gute Nacht?«

»Ich habe zwanzig Dollar auf die Redskins gesetzt und an meinen Schwiegersohn verloren. Arme hoch, bitte.«

Cooper hob die Arme und Chet fuhr mit einem Stab an seinem Körper auf und ab, um ihn auf Spuren von Sprengstoff und biologischen Kampfstoffen zu untersuchen. Der Stab war ein Newtech-Gerät, das wegen der öffentlichen Empörung über die langwierigen Sicherheitskontrollen in Flughäfen entwickelt wurde. Soweit Cooper es beurteilen konnte, ging es damit aber auch nicht schneller. »Zuerst nimmt er Ihnen Ihr kleines Mädchen weg und dann auch noch Ihr Geld, was?«

»Sie sagen es.« Der Wachmann lächelte und winkte ihn durch. »Einen schönen Tag auch, Mr Cooper.«

Und schon war er durch die Sperre und auf dem Gelände des Weißen Hauses. Eine lange Auffahrt wand sich vorbei am sogenannten »Pebble Beach«, der Stelle, wo tagaus, tagein die Nachrichtenteams mit ihren Tri-D-Kameras standen. Cooper zog seine Jacke wieder an, und während er weiterlief, ließ er das Gebäude auf sich wirken. Er konnte es immer noch nicht richtig glauben. Das Haus des Volkes, das die Werte Amerikas symbolisierte, das Epizentrum globaler Macht – sein Büro.

Na ja, sozusagen. Eigentlich befand sich sein Büro im Old Executive Office Building, kurz OEOB, dem Bürogebäude auf der anderen Straßenseite. Doch bisher war er selten dort gewesen und hatte seine Arbeitszeit fast ausschließlich im West Wing verbracht.

Ein Marine in Paradeuniform vollführte ein perfektes Rechtsum und hielt Cooper die Tür auf. In der Lobby sah er auf sein Handy und stellte fest, dass er pünktlich war; kurz vor sieben. Als er am Roosevelt Room vorbeikam, musste er einem General und seinen beiden Adjutanten ausweichen. Der Teppichboden war dick und weich und alles glänzte. Die Möbel waren frisch poliert. Er hatte sich nie Gedanken darüber gemacht, wie es im Weißen Haus wohl roch. Umso überraschter stellte er fest, dass es nach Blumen duftete. Jeden Tag wurden frische Gestecke gebracht.

Er bog rechts ab, passierte den Cabinet Room – *den Cabinet Room!* – und betrat ein paar Meter weiter das Vorzimmer des Präsidenten. Zwei Assistenten schrieben an Tastaturen, die auf antike Schreibtische projiziert wurden, und ihre Bildschirme aus entspiegeltem Sicherheitsglas waren so dünn, dass man sie von der Seite gar nicht sehen konnte. Ein seltsames Nebeneinander von Alt und Neu.

Der Pressesprecher Holden Archer war im Gespräch mit Marla Keevers vertieft, die in ihrem grauen Hosenanzug elegant und bösartig aussah. Beide waren erfahrene Politiker, die selten etwas von sich preisgaben, doch für Cooper sprach ihr leichtes Versteifen bei seiner Ankunft Bände.

Entspannt euch, Leute. Ich bin nicht hinter euren Jobs her.

Cooper steckte die Hände in die Taschen und richtete seinen Blick auf ein goldgerahmtes Bild von der Freiheitsstatue, die sich in impressionistischen Nebel hüllte. Ganz nett, dachte er, aber wenn er es auf dem Flohmarkt gesehen hätte, hätte er es nicht weiter beachtet.

»Mr Cooper.«

Er drehte sich um. »Guten Morgen, Mr Secretary.«

Man merkte dem Verteidigungsminister Owen Leahy immer noch seine Vergangenheit beim Geheimdienst an. Seine Körperhaltung schien auszudrücken, dass er jeden Kommentar zur Qualität des Morgens verweigern und außerdem weder bestätigen noch dementieren würde, dass es sich überhaupt um den Tagesbeginn handelte. Es gab nur wenige Menschen, die Cooper so wenig über sich verrieten wie Leahy.

»Irgendwelche Neuigkeiten über die Kinder Darwins?«, fragte Cooper.

Der Verteidigungsminister sah ihn ausdruckslos an. »Hat man Ihnen mittlerweile ein Büro zugeteilt?«

»Ja, auf der anderen Straßenseite.«

»Ach.« Leahy lächelte kaum merklich. Cooper hatte bemerkt, dass die Leute hier die Lage ihrer Büros ungeheuer wichtig nahmen. Der andere fuhr fort: »Und wie gefällt Ihnen die Arbeit hier? Diese ganzen Konferenzen müssen nach Ihrer Tätigkeit bei der AEB doch schrecklich langweilig für Sie sein.«

»Ach, so viel anders ist es gar nicht«, sagte Cooper. »Weniger Geballer, aber trotzdem bleiben ziemlich viele auf der Strecke.«

Leahy schenkte ihm ein leises Lachen, das besagen sollte: *Was sind Sie doch für ein Scherzbold.* Cooper konnte sehen, wie der Verteidigungsminister zu einer weiteren kaschierten Beleidigung ausholte, da öffnete sich an der südwestlichen Wand eine gewölbte Tür. Präsident Lionel Clay steckte den Kopf heraus und sagte zu einem der Assistenten: »Verschieben Sie alles, was nicht dringend ist.« Dann drehte er sich um und gab ihnen über die Schulter ein Zeichen, ihm zu folgen.

Das Oval Office erstrahlte im hineinflutenden Morgenlicht, das auf jede polierte Oberfläche schimmernde Reflexe warf. Keevers, Leahy und Archer gingen ganz unbefangen hinein, als wäre es irgendein Zimmer. Cooper drückte die Schultern durch und versuchte, ebenso gelassen einzutreten, doch er bekam noch immer jedes Mal ein leichtes Rauschen in den Ohren.

»Owen, wie sieht der Informationsstand in Bezug auf die Kinder Darwins aus?«

»Wir sind zwar jetzt etwas besser im Bilde, Sir, aber wir kommen nur langsam voran.« Der Verteidigungsminister begann seinen Bericht, doch es war klar, dass sie keine bedeutenden Fortschritte gemacht hatten.

Seit Cooper dem Stab des Präsidenten angehörte, war er so etwas wie ein Experte für die Terrororganisation geworden.

Er verschlang jede Mitteilung über die Kinder Darwins, traf sich mit Vertretern von AEB, FBI und NSA und starrte stundenlang auf Fotos von lebendig verbrannten Truckern. Und trotzdem war er immer noch nicht viel schlauer. Anscheinend hatten die »Kinder« das Licht der Welt bereits als vollständig formierte Terrororganisation erblickt. Doch niemand wusste, wie groß sie war, von wo aus sie operierte, wie sie sich finanzierte und ob sie eine zentrale Führungsspitze hatte oder nur aus einem losen Verbund von Terrorzellen bestand.

»Wir haben in den letzten Tagen viele neue Erkenntnisse erworben, Sir«, fuhr Leahy fort. »Die Bomben in den Lebensmittellagern beweisen, dass sie technisch versiert sind und Zugang zu Chemikalien haben. Die Überwachungsvideos zeigen, dass sie bei den Überfällen auf die Laster Polizeistreifenwagen benutzt haben. Und unsere Analysten haben mithilfe von Data-Mining schon einige Muster aufgespürt, doch all das hilft uns im Moment nicht wirklich weiter.«

»Vielleicht liegt es daran, dass sie Fanatiker sind. Verrückte«, sagte Keevers. »Sie haben Menschen bei lebendigem Leibe verbrannt. Warum reden wir über die KD, als würde es sich um eine fremde Regierung handeln? Es ist eine Sekte.«

Der Präsident rieb sich das Kinn. »Nick, wie denken Sie darüber?«

Nur Shannon und seine Exfrau Natalie sprachen ihn mit Vornamen an, aber er hätte es unpassend gefunden, den Präsidenten der Vereinigten Staaten zu bitten, ihn Cooper zu nennen. Er räusperte sich, brauchte einen Moment, um seine Worte abzuwägen, dann sagte er: »Denken Sie mal daran, wie wütend die Leute waren, als sie das Monocle-Video gesehen haben. Ihr eigener Präsident hatte die Ermordung amerikanischer Bürger geplant.«

Clay sah ihn weiter milde an, doch die anderen drei tauschten Blicke aus und begannen, Papiere zu ordnen. Er spürte, wie sie auf Distanz gingen. *Sollen sie ruhig. Nun bist du schon mal hier, dann kannst du auch Tacheles reden.* »Nun versuchen Sie einmal, die Dinge aus der Sicht der Genialen zu betrachten. Kinder mit Gaben ersten Grades werden ihren Eltern weggenommen und gegen deren Willen in Akademien gesteckt. Die AEB eliminiert Abnorme, die als Gefahr für die Gesellschaft eingestuft werden, ohne ordentlichen Prozess. Und gemäß der Kontroll- und Aufklärungsinitiative sollen begabte Amerikaner zwangsweise einen Mikrochip implantiert bekommen …«

»Das steht noch nicht fest«, erwiderte Clay. »Ich bin kein großer Freund der Initiative.«

»Freut mich zu hören, Mr President. Doch selbst wenn es Ihnen gelingen sollte, das Gesetz aufzuheben – und Sie sollten es auf jeden Fall versuchen –, ändert das nichts daran, dass Begabte behandelt werden wie Bürger zweiter Klasse.«

»Ich verstehe nicht, welchen taktischen Wert diese Analyse haben soll«, sagte Leahy.

»Ich erkläre es Ihnen«, sagte Cooper. »Sie sind vielleicht Fanatiker, doch verrückt sind sie nicht, und sie haben allen Grund, stinksauer zu sein. Ich habe mein ganzes Leben lang Terroristen gejagt und ich hasse alles, wofür sie stehen. Aber bitte tun wir doch nicht so, als wären sie nicht provoziert worden.«

»Und vergessen wir nicht«, warf Leahy ein, »dass sie tausende Menschen auf dem Gewissen haben, dass sie Männer und Frauen lebendig verbrannt haben und dass sie versuchen, drei amerikanische Städte auszuhungern. Was schlagen Sie vor? Dass wir uns mit ihnen an einen Tisch setzen und diskutieren?«

»Nein«, sagte Cooper. »Wir dürfen nicht mit Terroristen verhandeln.«

»Also, was …«

»Doch vielleicht könnten wir jemanden dafür gewinnen, in unserem Namen zu verhandeln.«

Der Präsident sah nachdenklich aus. »An wen haben Sie gedacht, Nick?«

»An Erik Epstein.« Der reichste Mann der Welt hatte mithilfe seiner Gabe Muster im Auf und Ab der Börse entdeckt und so dreihundert Milliarden Dollar gemacht. Als die Märkte auf der ganzen Welt schließlich geschlossen worden waren, um sie vor Leuten wie ihm zu schützen, hatte er seine Aufmerksamkeit einem neuen Projekt gewidmet: dem Aufbau einer Heimat für Geniale. Er hatte sein Vermögen eingesetzt, um mitten in der Wüste von Wyoming eine Art Israel für Abnorme zu schaffen. »Als Oberhaupt der Siedlung New Canaan hat er auf allen Ebenen Verbindungen zur Gemeinschaft der Begabten. Und er lehnt Terrorismus ab, also …« Cooper verstummte. Die anderen Stabsmitglieder sahen sich an.

»Was ist?«

»Sie können es natürlich nicht wissen«, sagte Marla Keevers. »Woher auch? Schließlich sind Sie neu in dieser Welt. Aber es gibt keinen Erik Epstein, verstehen Sie?«

Er schaute sie verdutzt an. Und erinnerte sich daran, wie er in New Canaan in einem unterirdischen Computerwunderland gestanden und mit Epstein gesprochen hatte. Ein seltsamer, aber intelligenter Mann mit einer mächtigen Gabe: der Fähigkeit, scheinbar unzusammenhängende Daten zu Mustern zu verknüpfen.

Natürlich hatte genau diese Gabe ihn zum Einsiedler werden lassen, der kaum fähig war, mit anderen Menschen zu kommunizieren. Deshalb übernahm sein Bruder seine Rolle in der Öffentlichkeit. Er war es, der in Talkshows auftrat und sich mit Regierungschefs traf. Nur ganz wenige Leute wussten davon.

»Sehen Sie«, fuhr Keevers fort, »der Mann, der sich als Epstein ausgibt, ist ganz offensichtlich nicht derjenige, der die Börse ruiniert hat.«

»Deshalb sind diplomatische Beziehungen mit ihm unmöglich«, fügte der Präsident hinzu. »Wir wüssten nie mit Sicherheit, mit wem wir es gerade zu tun hätten.«

»Aber …« Cooper unterbrach sich. Er wusste etwas, was diese Leute nicht wussten. Hier waren einige der mächtigsten Menschen der Welt versammelt. Epstein hatte sicher einen triftigen Grund, sie im Dunkeln tappen zu lassen.

Das letzte Mal, als du Epstein getroffen hast, hast du ihm versprochen, John Smith zu töten. Doch du hast Smith verschont. Willst du wirklich den reichsten Mann der Welt zweimal reinlegen? »Verstehe.«

»Fürs Erste«, fuhr Leahy von der Unterbrechung unbeirrt fort, »konzentrieren wir uns auf die Situation vor Ort. Wir wollen morgen damit beginnen, Lebensmittel und andere wichtige Hilfsgüter zu verteilen.«

»Morgen erst?« Der Präsident runzelte die Stirn. »Die Geschäfte sind schon seit zwei Tagen leer. Warum die Verzögerung?«

Keevers antwortete: »Wir betrachten es eigentlich als ziemliche Leistung, Sir. Die Nationalgarde verfügt über keinerlei Lebensmittelvorräte. In Tulsa und Fresno verhandeln wir mit Nahrungsmittelvertrieben, doch das größte Lebensmittellager im Großraum Cleveland ist zerstört worden. Deshalb müssen wir die Versorgung über andere Lager im Nordosten Ohios organisieren.«

»Und was ist mit dem Katastrophenschutz?«

»Die Katastrophenschutzbehörde kann erst tätig werden, wenn Gouverneur Timmons den Notstand ausruft und offiziell Hilfe anfordert.«

»Und worauf wartet er?«

»Er ist Demokrat«, antwortete sie. »Wenn er einen republikanischen Präsidenten um Hilfe bittet, könnte ihm das bei den nächsten Wahlen als Schwäche ausgelegt werden.«

»Kümmern Sie sich darum. Die Leute haben Hunger.«

»Ja, Sir.« Marla Keevers entknitterte ihr Datenpad und machte sich eine Notiz. »In der Zwischenzeit versucht die Nationalgarde, Lebensmittelausgabestellen einzurichten, aber sie haben Probleme. In den meisten Lebensmittelgeschäften ist es zu gewaltsamen Zwischenfällen gekommen. Zerbrochene Scheiben, Handgemenge, Plünderungen. Die Nationalgarde bemüht sich, für Ordnung zu sorgen. Doch während sie versucht, die aufgebrachten Massen zu kontrollieren und die Geschäfte zu sichern, kann sie keine Hilfsstationen aufbauen. Und je länger die Lebensmittellieferungen auf sich warten lassen, desto mehr Leute gehen auf die Straße.«

Präsident Clay drehte den anderen den Rücken zu und schritt zum Fenster. Er starrte hinaus auf den Rosengarten, und die Strahlen der Morgensonne teilten seine Silhouette sauber in zwei Teile. »Hat es Tote gegeben?«

»Noch nicht. Aber ein paar Verletzte, die ins Krankenhaus eingeliefert werden mussten.«

»Wir müssen die Leute irgendwie beruhigen«, sagte Clay. »Diese Panik ist schlimmer als das eigentliche Problem.«

»Ja, Sir«, sagte Keevers. »Wir sind der Ansicht, Sie sollten eine Ansprache an die Nation halten.«

»Heute Nachmittag?«

Pressesprecher Archer sagte: »Heute Abend erreichen wir mehr Leute.«

»Sie müssen nur eine kurze Erklärung verlesen«, sagte Keevers. »Dass Sie persönlich alle Versuche …«

»Anstrengungen«, warf Archer ein, »nicht Versuche. Dass Sie alle Anstrengungen, diese schwierige Situation in den Griff zu bekommen, persönlich überwachen würden.«

»Und dass in schwierigen Zeiten alle Amerikaner zusammenhalten …«

»… und Entschlossenheit demonstrieren müssen, wie es dem Charakter unserer Nation entspricht, und so weiter.«

»Und dass Sie größtes Vertrauen in die Nationalgarde haben und ebenso in die Bürger von Cleveland, Tulsa und Fresno.«

»Und dass wir alles daran setzen werden, diejenigen ausfindig zu machen, die unser Land auf so niederträchtige Weise angegriffen haben.«

»Entschuldigung«, sagte Cooper.

Er hatte sie aus dem Rhythmus gebracht und alle sahen ihn an, als hätten sie vergessen, dass er da war. Er lächelte freundlich. »Sie haben ›Erklärung‹ gesagt. Sollte er nicht auch Fragen beantworten?«

»Nein«, erwiderten Keevers und Leahy wie aus einem Munde. Und Archer: »Auf gar keinen Fall.«

»Drei Städte versinken im Chaos«, sagte Cooper. »Es herrscht Lebensmittelknappheit, Geschäfte werden geplündert, es kann jederzeit zu Unruhen kommen. Warum sollte der Präsident keine Fragen beantworten?«

Keevers' Züge verspannten sich. »Mr Cooper, ich glaube nicht …«

»Er hat nicht ganz unrecht«, unterbrach sie der Präsident. »Warum soll ich keine Fragen beantworten?«

Die anderen drei sahen sich an. Nach einer Weile sagte Archer: »Weil die Leute fragen werden, wer die Kinder Darwins sind, Sir. Und wo sie sind und was sie wollen. Und ob wir sie bald haben.«

»Warum soll ich nicht ein bisschen offensiver auftreten?«, fragte Clay. »Ich sage, wir haben die Situation unter Kontrolle und werden die Kinder in kürzester Zeit mit verdeckten Operationen ein für alle Mal unschädlich machen.«

»Weil nach unseren Informationen weitere Anschläge zu erwarten sind«, sagte der Verteidigungsminister. »Wenn Sie behaupten, Sie hätten die Sache im Griff, und eine Stunde später geht irgendwo eine Bombe hoch, dann sieht's aus, als hätten wir geschlafen.«

»Also sagen Sie die Wahrheit«, warf Cooper ein. »Erklären Sie den Leuten, dass Sie noch nicht alle Antworten haben und dass die Regierung die Kinder Darwins mit aller Macht bekämpft. Dass wir keinen Terrorismus dulden und dass die Schuldigen festgenommen oder getötet werden. Und bis dahin sollen die Bürger sich wie große Jungs benehmen und Ruhe bewahren.«

Schweigen legte sich schwer über den Raum, fast greifbar. Ein beredtes Schweigen. Und mindestens drei der Anwesenden fragten sich, wie dumm er eigentlich war.

Von wegen: »Die Wahrheit wird euch frei machen.«

Nach einer Weile sagte der Präsident: »Also gut, keine Fragen.«

Cooper lehnte sich auf seinem Stuhl zurück und unterdrückte ein Schulterzucken.

»Aber Nick hat einen wichtigen Punkt angesprochen«, fuhr Clay fort. »Die Leute müssen sich darauf verlassen können, dass der Präsident letztendlich die Verantwortung übernimmt. Wenn ich nur ein Statement abgebe und keine Fragen beantworte, sieht es so aus, als würden wir etwas verheimlichen. Aber wenn jemand anders ausweichend antwortet, ist das nicht so tragisch. Deshalb wird Holden die Pressekonferenz leiten.«

»Ja, Sir.«

»Und Owen, ich will mehr Informationen über die Kinder Darwins. Nicht nächste Woche, nicht morgen, sondern sofort.«

»Ja, Sir.«

»In Ordnung.« Lionel Clay ging hinter seinen Schreibtisch, setzte seine Lesebrille auf und blätterte in einem Ordner. Und vertiefte sich sofort darin. Eine Begleiterscheinung von Coopers Gabe war, dass er verschiedenen Personen bestimmte Farben zuordnete. So empfand er Hitzköpfe als rot und introvertierte Menschen sah er in Grautönen. Lionel Clay war wie die goldene Patina auf den nikotinfleckigen Wänden eines Cafés, gediegen-elegant.

Ganz wunderbar. Aber vielleicht brauchen wir in dieser Situation eher einen Mann mit einer Aura von poliertem Stahl.

Cooper stand auf, knöpfte sein Sakko zu und verließ mit den anderen das Oval Office. Marla Keevers wartete, bis die Tür zu war, und fing ihn ab. »Sich wie große Jungs benehmen?«

»Und wie große Mädchen«, sagte er.

Ihr dünnes, kaltes Lächeln erstarb, bevor es ihre Augen erreichte. »Sie haben nur erreicht, ihn für etwas zu begeistern, was er unmöglich tun kann. Das ist Ihnen doch klar, oder?«

»Soviel ich weiß, kann er so ziemlich alles tun und lassen, was er will.«

»Da irren Sie sich. Wir haben jetzt eine Situation, wo der Pressesprecher versuchen muss, den Fragen der Medien auszuweichen. Holden macht seinen Job zwar gut, aber was wir jetzt brauchen, ist ein Präsident, der seinem Volk sagt, dass alles in Ordnung ist.«

»Auch wenn es nicht stimmt.«

»Ganz besonders dann.«

»Sehen Sie, da gehen unsere Meinungen auseinander. Meiner Ansicht nach ist es Aufgabe des Präsidenten, sein Land zu schützen. Und am besten kann er das, wenn er die Wahrheit sagt.«

»Ach, du meine Güte.« Sie verdrehte die Augen. »Beinah hätte ich gesagt, ich hoffe, Sie wissen, was Sie tun. Aber das ist offensichtlich nicht der Fall.«

»Wir werden sehen«, sagte Cooper.

»Ja«, antwortete Marla Keevers. »Ganz bestimmt.«

Die Wahrheit hinter den Lügen: Ein digitales Forum für Nichtglaubende

Bitte vor dem Posten anmelden

Ver$chwörung – AEB-Direktor ermordet

El Chupacabra

»Warum heißt es ›gesunder Menschverstand‹, wenn die meisten krank im Kopf sind?«

User ID: 493324

Das müsst ihr lesen!

Ihr erinnert euch: Vor drei Monaten ist Drew Peters von der AEB in Washington kopfüber von einem Wolkenkratzer gesegelt. Die offizielle Version ist, dass er wegen seiner Mittäterschaft beim Monocle-Massaker von Schuldgefühlen überwältigt wurde, deshalb das Video von sich und Walker bei der Planung hochgeladen und einen Kopfsprung gemacht hat.

Nicht sehr wahrscheinlich. Der Mann war Direktor des Ausgleichsdiensts. Die haben schon weiß Gott wie viele kaltgemacht. Wieso sollte der sich wegen 73 Leuten in einem Restaurant in die Hosen machen?

Aber das Verrückteste kommt noch. Ich hab einen Kumpel bei der Polizei in Washington, der hat mir erzählt, dass es in der Nacht in einer Designfirma im selben Gebäude eine Schießerei gegeben hat. Alles soll total im Arsch gewesen sein, Computerbildschirme explodiert, überall Scherben. Er hat gesagt, es gab jede Menge Blut, aber keine Leiche.

Als mein Kumpel an den Tatort kam, haben Männer in schwarzen Anzügen ihn weggeschickt. Er glaubt, es waren AEB-Agenten. Und später in der Nacht kriegt er einen Anruf vom Polizeipräsidenten, der sagt, er hätte sich geirrt und es hätte überhaupt kein Blut und keine Schießerei gegeben.

Ganz offensichtlich stimmt da was nicht. Ich nehme an, dass Peters das Video gar nicht selbst veröffentlicht hat, sondern derjenige, der in der Designfirma rumgeballert hat.

Und Peters wurde ermordet, aber niemand redet drüber.

Demnach kam die Order von oben. Jemand mit viel Einfluss hat hinter den Kulissen gemauschelt.

Seid auf alles gefasst, Leute. Es kommen finstere Zeiten auf uns zu.

Re: Ver$chwörung – AEB-Direktor ermordet

Benito the Mighty

»Seid stille und erkennet, dass ich Gott bin!«

User ID: 784321

Bist du erst jetzt dahintergekommen?

Da müssen noch mehr Leute mit drinstecken. Walker war der Präsident und Peters Direktor bei der AEB. Die haben sich bei dem Schlachtfest im Monocle bestimmt nicht selbst die Hände schmutzig gemacht. Die Attentäter hat man nie gefunden. Das heißt, die sind auch erledigt worden.

Bist du wirklich überrascht, dass noch andere ihre Finger im Spiel hatten?

Da ist eine richtige Schattenregierung am Werk. Sie treten im Fernsehen auf und gaukeln uns wer weiß was vor. Wir sollen uns darüber aufregen, dass irgendein Bürgermeister einem Mädchen ein Foto von seinem Schwanz geschickt hat oder dass ein Senator eine rassistische Bemerkung gemacht hat oder dass ein Präsidentenberater Crack raucht. Und wir sehen rot und verurteilen diese Leute. Dabei ist das alles nur ein Ablenkungsmanöver, damit wir nicht merken, was wirklich abgeht.

Die wichtigen Entscheidungen für unser Land werden im Verborgenen gemacht. Es gibt keine Aufzeichnungen und keine Presseerklärungen.

Das Monocle ist nur die Spitze des Eisbergs. Es gibt eine Clique, die alle Strippen zieht, und diese Leute gehen über Leichen. Dein Freund, der Cop, ist besser vorsichtig.

Re: Ver$chwörung – AEB-Direktor ermordet

LadyKiller87

»Wer der Herde folgt, läuft nur den Ärschen hinterher«

User ID: 123021

Klingt ziemlich hirnrissig. Wer soll denn den Mord an einem AEB-Direktor vertuschen?

Das müsste schon ein ganz hohes Tier sein.

Re: Ver$chwörung – AEB-Direktor ermordet

Benito the Mighty

»Seid stille und erkennet, dass ich Gott bin!«

User ID: 784321

Da hast du recht, ein ganz hohes Tier. Wie der amerikanische Präsident zum Beispiel.

Ach, stimmt – der steckte ja mit drin. Du Intelligenzbolzen, du.

Ver$chwörung – AEB-Direktor ermordet

El Chupacabra

»Warum heißt es ›gesunder Menschverstand‹, wenn die meisten krank im Kopf sind?«

User ID: 493324

Also, wie weit verzweigt ist dieses Komplott? Walker war zu der Zeit Präsident. Und wer gehört sonst noch zu der Clique? Präsident Clay? Verteidigungsminister Leahy?

Re: Ver$chwörung – AEB-Direktor ermordet

Benito the Mighty

»Seid stille und erkennet, dass ich Gott bin!«

User ID: 784321

Möglich. Auf jeden Fall habe ich einen Fluchtrucksack gepackt und meine Hütte vorbereitet. Zwei Paletten Konserven, tausend Liter Trinkwasser und harter kalter Stahl, um mich zu verteidigen.

Wenn hier erst so richtig die Hölle losbricht, dann sitz ich die Sache aus und lass es mir gutgehen. Und wehe jedem Schwachkopf, der sich auf mein Grundstück verirrt.

Re: Ver$chwörung – AEB-Direktor ermordet

BananaGirl

»Sorgen sind ein Missbrauch der Fantasie«

User ID: 897236

Alter, so viel Wasser brauchst du gar nicht. Du musst nur ein Auffangbecken ausheben und ein Reinigungssystem bauen. *Hier* findest du einen Bauplan.

Kapitel 5

»Hat er wirklich große Mädchen gesagt?«

»Und hat gegrinst, als käme er sich unheimlich schlau vor.« Marla Keevers nahm einen Schluck Kaffee.

»Auf jeden Fall schlagfertig.« Owen Leahy schüttelte den Kopf. In seiner Position als Verteidigungsminister gab es nur wenige Menschen, mit denen er ganz offen war. Aber Marla war eine gute Freundin, oder zumindest so gut wie es unter Politikern von ihrem Kaliber möglich war. Sie hatten schon unter Präsident Walker zusammengearbeitet und er hatte schnell festgestellt, dass sie zu den seltenen Zeitgenossen gehörte, die immer ihre Arbeit erledigen, koste es, was es wolle. Solche Menschen gefielen ihm. Er war selbst so jemand. »Der Präsident scheint ganz hin und weg von ihm zu sein.«

»Er war direkt von Cooper eingenommen. Weißt du, warum? Als Clay ihm den Posten angeboten hat, hat er abgelehnt.«

»Nicht dein Ernst.«

»Doch. Ist so was zu fassen? Er sitzt in der Limo, nachdem wir zwanzig Agenten eingesetzt haben, um ihn uns zu schnappen – nur so als Machtdemonstration –, und der Typ sagt einfach nein.«

Sie saßen in ihrem Büro, bei geschlossener Tür. Leahy hatte einen Fuß aufs Knie gelegt und wippte mit dem Stuhl. Sie hatten mit diesen inoffiziellen Konferenzen begonnen, um in der Übergangsphase von Walker zu Clay dafür zu sorgen, dass nichts schiefging, aber mit der Zeit waren sie immer mehr zu Plauderstündchen geworden. »War es Theater?«

»Nein. Das ist ja das Seltsame. Er wollte den Job wirklich nicht.«

Das war beunruhigend. Sie waren schließlich in Washington. Hier schlug niemand so einen Job aus. »Cooper ist also sein neuer Liebling.«

Marla nickte. Sie sahen sich an und fingen beide an zu lachen. Es tat gut in dieser absurden Situation.

»Was für eine Welt, hm? Wirf deinen Chef vom Dach, dann bekommst du einen Job beim Präsidenten«, sagte Leahy. »Aber zumindest könnten wir es als Druckmittel verwenden, um ihn uns gefügig zu machen.«

»Cooper wird sich nicht gängeln lassen. Außerdem, wollen wir wirklich in diesem Wespennest herumstochern?« Marla schüttelte den Kopf. »Wenn die Wahrheit über die Nacht damals herauskäme, würde man sich fragen, wer sonst noch die Finger im Spiel hatte.«

»Ich hatte mit der Sache im Monocle nichts zu tun.«

»Ich auch nicht. Aber es gab genug anderes, bei dem wir … über das wir unterrichtet waren.« Dabei beließ sie es, was er zu schätzen wusste. Klug von ihr.

»Ich weiß nicht, Marla. Kommt es mir nur so vor oder dreht die ganze Welt wirklich langsam durch? Wir steuern auf die wahrscheinlich größte Krise der amerikanischen Geschichte zu und der Präsident holt sich Ratschläge von einem Pfadfinder.«

»Weißt du, wie viele Leute Nick Cooper auf dem Gewissen hat?«

»Okay«, sagte Leahy, »von einem gefährlichen Pfadfinder.«

Sie zuckte mit den Schultern. Mit einem Ping kündigte sich eine Nachricht auf ihrem System an. Sie las sie und antwortete rasch. Leahy verschränkte die Hände hinterm Kopf und starrte an die Decke.

»1986, als Bryce seine Studie über die Begabten veröffentlicht hat, fing ich gerade bei der CIA an. Ich hatte vier Jahre beim Militärgeheimdienst hinter mir und war versetzt worden. Ich war Nachwuchsanalyst in der Nahostabteilung, der Neue, dem man den ganzen Mist zuschieben konnte. Doch als ich die Studie gelesen habe, bin ich schnurstracks zum stellvertretenden Direktor gelaufen und habe gefragt, ob er ein paar Minuten Zeit hat.«

»Nicht dein Ernst.«

»Ich war jung.«

»Und hat er dich empfangen?«

»Ja.« Leahy lächelte bei der Erinnerung. Ein kalter Januartag, er hatte Salzflecken an den Schuhen, und während er vor Mitchums Büro wartete, wischte er mit angefeuchteten Fingern an ihnen herum. Noch heute spürte er den Geschmack von Salz und Erde auf der Zunge. »Mitchum hat mich angesehen, als wäre ich geistesgestört.« Er zuckte mit den Schultern. »Es gab kein Zurück, also dachte ich, scheiß drauf, entweder kommst du heute ganz groß raus oder du fliegst.«

»Und was hast du gesagt?«

»Ich habe die Studie auf seinen Schreibtisch gelegt und gesagt: ›Sir, vergessen Sie die Scheichs und Berlin und die Sowjets. Das hier ist der Konflikt, der den amerikanischen Geheimdienst die nächsten fünfzig Jahre beschäftigen wird.‹«

»Nein.« Marla grinste breit. »Nein.«

»Doch.«

»Und?«

»Er hat mich lachend rausgeworfen und ich musste noch ein Jahr länger als Nachwuchsanalyst arbeiten. Aber ich wusste, ich hatte recht, und es hat sich ja bestätigt.« *Und Mitchum weiß das auch.* Der stellvertretende Direktor brauchte fünf Jahre, um die Wahrheit zu erkennen, doch dann erinnerte er sich daran, wer ihn zuerst darauf gestoßen hatte. Seither zeigte er ein persönliches Interesse an Leahy, dessen Aufstieg dramatisch beschleunigt wurde. »In unserer ganzen Geschichte hat es nie eine so große Bedrohung gegeben wie die Begabten.«

»Vorsicht. Für so ein Zitat von dir würde die *New York Times* ein Vermögen zahlen.«

»Die *New York Times* kann mich mal. Ich habe drei Kinder und fünf Enkel, von denen keiner begabt ist. Was haben sie denn für eine Chance? Werden sie in zwanzig Jahren die Welt regieren? Oder eher im Imbiss arbeiten?«

Marla antwortete nicht, gab nur eine weitere Nachricht in ihr System ein. Leahy fragte: »Was hältst du von ihm?«

»Von Cooper?«

»Von Clay. Er ist seit zwei Monaten im Amt. Seine Schonfrist ist vorbei. Also, was hältst du von ihm?«

Sie hörte auf zu tippen und nahm nachdenklich einen Schluck Kaffee. Schließlich sagte sie: »Ich glaube, er würde einen erstklassigen Geschichtsprofessor abgeben.«

Sie sahen sich an.

Weitere Worte waren nicht nötig.

Kapitel 6

Es war ein knackfrischer, blauer Tag. Ein Tag, der einen Mann mit Stolz erfüllte, ein Haus zu besitzen und in alten Klamotten im Garten zu arbeiten. Ein Bier auf der Veranda, im Hintergrund Stimmen aus dem Radio. Ethan frönte der größten Lüge aller Angestellten, er »arbeitete von zu Hause aus« und hatte überhaupt kein schlechtes Gewissen dabei. Er verbrachte genug Zeit im Labor. Außerdem war dies nun schon der dritte Tag der »Krise von Cleveland«, wie die Medien es nannten. Den Leuten würden bald die Vorräte ausgehen und sie würden Hunger bekommen. Und wer hungrig war, kam auf dumme Gedanken. Er wollte Frau und Kind nicht zu Hause allein lassen.

»… sich heute Abend an die Nation wenden. Im Vorfeld dieser Pressekonferenz hat das Weiße Haus noch einmal darauf hingewiesen, dass die Nationalgarde dabei ist, in den betroffenen Städten Stationen zur Verteilung von Lebensmitteln und anderen Hilfsgütern einzurichten …«

Eins, was ihm aufgefallen war, seit er ein eigenes Haus hatte, waren die verdammten Blätter, die ständig von den Bäumen fielen. Aber irgendwie fand er es auch meditativ,

Säcke mit Laub vollzustopfen, und nahm Details wahr wie den Geruch oder die Blattpartikel, die jedes Mal, wenn er einen Armvoll aufhob, hochstoben und in der goldenen Herbstsonne schimmerten.

»… weisen darauf hin, dass es sich nur um eine vorübergehende Störung ohne langfristige Auswirkungen handelt. Die Bevölkerung wird gebeten, Ruhe zu bewahren …«

»Dr. Park?«

Ethan sah auf. Auf dem Bürgersteig standen ein Mann und eine Frau. Er trug einen dunklen Anzug, sie ein dunkles Kostüm, und der Mann hielt ihm eine aufgeklappte Brieftasche mit Dienstmarke hin. »Ich bin Special Agent Bobby Quinn und das ist Special Agent Valerie West. Wir sind von der Analyse- und Einsatzbehörde. Hätten Sie vielleicht einen Moment Zeit?«

Ethan richtete sich auf. Der Rücken tat ihm weh. »Ähm, klar.«

»Sie sind Dr. Ethan Park vom Institut für fortgeschrittene Genomforschung?«

»Ja.«

Quinn nickte, ließ den Blick durch den Vorgarten schweifen, bemerkte Ethans abgerissene Kleidung und seine schmutzigen Hände.

»Worum geht's denn?«

»Um Dr. Abraham Couzen. Können wir uns drinnen unterhalten?«

Abe? Er zuckte mit den Schultern und sagte: »Sicher.« Es kam ihm ein bisschen unwirklich vor. Agenten der Regierung, die plötzlich vorm Haus stehen. So was gab's doch nur im Film. Er führte sie über die Veranda ins Haus. »Nehmen Sie Platz. Möchten Sie Kaffee oder so?«

»Nein, danke.« Die beiden Agenten setzten sich nebeneinander auf die Couch. Quinn sagte: »Schönes Haus.«

»Danke.«

»Sie haben ein Kind?« Er deutete auf die Babyschaukel.

»Ein Mädchen. Zehn Wochen alt. Entschuldigen Sie, ich möchte nicht unhöflich erscheinen, aber worum geht's denn?«

»Wann haben Sie Dr. Couzen zum letzten Mal gesehen?«

»Vor ein paar Tagen.«

»Können Sie es etwas genauer sagen?«

Ethan überlegte. Abe kam und ging, wie er Lust hatte. *Eigentlich tut er immer nur, wozu er Lust hat.* »Vorgestern. Im Labor.«

»Und seitdem haben Sie ihn nicht mehr gesehen?«

»Nein. Ist was passiert?«

Quinn sah ihn gequält an. »Es tut mir leid, aber gestern hat ein Nachbar Schüsse aus Dr. Couzens Haus gehört. Als die Polizei kam, war die Hintertür eingetreten. Sein Arbeitszimmer war durchwühlt worden und der Doktor war verschwunden.«

»*Was?* Ist alles in Ordnung mit Abe?«

»Das versuchen wir gerade herauszufinden.«

»Dr. Park«, sagte Valerie West, »wissen Sie, ob Dr. Couzen von irgendjemandem bedroht wurde?«

»Nein.«

»Ist kürzlich jemand aus dem Institut entlassen worden? Könnte jemand einen Groll gegen ihn hegen?«

Ethan hätte beinah gelacht. »Entlassen, nein. Aber ob jemand einen Groll gegen ihn hegt? Bestimmt. Es ist nicht einfach, mit Abe zu arbeiten.«

»Wie meinen Sie das?«

»Er ist ...« Ethan zuckte mit den Schultern. »Früher hätte man gesagt, er ist genial. Aber das bedeutet heute etwas anderes. Er ist nicht abnorm, aber ein unvergleichliches Genie, und er verliert schnell die Geduld.«

»Was genau meinen Sie damit?«

»Er ist schwierig im Umgang und hat einen rauen Ton an sich. Und jeden, der nicht so klug ist wie er, behandelt er von oben herab. Und das heißt, eigentlich jeden.«

»Sie auch?«

»Manchmal. Aber ich bin nicht bei ihm eingebrochen, falls Sie das meinen.«

»Nein«, sagte Quinn und hielt abwehrend die Hände hoch. »Wir versuchen nur herauszufinden, warum man ihn ins Visier genommen haben könnte.«

»Ins Visier genommen?« Er sah von einem zum anderen. »Entschuldigung, ich verstehe immer noch nicht ganz.«

»Es war kein simpler Einbruch«, sagte Quinn. »Er war zur Tatzeit zu Hause. Es gibt Kampfspuren und Dr. Couzen ist verschwunden. Derzeit gehen wir von einer Entführung aus.«

Ethan lehnte sich zurück und versuchte zu begreifen, was er hörte. Eine Entführung? Wer sollte Abe denn entführen?

»Dr. Par…«

»Ethan.«

»Ethan, können Sie uns sagen, woran Dr. Couzen gearbeitet hat?«

»Epigenetische Ursachen variabler Genexpression.«

Die Agenten tauschten Blicke aus. Quinn breitete fragend die Hände aus und hob die Augenbrauen.

Also gut. Ethan fragte: »Haben Sie schon einmal von der niederländischen Hungerstudie gehört?« Sie sahen ihn immer noch ausdruckslos an. »Gegen Ende des Zweiten Weltkriegs haben die Deutschen die Niederlande ausgehungert. Dies war der sogenannte Hungerwinter, in dem etwa zwanzigtausend Menschen starben. Wie man sich denken kann, haben die Frauen, die zu der Zeit schwanger waren, besonders schwächliche Kinder zur Welt gebracht. So weit, so gut. Doch das Überraschende war, dass die Kinder dieser Kinder ebenfalls gesundheitliche Schäden hatten. Und *deren* Kinder auch. Kurz und knapp erklärt, darum geht's bei Epigenetik.«

»Wow«, sagte Agent West. »Im Ernst?«

»Cool, was?«

»Ja. Also die Hungersnot hat ihre DNA verändert?«

Ethan stellte fest, dass er sie sympathisch fand. Ihr Kollege hatte etwas Aalglattes an sich, typisch Regierungsbeamter, aber sie wirkte auf gewisse Art nerdig, sodass er eine gemeinsame Ebene mit ihr fand. »Nein, das ist das Komplizierte daran. Nicht die DNA selbst ändert sich, sondern die Art, wie die Informationen der Gene zum Ausdruck kommen, wie sie reguliert werden. Epigenetische Veränderungen sind Reaktionen auf Umwelteinflüsse ohne Veränderungen der DNA an sich.«

»Aber wie funktioniert das?«

»Genau das ist die Frage.«

Quinn sagte: »Sie haben in den letzten Monaten einige bahnbrechende Entdeckungen gemacht.«

Wenn du wüsstest … »Wir haben Fortschritte gemacht.«

»Können Sie uns sagen, was Sie herausgefunden haben?«

Ethan schüttelte den Kopf. »Alle, die im Labor arbeiten, haben eine Geheimhaltungserklärung unterschrieben. Die Ergebnisse unserer Arbeit sind unter Umständen eine Menge Geld wert.«

»Das verstehe ich ja, Sir, aber wir sind keine Genetiker …«

»Es tut mir leid, aber es geht wirklich nicht. Ich darf noch nicht einmal meine Frau einweihen. Abe nimmt es mit der Geheimhaltung sehr genau.« Ethan zögerte. »Moment. Wollen Sie etwa sagen, dass die Entführung etwas mit unserer Arbeit zu tun hat?«

»Wer immer es war, hatte es nicht nur auf Dr. Couzen selbst abgesehen«, sagte Agent West. »Sie haben alles von Wert mitgenommen, bis hin zur Festplatte seines Servers.«

Quinn sagte: »Ihr Labor wird privat finanziert, nicht wahr?«

»Ja.«

»Vom wem?«

»Das weiß ich nicht.«

Quinn legte den Kopf schief. »Sie wissen es nicht?«

»Wie gesagt, Abe ist ziemlich exzentrisch. Und er hat schlechte Erfahrungen gemacht. Er wollte nicht riskieren, dass jemand unsere Ergebnisse stiehlt.« Ethan hatte zwar einen Verdacht, wer ihr Wohltäter sein könnte, doch jetzt war nicht der richtige Zeitpunkt, ihn zu äußern.

»Moment mal.« Quinn kratzte sich am Kinn, was wie eine eingeübte Geste aussah. »Sie wollen sagen, über Ihre Arbeit dürfen Sie nicht reden und Ihren Geldgeber kennen Sie nicht?«

»Wir reichern jedenfalls kein Plutonium an. Und Geld ist Geld.« *Falls unsere Ergebnisse sich allerdings als korrekt herausstellen, wird die Finanzierung nie mehr ein Problem sein. Vieles wird dann kein Problem mehr sein.* Er schob diesen Gedanken beiseite und sagte: »Aber was hat das mit Abes Entführung zu tun?«

»Ethan, ich weiß, das kommt alles sehr plötzlich«, sagte Agent West. »Aber ich analysiere Daten, das ist mein Beruf, und in diesem Fall lassen die Daten nichts Gutes ahnen. Couzen ist in Gefahr; und wenn Sie uns irgendetwas darüber sagen können, woran er gearbeitet hat, rettet ihm das vielleicht das Leben.«

Was macht es schon aus? Selbst wenn sie unsere Ziele kennen, heißt das noch lange nicht, dass sie unsere Ergebnisse reproduzieren können. Das kannst du ja noch nicht mal selbst, verdammt. Abe ist der Einzige, der alle Teile des Puzzles hat …

Moment mal.

»Warum eigentlich die AEB?«

»Wie bitte?«

»Wenn er entführt worden ist, warum mischst sich die AEB ein? Ist für so was nicht das FBI zuständig?«

»Wir arbeiten mit dem FBI zusammen. Er ist ein wichtiger Mann und wir tun alles, um herauszufinden, was passiert ist.«

»Aber was nutzt Ihnen zu wissen, woran er arbeitet? Epigenetische Theorien helfen Ihnen bei der Aufklärung auch nicht weiter. Sollten Sie nicht eher nach Fingerabdrücken und DNA-Spuren suchen?«

»Das tun wir bereits«, sagte Quinn. »Wir tun all das, was Sie aus dem Fernsehen kennen. Aber wenn Sie Ihren Freund wiedersehen wollen, müssen Sie uns alles sagen, was Sie wissen.«

Ethan starrte ihn an. Sein nagender Verdacht wurde zur Gewissheit. »Es geht Ihnen überhaupt nicht um Abe, nicht wahr?«

Die beiden Agenten zeigten keine Reaktion, aber es schien plötzlich kälter im Zimmer zu werden.

»AEB-Agenten. Ha!« Er lächelte. »Sie sind hinter unseren Ergebnissen her.«

»Ethan …«

»Dr. Park, bitte«, sagte er. »Und es wird Zeit, dass Sie gehen.«

Die beiden Agenten sahen sich an. Quinn sagte: »Sie wissen doch sicher, dass wir rechtliche Mittel haben, um Sie zu einer Auskunft zu zwingen.«

»Ja, aber nur in Anwesenheit meines Anwalts. Mehr habe ich Ihnen nicht zu sagen.« Er stand auf und fühlte, wie sein Puls raste. Einerseits konnte er gar nicht glauben, was er da tat, andererseits wusste er, dass er recht hatte. Diesen beiden Agenten war Abe absolut egal. *Sie wissen, woran du arbeitest. Ganz bestimmt. Vielleicht wissen sie sogar, dass es dir gelungen ist.*

Und das macht ihnen Angst.

Er ging zur Tür und hielt sie auf. Die beiden Agenten ließen sich Zeit, bevor sie schließlich aufstanden. »In Ordnung, Dr. Park.«

Auf der Veranda drehte sich Quinn noch einmal um, seine aufgesetzte Liebenswürdigkeit war verschwunden. »Über eins sollten Sie allerdings nachdenken, *Ethan*. Jeder, mit dem wir gesprochen haben, sagt, Sie seien sein Protegé. Dass er zwar das Genie war, aber es niemals ohne Sie geschafft hätte.«

»Und?«

»Und … alle Wände in Abes Arbeitszimmer waren mit seinem Blut bespritzt.« Quinn fuhr mit der Hand am Türrahmen herunter und schaute ihn bedeutungsvoll an. »Wollen Sie wirklich riskieren, dass diese Leute auch zu Ihnen kommen?« Er lächelte kalt und holte eine Visitenkarte hervor. »Wenn Sie endlich kapiert haben, dass Sie ihn Gefahr sind, rufen Sie mich an.«

NICHT DIE REGIERUNG BIETET DEN BESTEN SCHUTZ VOR TERRORISTEN.

Sondern Sie selbst.

Ein verdächtiger Fahrgast im Zug?
Informieren Sie den Sicherheitsdienst.
Ihr Nachbar verhält sich seltsam?
Greifen Sie zum Telefon.
Ein Spielkamerad Ihrer Kinder weiß mehr, als ihm guttut?
Sagen Sie uns Bescheid.
Gemeinsam können wir Amerika beschützen.*

Sie
sehen
etwas?

Dann
sagen
Sie
etwas.

DIE ANALYSE- UND EINSATZBEHÖRDE

*Die AEB setzt sich für Chancengleichheit ein.
Bitte respektieren Sie die Rechte und Gefühle aller.
Abnorme sind auch Menschen.

Kapitel 7

Es war ein beschissener Tag gewesen, randvoll mit Frustration und verbrannt schmeckendem Kaffee. Doch er wurde besser, als Cooper auf dem vierzehnten Mond des Saturns landete.

»Enceladus ist der Ort unseres Sonnensystems, an dem am ehesten Leben möglich wäre«, sagte sein Sohn. »Dort gibt es jede Menge Wasser, Kohlenstoff und Stickstoff.«

»Das scheint mir der richtige Ort, um nach kleinen grünen Männchen zu suchen.«

»Ja«, sagte Todd. »Doch zuerst müssen wir die Wände unserer Station verstärken. Draußen sind es minus zweihundert Grad.«

»Meine Güte.« Cooper nahm eine Seite der Decke, legte sie über die Stuhllehne und verknotete die Fransen, um sie zu befestigen. »Dann sollten wir besser nicht trödeln. Special K?« Er reichte das andere Ende der Decke seiner Tochter, die daran zog, um sie zu spannen. Er und Todd zogen die Couch heran, um eine Wand zu bilden, dann drapierten sie eine weitere Decke darüber.

Sein Sohn begutachtete die Festung und verzog unzufrieden den Mund. »Wir brauchen eine bessere Decke.«

»Wird erledigt«, sagte Cooper. Er kroch unter der durchhängenden Decke hervor, ging in die Küche und holte aus der Krimskramsschublade eine Rolle Isolierband. Er erhob sich auf die Zehenspitzen, um eine Schlaufe des Bands um die Lampenfassung des Deckenventilators zu wickeln. Dann kniff er die Decke in der Mitte zusammen, zog sie hoch, wickelte Isolierband darum und befestigte sie damit an der Schlaufe. »Na, wie ist das, Captain?«

»Wahnsinn!«

Cooper lächelte und kroch wieder ins Zelt. Das Deckenlicht strahlte in lauter winzigen Sternchen durch den Stoff. Das Zelt war gerade hoch genug, dass er mit gekreuzten Beinen in der Mitte sitzen konnte, um den Kindern beim Weiterbauen zuzuschauen. Todd machte die groben Arbeiten, drückte Kissen zurecht, damit sie aufrecht standen, und rückte die Couch näher, um den Eingang zu verkleinern. Kate kümmerte sich um die Details, verschob Kissen, um Lücken zu schließen, strich Falten glatt. Schuf Ordnung. Das war ihre Art.

Natürlich, schließlich ist sie begabt. Sie lebt in einer Welt aus Mustern.

Bei dem Gedanken schauderte er. Sie war nicht nur abnorm, sie war Grad eins. Von den vier Millionen Kindern, die jährlich in den USA geboren wurden, verfügten nur wenige Tausend über ähnliche Fähigkeiten. Das Gesetz schrieb vor, dass sie ihren Eltern weggenommen und in spezielle Schulen gesteckt wurden. Diese sogenannten Akademien waren ein offenes Geheimnis. Jeder wusste von ihnen, man redete jedoch nicht darüber. Schließlich gab es nur so wenige Begabte ersten Grades, dass die meisten Menschen mit den Akademien gar nicht in Berührung kamen. Wie die Konzentrationslager der Nazis, die amerikanischen Internierungslager nach dem Angriff auf Pearl Harbor oder die CIA-Gefängnisse in Afrika waren die Akademien verbrecherische staatliche Einrichtungen, die sich leicht ignorieren ließen.

Doch Cooper hatte eine Akademie aufgesucht. Hatte mit eigenen Augen gesehen, wie Kinder isoliert und misshandelt wurden, wie die Lehrer sie gegeneinander aufhetzten. Wie sie ihre Geheimnisse herausfanden und sie mit ihren größten Ängsten konfrontierten. Die Akademien waren nichts anderes als Gehirnwäschezentren. Cooper hatte zugehört, wie Direktor Norridge ihm ganz gelassen ihre Vorgehensweise erklärt hatte: *»Im Grunde nehmen wir nur die negativen Erfahrungen, die alle Kinder machen, passen sie den jeweiligen psychologischen Profilen an und erhöhen ihre Häufigkeit. Wir bringen ihnen von frühester Kindheit an bei, dass sie einander nicht trauen können. Dass die anderen Abnormen unbedeutend, schwach und grausam sind.«*

Die Hilflosigkeit, die er in dem Moment verspürt hatte, wurde nur von dem Bedürfnis übertroffen, den Kopf des Direktors auf den Schreibtisch zu knallen, bis einer von beiden nachgab. Es war ihm gelungen, sich zu beherrschen, doch hatte er sich damals eines geschworen: Seine Tochter würde niemals in einer Akademie landen. Nie.

Er wuschelte ihr durch die Haare. Sie schaute auf und sah ihn über die Schulter an.

»Daddy?«

»Ja, Baby?«

»Werden die Marsianer lieb sein?«

»Nun, wir sind nicht auf dem Mars, Liebling, deswegen gibt's hier gar keine Marsianer.«

»Was dann?«

»Toddster?«

»Enceladianer.«

»Werden die Enceladianer lieb sein?«

»Klar. Es ist doch viel zu kalt, um böse zu sein.« Er hörte ein Geräusch und spähte durch einen Spalt zwischen den Decken. »Ich kann sogar einen sehen. Sieht aus wie eine Enceladianer*in.*«

Natalies Füße erschienen im Zelteingang, dann, als sie in die Hocke ging, auch ihre Knie und schließlich ihr Kopf. »Kann ich reinkommen?«

»Was meint ihr, Leute? Sollen wir uns mit der Alienfrau zusammentun? Thanksgiving auf Enceladus?« Die Kinder schauten sich an, dann nickte Kate düster.

Darauf musste seine Exfrau grinsen. »Puh … Ich wollte schon immer mal ein Raumschiff von innen sehen.« Sie zwängte sich hinein.

»Es ist eine Raum*station*, Mom.«

»'tschuldigung. Gibt es auf der Raumstation eine Wanne? Es ist nämlich Badezeit für kleine Weltraummädchen.«

»Nein!«

»Doch. Komm.«

»Können wir die Raumstation stehen lassen?«

»Na klar«, sagte Natalie. »Wozu brauchen wir schon ein Wohnzimmer?«

Gemeinsam scheuchten sie die Kinder aus dem Zelt und vollführten den allabendlichen Tanz um Essen, Bad und Zähneputzen. Das ganze Ritual hatte eine schmerzliche Süße an sich, die Cooper gierig in sich aufnahm.

Helle Badezimmerlichter, die auf weißen Fliesen schimmerten. Alberne Lieder. Superheld-Schlafanzüge. Zahnpasta, die Kate vom Kinn tropfte. Ein spontaner Tanz im Schlafzimmer, Kate, die wild herumzappelte, und Todd ein wenig verlegen, bis Cooper ihn jagte und kitzelte. Dann wurden Bücher gelesen, es wurde verhandelt und die Bücher noch einmal gelesen.

Anschließend knipste er auf Kates Seite das Licht aus und deckte sie fest zu. Todd, der fast zehn war und noch länger lesen durfte, war bereits in einen Science-Fiction-Roman eingetaucht und grunzte nur »Gute Nacht«, als Cooper ihn auf die Stirn küsste. Als er hinausging und die Tür hinter sich schloss, spürte er die Mischung aus Erleichterung und Verlust, die mit dem Zubettbringen der Kinder einherging.

Er ging hinunter in die Küche. Natalie war nicht da. Auch nicht im Spielzimmer. Das Wohnzimmer wurde von der Festung dominiert, die sie gebaut hatten. Die Couch war verschoben, der Couchtisch gegen die Wand gerückt, und eine Decke hing an einem Streifen Isolierband von der Lampe herunter. »Nat?«

»Ich bin in der Raumstation.«

Er lachte und kroch hinein. Seine Exfrau saß mit gekreuzten Beinen in der Mitte des Zelts. Cooper kannte sich mit weiblicher Mode nicht besonders gut aus, doch er fand, Yogahosen waren eine der besten Erfindungen der letzten zwanzig Jahre. Natalie hielt eine geöffnete Flasche Wein und zwei Gläser bereit. »Schlafen sie?«

»Todd liest noch.«

»Und wo sind wir hier?«

»Auf Enceladus«, sagte er. »Dem vierzehnten Mond des Saturn. Sagt unser Ältester.«

»Der Junge ist verrückt.«

»Absolut durchgeknallt«, stimmt er zu. Natalie gab ihm ein Glas und er nahm einen großen Schluck.

»Und wie geht's dir?«

Eins hatte er an Natalie seit jeher geliebt: Bei ihr stimmten Worte und Gedanken so sehr überein wie bei kaum einem anderen Menschen, den er kannte. Es grenzte fast an Schroffheit, aber sie war nicht überheblich oder aggressiv dabei und musste niemandem etwas beweisen. Sie sagte einfach, was sie dachte. Für jemanden mit seiner Gabe war es eine ungeheure Wohltat.

Er fasste ihre Frage so auf, wie sie gemeint war – ehrlich. »Was tut man, wenn man das Gefühl hat zu ertrinken?«

»Mit den Armen rudern? Strampeln?«

»Strampeln, genau.«

»Was macht dir denn zu schaffen?«

Er zögerte. Ihre Scheidung lag dreieinhalb Jahre zurück. Sie waren immer noch Freunde und zogen die Kinder gemeinsam groß, aber es wäre nicht fair gewesen, sie mit beruflichen Problemen zu belasten. »Ich werde schon damit fertig.«

»Nick«, sagte sie und deutete auf die Zeltwände, die in einem Luftzug sanft bebten. »Du bist hier sicher. Wir sind auf Enceladus. Rede mit mir.«

Er lachte. Dann begann er zu reden und konnte nicht wieder aufhören. Er wollte all das Positive mit ihr teilen: das Gefühl, über die Auffahrt zum West Wing zu laufen und das Oval Office zu betreten, die freudige Erregung, wenn seine Worte, seine Ideen, umgesetzt wurden und die Abendnachrichten darüber berichteten. Doch all das ließ sich nicht von der negativen Seite trennen, den Kämpfen am Konferenztisch, die ihn immer mehr frustrierten.

»Keevers und die anderen, sogar Clay, sind in ihrer Denkweise dermaßen festgefahren. Sie sind so sehr auf Tagespolitik fixiert, dass sie die Gesamtsituation aus den Augen verlieren.« Er lachte humorlos. »Sie machen sich ernsthaft Sorgen darüber, wie sie bei den nächsten Wahlen dastehen. Und ich sitze da und sage: ›Leute, vielleicht wird es gar keine Wahlen geben. Darum sollten wir uns Sorgen machen.‹«

»Sieht es so schlimm aus?«

Cooper zögerte. Nahm einen Schluck Wein. Nickte.

»Dann bring es in Ordnung.«

»Hm?«

»Bring es in Ordnung.« Sie zuckte mit den Schultern. »Der Präsident der Vereinigten Staaten schenkt dir sein Ohr. Das musst du ausnutzen.«

»So einfach ist das nicht.«

»War es einfacher, als du noch für den Ausgleichsdienst deinesgleichen gejagt hast?«

»Nein.«

»Dein ganzes Leben kämpfst du schon dafür, dass unsere Kinder einmal ohne Angst leben können. Ich weiß, das letzte Jahr war ziemlich hart für dich. Aber wenn es wirklich so schlimm steht, dann auf in den Kampf, Soldat.«

Er schaute sie an, diese außergewöhnliche Frau, die er bei allen Höhen und Tiefen, die sie durchgestanden hatten, seit mehr als einem Jahrzehnt liebte. Die er einst leidenschaftlich geliebt hatte, bis seine Gabe und sein Beruf dazwischen gekommen waren und sie beschlossen hatten, sich zu trennen, der er aber immer noch respektvolle Liebe entgegenbrachte. »Auf in den Kampf?«

»Ja. Und noch was.« Sie stellte ihr Weinglas ab. Es war eine kalkulierte Bewegung, genau durchdacht; das sah er in ihrem Muskelspiel und in der Art, wie sie die Lippen leicht öffnete, sich vorbeugte und zu ihm hinüberkroch, um … *he, langsam.*

… ihn zu küssen.

Fest und sinnlich, die weichen Lippen auf seinen, tanzte ihre Rotweinzunge in seinem Mund. Das vertraute und doch neuartige Gefühl, wie ihr Oberarm den seinen leicht elektrisierend streifte, als sie sich an ihn schmiegte und er ihren Geruch inhalierte.

Sie küsste ihn lange genug, um ihm zu verstehen zu geben, dass es sich nicht um eine freundschaftliche Geste handelte, nicht um einen Schmatzer zwischen ehemaligen Geliebten. Als sie sich von ihm löste, schaute sie ihm in die Augen und sagte: »Ich bin stolz auf dich.« Dann nahm sie ihr Weinglas und kroch zum Ausgang. Über ihre Schulter hinweg sagte sie: »Bring es in Ordnung.«

Hm? Hmm.

PRESSEKONFERENZ
MIT PRESSESPRECHER HOLDEN ARCHER

24. November 2013, James S. Brady Press Briefing Room

Mr Archer: Guten Abend zusammen. Wie Sie alle wissen, hält die Krisensituation in Cleveland, Fresno und Tulsa weiter an. Doch Präsident Clay überwacht persönlich alle Anstrengungen, die Situation in den Griff zu bekommen.

Der Präsident fordert alle Amerikaner auf, in diesen schwierigen Zeiten zusammenzuhalten und Entschlossenheit zu demonstrieren, wie es dem Charakter unserer Nation entspricht. Er hat größtes Vertrauen in die Nationalgarde, ebenso wie in die Bürger von Cleveland, Fresno und Tulsa.

Und damit nehme ich jetzt Ihre Fragen entgegen. Jon?

New York Times: *Seit den Überfällen auf die Trucks sind bereits vier Tage vergangen. Haben Sie neue Erkenntnisse über die Kinder Darwins? Und erwägt der Präsident einen militärischen Einsatz gegen die Terroristen?*

Mr Archer: Wir verfügen über die besten Nachrichtendienste der Welt. Ich kann Ihnen versichern, dass die Regierung weitreichende Informationen über die Kinder Darwins besitzt. Wir werden alles daran setzen, diejenigen ausfindig zu machen, die unser Land auf so niederträchtige Weise angegriffen haben.

Wie bei allen Terroranschlägen war auch in diesem Fall die Absicht, Leid und Chaos über normale amerikanische Bürger zu bringen. So betrachtet, war es ein Fehlschlag, denn auch wenn die Anschläge zu kurzfristigen Versorgungsengpässen geführt haben, ist unsere Nation heute stärker denn je.

New York Times: *Sind Militäreinsätze geplant?*

Mr Archer: Für die innere Sicherheit sind Polizei, FBI und AEB zuständig. Zu den Plänen dieser Behörden kann ich nichts sagen. Wenden Sie sich bitte an deren Vertreter. Ja, Sally?«

Washington Post: *Was ist an den Berichten, dass ...*

New York Times: *Entschuldigen Sie, dass ich noch einmal nachhake. Quellen aus dem Verteidigungsministerium bestätigen, dass Secretary Owen Leahy einen Militäreinsatz für dringend notwendig hält. Ich wiederhole: Militär, keine Polizei. Hat der Verteidigungsminis-*

ter den Einsatz von US-Truppen auf amerikanischem Boden gefordert und würde der Präsident einen solchen Schritt in Erwägung ziehen?

Mr Archer: Auf unverbürgte Zitate kann ich nicht eingehen. Sally, Ihre Frage.

Washington Post: *Was ist an den Berichten dran, dass die Kinder Darwins weitere Anschläge planen?*

Mr Archer: Ich kann keinen Kommentar zu den Absichten einer Terrororganisation abgeben. Doch ich möchte betonen, dass wir alles tun, um die Sicherheit unserer Bürger zu gewährleisten.

CBS: *Besteht eine Verbindung zwischen den Kindern Darwins und der Siedlung New Canaan in Wyoming? Ist Erik Epstein einer ihrer Verbündeten?*

Mr Archer: Darüber liegen uns keine Hinweise vor. Und vergessen wir nicht, dass die in New Canaan ansässigen Personen, einschließlich Mr Epstein, US-Bürger sind. Die Regierung respektiert die Rechte aller gesetzestreuen Bürger, ob normal oder begabt.

NBC: *Die Bürger von Cleveland beklagen sich, dass die Nationalgarde über gar* *keine Lebensmittel zum Verteilen verfügt.*

Mr Archer: Die Nationalgarde richtet derzeit in Parks, Kirchen und Turnhallen Lager ein. Wir möchten alle Bürger bitten, Vernunft zu bewahren, wenn sie die Verteilungszentren aufsuchen. Und bitte denken Sie daran, dass auch Ihre Nachbarn Hilfe benötigen.

NBC: *Verzeihung, aber Sie haben meine Frage nicht beantwortet. Gibt es in Cleveland Lebensmittelvorräte?*

Mr Archer: Ich, äh ... Es ist schwierig zu ... Für genaue Auskünfte über den Ablauf wenden Sie sich besser an die Nationalgarde.

Associated Press: *Berichten zufolge hat es bei Menschenaufläufen Gewaltandrohungen vonseiten der Nationalgardisten gegeben.*

Mr Archer: Die Nationalgarde ist vor Ort, um zu helfen. Wenn eine Menschenmenge eine Gefahr für sich selbst darstellt, können nichtletale Mittel zur Wiederherstellung der Ordnung zum Einsatz kommen.

Associated Press: *Mir liegen Berichte über Nationalgardisten vor, die mit Gewehren auf*

Bürger gezielt und sogar Warnschüsse abgegeben haben. Wird der Präsident die Nationalgarde autorisieren, mit Gewalt gegen Zivilisten vorzugehen, falls sich die Situation verschärft?

Mr Archer: So weit wird es nicht kommen. Der Präsident hat größtes Vertrauen in die Nationalgarde sowie in die Bürger von Cleveland, Fresno und Tulsa.

Associated Press: *Heißt das, die Nationalgarde wird keine Erlaubnis zum Schusswaffengebrauch erhalten?*

Mr Archer: Darüber kann ich nicht spekulieren.

CNN: *Ich zitiere eine hochrangige Quelle aus dem Weißen Haus: ›Wir wissen nichts über die Vorgehensweise der Kinder Darwins, absolut nichts. Sie sind wie Gespenster mit Waffen.‹*

Mr Archer: Ich kann keinen Kommentar zu streng geheimen Informationen abgeben. Doch ich möchte noch einmal betonen, dass wir keine Mühe scheuen ...

Kapitel 8

Zwei Tage waren vergangen, seit die Agenten da waren, um ihm mitzuteilen, dass sein Chef entführt worden war und seine Familie in Gefahr sei, und seitdem hatte Ethan an kaum etwas anderes denken können. Jeder Fremde wirkte bedrohlich. Jedes in der Nähe geparkte Auto könnte ihr Haus ausspionieren. Er war ständig angespannt, fluchtbereit, spähte immer wieder durch die Vorhänge und befingerte die Visitenkarte, die Special Agent Quinn ihm gegeben hatte.

Und dass er Amy nicht alles erzählen konnte, machte die Sache noch schlimmer. Er hatte ihr natürlich von Abes Entführung erzählt, doch den Verdacht, dass es etwas mit ihrer Arbeit zu tun haben könnte, heruntergespielt. Erstens gab es keine Beweise. Zweitens konnte er es ihr nicht sagen, ohne ihr zu verraten, woran sie arbeiteten. Und das war einfach nicht möglich, nicht, wenn er seine Stelle behalten wollte. Was so etwas anging, verstand Abe keinen Spaß. Ethan war sich sicher, er würde ihn entlassen, ohne auch nur mit der Wimper zu zucken.

Und das darf nicht passieren. Nicht mit einem zehn Wochen alten Baby. Nicht, wenn du kurz vor dem Durchbruch stehst.

Doch er hatte jetzt immer die Waffe im Nachttisch bereitliegen. Nur für alle Fälle.

Deshalb war er, als sein Nachbar Jack angerufen und ihn zu dem Treffen eingeladen hatte, heilfroh über die Ablenkung gewesen. Die Idee war albern. Eine Nachbarschaftswache, die ihre Häuser beschützen sollte? Dieser Haufen von Rechtsanwälten und Marketingmanagern wirkte ungefähr so gefährlich wie ein Knabenchor. Doch nun saß er hier mit den meisten Männern aus seiner Straße in Jacks Wohnzimmer zusammengepfercht, wo sie Salzbrezeln aßen und Cola Light aus roten Plastikbechern tranken.

»Also, was sollen wir tun?«, fragte Ethan. »Mit Fackeln und Mistforken um die Häuser ziehen?«

»Nein, natürlich nicht.« Jack sah ihn enttäuscht an. »Es geht doch nur darum, uns als Nachbarn gegenseitig zu helfen.«

Ethan dachte an die Palette Milch, die sein Nachbar ihm gegeben hatte, und spürte, wie ihm die Schamröte ins Gesicht stieg. »Ich will nicht den Klugscheißer spielen. Aber was meinst du damit?«

»Ganz einfach. Wir können uns derzeit einfach nicht auf die Regierung verlassen. Seit fünf Tagen sind die Geschäfte wie leergefegt und es werden immer noch keine Lebensmittel verteilt. Überfälle, Brandstiftung, Schießereien noch und noch, und Polizei und Feuerwehr haben nicht genug Leute. Das System ist zusammengebrochen, also sollten wir zusammenarbeiten, um die Sache gemeinsam durchzustehen.«

»Du meinst, wir sollen durch die Nachbarschaft patrouillieren?«

Ein Mann, den Ethan nicht kannte, sagte: »Warum nicht? Ich weiß, es ist nicht politisch korrekt, so was zu sagen, aber wenn so ein Cracksüchtiger von der East Side jemanden ausrauben will, wen nimmt der sich dann vor? Den Cracksüchtigen von nebenan, der auch nichts hat? Oder einen von uns?«

»Wir wollen keine Miliz bilden«, sagte Jack. »Aber wenn die Regierung nichts unternimmt, müssen wir uns eben gegenseitig helfen.«

»Natürlich würde ich jedem von euch helfen«, sagte Ethan. Er sah sich um und teilte die Männer im Kopf in Kategorien ein: *Da sind die, mit denen du auf der Straße Schwätzchen hältst, dann die, denen du zuwinkst und deren Namen du zu kennen glaubst, ein paar, denen du zuwinkst und deren Namen du nicht kennst, und einige, die du noch nie gesehen hast.* Drei oder vier von ihnen hätte er als Freunde bezeichnet, Jack etwa. Oder Ranjeet Singh, der sich, als Ethan ihn anschaute, lautlos wie King Kong auf die Brust klopfte. Ethan musste lachen und kaschierte es mit einem Husten. »Aber ich verstehe nicht, warum es so hochoffiziell sein muss.«

»Weil wir uns organisieren müssen. Stell dir vor, Gott bewahre, dass Violet krank wird. Meinst du, du kannst einfach einen Krankenwagen rufen und der ist in zwei Minuten hier?« Jack schüttelte den Kopf. »Aber Barry hier ist Arzt. Oder angenommen, Lou hat recht mit seinen Befürchtungen«, er deutete mit dem Kopf auf Mister Politisch Korrekt, »und irgendwelche zwielichtigen Gestalten wollen einen von uns ausrauben. Wenn wir organisiert sind, können wir alle zusammentrommeln und helfen.«

»Zwielichtige Gestalten?« Ethan zog eine Augenbraue hoch.

»Du weißt schon, was ich meine.«

»Da bin ich mir nicht so sicher. Woran erkenne ich denn zwielichtige Gestalten? Sind das alle Leute, die ich nicht kenne? Oder Leute, die arm aussehen? Oder hungrig?«

»Hast du irgendein Problem, Mann?« Lou war klein, aber mit kräftigem Oberkörper, und reizbar wie ein Kampfhund.

»Schon gut, Lou.« Jack lächelte und streckte die offenen Hände aus. »Die Frage ist berechtigt. Und wir sollten sie beantworten können. Wir sind schließlich keine Straßenbande.«

Sehr geschickt, dachte Ethan. Jack hatte die Situation entschärft und sie durch das Wörtchen »wir« psychologisch zu einer Gruppe vereint. Der Begriff »Alphamann« wird meistens mit Primitivlingen in Verbindung gebracht, doch eigentlich beschreibt er eine weniger offensichtliche, aber viel wichtigere Eigenschaft als körperliche Überlegenheit. Das Verlangen, uns zusammenzutun, ist tief in unserer DNA verankert. Menschen sind in der Gruppe erfolgreicher als einzeln. Und es sind meistens die attraktivsten Menschen, die Gruppen um sich vereinen. Ein Überlebensvorteil, den die Evolution uns mit auf den Weg gegeben hat.

Meine Güte. Vielen Dank auch, Professor. Ethan gab sich innerlich einen Klaps auf den Hinterkopf und hörte wieder Jack zu.

»… wenn jemand schwere Zeiten durchmacht. Ich glaube, dafür haben wir alle Verständnis. Aber wenn jemand versucht, einen von euch auszurauben, dann ist er in meinen Augen ein übler Zeitgenosse, und ihr solltet in der Lage sein, euch zu verteidigen. Und ich werde da sein, um euch zu helfen.« Jack wandte sich an Ethan. »Ist das eine Definition, mit der du leben kannst?«

Ein Blick durch den Raum verriet ihm, dass die etwa zwanzig anderen Männer sich bereits zu einem Clan zusammengeschlossen hatten. *Lass es gut sein. Diese Fantastereien schaden doch niemandem.* »Sicher.«

»Ein Vorschlag«, sagte ein Ingenieur namens Kurt. »Wir sollten auf unseren Handys einen Gruppenruf einrichten, dann können wir eine SMS an alle gleichzeitig schicken. Quasi unsere eigene Notrufnummer.«

»Gute Idee.«

»Ich habe auch einen Vorschlag«, sagte Lou. »Wir haben viel zu organisieren. Wie wär's, wenn Ranjeet das übernimmt. Er ist ein Abnormer und kann das sicher besser.«

Betretenes Schweigen. Ethan schaute Jack an, in der Hoffnung, dass er geistesgegenwärtig die Situation retten würde, aber er sagte nichts.

Schließlich meldete sich Ranjeet: »Ich bin zwar abnorm, Lou, aber meine Begabung liegt im Bereich der Simultanerfassung.«

»Was soll das denn sein?«

»Es bedeutet«, sagte Ethan, »dass er auf Anhieb ziemlich genau die Anzahl einzelner Objekte in einer größeren Menge schätzen kann: die Blätter eines Baums, auf dem Boden verstreute Streichhölzer, Menschen in einem Stadion.«

»Du kennst doch dieses Spiel auf dem Jahrmarkt, wo man raten muss, wie viele Bonbons in einem Glas sind?«, sagte Ranjeet. »Darin bin ich einsame Spitze, Mann.«

Jack lachte schnaubend, was die Spannung löste.

Die nächste Stunde verbrachten sie damit, Aufgaben zu verteilen, ihre verschiedenen Fähigkeiten aufzuzählen – der eine war ein passabler Tischler, der andere hatte einen Erste-Hilfe-Kurs gemacht – und Handynummern auszutauschen. Dann, als es draußen dunkel wurde, brachen die Männer nach und nach auf. Die meisten winkten der Gruppe zum Abschied nur zu, aber alle nahmen sich die Zeit, Jack die Hand zu schütteln. Ethan wartete, bis er sah, wie Ranjeet seinen Mantel anzog, bevor auch er sich von ihrem Gastgeber verabschiedete.

»Danke, dass du gekommen bist«, sagte Jack.

»Ist doch selbstverständlich.«

Jack hielt die ihm gereichte Hand länger als nötig und fragte: »He, wie bekommt Violet denn die Milch?«

Willst du mich daran erinnern, dass ich dir was schuldig bin? »Sehr gut, danke.«

»Sag Bescheid, wenn du noch mehr brauchst.«

»Wir kommen schon zurecht. Trotzdem danke.«

Nach dem Dunst des überfüllten Wohnzimmers wirkte die Luft draußen knackig frisch. Ethan atmete tief durch und sog seine Lungen voll. Die Dämmerung wich der Nacht und der Himmel war tiefes Indigo mit Wolken wie anthrazitfarbene Schlieren. Er hielt die Fliegengittertür für Ranjeet auf und ließ sie dann mit einem Knall hinter sich zufallen. Sie traten hinaus in die nicht ganz stille Stille der Stadt. Schwache Verkehrsgeräusche umher, in der Ferne eine Sirene. Ethan sagte: »Wow.«

Ranjeet nickte und holte Zigaretten aus der Tasche. Er zündete sich mit einem gelben Bic-Feuerzeug eine an und hielt Ethan die Verpackung hin. Der schüttelte den Kopf. Die Häuser in der Straße wirkten warm und heimelig, in den Wohnzimmerfenstern flackerten Tri-D-Geräte und das Licht von den Veranden fiel auf gepflegte Vorgärten.

»Was bei der Versammlung da gerade gefehlt hat, war eine Frau«, sagte Ranjeet.

»Stimmt. Eine lachende Ehefrau und all das John-Wayne-Gehabe wäre sofort verflogen.« Er schüttelte den Kopf. »Und dann dieser Spruch von Lou, meine Güte. Das ist so einer, der beim Basketball sagt, er will den Schwarzen in der Mannschaft haben.«

»Ach, was soll's?« Ranjeet machte eine wegwerfende Bewegung, die sich in eine Rauchschwade hüllte. »Wir überlegen sowieso wegzufahren. Wir haben ein Timeshare in Florida und dachten uns, wir nehmen es jetzt mal in Anspruch.«

»Amy und ich haben darüber nachgedacht, ob wir ihre Mom in Chicago besuchen sollen. Ich weiß gar nicht, warum wir noch hier sind.«

»Aus dem gleichen Grund wie wir. Man geht ins Bett und ist fest entschlossen abzuhauen, aber wenn man aufwacht und die Sonne scheint, denkt man: Ach was, es wird ja wohl nicht noch einen ganzen Tag so weitergehen.«

»Und wie lange willst du aushalten?«

»Bis die Tiefkühltruhe leer ist, nehme ich an.« Ranjeet zuckte mit den Schultern. »Morgen wird es sicher vorbei sein. Nächsten Sommer ist die ganze Sache längst vergessen. Und über die tolle Nachbarschaftswache von 2013 können wir dann nur noch müde lächeln.«

»Du hast sicher Recht«, sagte Ethan und wollte noch hinzufügen: *Es kommt schon alles wieder in Ordnung,* als plötzlich in allen Häusern die Lichter erloschen. Alle gleichzeitig.

Kapitel 9

Die Air Force One war noch eine Stunde von Washington entfernt, als der Secret-Service-Agent Cooper mitteilte, dass er im Konferenzraum verlangt wurde.

Während seiner Laufbahn bei Militär und AEB war Cooper schon in eleganten Privatjets und klapprigen Transportmaschinen mitgeflogen, er hatte sich über der Wüste von Wyoming in einem Segelflugzeug in die Lüfte erhoben und war mit dem Fallschirm aus einer völlig intakten Boeing C-17 gesprungen, doch die Air Force One war anders als jedes andere Flugzeug, das er kannte.

Es war eine speziell ausgerüstete 747 mit drei Decks, zwei Küchen, luxuriösen Schlafquartieren, einem voll ausgestatteten Operationssaal, landesweiten Übertragungsmöglichkeiten, Erste-Klasse-Sitzen für Pressekorps und Secret Service und genug Treibstoffkapazität, um ein Drittel des Erdballs zu umfliegen, ohne aufzutanken – was im Flug möglich war.

Cooper löste seinen Sicherheitsgurt und ging nach vorn. Die Agenten an der Tür des Konferenzraums nickten ihm zu.

Es war eine mobile Version des Situation Room mit breitem Konferenztisch und bequemen Sesseln. Ein Tri-D-Bildschirm zeigte ein gestochen scharfes Hologramm von Marla Keevers in ihrem Büro im Weißen Haus. Der Präsident saß am Kopfende, Owen Leahy rechts von ihm und Holden Archer links.

Archer sah ihn an und sagte: »In Tulsa, Fresno und Cleveland ist der Strom ausgefallen.«

President Clay fragte: »Marla, sieht es schlimm aus?«

»Anhand der Satellitenbilder gehen wir davon aus, dass in allen drei Ballungsgebieten fast kompletter Blackout herrscht.«

»Wieso anhand von Satellitenbildern?«, fragte Clay.

»Weil für die Stromnetze aller drei Regionen keine besonderen Vorkommnisse gemeldet werden. Alle Umspannwerke zeigen Grün an.«

»Offensichtlich eine Cyberattacke«, sagte Leahy. »Ein Virus veranlasst das System, die Trafos zu überladen, bis sie hochgehen. Gleichzeitig übernimmt es die Kontrolle über das Sicherheitssystem und verhindert Warnmeldungen.«

»Das ist ja das Verwirrende«, warf Keevers ein. »Es heißt, in den Umspannwerken sei alles in Ordnung. Die Trafos funktionieren. Nur dass sie die Städte nicht mit Strom versorgen.«

»Wie ist das möglich?«

»Die Kinder Darwins«, sagte Cooper.

Keevers nickte. »Es sieht aus, als wären die Protokolle umgeschrieben worden. So was bringen eigentlich nur abnorme Programmierer fertig.«

»Wollen Sie damit sagen, dass Terroristen in drei Städten so mir nichts dir nichts das Licht ausgeknipst haben?«, fragte der Präsident.

»Ich fürchte ja, Sir. Aber in allen drei Städten gibt es noch Bereiche, die Strom haben. Jeweils zwei Gebiete von Fresno und Cleveland und drei von Tulsa.«

Das Bild der Stabschefin wich einer Reihe von Live-Satellitenaufnahmen. Der Anblick war gespenstisch. Anstatt des gewohnten nächtlichen Lichtermeers zeigten die Hologramme nur tiefes

Schwarz, durchzogen von dünnen Lichtbändern, wahrscheinlich den Hauptstraßen. Ansonsten gab es nur vereinzelte Blöcke, die hell erleuchtet waren und wo alles normal zu sein schien.

»Also hat das Virus nicht hundertprozentig funktioniert«, sagte Archer. »Ein schwacher Trost, aber immerhin.«

Cooper lehnte sich vor und starrte auf die Aufnahmen. Es gab ein Muster, da war er sich …

Jeweils zwei Gebiete von Fresno und Cleveland und drei von Tulsa.

Was verbindet sie? Manche sind in der Nähe von Hauptstraßen, andere weit von ihnen entfernt. Manche in der Innenstadt, andere weiter draußen.

Und trotzdem sieht das nicht nach Zufall aus. Das Virus war anderswo so erfolgreich, dass es in diesen Gebieten nicht völlig versagt haben kann.

Sie haben dort die Stromversorgung absichtlich nicht lahmgelegt. Das heißt, dass diese sieben Bereiche wichtig sind.

Also, worin besteht die Verbindung?

… absolut sicher. »Krankenhäuser«, sagte Cooper.

Archer schaute auf den Bildschirm und sah dann Cooper an. »Was?«

»In all diesen Vierteln gibt es größere Krankenhäuser.«

»Warum sollten Terroristen in drei Städten die Stromversorgung lahmlegen, nur nicht in den Krankenhäusern?«

»Weil sie sie brauchen«, sagte Leahy. Er wandte sich an den Präsidenten: »Sir, ich habe mit den Direktoren von FBI und AEB gesprochen, außerdem mit dem Leiter der Nationalen Gesundheitsinstitute. Sie alle sind der Meinung – und ich pflichte ihnen bei –, dass dies Vorbereitungen für einen Anschlag mit Biowaffen sind.«

»Aber das ergibt doch keinen Sinn«, sagte Archer. »Warum sollten sie ausgerechnet die Krankenhäuser verschonen, wenn sie einen Biowaffenanschlag planen?«

»Weil Krankenhäuser die wirkungsvollsten Infektionsherde sind. Die Leute werden krank, gehen ins Krankenhaus und stecken dort andere an. Ärzte, Schwestern und Pfleger, Empfangsmitarbeiter, Reinigungspersonal, Patienten und Angehörige. Ein hoch ansteckender Erreger kann sich selbst unter normalen Umständen sehr schnell ausbreiten. Doch durch den Zusammenbruch der Strom- und Lebensmittelversorgung in diesen drei Städten ist die Lage besonders kritisch. Die Leute werden nicht zu Hause bleiben. Sie werden zu Verwandten fliehen oder in ihre Wochenendhäuser. Und dabei verbreitet sich die Krankheit in Windeseile im ganzen Land. Sir, wir glauben, die Kinder Darwins haben dieses Chaos nur geschaffen, um von ihrem eigentlichen Anschlag abzulenken.«

»Ist das nicht ein bisschen weit hergeholt?«, wandte Cooper ein. »Abnorme wären doch genauso anfällig für den Erreger. Was würde so ein Anschlag den Kindern Darwins denn bringen?«

»Keine Ahnung«, sagte Leahy und warf Cooper einen harten Blick zu. »Aber sie sind Terroristen. Und wir wissen nicht, welche Ziele sie verfolgen.«

»Doch, natürlich wissen wir das. Sie stören sich daran, wie mit Abnormen umgegangen wird, und wollen, dass sich was ändert.«

»Worauf begründet sich Ihre Einschätzung, Mr Cooper? Abnorme Intuition?« Leahy lächelte kalt. »Dass Sie Mitgefühl für sie empfinden, dafür habe ich ja Verständnis, doch davon dürfen wir unsere Reaktion nicht beeinflussen lassen.«

Und wenn ich dich ein reaktionäres Arschloch nennen würde, das in der Vergangenheit stecken geblieben ist, hättest du dafür auch Verständnis? Stattdessen sagte Cooper: »Reaktion worauf? Sie verschwenden Zeit mit hypothetischen Anschlägen, während sich in diesen Städten eine ganz reale Katastrophe abspielt. Die Leute hungern. Und ohne Strom werden sie auch noch frieren, sie werden immer verzweifelter, werden gewalttätig. Anstatt uns über Fantasieanschläge Sorgen zu machen, sollten wir lieber Lebensmittel und Decken verteilen, verdammt noch mal.«

Auf dem Bildschirm begann Marla Keevers zu hüsteln. Archer schaute ostentativ auf seine Armbanduhr. Und Leahy fixierte Cooper mit eisigem Blick. »Mr Cooper, Ihr Eifer in allen Ehren, aber ich fürchte, die Sache ist eine Nummer zu groß für Sie. Außerdem können Sie nicht wissen, was hypothetisch ist und was nicht.«

»Vielleicht nicht«, sagte Cooper. »Aber ich weiß, was richtig ist.« Er blickte sich um. *Ihr werdet nicht aus mir schlau, was? Ich will diesen Job überhaupt nicht, deswegen habe ich auch nichts zu verlieren, wenn ich die Wahrheit sage.* »Die Leute brauchen Lebensmittel. Sie brauchen Medikamente. Und Strom. Darauf sollten wir uns konzentrieren. Das ist unsere Aufgabe.«

»Aber es gehört auch zu unseren Aufgaben, sie vor Anschlägen zu schützen«, konterte Leahy. »Während wir in Cleveland Lebensmittel und Decken verteilen, gibt es anderswo vielleicht schon Tote.«

Bevor Cooper antworten konnte, fragte der Präsident: »Was genau schlagen Sie vor, Owen?«

»Dass wir alle drei Städte sofort unter Quarantäne stellen, Sir. Die Nationalgarde wurde bereits mobilisiert. Übernehmen Sie den Oberbefehl, fordern Sie Unterstützung von der Armee an und riegeln Sie die Städte vollkommen ab. Keiner darf rein oder raus.«

Eine Sekunde lang dachte Cooper, das Flugzeug würde heftig hin- und hergeschüttelt, doch dann merkte er, dass es nur sein Kopf war. »Das soll wohl ein Witz sein.«

»Ich finde an der Situation gar nichts witzig.«

Cooper schaute Clay an, weil er erwartete, dass der seine Meinung teilte, dass auch er diesen Vorschlag als absurd empfand. Doch der Präsident wirkte nervös.

Nervös.

»Sir, so etwas können Sie doch nicht ernsthaft in Erwägung ziehen. Damit würden Sie einen Militäreinsatz auf heimischem Boden befehlen. Sie würden die drei Städte in Polizeistaaten verwandeln und den Bürgern ihre Grundrechte nehmen. Das würde ein unvorstellbares Chaos auslösen. Diese Städte stehen jetzt schon kurz davor. Anstatt ihnen zu helfen, sollen wir sie absperren?«

»Nein«, sagte Leahy. »Wir heben vorübergehend die Freizügigkeit von weniger als einer Million Menschen auf, um dreihundert Millionen andere zu schützen.«

»Panik, Gewalt gegen Abnorme und andere, Aufstände … Außerdem, wenn die Soldaten damit beschäftigt sind, die Städte abzuriegeln, können sie keine Lebensmittel verteilen. Und alles nur wegen einer wilden Theorie.«

»Die auf der Analyse einiger der besten Köpfe im Geheimdienst und Gesundheitswesen beruht. Darunter auch etliche Abnorme. Ich weiß, Mr Cooper, Sie sind es gewohnt, die Dinge auf Ihre Weise anzugehen, aber dies ist nicht Ihr persönlicher Kreuzzug. Wir wollen das Land retten und keine moralistischen Spielchen spielen.«

Cooper ignorierte die Spitze. »Mr President, als Sie mich angeheuert haben, sagten Sie, wir würden uns am Rand eines Abgrunds befinden.« *Sie sind ein Intellektueller, ein Historiker. Sie wissen, was passieren kann. Der Erste Weltkrieg wurde dadurch ausgelöst, dass ein Radikaler irgendeinen Erzherzog umgebracht hat. Und neun Millionen Menschen mussten ihr Leben lassen.* »Wenn Sie die Städte abriegeln, bewegen wir uns noch näher auf den Abgrund zu. Und stürzen vielleicht hinein.«

»Und wenn Sie sich irren?«, fragte Leahy. »Sie sagen, den Kindern geht es nur um Abnormenrechte, aber sie haben nie den Dialog gesucht. Vielleicht wollen sie einfach nur so viele

Amerikaner wie möglich umbringen. Es gibt hunderte biologische Kampfstoffe, gegen die wir kein Mittel parat haben – außer Quarantäne.«

Der Präsident sah zwischen den beiden hin und her. Er hatte die Hände auf den Tisch gelegt, die Finger verschränkt. Seine Knöchel waren weiß.

Kommen Sie, Clay. Ich weiß, Sie haben Angst. Wie wir alle. Aber wir brauchen jetzt jemanden, der stark ist und die Führung übernimmt.

Der Präsident räusperte sich.

DAS LEBEN IST NIE EINFACH

Doch für unsereins ist es besonders schwer.

- Für Leser, die Daddys dunkelste Geheimnisse kennen.
- Für Eidetiker, die jede Demütigung immer wieder neu durchleben.
- Für Begabte ersten Grades, die man hasst, weil sie besser sind.

Ganz gleich, wie du dich fühlst, du bist nicht allein.
Wir haben es alle selbst durchgemacht.
Denn alle ehrenamtlichen Mitarbeiter unserer Hotline sind selbst begabt.

Jeder ist manchmal niedergeschlagen.

Doch wenn du daran denkst, dir etwas anzutun, dann ruf uns an.

1-800-2HELL

Nur weil du heller leuchtest,
musst du nicht schneller verglühen.

Kapitel 10

In Washington, wo ein jeder sich abmühte, die rutschige Karriereleiter hochzukraxeln, gab es viele Möglichkeiten, die Macht einer Person einzuschätzen. Budget und Mitarbeiterzahl etwa. Doch Owen Leahy betrachtete lieber das Drumherum, Dinge, die nicht sofort ins Auge fielen. Wie groß war das Büro dieser Person? In welchem Gebäude befand es sich? Hatte es ein Fenster? Einen eigenen Waschraum? Wie weit war es von dem des Vorgesetzten, des Senators oder Präsidenten entfernt?

Konnte besagte Person andere um zehn Uhr abends zu einer Besprechung rufen?

Es gab nur wenige Menschen, die der Verteidigungsminister als so wichtig einstufte, dass *er* sie in *ihrem* Büro aufsuchte. Und nur einen, der ihn mitten in einer Krise direkt nach der Landung der Air Force One zu sich zitieren konnte.

Terence Mitchum war von der CIA zur NSA gewechselt, doch Leahy würde in ihm immer den stellvertretenden CIA-Direktor sehen, an den er sich damals, vor fünfundzwanzig Jahren, gewendet hatte. Immer wenn er ihn sah, erinnerte sich Leahy daran, wie er nervös vor seinem Büro gewartet hatte, und an den Geschmack von Erde und Salz an seinen Fingern, nachdem er seine Schuhe sauber gewischt hatte. Mitchum hatte ihn aufgebaut und er konnte ihn auch wieder zu Fall bringen, das wussten beide.

Genau genommen war er die Nummer drei in der NSA, doch Organisationspläne sagten nie die ganze Wahrheit. Wenn Mitchum den Direktorposten gewollt hätte, hätte er ihn schon vor zwanzig Jahren haben können. Doch stattdessen blieb er auf seinem Posten, während die Männer und Frauen über ihm mit den Präsidenten kamen und gingen. Aus dieser Machtposition heraus hatte er die Laufbahnen zahlloser Menschen dirigiert – die bevorzugt, die sich loyal zeigten, und die vernichtet, die sich ihm widersetzten. Vierzig Jahre Nachrichtendienst, die letzten zwanzig bei einer Behörde, die so geheimnistuerisch war, dass nicht nur Informationen über ihr Budget, sondern auch über ihre Größe unter Verschluss gehalten wurden. Vierzig Jahre erpressen, vertuschen und Leichen verscharren.

Einschließlich der 1143 in New York. John Smith war für die Explosion vom zwölften März verantwortlich gemacht worden, aber er hatte zwar die Bomben gelegt, hatte jedoch rechtzeitig die Medien über den bevorstehenden Anschlag informiert und war davon ausgegangen, dass die Börse evakuiert würde. Leahy konnte es nicht beweisen, aber er war überzeugt, dass Mitchum die Warnmeldung unterdrückt, sieben Medienunternehmen zum Schweigen gebracht und – als klar wurde, dass Smith es nicht tun würde – die Zündung der Bomben veranlasst hatte. Ein brutal kalkulierter Schachzug, wie ein Damenopfer. Der Anschlag hatte das Land zusammengeschweißt und die Einführung eines Gesetzes ermöglicht, das Amerika vielleicht retten würde.

»Hallo, Sir.« Leahy ließ den Blick durch den Raum schweifen und war nicht überrascht, den dritten Mann zu sehen. »Senator.«

»Ich habe doch gesagt, Sie sollen mich Richard nennen.« Der Senator ließ sein Kameralächeln aufblitzen. »Wir sind doch unter Freunden.«

Mitchum drückte ein paar Knöpfe auf seinem Schreibtisch. Draußen vor dem Fenster glitzerte der Nachthimmel, bis das Glas schwarz wurde und Washington verschwand. Die automatische Türverriegelung schnappte zu und ein leises Summen setzte ein, wahrscheinlich eine Abhörschutzmaßnahme. Dann legte Mitchum die Fingerspitzen aneinander, sah Leahy über den Schreibtisch hinweg an und sagte: »Die Situation gerät außer Kontrolle.«

»Sir, ich habe dem Präsidenten genau die Vorschläge unterbreitet, die wir diskutiert haben …«

»Mich würde interessieren«, unterbrach der Senator, »wie die Kinder Darwins die Anschläge überhaupt durchführen konnten.«

Richard war ein Verbündeter und überaus nützlich, aber manchmal hätte Leahy ihn am liebsten gewürgt. »Das ist eine komplizierte Geschichte.«

»Wirklich? Kommt mir aber gar nicht so vor.« Der Senator schüttelte den Kopf. »Nach dem zwölften März habe ich alles getan, was Sie beide von mir verlangt haben. Sie haben keine Ahnung, wie viele Leute ich beschwatzen musste, um die Kontroll- und Aufklärungsinitiative durchzubringen, noch dazu mit einer Riesenmehrheit. Und Walker hat sie unterzeichnet, also worauf warten Sie noch?«

»Seit das Gesetz angenommen wurde, hat sich einiges geändert«, Leahy zog einen Stuhl zu sich, »wie Ihnen vielleicht aufgefallen ist.«

»Ja, allerdings. Seit wir die gesetzlichen Voraussetzungen dafür geschaffen haben, alle Begabten in Amerika mit Mikrochips zu kennzeichnen, haben abnorme Terroristen drei Städte in Geiselhaft genommen. Muss ich darauf hinweisen, dass wir, wenn wir das Gesetz tatsächlich *angewendet* hätten, jetzt wüssten, wer dafür verantwortlich ist?«

»Sie müssen mir nicht erklären, wie nützlich die Initiative wäre. Ich habe sie schließlich vorgeschlagen. Mit allem, was wir tun, arbeiten wir auf ihre Umsetzung hin.«

»Aber warum passiert nichts?«

»Clay ist eben nicht Walker. Es wird noch einige Zeit dauern.«

»Zeit«, sagte Mitchum. Er redete nicht viel, aber er wählte seinen Worte sorgfältig, sprach leise und verschaffte sich doch immer Gehör.

»Ja, Sir. Präsident Walker war von Anfang an einer von uns. Er verstand, dass es unkonventioneller Mittel bedurfte, um Amerika zu beschützen. Aber Clay ... er ist Professor. Ein Mann der Theorie. Er kommt mit der harten Realität einfach nicht klar.«

»Also wird er die Initiative in der Schublade verschwinden lassen?«, fragte der Senator.

»Das wäre ihm sicher am liebsten. Er weiß, er würde keine Mehrheit finden, um sie aufzuheben, aber er kann ihre Realisierung auf unbestimmte Zeit hinauszögern.«

»Und wie können wir die Sache ankurbeln?«

»Unsere Zeit wird kommen.« Leahy wandte sich an Mitchum. »Sir, darf ich Sie etwas fragen?«

Der Direktor zog eine Augenbraue hoch.

»Operieren die Kinder Darwins vielleicht ... unter falscher Flagge?«

Bevor der Direktor antworten konnte, fragte der Senator: »Unter falscher Flagge? Was meinen Sie damit?«

Leahy unterdrückte ein Seufzen. *Richard, wer so hoch geklettert ist wie du, kann tief fallen, wenn er den Berg nicht versteht.* »Eine verdeckte Operation, die so aussehen soll, als stecke jemand anderes dahinter. Als Vorwand für bestimmte Maßnahmen.«

»Sie meinen, wie der Anschlag auf die Bör…«

»Senator«, sagte Mitchum leise, aber scharf. Richard schaute weg. Der Direktor wandte sich wieder an Leahy. »Nein.«

»Ganz bestimmt nicht?«

»Die Kinder sind genau das, wonach es aussieht: abnorme Terroristen.«

»Gut.«

»Gut?« Der Senator klang empört. »Gut? Drei amerikanische Städte sind in der Gewalt von Terroristen, die Leute haben nichts zu essen, und das soll gut sein?«

»Ja«, sagte Leahy. »Diese Terroristen mögen Geniale sein, aber ich weiß nicht, ob sie wirklich so clever sind. Sie scheinen einen Tunnelblick zu haben. Denn sie begreifen nicht, dass sie uns mit jeder ihrer Aktionen in die Hände spielen.«

»Wie das?«

Leahy ignorierte den Senator und Mitchum fragte: »Wissen wir, was sie als Nächstes vorhaben?«

»Wir gehen von einem Anschlag mit Biowaffen aus. Aber das spielt keine Rolle. Auch wenn sie gar nichts weiter planen, das, was sie losgetreten haben, reicht schon. Von Tag zu Tag werden die Rufe dringlicher, dass endlich was passieren soll. Der Präsident ist gezwungen zu handeln.«

»Das heißt aber nicht, dass es so läuft, wie wir wollen.«

»Auch ein Intellektueller wie Clay muss irgendwann einmal eine Entscheidung treffen.« Leahy zuckte mit den Schultern. »Und ich werde ihm dabei behilflich sein.«

Der Senator unterbrach ihn: »Und die Kontroll- und Aufklärungsinitiative wird einer der Eckpfeiler im Kampf gegen die Terroristen. Ich sehe, Ihr Wahnsinn hat Methode, aber Ihre Methode ist einfach zu wahnsinnig. Wir sollten den üblichen Weg gehen. Es im Senat zur Sprache bringen, Clay öffentlich zur Rede stellen.«

Damit du in die Schlagzeilen kommst, was? »Zu riskant. Denn dann könnte man die Kontroll- und Aufklärungsinitiative als Rechtfertigung für die Aktionen der Kinder Darwins missbrauchen.«

»Wer würde so was tun?«

Ach, du Schande. »Die Kinder.«

»Meinen Sie, die werden eine Pressemitteilung veröffentlichen?«, fragte der Senator spöttisch.

»Und was ist, wenn die Kinder sagen, dass alles wieder normal wird, vorausgesetzt, wir motten das Gesetz ein? Meinen Sie, die guten Leute von Cleveland, Tulsa und Fresno werden sagen: ›Nein, danke. Wir bleiben lieber unseren Prinzipien treu und verhungern?‹« Er wandte sich an Mitchum. »Sir, wenn wir die Initiative zur Diskussion stellen, haben wir genau dieses Problem. Wir würden mit Terroristen verhandeln, und zwar aus einer ungünstigen Position heraus.«

Mitchum trommelte mit zwei Fingern auf dem Schreibtisch. Nach einer Weile fragte er: »Sind Sie sich Ihrer Sache auch ganz sicher, Owen?«

»Ja, Sir. Ich habe alles im Griff.« Er hatte die Worte kaum ausgesprochen, da bereute er sie schon. *Im Griff? Du verlässt dich auf eine Bande abnormer Terroristen und einen Präsidenten mit der Willensstärke einer Nudel.*

Mitchum schienen ähnliche Gedanken durch den Kopf zu gehen. »Also gut, Owen«, sagte er mit dem Blick eines Löwen, der eine Gazelle beobachtet, die sich von der Herde entfernt. »Solange Sie sich sicher sind.«

Leahy nickte und zwang sich zu einem Lächeln. *Mitchum hat dich aufgebaut und er kann dich auch wieder zu Fall bringen.*

Du bekommst die Sache besser wirklich in den Griff, sonst frisst er dich mit Haut und Haaren.

Kapitel 11

Früher hätte Ethan für eine zweiwöchige Reise höchstens eine kleine Tasche mitgenommen. Mit zweiundzwanzig war er drei Monate lang kreuz und quer durch Europa gereist, nur mit einem Rucksack.

Wenn sie heutzutage wegfuhren, packten sie den Honda bis unters Dach voll.

Ihr eigenes Gepäck war noch das Wenigste. Das Baby hatte einen größeren Koffer als sie selbst und er war so vollgestopft, dass Ethan sich draufsetzen musste, um den Reißverschluss zuzubekommen: unterschiedliche Windeln für Tag und Nacht, Wischtücher, Strampel- und Schlafanzüge, Kondensmilch, Lätzchen, Wickeldecken, ein musikalisches Plüschseepferdchen, Bilderbücher, ein Babymonitor und so weiter. Dazu kamen noch der mobile Laufstall, die tragbare Babyschaukel, die grellrosa Wanne und die Spielmatte. Dann noch eine Kiste mit Zeug für den Fall, dass der Besuch bei Amys Mutter länger dauern würde als erhofft: Datenpads und Ladekabel, Amys Kochmesser und Lieblingstopf, Sportsachen, Medikamente, Toilettenartikel und Wintermäntel. Ethan klemmte sich die Taschenlampe zwischen die Zähne, um die Hände frei zu haben und Platz für die Katzenbox zu schaffen. In ihrem Innern jammerte Gregor Mendel und sah ihn aus grün funkelnden Augen an.

»Alles in Ordnung, Kumpel.«

Dann hievte er einen Karton Katzenstreu und einen Beutel Trockenfutter auf die Box und schob eine Stahlkassette mit ihren Pässen, Schmuck, den Amy von ihrer Großmutter geerbt hatte, und einem Packen US-Schatzanleihen.

Ethan schüttelte den Kopf, drücke die Heckklappe hinunter und stieß mit der Hüfte dagegen, um sie zu schließen. Er war froh, die Stadt zu verlassen. Die Situation wurde langsam brenzlig. *Außerdem ist Abe entführt worden. Und wer weiß? Vielleicht sind sie auch hinter dir her. Auf jeden Fall besser, sich erst mal aus dem Staub zu machen.*

Das Haus war bereits ausgekühlt. Sie hatten zwar eine Erdgasheizung, aber das Warmluftgebläse lief mit Strom. Eine Stumpenkerze auf der Küchenablage warf einen sanften Lichtkreis auf die leeren Dosen, die ihr Abendessen enthalten hatten. Da weder Herd noch Mikrowelle funktionierten, hatte Amy die Etiketten von den Dosen gelöst und sie über der Kerze aufgewärmt.

Kluge Frau. Lauwarme Bohnensuppe ist zwar kein Grund für Begeisterungsstürme, aber immer noch besser als kalte Bohnensuppe.

Amy kam mit Violet im Arm die Treppe herunter. »Ich schau noch mal nach, ob wir nichts vergessen haben. Kannst du ihr die Windel wechseln?«

»Klar.«

Der Wickeltisch stand im Wohnzimmer und war kaum zu sehen, aber Windeln konnte er inzwischen mit geschlossenen Augen wechseln. Violet zeigte in letzter Zeit öfter eine Art Lächeln. Sie zog die Wangen kraus und steckte die Zunge heraus. Als sie sauber war, brachte er noch eine Minute damit zu, ihr in den Bauch zu beißen, bis sie ihn breit angrinste.

»Ich glaube, wir haben alles«, sagte Amy.

»Ganz sicher? Ich könnte mir auch einen Schraubenschlüssel schnappen und den Herd abmontieren, um ihn auf dem Dach festzuschnallen.«

»Sehr witzig.«

An der Eingangstür blieb Amy stehen, um die Alarmanlage einzuschalten. Sie gab ein paar Nummern ein, doch dann schüttelte sie den Kopf und lachte. Offenbar hatte sie den Code vergessen. »Na gut. Egal.«

»Es passiert schon nichts.« Er zog die Tür zu und schloss ab. Die Straße wirkte unheimlich. Keine Straßen- oder Verandabeleuchtung, keine leuchtenden Tri-D-Bildschirme in den Wohnzimmern, keine leise rieselnde Musik. Nur das leise Aufflackern von Taschenlampen und Kerzen, das in der schweren schwarzen Weite unterging. Weit in der Ferne hörte er eine Sirene heulen.

Ethan schnallte seine Tochter im Kindersitz fest, schob sich auf den Fahrersitz und ließ den Wagen an.

»Es wirkt alles so verlassen«, sagte Amy.

»Das Haus?«

»Die Stadt.« Sie lehnte den Kopf gegen das Seitenfenster. »Heilige Scheiße.«

»Was?«

»Ich kann Sterne sehen.« Sie hörte sich verwundert an. »Unmengen. Wann hast du zum letzten Mal Sterne gesehen?«

Ethan war die kurze Strecke zum Freeway schon tausend Mal gefahren, zu jeder Tages- und Nachtzeit. Aber so hatte er die Umgebung noch nie gesehen. Alle Gebäude lagen im Dunkeln, ihre Fenster nur leere Höhlen. Die kahlen, vom Novemberwind geschüttelten Bäume ragten unheilvoll in den Himmel. Es war nicht einfach schwarze Nacht, sondern eher finsteres Mittelalter. Auch hier keine Straßenlaternen, keine Außenbeleuchtung an den Häusern, keine angestrahlten Plakate und keine schimmernden Wolken. Das einzige Zeichen von Leben waren die anderen Autos, deren Scheinwerfer diffus in der Dunkelheit schwammen. Er war erleichtert, als sie zur Interstate 90 kamen, denn hier schien alles fast normal und der Verkehr Richtung Westen floss zügig.

Amy drehte sich in ihrem Sitz um, um nach Violet zu schauen. »Sie schläft.«

»Gut.«

»Und es macht dir nichts aus?«

»Warum sollte es? Wir sitzen die Sache bei deiner Mom aus, machen ein bisschen Urlaub, fahren herum, tun interessiert, wenn deine Mom über ihren Garten spricht …«

»Sie wird sich irre freuen.«

»Sie wird sich freuen, unser Äffchen zu sehen. Ich glaube nicht, dass sie so begeistert darüber sein wird, dass wir auf ihrem Ausziehsofa schlafen wollen.«

»Wir können auch im Hotel übernachten. Und unterwegs halten wir an einem Supermarkt und kaufen Babynahrung.«

Ethan nickte. Dann schwiegen sie eine Weile und nur das Brummen der Reifen auf dem Asphalt war zu hören. Sie fuhren an Büroparks und Megamärkten vorbei. Und an einem riesigen McDonald's-Schild, die goldenen Bögen erloschen.

»Ethan.« Amy machte eine Bewegung mit dem Kinn.

Er folgte ihrem Blick. Am Horizont war Licht zu sehen, ein leuchtender Fleck, der von unten die Wolken anstrahlte. Ethan konnte die Quelle nicht ausmachen, er sah nur ein weißes Glühen, eine Lichtoase. Er spürte, wie sich etwas in ihm löste. Wie ein Krampf, den er bisher nicht bemerkt hatte. Wo Licht war, da gab es Energie. Wer Energie hatte, hatte Macht. Energie bedeutete Normalität. Und ein wenig Normalität hatten sie jetzt bitter nötig.

»Das ist doch die Abfahrt zum Einkaufszentrum, oder? Seltsam, dass die dort Strom haben.«

»Sieht aus, als käme das Licht von …« Amy verstummte. »Da stimmt was nicht.«

Der Verkehr wurde dichter und alle fuhren auf die rechte Spur. Das Licht wurde immer heller. Eine Minute später sah er, warum.

Zwei Reihen mächtiger Betonsperren, in verschiedenen Winkeln aufgestellt, blockierten die I-90. Eine Batterie gleißender Natriumdampflampen tauchte die Nacht in taghelles Licht. Daneben standen große Geländewagen mit laufenden Motoren. Sie sahen aus wie Baufahrzeuge, nur dass hinten Maschinengewehre darauf montiert waren. Ethan konnte Soldaten an den Gewehren ausmachen, kaum mehr als Silhouetten vor dem grellen Lichtschein. Und durch die geschlossenen Wagenfenster konnte er Generatoren hören.

Ein blinkender Pfeil wies den Weg. Alle Fahrzeuge mussten abfahren. Ethan warf einen Blick in den Spiegel und sah, wie sich hinter ihm eine Schlange bildete. Er schaute seine Frau an. Sie sagte nichts, doch die winzigen Fältchen um ihre zusammengepressten Lippen sprachen Bände.

Ethan schloss sich der Schlange Richtung Ausfahrt an. Er brauchte fünf Minuten, um sich einzureihen. Am anderen Ende der Ausfahrt war die Straße nach Norden gesperrt. Mitten auf der Kreuzung stand ein Panzer. Davor waren Soldaten postiert, die den Verkehr überwachten.

Ein Panzer. Auf der Kreuzung.

Der Verkehr floss nach Süden, über eine Brücke, die die I-90 überspannte. Auf der anderen Seite lag das Einkaufszentrum Crocker Park. Er konnte sich noch erinnern, wie er zum ersten Mal mit Amy hergekommen war und wie unwirklich ihnen als Großstadtmenschen alles vorgekommen war: Ein Shoppingkomplex auf der grünen Wiese, der tat, als wäre er ein Dorf, ein Kommerz-Freizeitpark der vulgärsten Sorte.

Und jetzt war alles noch viel surrealer.

Die Nationalgarde hatte das Einkaufszentrum übernommen. Davor standen Reihen von Geländewagen und ein halbes Dutzend Panzer. Soldaten waren eifrig damit beschäftigt, mitten auf dem Parkplatz Zelte zu errichten. Röhrende Generatoren versorgten Flutlichter, die den Himmel erleuchteten.

»Sie schicken uns zurück«, sagte Amy. Sie zeigte zur Auffahrt auf die Interstate Richtung Cleveland. Noch mehr Soldaten und Sperren und wieder ein blinkender Pfeil. All die Autos, die Richtung Westen unterwegs gewesen waren, reihten sich wieder brav in die Schlange zurück Richtung Cleveland ein.

»Ob es vielleicht einen Anschlag gegeben hat?«

»Oder sie rechnen mit einem.«

»Und was jetzt? Sollen wir nach Hause fahren?«

Er sog Luft durch die Zähne und dachte an ihre dunkle Straße und das dunkle Haus, das immer kälter wurde. An den leeren Kühlschrank und den langsam abtauenden Gefrierschrank, in dem sich nur noch ein wenig Fleisch befand.

»Nein«, sagte er und schwenkte das Lenkrad herum.

»Ethan, was hast du …?«

Er scherte aus der Schlange zur Interstate aus, wendete, hielt sich scharf rechts und fuhr um die Absperrung vor der Straße, die zum Einkaufszentrum führte, herum. Vorbei an vier Pkw. Fünf. Dann ein Geländewagen. Er erhaschte einen kurzen Blick auf die Soldaten im Innern: Tarnkleidung mit Digitalmuster, Sturmgewehre und visierbewehrte Helme. Er hatte die Nationalgarde immer für eine Art Lightversion der Armee gehalten, doch diese Männer sahen aus, als würden sie's ernst meinen.

»Ich will eigentlich nicht eine von diesen Ehefrauen sein, die immer sagen: ›Sei vorsichtig.‹ Aber bitte sei vorsichtig. Wir haben unsere Tochter im Wagen«, mahnte Amy.

»Ich habe nicht vor, irgendwas Dummes zu tun, aber sie müssen uns durchlassen.«

An der Parkplatzeinfahrt des Einkaufszentrums stand eine Straßensperre aus Holz und daneben zwei Soldaten mit Maschinengewehren. Ethan fuhr auf sie zu und ließ sein Fenster hinunter.

»Sir, haben Sie Erlaubnis, sich hier aufzuhalten?«

»Können Sie mir sagen, was los ist?«

»Sir, ich muss Sie bitten, umzukehren.«

»Ich habe meine kleine Tochter dabei«, sagte Ethan. »Wir haben fast nichts mehr zu essen, keine Babynahrung und jetzt auch keine Heizung mehr. Wir wollen nur nach Chicago, um bei meiner Schwiegermutter unterzukommen. Gibt es jemanden, mit dem wir reden können?«

Der Soldat zögerte, dann zeigte er auf eine Gruppe geparkter Fahrzeuge. »Mein befehlshabender Offizier.«

»Danke.«

Ethan fuhr auf die Fahrzeuge zu, ein paar Zivilautos und ein Fünfachser, hielt daneben und stellte den Motor ab. Er schaute Amy an, sah ihren Blick und sagte: »Ich mache schon keine Dummheiten. Ich will nur sehen, ob sie uns durchlassen.«

Sie atmete tief ein, hielt kurz die Luft an und ließ sie mit einem Pfeifen heraus. »Okay. Aber rede vernünftig mit ihnen.«

Er lächelte und gab ihr einen flüchtigen Kuss.

Die Nacht war kälter als erwartet. Er konnte seinen Atem sehen. Die improvisierte Kommandozentrale wurde von Autoscheinwerfern und an Masten montierten Flutlichtern erhellt. Ethan hörte aufgebrachte Stimmen. Er ging ihnen nach und traf auf eine Gruppe von Leuten in Zivil, die auf einen Soldaten einredeten, der stocksteif dastand und sie mit unnachgiebiger Miene anschaute. Neben ihm stand ein Adjutant, der ein Gewehr hielt. Hinter ihnen sah Ethan noch weitere Fahrzeuge, einen Geländewagen, einen Panzer und – Wow! – zwei vor Waffen strotzende Kampfhubschrauber. Ethan gesellte sich zu der Gruppe.

»… Sie verstehen nicht, meine Frau braucht Insulin, sie hat die letzte Dosis heute Morgen verbraucht und ohne wird sie …«

»… bis oben vollgepackten Sattelschlepper, der morgen früh in Detroit sein muss …«

»… keine Heizung, nichts zu essen, kommen Sie, zeigen Sie ein wenig …«

Der Soldat hob beschwichtigend beide Hände. Als alle verstummt waren, sagte er: »Ich kann Ihre Sorgen verstehen, aber meine Order ist eindeutig. Ich darf niemanden passieren lassen. Für medizinische Notfälle haben wir eine einfache Sanitätsstation, außerdem sind alle Krankenhäuser in Cleveland weiterhin in Betrieb. Ich kann Ihnen versichern, dass alles getan wird, um Lebensmittel bereitzustellen und das Stromnetz zu reparieren.«

»Können Sie uns sagen, was los ist?«, fragte Ethan.

Der Offizier musterte ihn kurz. »Die AEB ist davon überzeugt, dass sich die Führungsspitze der Kinder Darwins in der Stadt aufhält. Derzeit erfolgt ein Großeinsatz, um sie zu fassen. Wir sollen dafür sorgen, dass keiner entkommt. Ich fürchte, das bedeutet, dass niemand Cleveland verlassen darf.«

»Das ist doch verrückt«, sagte ein junger Typ mit Kinnbart, der vor Ethan stand. »Sie riegeln die ganze Stadt ab, um ein paar Terroristen zu schnappen? Das macht doch keinen Sinn.«

»Hören Sie, Mann.« Ein stämmiger Kerl mit einer John-Deere-Mütze trat vor. »Ich bin Fernfahrer. Schlimm genug, dass sie uns lebendig braten, aber wenn ich meine Ladung nicht rechtzeitig in Detroit abliefere, muss ich für den Schaden aufkommen. Und dazu wird es auf keinen Fall kommen. Also wie wär's, wenn Sie mich jetzt durchlassen.«

»Niemand darf passieren.«

»Jetzt hören Sie mir mal gut zu …«

»Sir.« Soldaten und Cops hatten eine Art, »Sir« zu sagen, dass es sich anhörte wie ein reißendes Kabel, was so viel bedeuten sollte wie: Du bist kurz davor, was auf den Arsch zu kriegen. »Begeben Sie sich sofort wieder in Ihr Fahrzeug.«

Das ist reine Zeitverschwendung. Ethan wollte gerade wieder gehen, als der Trucker den Offizier am Arm packte.

Oh nein, tu das nicht, keine gute Idee …

Es sah aus, als würden die Flutlichter in den Augen des Offiziers aufflackern. Sein Adjutant schritt auf den Trucker zu und stieß ihm den Gewehrkolben ins Gesicht.

Es klang, als würde ein Ei auf Beton aufschlagen. Der Mann brach zusammen.

Ethan sah, wie sich hinter den beiden Soldaten etwas bewegte. Auf dem Geländewagen.

Ein .50-Kaliber-Maschinengewehr schwenkte herum und zielte auf sie. Vielleicht sechs Meter weit weg, und selbst auf diese Entfernung wirkte die Mündung weit genug, um hineinzukriechen.

Ethan schaute den Lauf entlang zu dem Mann, der die MG auf sie gerichtet hatte. Ein gutaussehender blonder Typ mit rosigen Wangen unter seinem Helm, die behandschuhten Hände an der Waffe, Finger am Abzug. Er sah wie höchstens neunzehn aus und verängstigt.

Was war nur los? Wie und wann war alles aus den Fugen geraten und diese seltsame neue Welt entstanden? Eine Welt, in der Lebensmittelgeschäfte keine Lebensmittel hatten, in der der Strom versiegte, in der Terrorismus etwas war, das nicht nur andere betraf. Eine Welt, in der die Grenzlinie zwischen dem Jetzt und einer schrecklichen Katastrophe so hauchdünn war, dass sie sich durch die Angst im Herzen eines neunzehnjährigen Jungen definieren ließ.

Die anderen Zivilisten wirkten wie erstarrt. Der Trucker am Boden gab ein feuchtes Röcheln von sich.

Langsam hob Ethan die Hände. Ohne den Soldaten am Maschinengewehr aus den Augen zu lassen, ging er langsam zurück. Ein Schritt, dann noch einer, dann war er von der Gruppe getrennt, drehte sich um und ging zurück zu seinem Wagen, in dem seine Frau und Tochter warteten. Er öffnete die Tür und stieg ein.

»Hast du was erreicht?« Amy las seinen Gesichtsausdruck und Ethan sah, wie er sich in ihrer Miene spiegelte. »Was? Was ist passiert?«

»Nichts«, sagte er und startete den Wagen. »Wir fahren nach Hause.«

Mit der Freiheit verhält es sich so: Freiheit ist keine Couch. Sie ist kein Fernseher, kein Auto und kein Haus.
Nichts, was man besitzen kann. Man kann sie nicht auf Raten kaufen, sie lässt sich nicht refinanzieren.
Freiheit muss man sich erkämpfen, jeden Tag aufs Neue. Sie ist ein flüchtiges Gut. Wie Wasser in einem löchrigen Eimer neigt sie dazu zu verrinnen.
Ist man unachtsam, werden die Löcher, durch die sie entkommt, immer größer. Wenn Politiker unsere Rechte beschneiden, »um uns zu beschützen«, dann geht Freiheit verloren. Wenn das Militär sich weigert, wichtige Fakten offenzulegen, dann geht Freiheit verloren. Und das Schlimmste ist, wenn die Angst Teil unseres Lebens wird und wir bereitwillig unsere Freiheit für das Versprechen von Sicherheit aufgeben, als wäre nicht die Freiheit selbst die eigentliche Grundlage unserer Sicherheit.
Es gibt ein berühmtes Zitat des Theologen Martin Niemöller über die Passivität der Deutschen unter der Naziherrschaft. Heute würde es vielleicht so lauten:

Als sie die Revolutionäre holten,
habe ich geschwiegen, ich war ja kein Revolutionär.

Als sie die Intellektuellen holten,
habe ich geschwiegen, ich war ja kein Intellektueller.

Als sie die Grad-Einser holten,
habe ich geschwiegen, denn ich war ja keiner.

Als sie die anderen Genialen holten,
habe ich geschwiegen, denn ich war kein Genialer.

Als sie mich holten,
gab es keinen mehr, der protestieren konnte.

Aus der Einleitung von *Ich bin John Smith*

Kapitel 12

Von außen wirkte es eher unscheinbar. Aber nach Shannons Erfahrung war das bei besonders unheimlichen Institutionen immer so.

Als Erstes sah sie eine Granittafel mit der Aufschrift ANALYSE- UND EINSATZBEHÖRDE. Eine dichte Baumreihe dahinter verbarg das Gelände vor neugierigen Blicken. Sie blinkte, wartete auf eine Verkehrslücke und steuerte ihren Pkw auf ein Wachhaus zu. Es war ein freundlicher Herbsttag und die beiden Männer in ihren schwarzen Kampfanzügen wirkten vor dem wolkenlosen Himmel sehr befremdlich. Ihre Bewegungen waren gut abgestimmt. Der eine lief um den Wagen herum, während der andere sich der Fahrerseite näherte. Beide hatten Maschinenpistolen umgehängt.

Shannon ließ ihr Fenster herunter und griff in ihre Handtasche. Der Ausweis, abgewetzt und verblichen, identifizierte sie als Senior-Analystin und das Foto sah aus, als wäre es schon ein paar Jahre alt. »Guten Tag«, sagte sie zugleich höflich und gelangweilt.

»Guten Tag, Ma'am.« Der Wachmann nahm den Ausweis. Sein Blick zuckte zwischen dem Foto und ihrem Gesicht hin und her. Er scannte den Ausweis mit einem Gerät an seinem

Gürtel und es piepte. Dann gab er ihn ihr zurück. »Herrlicher Tag, nicht wahr?«

»Einer der letzten«, sagte sie. »Nächste Woche soll's kälter werden.« Sie sah sich nicht um und schaute auch nicht im Rückspiegel nach dem bewaffneten Mann, der das Heck ihres Wagens inspizierte.

Der andere Wachmann schaute über das Wagendach hinweg seinen Partner an, dann nickte er ihr zu. »Schönen Tag noch.«

»Wünsche ich Ihnen auch.« Sie steckte den Ausweis wieder in die Handtasche. Das Metalltor öffnete sich und sie fuhr hindurch.

Immer hinein in die Höhle des Löwen.

Aber immerhin begab sie sich ja freiwillig hinein. Es war, als würde sie auf den Löwen zu marschieren und ihm ihren Kopf ins Maul stopfen.

Bei dem Gedanken durchfuhr sie ein Adrenalinstoß. Sie lächelte und fuhr gelassen weiter.

Das AEB-Gelände war im Grunde ganz hübsch, auf eine tödliche Art und Weise. Die Straße mäanderte in Kurven dahin, die sinnlos erschienen, jedoch einen Autobomber daran hindern würden, auf den Komplex zuzurasen. Etwa alle fünfzig Meter spürte sie, wie ihre Reifen über versenkte Nagelbänder rumpelten. Die Grünanlage bestand aus Rasenflächen und sorgsam beschnittenen Bäumen, zwischen denen Wachtürme emporragten. Ohne Zweifel verfolgten Scharfschützen von dort oben aus ihren Wagen.

Das Gebäude selbst war ein breiter, nichtssagender Klotz, der eher wirkte wie der Sitz eines Großkonzerns als die Zentrale des größten amerikanischen Nachrichtendienstes. An der Westflanke waren Bauarbeiter mit der Errichtung eines vierstöckigen Anbaus beschäftigt und die Schweißer auf den Stahlträgern ließen die Funken sprühen. Anscheinend liefen die Geschäfte der AEB nicht schlecht.

Shannon fand in einer Seitengasse einen Parkplatz, machte den Wagen aus und betrachtete sich im Schminkspiegel. Sie konnte sich einfach nicht an ihren Anblick als Blondine gewöhnen. Seltsam, wie viele Frauen sich die Haare blondierten. Sie hatte nicht den Eindruck, als Brünette weniger Erfolg bei Männern zu haben.

Die Perücke war allerdings sehr überzeugend. Farblich abgestufte Strähnchen und ein wenig Ansatz. Sie war stärker geschminkt, als sie es eigentlich mochte, doch das war natürlich Absicht. Sie setzte eine Designerbrille mit Plastikgestell auf. In diesen Zeiten problemloser Laserchirurgie reine Show, aber gerade deshalb besonders modisch.

»Okay«, sagte sie, hängte sich ihre Handtasche über die Schulter und stieg aus.

Es war wirklich ein schöner Tag. Die kühle Luft schmeckte nach Herbstlaub. Was sie bei einem Einsatz immer besonders genoss, war ihre intensivere Wahrnehmung. Alles schmeckte süßer, jede Berührung war elektrisierend. Auf dem Weg ins Gebäude konnte sie auf dem Dach die Spitzen der Flugabwehrkanonen ausmachen.

Im Foyer Marmorboden, hohe Decke und bewaffnete Wachleute. Die hereinströmende Menge teilte sich in mehrere Schlangen, die durch Metalldetektoren liefen. Kameras stierten aus jeder Ecke. Sie stellte sich in eine Schlange, begutachtete ihre Nägel und dachte an John.

* * *

Als er ihr dieses kleine Abenteuer vorgeschlagen hatte, hatte sie entsetzt gefragt: »*Wo* willst du mich hinschicken?«

»Ich weiß.« John Smith trug einen grauen Anzug und war glattrasiert. Er wirkte größer, als sie ihn in Erinnerung hatte. Und gesünder. Wahrscheinlich, weil er nicht mehr auf der

Flucht war und nicht mehr unter ständiger Verfolgungsangst litt. »Es hört sich verrückt an.«

»Verrückt wäre ja in Ordnung. Aber das hört sich eher nach Selbstmord an. Außerdem habe ich momentan mit der Sache in West Virginia schon genug zu tun. Ich habe da einiges gutzumachen.«

»Das verstehe ich ja«, sagte er mit seinem typischen Lächeln. Ein nettes Lächeln; er war ein gutaussehender Mann, aber nicht ihr Typ. Zu konventionell, wie ein Immobilienmakler. »Aber ich würde nicht fragen, wenn es die Sache nicht wert wäre.«

»Was meinst du damit?«

Er erzählte es ihr, und je länger er redete, desto unglaublicher erschien seine Geschichte. Niemand anderem hätte sie sie abgenommen. Doch falls John recht hatte – und davon ging sie aus –, dann könnte das alles ändern. Es würde zu einer gewaltigen Machtverschiebung kommen. Die ganze Welt würde sich neu ausrichten.

Doch sie mussten es zuerst einmal finden. Und deshalb der Plan, die AEB zu berauben. Wozu lange im Heuhaufen herumwühlen, wenn man sich die genauen Koordinaten der Nadel besorgen konnte?

»Wir können aber nicht einfach in ihr System hacken. Die AEB weiß, dass alle Daten im Internet gefährdet sind. Deshalb speichern sie ihre wertvollsten Geheimnisse in einem separaten Netzwerk innerhalb der Anlage. Die Computer sind miteinander verbunden, aber nicht mit der Außenwelt. Die einzige Möglichkeit, Zugriff zu bekommen, ist …«

»Sich in die Höhle des Löwen zu begeben.«

Er nickte.

»Ich würde doch nicht mal durchs Tor kommen.«

»Darum kümmere ich mich schon. Du erhältst einen Ausweis, mit dem du nicht nur reinkommst, sondern der deine gesamte Biografie bestätigt. Wir füttern ihr System mit weit zurückreichenden, deckungsgleichen Daten: Gehaltsabrechnungen, Beurteilungen, beruflicher Werdegang, einfach alles. Meine besten Leute arbeiten bereits daran. Es dürfte kein Problem sein.«

»Wenn es so einfach ist, wozu brauchst du dann mich?«

»Für den Fall, dass es doch Probleme gibt. Ich will dir nichts vormachen, Shannon. Wenn sie dich erwischen, wird es keinen Prozess geben. Wahrscheinlich werden sie nicht einmal zugeben, dass sie dich haben. Sie stecken dich in eine Hochsicherheitszelle und werden bis ans Ende deiner Tage versuchen, dich zu brechen. Und ich werde nichts für dich tun können.«

»Du verstehst es, einem etwas schmackhaft zu machen.«

»Doch so weit wird es nicht kommen. Du schaffst es, das weiß ich.« Er stützte das Kinn in die Hand. Sein Getränk hatte er nicht angerührt. »Ach, und noch was: Wenn du schon mal drin bist, kannst du dir auch sämtliche Informationen über West Virginia besorgen. Das komplette Sicherheitspaket. Dann kannst du deine Sünden wiedergutmachen, ohne Menschenleben zu gefährden.«

Sie dachte darüber nach. »Und wenn ich nein sage?«

»Dann sagst du eben nein. Du hast völlige Entscheidungsfreiheit, das weißt du.«

* * *

Die Schlange bewegte sich schnell voran und innerhalb einer Minute war sie zum Metalldetektor vorgerückt. Sie nahm ein filigranes Silberhalsband mit drei eiszapfenförmigen Anhängern ab und legte es neben ihre Handtasche in die Wanne auf dem Band.

Als sie direkt vor dem Metalldetektor stand, überkam sie die Angst. Zu beiden Seiten waren bewaffnete Wachleute postiert. Hinter und neben ihr AEB-Agenten. Ganz plötzlich verspürte sie einen heftigen Schlag in ihrer Brust wie von einer Basstrommel. Sie kannte das Gefühl. Es war das Adrenalin, das ihr ins Blut schoss. Es passierte jedes Mal. Doch diesmal war ihre Angst schärfer, intensiver. Erregender.

Shannon lächelte den Wachmann an, als sie durch den Metalldetektor lief. Er winkte sie durch. Sie wartete auf ihre Wanne, legte ihre Halskette wieder an, nahm ihre Tasche und begab sich in die Zentrale einer Behörde, bei der schon seit Jahren ein Tötungsbefehl gegen sie lief. John hatte recht gehabt. Der Geniale, der ihren Ausweis kodiert hatte, hatte wirklich gute Arbeit geleistet.

Will ich wenigstens hoffen.

Wie als Reaktion auf ihren Gedanken wurde mit einem Flimmern die Brille aktiviert. Auf der Innenseite hatten die Gläser Displays aus einem hauchdünnen Gewebe, die von außen nicht zu sehen waren. Das linke zeigte in einem dreidimensionalen Drahtgitterplan ihre Position im Gebäude. Auf dem rechten erschien ein Wort: WAIDMANNSHEIL. Sie lächelte innerlich.

Shannon schlenderte den Korridor entlang und die Absätze ihrer Stiefel klapperten über die Fliesen. Jenseits der Sicherheitsschleuse sah es in der Analyse- und Einsatzbehörde im Grunde nicht anders aus als in irgendeiner Konzernzentrale: Schreibtischnischen, Büros, Aufzüge und Mitarbeitertoiletten. Eigentlich nicht verwunderlich, denn die Behörde teilte sich in zwei Sektoren und die Analyseabteilung war der weit größere von beiden. Hier arbeiteten zehntausende Wissenschaftler, Strategen, Berater, Psychologen und Statistiker.

Der zweite Sektor war die Einsatzabteilung, ein Verein ganz anderer Art. Einer, der Festnahmen, Entführungen und Attentate durchführte. Mit der Vollmacht zu töten. Nicks alte Abteilung.

In dieser Behörde hatte sich einst sein Büro befunden. Sie war die Quelle seiner Macht und er der Spitzenagent ihrer geheimsten Division gewesen. Wie oft war er durch diese Flure marschiert? Und was war ihm dabei durch den Kopf gegangen? Damals hatte er alles brav geschluckt. Hatte an das geglaubt, wofür die AEB stand. Sie sah ihn vor sich, mit seiner fast schon arroganten Gelassenheit, die er trug wie einen maßgefertigten Anzug.

Und was ihren Typ Mann betraf …

Bei ihrer ersten Begegnung hatte sie ihn gehasst. Er hatte einen Freund von ihr umgebracht, einen Begabten, der Banken ausgeraubt hatte. Einen traurigen, seelisch geschädigten Jungen, in der Akademie kaputtgemacht und in der Außenwelt völlig verloren. Es war nicht seine Schuld, dass er auf die schiefe Bahn geraten war, und obwohl auch sie der Meinung gewesen war, dass man ihn aufhalten musste – unschuldige Menschen waren ums Leben gekommen –, aber sie war nicht bereit gewesen, seine Exekution einfach hinzunehmen oder seinem kaltblütigen Mörder zu vergeben.

Doch dann war Nick ganz anders. Warmherzig, leidenschaftlich und klug. Er liebte seine Kinder aus ganzem Herzen und war bereit, alles für sie zu tun. Im Grunde waren sie sich sehr ähnlich. Beide kämpften für eine bessere Welt. Doch sie hatten unterschiedliche Vorstellungen davon, wie ihr Ziel zu erreichen war.

Shannon wünschte, sie hätte ihm von ihrem Auftrag erzählen können. Seine erste Reaktion wäre Wut gewesen, doch wenn sie ihm den Grund erklärt hätte, hätte er ihrem Vorhaben sicher zugestimmt.

Schluss damit. Ihn einzuweihen war einfach zu riskant, und dieser Ort ist so verdammt gefährlich, ich muss mich konzentrieren.

Sie lief einen langen Korridor entlang, fuhr mit dem Aufzug in den dritten Stock und trat hinaus auf eine Galerie in einem großen Atrium. Leute liefen vorbei, schauten auf ihre Datenpads und sprachen über Konferenzen. Shannon hatte mit ihren dreißig Jahren noch nie an einer Konferenz teilgenommen und es war ihr auch ganz recht so. Als sie die beidseitig verglaste Galerie entlangging, konnte sie den ganzen Komplex überblicken. Er war riesig und durch die offenbar ständig hinzukommenden Anbauten verzweigt wie ein Kaninchenbau. Am Ende der Galerie bog sie links ab.

Zwanzig Meter weiter ging eine Tür auf. Ein Mann und eine Frau kamen heraus. Sie war klein, kaum größer als eins fünfzig, aber in ihrem Gang lag eine widerborstige, jähzornige Energie. Der Mann war fit, mittelgroß und trug ein Schulterhalfter. Sie erkannte ihn. Sie hatten gemeinsam den Präsidenten zu Fall gebracht. Bobby Quinn, Nicks ehemaliger Partner, der Planer mit dem trockenen Humor. Ein lustiger Bursche, der seinen Job gut machte. Sie mochte ihn.

Und sie hatte keinen Zweifel, nicht den geringsten, dass er sie abknallen würde, falls er sie bemerkte.

Mach dir nichts vor, Mädchen, es gibt kein »falls«. Meinst du, Bobby Quinn lässt sich von einer blonden Perücke, hochhackigen Stiefeln und einer Brille täuschen?

Er sprach im Laufen mit der Frau und gestikulierte mit beiden Händen. In ein paar Sekunden würde er Shannon erreichen, und sollte er sie erkennen, war dies ihr letzter sonniger Herbsttag.

Sie musste nicht überlegen. Brauchte sich nicht umzusehen. Ihre Fähigkeit zu »gleiten«, wie sie es nannte – oder »durch Wände zu gehen«, wie Nick es nannte –, beruhte nicht etwa darauf, dass sie ihre Umgebung genau studierte und dann eine Entscheidung traf. Nein, um sich unsichtbar zu machen, musste sie immer ganz genau wissen, wo jeder Einzelne sich gerade befand, wohin er schaute und wohin er ging. Überall, zu jeder Zeit. Wenn sie einen schlechten Tag hatte, bekam sie von der gewaltigen Datenflut Migräne, so als würde sie zu nah vor einem Tri-D-Bildschirm sitzen.

Daten wie:

Der Analyst mit der billigen Krawatte, der in einem Aktenschrank herumwühlte. Richtiges bedrucktes Papier. Typisch Regierung, so was von rückständig.

Der FedEx-Kurier, der pfeifend seine Transportkarre vor sich herschob; jeder Halt auf seiner Route für sie so klar wie ein Diagramm.

Die Verwaltungsassistentin, die aus dem Pausenraum kam, in der rechten Hand einen Kaffeebecher, den Blick auf das Datenpad in der linken gerichtet.

Das flirtende Paar, das sich nur fast berührte, seine Hand nach ihrem Arm ausgestreckt.

Quinn, der sich von der Frau neben ihm abwandte. Das Vertrauen in seiner Bewegung, weil sie Teamkollegen waren.

Der anspringende Kompressor des Wasserspenders.

Shannon vollführte ihr Kunststück.

Sie glitt in den Weg des Kuriers, verharrte kurz, schaute in ihre Handtasche, als würde sie etwas suchen, ging quer über den Flur, vorbei an der Frau mit dem Kaffee, streckte ihren Fuß gerade weit genug aus, um mit ihrer Stiefelspitze einen Absatz der Frau zu erwischen, die strauchelte, aber nicht hinfiel, nur krampfhaft ihr Datenpad festhielt, jedoch nicht ihren Kaffeebecher, während Shannon schon im Pausenraum war, wo sie einen Schrank öffnete, sodass sie mit dem Flur zum Rücken stand, und der Kaffeebecher in einem Bogen durch die Luft flog und genau in dem Moment, als Quinn und seine Kollegin vorbeigingen, seitlich auf der Transportkarre auftraf.

»Oh Gott, das tut mir schrecklich leid«, sagte die Assistentin, während Shannon weiter in den Schrank starrte und die Sekunden zählte. Bei drei schloss sie den Schrank und verließ den Pausenraum, ohne die Assistentin oder den Kurier anzusehen, die sich gegenseitig versicherten, dass alles in Ordnung sei, und auch ohne Bobby Quinn und seine Kollegin anzusehen, die schon vorbeigegangen waren und sich jetzt umdrehten, aber in die falsche Richtung schauten.

Immer in die falsche Richtung.

Drei Minuten später war sie fünf Stockwerke tiefer in einem unterirdischen, von Leuchtstoffröhren erhellten Korridor. Die Luft war kühl und still. Auf dem Lageplan auf ihrem linken Brillenglas erschien ein blinkender Punkt. Er wurde größer, bis sie vor einer Tür mit Metallrahmen stand. An der Decke darüber hing eine Kamera und an der Wand ein Kartenleser neben einem großen roten Knopf.

In ihrem rechten Brillenglas erschien eine Nachricht: LAUT PROTOKOLL IST NIEMAND HINEINGEGANGEN, SEIT DER LETZTE HERAUSGEKOMMEN IST. LUFT DÜRFTE REIN SEIN. *Dürfte? Sehr beruhigend.*

Das Lesegerät brauchte eine ganze Weile, um ihren Ausweis zu scannen. Dies war der eigentliche Test. Es gab wahrscheinlich nicht einmal ein Dutzend Leute, die Zugang zu diesem Raum hatten.

Mit einem Klicken entriegelte sich die Tür.

Im Innern war es eisig, höchstens fünf Grad. Der Raum stand voller Metallregale, in denen fein säuberlich unzählige Wafer-Server aufgereiht waren, Computer mit nur einem Zentimeter Durchmesser, von denen jeder riesige Datenmengen verarbeitete. Kabelbündel so dick wie Shannons Arm liefen hinter den Regalen entlang, und das Summen unsichtbarer Ventilatoren erfüllte die Luft.

Das Herz der AEB. Informationen über jeden verdeckten Einsatz, jede geheime Einrichtung und jede Zielperson. Auch sie steckte irgendwo da drin. Jedes einzelne Detail ihres Lebens: Kindheit, Ausbildung, alles, was sie jemals getan hatte, und jeder, dem sie jemals begegnet war. Shannon folgte dem Plan vor ihrem Auge durch die Regalreihen. Die elektrisch geladene Luft ließ die Härchen auf ihren Armen abstehen. Fünf Reihen geradeaus und vier nach links, dann stand sie vor einem Regal, das aussah wie alle anderen.

Sie griff an ihre Kette und drehte am mittleren Eiszapfen. Er öffnete sich und offenbarte einen Stampdrive. Sie fuhr mit dem Finger über das Anschlussfeld eines Computers, bis sie den richtigen Schlitz fand, und schob den Drive hinein. Nichts schien zu passieren, doch sie wusste, dass das Programm sich über die Datenpfade ausbreitete und nach den Dateien suchte, die sie brauchten. Vor ihrem rechten Auge erschien ein Statusbalken, der langsam breiter wurde – 1%, 2%, 3%.

Sie konnte nur warten.

Das war immer der seltsamste Moment bei ihrer Arbeit. Es lag in der Natur ihrer Gabe, dass sie sich oft irgendwo in Position stellen und warten musste. Sie war dabei immer sehr angespannt, aber es hatte auch etwas Köstliches an sich, wie der erste Zug an einem Joint mit wirklich gutem Gras, wie wenn man mit dem Segelflugzeug über der Wüste von einem Aufwind zum nächsten hüpft, wie das Versteifen des Körpers kurz vor dem Orgasmus. Sie dachte zurück an ihre erste Begegnung mit Nick. Fast ein Jahr war das schon her, an einer Kreuzung in Washington. Die AEB hatte einen von ihnen umgedreht, Bryan Vasquez, Angestellter bei einer Rüstungsfirma, und Nick hatte ihn losgeschickt, um sich mit seiner Kontaktperson zu treffen, die sie sich greifen wollten.

John hatte natürlich damit gerechnet und Vorsorge geleistet – in Form eines mit Sprengstoff vollgepackten Zeitungsautomaten. Shannon war an Nicks gesamtem Sicherheitsteam vorbeigeglitten, hatte sich direkt neben ihn, den härtesten Agenten des Ausgleichsdiensts, gestellt, die Bombe gezündet und damit die ganze Operation torpediert.

Natürlich hätte sie sich damals nicht im Traum vorstellen können, irgendwann mit ihm zu gehen.

Gingen sie miteinander? War das die richtige Bezeichnung?

Der Statusbalken wuchs quälend langsam. 63%.

Etwas mit ihm anzufangen war schrecklich leichtsinnig gewesen. Er war zwar nicht mehr bei der AEB, doch jetzt arbeitete er für den Präsidenten, was ein Happy End für sie beide auch nicht wahrscheinlicher machte. Außerdem war sie keine Jugendliche, die sich schwülstigen Fantasien hingab. Vor zwei Monaten, als Cooper John Smith gejagt hatte, hatte Shannon eine geladene Flinte auf ihn gerichtet und hätte, falls nötig, abgedrückt, auch wenn es ihr nicht leicht gefallen wäre.

Aber dann war da natürlich auch noch der Moment, wo ihr zusammen in einer Kellerbar in New Canaan gesessen habt und sich eure Knie berührten, während er Hemingway zitierte. Oder die Tatsache, dass er dir das Leben seiner Kinder anvertraut hat.

96%, doch es sah aus, als wäre der Statusbalken eingefroren. Es fehlten nur noch wenige Millimeter. Sie seufzte, tappte mit einem Fuß auf den Boden und hätte am liebsten geflucht. Ganz gleich, wie schnell der technische Fortschritt voranschritt, manches änderte sich nie.

Mach schon, mach schon.

97% … 98% … 99% …100%.

Das Display verschwand. Shannon nahm den Stampdrive aus dem Computer und steckte ihn wieder in den Kettenanhänger. Falls alles nach Plan gelaufen war, hatte das Programm alle benötigten Daten heruntergeladen: Massenweise Informationen über privat finanzierte Labore, konspirative Ideenschmieden und geheime Forschungsstätten, die sich zukunftsweisenden Projekten widmeten. Einrichtungen, die sich keinen Aktionären gegenüber rechtfertigen mussten und es mit behördlichen Vorschriften nicht so genau nahmen. Und die so ziemlich alles entwickeln konnten, was sie wollten.

Sogar einen Zaubertrank, der die Welt verändern würde.

Als sie zurück zum Eingang ging, machten ihre Stiefel auf dem hohlen Fußboden ein hämmerndes Geräusch. Sieben-Zentimeter-Absätze und drei Zentimeter dicke Plateausohlen, völlig unpraktisches Schuhwerk, vor allem bei einer solchen Aktion, doch es diente einem Zweck. An der Tür atmete sie tief durch, strich ihr blondes Haar zurück und ging hinaus. Sie bog rechts ab und nahm den Weg, den sie gekommen war.

»He! Sie da!«

Die Stimme kam von hinten. Shannon überlegte wegzurennen, drehte sich aber um und setzte eine fragende Miene auf.

Der Mann war groß und blass. Er trug Jeans, ein T-Shirt mit irgendeinem Logo und eine zerlumpte Strickjacke. Er hatte seinen Ausweis schon in der Hand, um ihn zu scannen. Ein Techniker oder Programmierer. Ihr gingen allerlei Lügen durch den Kopf, keine wirklich überzeugend.

Sie bekam auch gar keine Chance, etwas zu sagen. Als einer der wenigen Menschen mit Zugang zu diesem Raum wusste er, dass sie hier nichts zu suchen hatte. Er sah sie mit aufgerissenen Augen an und drückte auf den roten Knopf.

Scheinbar passierte gar nichts, doch sie wusste, im ganzen Gebäude und in allen Wachhäusern würde Alarm ausgelöst. Sämtliche Sicherheitskräfte der AEB würden mobilisiert werden, Hunderte schwer bewaffneter Soldaten.

Sie hörte kein Signalhorn und sah keine blinkenden Lichter, was die Sache noch furchterregender machte.

Shannon rannte los.

Der Flur kam ihr plötzlich länger und enger vor, und überall schienen Kameras zu hängen. Sie hatte einen Geschmack von Kupfer im Mund, und ihr Herz hämmerte wild in ihrer Brust. Sie rannte um eine Ecke und auf die Treppe zu. Das Problem war nicht die Entfernung, die zwischen ihr und ihrer

Sicherheit lag, sondern die schiere Aussichtslosigkeit ihrer Lage. Sie befand sich mitten in einem streng bewachten Komplex, gejagt von ihren Gegnern, und in dem leeren Flur, durch den sie lief, bot sie eine leichte Zielscheibe.

Doch das ließ sich ändern.

Sie verlangsamte kurz ihr Tempo, um im Vorbeilaufen den Hebel eines Feuermelders zu drücken.

Nun ging die Sirene los, ein eindringliches, immer wiederkehrendes Heulen. Hinter ihr öffneten sich Türen. Sie flüchtete in einen Treppenschacht, rannte hoch zum nächsten Stock, wartete kurz auf dem Treppenabsatz und trat hinaus auf den Flur. Überall Menschen. Sie hätte jeden einzelnen von ihnen küssen können. Ganz allein war sie schutzlos, doch in einer umherirrenden Menge …

Shannon setzte ihre Gabe ein.

Glitt hinter Leute und zwischen sie, verharrte, wirbelte um sie herum und wich ihnen aus. Lächelte, blieb stehen und bückte sich, als wollte sie den Reißverschluss ihres Stiefels zuziehen. Kam jemand aus einem Büro, schlüpfte sie in seinem toten Winkel hinein. *Du bewegst dich wie fließendes Wasser, Kleines.* Die Stimme ihres Vaters, vor vielen Jahren auf dem Fußballplatz. *Wasser findet immer einen Weg.*

Einen Weg finden.

Während sie dicht hinter zwei feisten Managertypen herlief, steuerte sie mit einer Reihe von Lidschlägen das Display ihrer Brille. Der Plan wurde kleiner und wechselte zu einer 3-D-Ansicht. Die Flure wurden in ihrem rechten Brillenglas nun dargestellt wie in einem Videospiel. Sie wünschte, sie hätte mit ihrer Kontaktperson kommunizieren und sie bitten können, eine detaillierte Ansicht zu streamen. Aber die Verbindung funktionierte nur in eine Richtung. Ein aus der AEB-Zentrale nach außen dringendes Sendesignal hätte noch viel mehr Alarm ausgelöst.

Während ihr dies durch den Kopf ging, verstummte plötzlich der Feueralarm. Nicht weiter überraschend, denn die Sicherheitsleute hatten ihn bestimmt als Ablenkungsmanöver erkannt. Es spielte auch keine Rolle, denn der Flur war jetzt voller Leute, die hin- und herliefen und redeten, und sie hatte genug Zeit gewonnen. Sie folgte dem Lageplan auf ihrer Brille, glitt zwischen die Leute und hinter sie und um sie herum. Die Kameras würden sie auf jeden Fall einfangen, das war nicht zu ändern. Doch bei so vielen Kameras und dieser riesigen Menschenmenge wäre es schon ein großer Zufall, wenn jemand genau zum richtigen Zeitpunkt auf den richtigen Monitor schaute.

Da. Eine Damentoilette, genau wie in dem Plan markiert. Sie öffnete die Tür und trat ein. Ein Spiegel, zwei Waschbecken, fünf Kabinen und ein leichter Geruch von Scheiße in der Luft. Sie nahm die mittlere Kabine und verriegelte die Tür hinter sich.

Sie setzte sich auf die Kloschüssel und zog die Stiefel aus. Dann das Kleid. Sie holte eine dünne Jeans aus ihrer Handtasche und schlüpfte hinein. Dann eine Seidenbluse, zerknittert, aber passabel. Das Beste waren die silbernen Ballerinas, die nach den albernen Stiefeln eine Wohltat waren. Sie zog sich die Spangen aus den Haaren und nahm die Perücke ab. Dann stopfte sie Perücke, Kleid und Brille in die Stiefel. Auf dem Weg nach draußen würde sie sie in einen Mülleimer werfen.

Nun kam der spaßige Teil. Sie holte einen Schminkspiegel aus der Handtasche und löste einen der kleineren Eiszapfen von ihrer Kette. Eine Injektionsnadel glitzerte im Deckenlicht. Mithilfe des Spiegels führte sie sie vorsichtig zu ihrer Augenbraue. Nadeln waren nicht ihr Ding, doch sie biss die Zähne zusammen. Ein kleiner Riss entstand, als die Nadel in ihre Haut eindrang. Sie drückte sanft, zog die Spritze heraus und setzte sie an ihrer anderen Braue an. Sie injizierte jeweils ein paar Milliliter Salzlösung in ihre Stirn. Da die Flüssigkeit nicht durch den Knochen sickern konnte, pumpte sie die Haut auf. Eine größere Menge Salzlösung hätte komisch ausgesehen, aber die winzigen Injektionen veränderten nur die Form ihrer Stirn ein wenig.

Als sie mit der rechten Augenbraue fertig war, widmete sie sich dem Wangenknochen darunter. Es tat ziemlich weh.

Sie stach gerade mit der zweiten Eiszapfenspritze in ihre linke Wange, als sie hörte, wie die Außentür aufging.

Hoffentlich eine Analystin, die pinkeln muss, dachte Shannon. *Oder zwei Assistentinnen, die ein Schwätzchen halten wollten.*

»Ma'am?« Eine barsche weibliche Stimme. »Kommen Sie bitte raus.« Mist.

Glücklicherweise war es nur eine einzelne Wachfrau. Demnach wussten sie nicht, dass sie hier drin war. Offensichtlich nur eine Routinekontrolle. Die Sicherheitsleute durchsuchten systematisch das ganze Gebäude.

Doch die Frau war sicher bewaffnet und kampfbereit. Shannon konnte sich zwar ganz gut verteidigen, aber in einer direkten Konfrontation mit einer AEB-Sicherheitsbeamtin hätte sie kaum eine Chance gehabt.

Finde einen Weg, Kleines. Wie fließendes Wasser.

»Entschuldigung?«, sagte Shannon. »Ich bin auf der Toilette.« So leise sie konnte, rutschte sie auf dem Toilettensitz herum. Durch die Jeans spürte sie kaltes Porzellan.

»Das verstehe ich ja, Ma'am, aber trotzdem müssen Sie sofort rauskommen.«

»Sie machen wohl Witze.« Sie setzte einen Fuß auf den Boden, dann den anderen. »Ich bin noch nicht fertig.«

Die Frau stellte sich vor die Kabine. Shannon konnte ihre Kampfstiefel sehen. Sie hämmerte gegen die Tür.

»*Sofort*, Ma'am.«

»Schon gut, schon gut. Meine Güte. Kann ich mich wenigstens abwischen?« Sie kauerte sich neben die Kloschüssel und versuchte, nicht darüber nachzudenken, wie oft der Boden geputzt wurde, dann rüttelte sie am Toilettenpapierhalter.

»Ma'am, wenn Sie nicht in fünf Sekunden rauskommen, trete ich die Tür ein.« Der Stimme nach stand sie jetzt höchstens einen Meter entfernt. Shannon konnte sie sich vorstellen. Waffe in der Hand, aber nach unten gerichtet. Von dort, wo die Frau stand, würde sie nichts sehen.

»Fünf.«

Im rechten Winkel zur Kloschüssel drückte sich Shannon flach auf den Boden. Sie hob einen Fuß an und drückte die Toilettenspülung. »Vier.«

Sofort rauschte das Wasser kräftig und lautstark. Sie nutzte die Geräuschkulisse, um unter der Trennwand hindurch in die Nachbarkabine zu rutschen. Hände und Gesicht rieben über die Bodenfliesen.

»Drei.«

Wie eklig … Lautlos erhob sie sich. »Zwei.«

Shannon öffnete die Tür und trat hinaus.

Unter der Schutzweste waren die kräftigen Muskeln der Frau auszumachen. Sie hatte einen Pferdeschwanz und sah stinksauer aus. Eine Maschinenpistole hing an einem Riemen von ihrer Schulter. Sie hatte die rechte Hand am Griff der Waffe, die linke zur Tür ausgestreckt. Sie wirkte sehr professionell. Hätte Shannon ihr direkt gegenüber gestanden, hätte sie tatsächlich keine Chance gehabt.

Aber so von der Seite und mit Überraschungseffekt, das war was anderes.

Blitzschnell stürzte sich Shannon auf die Frau und rammte ihr die Spritze in den Hals.

Die Nadel war nur einen Zentimeter lang und blieb im Muskel stecken, aber Shannon wollte sie auch nicht umbringen, nur erschrecken und ablenken, was ihr auch gelang. Die Frau schrie auf und während sie sich umdrehte, griff sie sich mit der linken Hand an den Hals, anstatt ihre MP zu packen. Das gab Shannon die Sekunde, die sie brauchte, um ihr einen Roundhouse-Kick auf die Nase zu verpassen.

Die Frau brach zusammen. Shannon warf sich auf sie und drückte ihr den Riemen der Waffe gegen den Hals. Die andere versuchte, sich mit Schlägen zu wehren, doch Shannon war zu dicht über ihr, drückte sie hinunter und zog den Riemen immer enger um ihren Hals.

Als sie sie geschafft hatte, zerrte sie sie in die nächste Kabine und lehnte sie an die Kloschüssel. Shannon suchte nach ihrem Puls und spürte kräftiges Pochen. Wenn sie aufwachte, würde sie zwar schreckliche Kopfschmerzen haben, aber sie würde wieder aufwachen.

Shannon schloss die Tür, verriegelte sie und kroch darunter hindurch. Sie betrachtete sich kurz im Spiegel. Die Wachleute würden nach einer eins fünfundsiebzig großen Blondine mit anderer Kleidung und anderer Gesichtsform suchen. Die Verkleidung war nicht perfekt, würde aber ihren Zweck erfüllen.

Sie wusch sich die Hände und trat wieder hinaus auf den Flur.

Ihre Lage schien nicht mehr ganz so aussichtslos. Gefährlich war es trotzdem. Die Wachen würden jeden Einzelnen genau überprüfen.

Eine Reihe von Uhren an der Wand zeigte die jeweilige Zeit in London, Chicago, Los Angeles, Singapur und natürlich in Washington an. Es war 16:45 Uhr.

Shannon lächelte. Die AEB mochte der größte amerikanische Nachrichtendienst sein, aber wie in allen Regierungsbehörden würden auch hier in einer Viertelstunde die meisten Feierabend machen. Tausende würden Richtung Ausgang stürmen.

Sie ging zur Kantine, um sich in der Zwischenzeit einen Kaffee zu genehmigen.

DER UNRUHE-INDEX

DIE TREFFERT-DOWN-SKALA

DIE GESICHTSLOSEN

DAS MONOCLE

DER ZWÖLFTE MÄRZ

Fühlen Sie sich auch vom modernen Leben überfordert? Da sind Sie nicht allein.

Unsere Großeltern, die haben es richtig gemacht. Stellen Sie sich eine Welt ohne Datenpads und ununterbrochene Feedcasts vor. Eine Welt, in der man nicht ständig politisch korrekt sein muss. Eine Welt, in der die Frau einen Truthahn im Ofen hat und der Hund sich zu Füßen seines Herrchens zusammenrollt. Wäre eine solche Welt nicht viel schöner?

Nur weil Ihre Frau nicht kochen kann und Sie keinen Hund haben, müssen Sie noch lange nicht auf solche Annehmlichkeiten verzichten.

Das Tarry-Programm bietet Entschleunigung. Lassen Sie sich in eine Zeit zurückversetzen, in der alles einfacher war, und genießen Sie das Leben, so wie es sein sollte.

Kehren Sie bei unseren Seminaren der Welt für ein Wochenende den Rücken, damit Sie ihr wieder erholt entgegentreten können.

Vergessen Sie die Wirklichkeit.
Tauchen Sie bei Tarry™ ab.

* Tarry-Pauschalangebote gibt es schon ab 1999 $ für drei Übernachtungen, alles inklusive, Gesellschafter(in) für eheähnliche Betreuung (ohne Intimkontakt)**, Miethund oder -katze, Programm-Material und Lebensberatung. Die Standorte sind geheim. Notfallkontaktdaten erforderlich. Bitte keine Begabten.

** Angebote mit eheähnlicher Betreuung inkl. Intimkontakt verfügbar

Kapitel 13

»Nun brat mir aber einer 'nen Storch. Ein echter Promi vor meiner Hütte. Wenn das nicht der beste Kumpel des Präsidenten ist.« Bobby Quinn stand in der Tür seiner Wohnung und ein Grinsen machte sich langsam in seinem Gesicht breit.

»Ganz recht. Also, zeig ein bisschen Respekt.« Cooper blähte seine Brust auf. »An sich wäre ein Kniefall angebracht, aber weil wir mal Partner waren, reicht's, wenn du dich verbeugst.«

»Wie wär's, wenn ich mich beim Verbeugen umdrehe? Dann kannst du mich am …«

»Ja, ja, schon gut.« Cooper packte seinen Freund bei den Schultern und zog ihn an sich, um ihn fest zu drücken. »Gut, dich zu sehen. Komm, wir gehen ein Bier trinken.«

»Mann, würde ich ja gern, aber ich bin gerade in dieser Minute vom Flughafen gekommen. Ich war in Cleveland und bin total fertig.«

»Ich gebe einen aus. Habe ich vergessen zu erwähnen.«

»Andererseits ist Alkohol wichtig für eine ausgewogene Ernährung.«

Auf dem Schild draußen an der Bar stand »Jack Chittle's«. Im Innern gab es in den Boden eingelassene Sitznischen und Weihnachtsbeleuchtung, offenbar das ganze Jahr über. Cooper verstand nichts von Bier, wusste nur, dass es ihm schmeckte. Deshalb ließ er Bobby wählen. Der bestellte einen Krug Milk Stout, eine vollmundige dunkle Flüssigkeit mit leichten Noten von Kaffee und Schokolade, die mit einem Glas irischem Whiskey noch einmal so gut schmeckte.

»Du warst also gerade in Cleveland?« Cooper stellte sein Schnapsglas ab. »Wegen der Kinder Darwins?«

»Nein, auch wenn du's nicht glaubst. Ich war wegen einer Zielperson da, einem Wissenschaftler. Der Typ hat die Fliege gemacht, deshalb habe ich mir seinen Schützling vor die Brust genommen.«

»Und weiß er was?«

»Kann ich noch nicht sagen.«

Sie hatten sich zwar einiges zu erzählen, aber Cooper hielt sich zurück, denn er wollte nichts überstürzen. Derweil klärte Bobby ihn über die aktuelle Situation in der Behörde auf.

»Es herrscht absolutes Megachaos. Alle versuchen verzweifelt, ihren Arsch zu retten und sich zu distanzieren. ›Was? Wir jagen Bösewichte und bringen sie um? Ach du meine Güte, wie brutal.‹« Bobby lachte. »Und dabei hätten wir noch massenweise potenzielle Zielpersonen, und diese ganzen Tölpel aus dem oberen Management, die vor der Fernsehkamera ganz bestürzt tun, die flüstern uns zu, dass wir uns nicht beirren lassen sollen und dass bald alles wieder beim Alten wäre.«

»Und glaubst du das?«

»Also, mit dem Ausgleichsdienst ist es endgültig vorbei. Aber warten wir ein Jahr, dann ist Gras über die Sache gewachsen und wir können unter neuem Namen weitermachen. Die Arbeit muss gemacht werden, das wissen alle. Und in der Zwischenzeit hängen die besten Agenten der Behörde in der Luft und wissen nicht, was los ist. Und weißt du, was sie mir jetzt auch noch aufgebrummt haben? Ich leite eine interne Ermittlungseinheit zur Unterstützung einer Kongressuntersuchung. Du glaubst gar nicht, was für einen Spaß es macht, sich samstagabends hinzusetzen, um einen Bericht darüber zu schreiben, wie man einen berüchtigten Terroristen ausgeschaltet hat, ohne das Wort *töten* zu benutzen.«

»Eliminieren?«

»Deaktivieren. Klingt, als würden wir sie ermahnen, es nicht wieder zu tun, und ihnen eine Berufsausbildung anbieten.« Quinn schüttelte den Kopf. »Und was ist mit dir? Du bist der einzige Mensch, der es fertigbringt, seinen Chef umzubringen, um anschließend einen Job beim Präsidenten zu landen. So fällt man die Karriereleiter hoch.«

»War nicht geplant.«

»Hattest du etwa einen Plan?«

Cooper lachte und hob die Hand, um noch eine Runde Whiskey zu bestellen.

»Aber im Ernst, Coop. Du bist doch Soldat und kein Anzugmensch. Wieso arbeitest du denn für Clay?«

»Ich will einen Krieg verhindern, so wie eh und je.«

»Und wie läuft's?«

»So wie eh und je.«

Quinn holte eine Schachtel Zigaretten aus seiner Jacke, nahm eine heraus und drehte sie zwischen zwei Fingern. Der Barmann schenkte ihnen Whiskey ein und sagte: »Rauchen ist hier verboten.«

»Ach, wirklich? Ist das eine neue Regierungsverordnung oder haben Sie das selbst entschieden?«

»Ach, was soll's?« Der Mann stellte die Flasche ins Regal und verzog sich in eine andere Ecke der Bar.

»Genau, was soll's.« Coopers ehemaliger Partner klopfte auf die Zigarette und spielte mit ihr. »Die Welt ist schon komisch. John Smith hält Vorträge vor Studenten und kassiert dicke Schecks, und wenn ein Mann mal eine rauchen will, wird ihm gleich der Kopf abgerissen.«

»Dir geht's doch gar nicht ums Rauchen. Du genießt doch vor allem die Vorfreude.«

»Stimmt. Befriedigungsaufschub wie beim Tantrasex.«

Cooper lachte. Es tat gut, mit jemandem aus seiner Welt zu reden. Doch dann fiel ihm wieder ein, warum er hier war. Die Angst, die ihn plagte. »Okay, ich will ganz ehrlich sein. Ich bin nicht nur gekommen, um was mit dir zu trinken.«

»Worum geht's denn?«

»Was wisst ihr über die Kinder Darwins?«

Quinn zuckte mit den Schultern. »Bis vor sechs Wochen überhaupt nichts. Dann – paff – erscheinen sie plötzlich auf der Bildfläche und spucken uns allen in die Suppe.«

»Habt ihr eine Ahnung, wie sie organisiert sind?«

»Wir gehen von separaten Zellen ohne feste Kommandostruktur aus, wie bei Terrorgruppen üblich. Aber den Ausgleichsdienst gibt's nicht mehr und sonst ist niemand in der Lage, irgendwas über sie rauszukriegen.«

»Aber wie kann das sein? Wieso weiß niemand was über sie?«

Quinn lehnte sich zurück. »Wer fragt? Das Weiße Haus?«

»Nein«, sagte Cooper. »Ich versuche nicht, dich auszuspionieren. Ich will nur begreifen, was los ist, und dazu brauche ich deine Hilfe. Du bist doch mein Planer.«

»Schmeichelei funktioniert immer.« Quinn nahm einen Schluck Bier. »Okay, ganz unter uns? Dass sie einfach so aus dem Nichts aufgetaucht sein sollen, ist doch Unsinn. Man kann so eine Terrorgruppe nicht einfach aus dem Boden stampfen. Auch Geniale schaffen das nicht.«

»Du meinst also, es gibt die Kinder Darwins schon länger.«

»Nun, sie wissen ganz genau, wie sie uns richtig treffen können. Früher haben Terroristen Bomben in Postämtern gelegt, kleine Regierungsbeamte umgebracht, Züge entgleisen lassen … Auch nicht schön, aber vor allem lästig. Doch die Kinder, die haben's wirklich drauf. Anstatt Gebäude in die Luft zu jagen, überfallen sie ein paar Trucks und bringen die Fahrer um, weil sie genau wissen, dass die Versicherungen daraufhin ihre Verträge kündigen. Bam! Und schon wird eine ganze Stadt ausgehungert.«

»Mit dem Strom ist es das Gleiche«, sagte Cooper. »Ich glaube, sie haben die Stromnetze ausgeschaltet, weil sie darauf spekuliert haben, dass wir eine Quarantäne verhängen.«

»Ja, eine saublöde Idee.« Quinn schüttelte den Kopf. »Hat nur zu absolutem Chaos geführt. Wir haben ihnen die Städte quasi ausgeliefert. Wie konntest du das nur zulassen, Mann?«

»Ich hatte in der Sache nichts zu sagen.«

»Und dann diese Geschichte, dass wir die Städte angeblich nur abriegeln, um die Terroristen zu fangen … Wer soll das denn glauben? Ein Zehnjähriger mit Gehirnschaden vielleicht.«

»Ich weiß. Aber Leahy hofft wahrscheinlich, dass ihr ihm genaue Zielkoordinaten liefert, damit er seine Raketen losschicken kann.«

Quinn schüttelte wieder den Kopf. »Da kann er lange hoffen. Die KD haben höchstens zehn oder fünfzehn Leute in jeder der drei Städte. Ohne Kommandozentrale, alles total separat. Und das Stromnetz hat wahrscheinlich ein abnormer Jugendlicher irgendwo in einem Keller gehackt.«

»Warum so wenige Leute?«

»Mehr braucht man nicht, um ein paar Trucks zu überfallen und ein Depot abzufackeln. Weil es so wenige sind, sind sie fast unmöglich aufzuspüren. Und jetzt erst recht.«

»Wenn das stimmt, dann wurde das alles von langer Hand geplant.« Cooper wählte seine Worte vorsichtig. Er war sich sicher, dass er recht hatte, aber er wollte sehen, ob Quinn zu dem gleichen Schluss kam. »Und nicht erst vor ein paar Wochen, vor Jahren schon. Irgendjemand hat alles organisiert, die Leute als Schläfer in den Städten postiert und finanziell unterstützt und so lange gewartet, bis bei der AEB totales Durcheinander herrscht.«

Quinn sah ihn fragend an. »Du meinst John Smith?«

»So einen Plan kann nur ein erstklassiger Stratege aushecken.«

»Ja, du hast mal gesagt, John Smith sei so was wie der Einstein der Strategie.« Quinn nahm einen Schluck Bier. »Aber … warte mal.«

»Ein Jahre im Voraus ausgeheckter Plan. Eine kleine, eingeschworene Gruppe, die unsere eigenen Systeme gegen uns verwendet. Und der Zeitpunkt der Aktion ist mit Bedacht gewählt. Ausgerechnet jetzt, wo der starke, aber korrupte ehemalige Präsident unter Anklage steht und die Organisation, die normalerweise das Land beschützen würde, im Chaos versinkt.«

»Das würde bedeuten … Willst du etwa sagen …?« Quinn starrte ihn an. »Du weißt doch, was das bedeutet?«

»Genau das raubt mir seit einiger Zeit den Schlaf, Bobby. Ich denke die ganze Zeit darüber nach, aber ich komme immer wieder zum selben Schluss.«

Cooper hätte nie damit gerechnet, dass es so kommen würde. Als er untergetaucht war, um John Smith zu jagen, hatte er keinen Zweifel an dessen Schuld gehabt. Aber dann hatte er Dinge erlebt und erfahren, die er einfach nicht ignorieren konnte. Etwa, dass man Shannons abnorme Freundin Samantha, die mit ihrem extrem entwickelten Einfühlungsvermögen Lehrerin oder Heilerin hätte werden können, in die Prostitution getrieben hatte. Oder dass man ein Ehepaar, das ihm geholfen hatte, ins Gefängnis und ihre Tochter in eine Akademie gesteckt hatte. Oder dass die Siedlung New

Canaan optimistischen Träumern eine schöne, aber gefährdete Heimat bot, in der sie eine neue, bessere Welt aufbauen konnten.

Als er Smith schließlich aufgespürt hatte, hatte Coopers Glaube bereits die ersten Risse. Und als er die Wahrheit über das Massaker im Monocle herausbekommen hatte, war sein Glaube vollends zerbrochen.

In gewisser Weise war er selbst zerbrochen.

Cooper erinnerte sich, wie er auf einem schmalen, fünfzig Meter hohen Felsenturm in Wyoming gesessen und in den Sonnenaufgang gestarrt hatte. Er war gemeinsam mit Smith hochgeklettert und während die blutrote Sonne über der staubigen Landschaft aufgestiegen war, hatten sie geredet. Nicht einfach geredet. Wahrheiten ausgetauscht. Es war ihm völlig unwirklich vorgekommen. Sich mit seinem Todfeind zu unterhalten. An dem Morgen damals hatte Smith ihm von dem Video erzählt, das zeigte, wie Drew Peters und Präsident Walker den Anschlag auf das Monocle planten. Smith hatte behauptet, dass sie es waren, die einen Krieg anzetteln wollten. Dass nur die Mächtigen von einem Krieg profitieren würden.

Er hatte Smith zwar nicht alles geglaubt, aber doch genug, um in Aktion zu treten. Genug, um das Video zu suchen, Drew Peters zu töten und den Präsidenten zu stürzen.

Und jetzt fragte er sich, ob Smith es nicht von Anfang an so geplant hatte.

»Bobby«, sagte Cooper, »bitte sag mir die Wahrheit. Bin ich verrückt? Oder ist es tatsächlich möglich?«

Sein Freund setzte sein Bierglas ab und steckte sich die Zigarette in den Mund. Dann senkte er den Blick und klopfte mit den Fingern auf die Theke. Cooper ließ ihm Zeit zum Nachdenken. Und hoffte, obwohl es keine Hoffnung mehr gab, dass Quinn sagen würde, es sei reine Paranoia. Durch seine Gabe für Mustererkennung war Cooper zwar anderen in vielem überlegen, doch eher in taktischer als strategischer Hinsicht. Sie half ihm, schnell zu reagieren, aber nicht unbedingt, weit im Voraus zu planen. Quinn war der Planer.

»Es ist möglich.« Alle Heiterkeit war aus Quinns Stimme gewichen. »Durchaus.«

Cooper lehnte sich zurück. Die Magensäure stieg ihm in den Hals und die Galle lief ihm über. Möglich war so gut wie sicher, wenn John Smith im Spiel war. »Er hat uns benutzt.«

»Verstehst du, was das heißt? Alles, was wir getan haben, war Teil seines Plans. Als Smith dir von dem Video erzählt und uns auf Peters gehetzt hat, da ging es ihm nicht um die Wahrheit oder darum, seine Unschuld zu beweisen. Er hat es nur getan …«

»Weil er wusste, dass ich das Video veröffentlichen würde, wenn ich es finde. Und dass es den Präsidenten zu Fall bringen und die AEB lahmlegen würde. Er wusste, ich würde das Richtige tun, und hat mich benutzt. Er wollte, dass sich die Situation zuspitzt.« Cooper zögerte, wollte seine Worte hinunterschlucken, doch sie schnitten in seine Kehle wie Rasierklingen. »Es ist alles meine Schuld, Bobby.«

»Ach, Unsinn. Du kannst doch nichts dafür.«

»Doch. Ich habe zwar versucht, das Richtige zu tun, aber ich habe ihm in die Hände gespielt. Wir alle. Ich dachte, er wollte nur, dass ich seine Unschuld beweise, damit er sich nicht länger verstecken muss. Aber das war für ihn nur ein positiver Nebeneffekt. In Wirklichkeit ging es ihm darum, uns zu lähmen, damit die Kinder Darwins freies Spiel haben.«

»Aber warum? Wenn er dich wirklich nur benutzt hat, wie du sagst, und das nur der erste Schritt in einem komplizierten Spiel war, was ist dann sein Endziel?«

»Krieg«, sagte Cooper. »Sein Endziel ist Krieg. Ich glaube, John Smith geht es nicht mehr um gleiche Rechte für Abnorme. Er will einen Bürgerkrieg.«

»Wozu? Um alle Normalen umzubringen?«

Cooper antwortete nicht.

»Mein Gott.« Quinn rieb sich die Augen. »Moment. Was soll das denn bringen? Die Situation für Abnorme ist doch schlimmer als je zuvor. Gewalttätige Übergriffe, die Sache mit den Mikrochips, und viele Kongressabgeordnete würden euch am liebsten alle einsperren.«

»Eben. Aber die Abnormen stehen schließlich nicht geschlossen zusammen. Er kann nicht einfach allen eine E-Mail schicken. Die meisten Leute, egal ob Normalos oder Freaks, wollen nichts mit ihm zu tun haben. Sie wollen einfach nur ihr Leben leben. Wenn Smith die Macht ergreifen will, braucht er eine Armee. Und da er nicht einfach Leute rekrutieren kann …«

Als Quinn begriff, welche Reichweite die Sache hatte, sah er Cooper mit großen Augen an. »Er lässt die Regierung einfach machen. Provoziert sie zu Repressalien. Und die Leute sind nicht mehr nur misstrauisch gegenüber Abnormen, sie haben regelrecht Angst vor ihnen. Und von der Angst ist es nur ein kleiner Schritt bis zur offenen Gewalt. Lynchjustiz, Unruhen. Und seine Armee formiert sich ganz von selbst. Denn wenn alle anderen deinen Leuten ans Leder wollen, dann müsst ihr euch zusammenschließen und verteidigen.«

»Und dazu braucht es einen Anführer. Einen Mann mit einer radikalen Vision, der den Abnormen eine Welt verspricht, in der sie nicht nur sicher sind, sondern in der sie das Sagen haben. Keine gleichen Rechte, sondern Vorherrschaft. Überlegenheit für die Überlegenen.«

Die Tür ging auf und eine Gruppe junger Leute kam scherzend und lachend hineinspaziert. Mit ihnen strömte ein eisiger Luftzug in die Bar, und Cooper erschauerte. Quinn schob sein Glas von sich. »Der Durst ist mir vergangen.«

»Kein Wunder.«

»Die AEB überwacht Smith, so gut es geht. Aber allem Anschein nach steht er nicht mit den KD in Verbindung.«

»Muss er auch nicht unbedingt. Er könnte den Plan schon vor ein paar Jahren ausgeheckt und eine Liste mit ganz genauen Anweisungen aufgestellt haben: ›Tut das, dann das und dann das.‹ Wie du schon sagst, eine kleine Gruppe von Leuten, die wissen, was sie tun, kann uns empfindlich treffen.«

»Derweil reist er durchs ganze Land, hält Reden und signiert Bücher. Tritt im Fernsehen auf und erzählt allen, er sei ein Opfer. Und während er vorgibt, die Stimme der Vernunft zu sein, schart er immer mehr Anhänger um sich.«

Bring es in Ordnung, hatte Natalie gesagt. Bei dem Gedanken musste er fast lachen. Es in Ordnung bringen? Er war doch an allem schuld. Auch wenn er gute Absichten gehabt hatte, auch wenn sein Vater seine Entscheidungen gutgeheißen hätte, hatte er damit letztlich nur John Smiths Ziele unterstützt. Er hatte das Richtige tun wollen und doch so viel Schaden angerichtet.

»Weißt du«, sagte Quinn, »es gibt Tage, da hasse ich einfach jeden.« Er schüttelte den Kopf. »Es wird alles immer schlimmer. Wir kämpfen schon seit jeher an vorderster Front, immer mit dem Gefühl, die Welt würde vor die Hunde gehen. Aber diesmal ist es ganz anders.« Er sah auf und ihre Blicke trafen sich. »Wir befinden uns wirklich am Rand des Abgrunds. Es könnte das Ende von allem bedeuten.«

Das Ende von allem. So melodramatisch, übertrieben und auch ein wenig lächerlich. Das Ende von allem? Natürlich nicht. Die alles zerstörende Katastrophe trat nie wirklich ein. Doch sie lauerte da draußen.

Hurrikane machten Städte niemals wirklich dem Boden gleich. Epidemien löschten nie die Bevölkerung ganzer Länder aus. Menschen begangen nie Völkermord im eigentlichen Sinne.

Außer … sie taten es doch.

»Hast du mit dem Präsidenten gesprochen?«

Cooper schüttelte den Kopf. »Niemand will etwas davon hören. Sie sind fest davon überzeugt, dass schon alles wieder in Ordnung kommt.«

»Vielleicht irrst du dich, was Smith angeht.«

»Nichts würde mich glücklicher machen. Aber ich glaube nicht dran. Du?«

»Nein.«

»Und was tun wir jetzt?«

Quinn sog Luft durch die Zähne. »Die AEB wird vorläufig nichts gegen Smith unternehmen. In den Augen der Öffentlichkeit ist er einer von den Guten. Ein Opfer von Unterdrückung. Wir könnten ihn nicht mal verhaften, wenn er mit einer Hand wahllos Leute abknallen und mit der anderen auf die amerikanische Flagge wichsen würde.«

»Sehr anschaulich ausgedrückt.«

»Danke. Und was ist mit dem Präsidenten?«

»Keine Chance«, sagte Cooper. »Wir können John Smith nichts anhaben.«

»Absolut tabu?«

»Hundert Prozent.« Cooper nahm seine Papierserviette und riss sauber einen Streifen ab, dann noch einen und noch einen. Er sah seinen Freund an. »Sollen wir ihn uns trotzdem schnappen?«

Quinn lächelte. »Ja, verdammt.«

Ringos Armee- und Marineausrüstung

Bei uns findest du, was du brauchst

Unser KD-Survival-Paket:

- Butangaskocher
- Faltbarer Kochtopf
- Wasseraufbereitungstabletten
- Überlebensdecke
- Kurbeltaschenlampe
- Universalwerkzeug

Nur 999,99 $!

(nur solange der Vorrat reicht – schnell zuschlagen)

Vergiss nicht, nur

DU

kannst deine Familie beschützen!!

Datenpad-Akku leer?
Lad ihn an unserem Generator auf
(50,00 $ pro Stunde)

Kapitel 14

Ethan konnte seinen Atem sehen, als er die Konservendosen durchging.

Ihre Küche hatte eine Speisekammer. Ein separater Raum, nur um Lebensmittel aufzubewahren? Darüber kam er immer noch nicht hinweg. Was für eine Idee! Welch ein Luxus! In Manhattan würde man so eine Speisekammer als Apartment vermieten. Er war sich sicher, dass er schon einmal in einer gewohnt hatte.

Seit vierundzwanzig Stunden gab es keinen Strom mehr und das Haus war kalt. Er trug zwei Sweatshirts übereinander und fingerlose Handschuhe. Schon komisch, wie wenige Lebensmittelkonserven wirklich Nährwert hatten. Tomatenmark, Ananasscheiben, Wasserkastanien, Hühnerbrühe … Alles Dinge, die man in der Küche gebrauchen konnte, aus denen sich aber keine Mahlzeit zaubern ließ. Er sortierte die Dosen neu und stellte die nützlichsten zusammen in ein Regal. Schwarze Bohnen, Canellinibohnen, Limabohnen. Suppen, vor allem die deftigeren. Ein paar Dosen Kokosmilch, nicht gerade etwas für Feinschmecker, doch jede enthielt fast tausend Kalorien und der hohe Fettgehalt würde sie warm halten. Birnen, Obstsalat und grüne Bohnen räumte er nach unten. Weniger Vitamine als frische Ware, aber besser als nichts. Nudeln und Reis. Schließlich Backzutaten: Weizen- und Maismehl und Zucker. Ohne Strom konnten sie zwar nicht backen, aber zur Not konnten sie einen kalten Brei daraus anrühren.

»Sie schläft«, sagte Amy hinter ihm. »Ich kümmere mich jetzt ums Wasser.

Ethan richtete sich auf und trat fest mit den Füßen auf, um seinen Kreislauf in Schwung zu bringen. »Okay. Mach alles voll, was du findest. Gläser, Vasen, Eimer, leere Dosen …«

»Die Badewanne. Schon kapiert.«

»Danke.«

Ethan entdeckte ein Paket Geburtstagskerzen und legte es zu den anderen Sachen auf die Arbeitsplatte. Ein Karton mit Leuchterkerzen, drei halb verbrannte Stumpen aus dem Schlafzimmer und elf, nein, zwölf Geburtstagskerzen. Drei Taschenlampen und eine Handvoll Batterien. Besser nicht vergeuden. Sie würden sich nach dem Tageslicht richten müssen. Und kein Lesen vorm Schlafengehen mehr.

Sie hatten im Kamin ein kleines Feuer angefacht. Er kniete sich davor und schloss und öffnete immer wieder seine Hände, um sie aufzuwärmen. Er überlegte, noch ein paar Scheite nachzulegen, aber entschied sich dagegen. So viel Feuerholz hatten sie nicht.

Es gibt ja noch die Möbel.

Als Nächstes war der Kühlschrank dran. Da sie beide Feinschmecker waren, war er normalerweise gut gefüllt. Doch seit sechs Tagen waren die Geschäfte leer, und die meisten frischen Lebensmittel hatten sie verbraucht. Im Gemüsefach fand er zwei Äpfel, eine Pampelmuse und einen halben Beutel Rucola. Die unteren Blätter waren schon ganz schleimig. Normalerweise hätte er den ganzen Beutel weggeworfen, aber nun verlas er die Blätter und behielt alle bis auf die absolut ungenießbaren.

Es gab auch noch einen Rest von einem thailändischen Nudelgericht, ein wenig Orangensaft und jede Menge Würzsoßen.

Der Gefrierschrank war fast völlig abgetaut, in den Eiswürfelbehältern mehr Wasser als Eis, und die Pakete mit Hamburgern und Hühnchen an den Rändern aufgeweicht. Außerdem ein paar aufgetaute Pizzen. Ethan seufzte und räumte alles raus.

Amy, die am Wasserhahn zwei Gläser füllte, sagte: »Wir könnten die Lebensmittel auch im Freien aufbewahren.«

»Wie ist denn die Temperatur draußen?«

»Um die sieben Grad.«

Hmm. Das war ungefähr die Temperatur eines funktionstüchtigen Kühlschranks. Auch draußen würden die Sachen sich höchstens ein paar Tage halten. »Es würde sich alles länger halten, wenn wir es kochen.«

»Ich habe doch gesagt, wir hätten uns einen Gasherd anschaffen sollen.« Dann lächelte sie und sagte: »He, was ist mit dem Grill?«

Ethan lachte und zog sie an sich, um sie zu umarmen. »Gute Idee.«

Was Grillen anging, war er ein Purist. Für ihn kam eigentlich nur Holzkohle in Frage. Doch jetzt wünschte er, er hätte sich für Propangas entschieden. Er kramte in der Garage herum, bis er einen halbvollen Sack Grillkohle fand. Er schüttete alles in den Anzündkamin, stopfte unten Zeitungspapier hinein und steckte es an. Aus Westen wehte ein eisiger Wind herüber, der ihm weißen Rauch ins Gesicht blies, doch die Holzkohle begann zu glühen.

Zurück in der Küche, öffnete er die Fleischpackungen. Ein Kilo Rinderbauchlappen, vier Hähnchenbrüste, ein Pfund Rinderhack. Er formte das Hackfleisch zu Hamburgern und schnitt die Bauchlappen in einen halben Zentimeter dicke Streifen.

»Willst du das im Wok braten?«

»Nein, ich mache Jerky«, sagte er. »Ich mache Wasser für die Nudeln heiß, dann grille ich die Hähnchenbrust und die Hamburger und zum Schluss backe ich die Pizzen. Dann dürfte die Holzkohle verbraucht sein. Aber wenn wir die Fleischstreifen anschließend auf den Rost legen, müssten sie trotzdem in zwei Stunden trocknen. Und Jerky hält sich wochenlang.«

»Gute Idee.« Amy richte sich gerade auf, legte die Hände ins Kreuz und drückte den Rücken durch, dass die Wirbel knackten. »Mann, was würde ich für eine heiße Dusche geben.«

»Denk lieber nicht dran«, sagte er. Draußen schwand der Nachmittag. Die Wolken hingen bedrückend tief und der Wind schüttelte die Bäume.

Nach seiner Inventur sah es aus, als würden die Lebensmittel noch eine Weile reichen. Doch er wusste, wenn sie normale Portionen aßen, wäre alles im Nullkommanichts weg. Er dachte an ihre früheren Besuche im Supermarkt, ihr Einkaufswagen immer voll bis oben hin. Zu Hause hatten sie dann jedes Mal ein Dutzend Tüten auszupacken gehabt. Und trotzdem waren sie fast wöchentlich einkaufen gefahren.

Wir müssen uns die Lebensmittel einteilen. Und viel Wasser trinken. Meine Damen und Herren, der amerikanische Lebensstil ist vorübergehend aufgehoben.

Aber es war schon in Ordnung so. Das war der Vorteil, wenn man im reichsten Land der Welt wohnte. So schnell verhungerte man hier nicht. Aber was, wenn ihnen schließlich doch die Lebensmittel ausgingen? Würde die Situation wirklich so lange andauern?

Und was ist mit den Leuten, die nicht so viel haben? Er konnte sich nicht vorstellen, dass die sich damit abfinden würden zu verhungern.

»Ich glaube denen nicht«, sagte Amy.

»Hä? Wem?«

»Den Soldaten. Sie haben gesagt, sie würden die Stadt abriegeln, damit die Terroristen nicht rauskommen. Das ergibt doch keinen Sinn.«

»Nein.«

»Sie verschweigen uns irgendetwas.«

Bevor er antworten konnte, klopfte es an der Tür. Sie beide erschraken. Bevor alle Elektrogeräte verstummt waren, hatte er nie bemerkt, wie geräuschvoll Stille in Amerika war.

»Bleib hier«, sagte er und ging zur Haustür. Er legte die Hand auf den Türknauf, doch dann hielt er inne. *Wir leben in einer neuen Welt.* Er spähte durch den Spion.

Auf der Veranda stand Jack Ford mit zwei anderen Männern vom Treffen der Nachbarschaftswache. Kurt, der Ingenieur, und Lou, der ihn gefragt hatte, ob er ein Problem habe.

Er öffnete die Tür. »Hallo.«

»Hi, Ethan.« Jack lächelte und gab ihm die Hand. »Wie geht's dir?«

»Ach, wir machen gerade Bestandsaufnahme.«

Es sollte vieldeutig klingen, doch Jack nahm es wörtlich. »Gute Idee. Man sollte genau wissen, was man an Vorräten hat. He, habe ich gestern nicht gesehen, wie du deinen Wagen beladen hast?«

»Ja.« Er stellte sich vor, wie Jack mit der Flinte in der Hand von Fenster zu Fenster schlich, durch die Jalousien spähte und nach zwielichtigen Gestalten Ausschau hielt. »Wir wollten nach Chicago, um eine Weile bei Amys Mom zu bleiben. Aber die Nationalgarde hat uns nicht durchgelassen.«

»Ich habe davon gehört. Ich habe einen Generator, den ich ab und zu einschalte, um Elektrogeräte laufen zu lassen und mir die Nachrichten anzusehen. Es heißt, die Stadt sei abgeriegelt, weil die Regierung die Kinder Darwins hier vermutet.«

Ethan nickte. Und wartete. Die drei Männer sahen sich an. Jack wollte etwas sagen, doch Lou kam ihm zuvor. »Du kennst doch diesen Ranjeet ganz gut, oder?«

»Ja, wir haben uns ein paar Mal gegenseitig zum Abendessen eingeladen. Sympathischer Typ.«

»Wir haben uns gedacht, wir reden mal mit ihm.«

»Worüber?«

»Die Regierung sucht doch nach abnormen Terroristen. Da könnten wir vielleicht behilflich sein.«

»Ach, komm. Ranjeet ist Grafikdesigner.«

»Nein, du verstehst uns falsch«, sagte Jack. »Wir wissen, dass er kein Terrorist ist. Aber er ist ein Abnormer.«

»Und deshalb kennt er Terroristen?«

»Vielleicht kennt er ja jemanden, der sich in letzter Zeit irgendwie komisch verhalten hat.«

»Abnorme hocken doch immer zusammen«, sagte Kurt. »Ich bin Ingenieur, glaub mir, ich kenne ziemlich viele.«

Jack ignorierte ihn und sagte: »Es gibt eine Regierungshotline, wo man anrufen kann, falls einem irgendwas verdächtig vorkommt. Und da wir sonst nichts tun können, haben wir gedacht, es kann ja nicht schaden.«

Klar. Was kann schon passieren, wenn eine ganze Stadt voller hungriger, verängstigter Menschen auf Terroristenjagd geht? »Damit will ich nichts zu tun haben.«

»Vergiss es«, sagte Lou. »Ich habe doch gesagt, er macht nicht mit.« Dann räusperte er sich, drehte sich um und spuckte ins Gebüsch. »Gehen wir.«

Jack rührte sich nicht, blieb einfach mit hängenden Armen stehen. Ethan hatte den Eindruck, er wollte ihm etwas zu verstehen geben. Jack war jetzt de facto derjenige, der in der Nachbarschaft das Sagen hatte, der, an den sich alle wendeten. Wollte er Ethan auffordern, sich ihnen anzuschließen? War es eine unterschwellige Drohung? Oder wollte er Ethan nur begreiflich machen, dass Leute wie Lou die Oberhand gewinnen würden, wenn Leute wie er nicht mitmachten?

»Warum gehst du nicht mit, Schatz?«

Amy stand außer Sichtweite der Männer auf der Veranda, deshalb konnten sie ihren besorgten Gesichtsausdruck nicht sehen, der im krassen Gegensatz zu ihrem lockeren Ton stand. Sie redete laut genug, dass man sie draußen hören konnte. »Geh ruhig. Ich kümmere mich schon um den Grill. Aber nimm mich erst noch mal in den Arm.« Sie hob die Arme.

Ethan schaute Jack an, dann sie, und ging zu ihr, um sie zu umarmen. Sie flüsterte ihm ins Ohr: »Ranjeet hat zwei kleine Töchter.«

Natürlich. Er flüsterte: »Ich liebe dich.«

»Ich dich auch. Sei vorsichtig.«

Er nickte und löste sich von ihr. »Gehen wir.«

* * *

Das Haus der Singhs war in einem freundlichen Gelbton gestrichen. Die Blumenbeete davor lagen kahl in der Novemberkälte. Sie hatten nur eine Minute dorthin gebraucht, doch Ethan war es länger vorgekommen. Unmerklich entwickelte sich eine Gruppendynamik zwischen ihnen. Lou hatte mit zielstrebigen, fast stampfenden Schritten die Vorhut übernommen. Jack und Ethan hatten sich direkt hinter ihm gehalten und einmal hatte sein Nachbar ihn angesehen, wieder mit diesem unergründlichen Blick, als wollte er etwas sagen, doch er hatte geschwiegen. Und Kurt war hinterhergelaufen wie ein aufgeregter Welpe.

Auf dem Bürgersteig vor dem Haus blieben sie stehen. Lou trat von einem Fuß auf den anderen. Ethan stellte sich vor, wie die Szene aus Ranjeets Perspektive aussehen würde: Vier Männer, die draußen herumstanden und unheilvolle Blicke austauschten. Er stellte sich vor, wie er sich gefühlt hätte. Diese unterschwellige Gewissheit, die man vom Schulhof kennt, dass jeder Blick einer Gruppe, jeder Lacher auf die eigene Schwäche zielte. *Das hier ist keine gute Idee.*

Gespielt locker fragte er: »Worauf wartet ihr, Leute?« Er lief durch den Vorgarten. Klingelte … nichts, okay … und klopfte. Nach ein paar Sekunden hörte er Schritte. Dann wurde die Tür entriegelt.

Ranjeet sah zuerst nur ihn und lächelte, doch als er die anderen sah, versteinerte sein Gesicht. »Hallo«, sagte er. »Die Nachbarschaftswache. Habt ihr schon irgendwelche bösen Buben gefangen?«

Lou sah ihn grimmig an, doch Ethan sagte schnell: »Nein, alles ruhig. Wie geht's dir?«

»Ich wünschte, wir wären nach Florida gefahren.«

»Kann ich verstehen. Wir wollten nach Chicago, aber mussten umkehren.«

»Ja, seltsam, was da los ist.« Ranjeet sah kurz die anderen an, dann wieder Ethan. »Also, was gibt's?«

»Können wir reinkommen?«, fragte Lou.

Ranjeet zögerte, seine Hand noch auf dem Türknauf. »Klar.« Er ging zur Seite und bedeutete ihnen einzutreten.

Hinter einem kurzen Flur lag das Wohnzimmer, elegant eingerichtet und in einem aparten Weißton gestrichen. Auf einem gelben Langflorteppich waren zwei moderne Sofas arrangiert und auf einem zierlichen Glastisch lag ein aufgeschlagenes Buch. Überall war Spielzeug verstreut, als wäre es vom Himmel gefallen, Stofftiere, Baubecher und ein Xylofon. Ethan musste unvermittelt daran denken, wie Violet bald durchs Haus wackeln und eine Spur von Spielsachen hinter sich lassen würde, und ihm wurde warm ums Herz. »Wo sind die Mädchen?«

»Oben. Eva versucht, sie davon zu überzeugen, dass es Zeit für den Mittagsschlaf ist.«

Ranjeet bot ihnen keinen Platz an, steckte nur die Hände in die Taschen und wartete. Die vier Männer standen unsicher vor ihm. Im Haus war es genauso kalt wie draußen und sie konnten ihren Atem sehen.

Ethan merkte, wie Jack ihn ansah, und zuckte mit den Schultern. *Es war deine Idee, Mann.*

»Ihr habt ein schönes Haus«, sagte Jack ein wenig verlegen. »Richtig schick.«

»Danke. Also, worum geht's?«

»Ich weiß nicht, ob du in den letzten Tagen Nachrichten gehört hast, wo der Strom …«

»Wir haben ein Radio und Batterien.«

»Also, die Regierung will, dass wir alle mithelfen. Es gibt eine Hotline, wo man anrufen kann.«

»Anrufen? Weswegen?«

»Du weißt schon.« Jack zuckte mit den Achseln. »Wegen der Kinder Darwins.«

Ranjeet machte ein Geräusch, das einem Lachen ähnelte, aber keins war. »Soll das ein Witz sein?«

Jack breitete beschwichtigend die Hände aus. »So war das nicht gemeint. Wir haben uns nur gefragt, ob …«

»Ob ich mit Terroristen abhänge?«

»Nein, nur … ob sich welche von deinen Freunden in letzter Zeit seltsam verhalten haben.«

»Ja«, sagte Ranjeet und sah Ethan an. »Ihr vier.«

»Hör zu, ich weiß, wie sich das anhört«, sagte Jack und bemühte sich, versöhnlich zu lächeln. »Tut mir leid, dass ich gefragt habe, aber wir machen uns alle Sorgen. Die Situation wird immer schlimmer.«

»Ach, ehrlich, Sherlock? Wie kommst du denn darauf?«

»Es ist nicht böse gemeint …«

»Es ist nicht böse gemeint? Du kommst mit einer ganzen Truppe hier an und fragst, ob ich irgendwelche Terroristen kenne, aber es ist nicht böse gemeint?«

»Ranjeet …«, begann Ethan, doch sein Freund schnitt ihm das Wort ab.

»Nein, schon gut. Ihr habt mich entlarvt. Ich bin ein Meister des Verbrechens. Als Tarnung entwerfe ich Firmenlogos, aber abends überfalle ich Trucks. Bei meiner Hautfarbe ist es auch einfacher. Man sieht mich nämlich im Dunkeln kaum.«

»Mann, bleib doch cool«, sagte Ethan. Ranjeet war sich anscheinend gar nicht bewusst, wie angespannt alle anderen waren, wie erschöpft und verängstigt. Sich angesichts leerer Supermarktregale tapfer zu geben, war eine Sache, aber wenn es eine Woche später immer noch keine Lebensmittel gab und kein Strom da war und die Armee die Stadt abgeriegelt hatte und es draußen kälter wurde und zu Thanksgiving eine Dose Bohnen auf den Tisch kam, das war etwas ganz anderes. Der Gesellschaftsvertrag löste sich auf, und auch wenn Ranjeets Zorn gerechtfertigt war, war es in diesem Moment doch die falsche Reaktion. »Niemand macht irgendwelche Anschuldigungen. Wir sind alle …«

»Und was macht dieses Buch hier?«

Lou hatte das Buch aufgehoben, das Ethan auf dem Sofatisch gesehen hatte. Er hielt es hoch, damit alle den Umschlag sehen konnten. *Ich bin John Smith.*

Oh Scheiße.

»Wie bitte?«

»Was macht das hier?«

»Wieso? Möchtest du es dir leihen?«

»Ich frage zum letzten Mal. Was macht dieses Buch hier?«

Ranjeet lächelte dünn. »Ich habe doch gesagt, ich bin ein Terrorist.«

»Lou, wir leben in einem freien Land«, sagte Jack. »Es ist nur ein Buch.«

»Ja, ein Buch von einem Mörder.«

»Er wurde reingelegt«, sagte Ranjeet. »Wenn du dir ab und zu die Nachrichten ansehen würdest, wüsstest du das. Die Regierung hat sämtliche Anklagepunkte gegen ihn fallen gelassen.«

Lou begann, auf der Seite zu lesen, die Ranjeet aufgeschlagen hatte. »Die schlichte, aber abstoßende Wahrheit ist, dass Politiker in uns kaum mehr als ein Mittel zur Machterhaltung sehen. Wir sind der Treibstoff, der die Maschine aus Korruption und Egoismus am Laufen hält. Die Männer, die unser Land lenken, interessieren sich genauso wenig für uns wie wir uns für den Treibstoff, den wir in unsere Tanks füllen. Den Treibstoff, den wir verbrauchen, ohne einen Gedanken daran zu verschwenden, solange er uns dorthin bringt, wo wir hinwollen.« Lou klappte das Buch zu. »Klingt das für dich etwa amerikanisch?«

»Ja«, sagte Ranjeet. »Es trifft genau ins Schwarze.«

Lou schüttelte angewidert den Kopf. »Ich war bei den Marines. Und mein Vater auch. Er hat in Vietnam gekämpft, um unser Land vor so einem Mist zu beschützen.«

Ranjeet lachte. »Ehrlich? Du glaubst, deswegen waren wir in Vietnam?«

»Was willst du damit sagen?« Lou schritt auf ihn zu.

»Leute.« Ethan schaute Jack an. Sein Nachbar rührte sich nicht. »Das ist doch albern …«

»Willst du etwa sagen, dass ich dumm bin? Dass mein Vater dumm war?« Lou baute sich vor Ranjeet auf, sein Blick hart, die Brust aufgebläht. Er war zehn Zentimeter kleiner als der andere, hatte aber den kräftigen Oberkörper und die muskulösen Arme eines Gewichthebers. »Ist es das, was du sagen willst?«

Ranjeets Blick schoss nervös hin und her, doch er ließ sich nicht einschüchtern. »Es reicht. Ihr geht jetzt besser.«

»Ihr Typen.« Lou sog Luft durch die Zähne. »Ihr haltet euch ja für so verdammt clever. Und für so viel besser als wir.«

Ethan ging auf Lou zu. »Komm schon, Mann.« Er legte Lou eine Hand auf die Schulter. Der schüttelte sie ab.

»Wen meinst du damit?«, fragte Ranjeet mit scharfer Stimme. »Geniale? Indischstämmige Amerikaner? Grafikdesigner?«

»Du Klugscheißer.« Lou hielt das Buch in einer Hand und klopfte damit auf Ranjeets Brust. »Du hältst dich wohl für einen ganz Harten, was?« Wieder klopfte er ihm mit dem Buch auf die Brust.

»Es ist mein Ernst. Verschwindet aus meinem Haus.«

»Und wenn nicht?« Wieder schwang er das Buch.

Jack begann: »Lou ...«

Ranjeet schlug Lou das Buch aus der Hand. »Ich habe gesagt, *verschwindet* aus meinem Haus.« Er trat auf Lou zu und stieß ihn gegen die Brust.

Überrascht taumelte Lou zurück. Er trat mit einem Fuß auf einen Spielzeuglaster, der nach vorn schoss, worauf sein Bein hochflog und er mit wedelnden Armen nach hinten fiel. Wie erstarrt sah Ethan zu und berechnete die Linie zwischen Lous Kopf und dem Fußboden, die quer durch den Glastisch ging, und überlegte, ihn aufzufangen, doch dabei blieb es.

Lou fiel rücklings auf die Tischplatte, durchbrach sie, sodass Glasscherben in alle Richtungen spritzten, brach durch die Ablage darunter und kam mit einem dumpfen Schlag auf dem Teppich auf.

Ranjeet trat auf ihn zu und sagte: »Oh Scheiße, tut mir leid ...«

Lou keuchte und hustete, dann rollte er auf die Seite. Unter ihm knirschte das Glas, während er hinten in seinen Hosenbund griff ...

Und eine Waffe hervorholte.

Es war eine große, verchromte Pistole, und die Hand, die sie hielt, war mit Blut bespritzt, das aus einem Dutzend Schnittwunden quoll. Mit zitternder Hand zielte Lou auf Ranjeets Brust. Die Welt war zu einem seltsamen, einem schrecklichen Tableau vivant geworden: Kurt, der mit offenem Mund dastand; Jack, die Hände vor Schreck an die Wangen gehoben; Ranjeet, einen Arm ausgestreckt, wie erstarrt; und Lou am Boden, die Beine angewinkelt, als würde er Bauchpressen machen, und die Pistole in der rechten Hand.

»Du Dreckskerl«, sagte Lou.

Ethan beobachtete, wie so oft mit den Augen des Wissenschaftlers, wie im klassischen Kampf um die Stammesführerschaft aus Drohgebärden Gewalt wurde. Was ihn an der Evolution so faszinierte, war diese Kombination aus Chaos und Ordnung. Einerseits war sie chaotisch, weil sie auf zufälligen Mutationen beruhte, Millionen von Fehlstarts und Sackgassen, ohne eine lenkende Hand. Andererseits verlief sie geordnet, denn sie folgte strengen, doch unglaublich einfachen Regeln, indem sie Gene und Arten miteinander konkurrieren ließ, nicht etwa auf dem Reißbrett Gottes, sondern auf dem blutigen Schlachtfeld des Lebens, in Situationen wie dieser …

Plötzlich sah er, wie Lous Finger sich am Abzug krümmte. Wegen einer Meinungsverschiedenheit, eines kurzen Wutausbruchs würde er einen Mann in seinem eigenen Wohnzimmer erschießen, während seine kleinen Töchter im Haus waren.

Ohne auch nur eine Sekunde nachzudenken, stellte sich Ethan vor Ranjeet.

Er hatte sich kaum einen Meter bewegt, doch seine Perspektive hatte sich gewaltig verändert. Er starrte in die Mündung einer Waffe. Ein Anblick, den er nur von Filmplakaten und Krimieinbänden kannte, aber die Wirklichkeit war ganz anders.

Mit verengten Augen und aufgeblähten Nasenflügeln starrte Lou ihn an. »Geh aus dem Weg.«

Er wollte ja, wollte wirklich, doch er schüttelte nur den Kopf. Er fürchtete, eine allzu hastige Bewegung würde die Situation zum Explodieren und diesen Hitzkopf dazu bringen, etwas wirklich Dummes zu tun.

»Daddy!«

Die Stimme kam aus dem Flur. Ein hübsches Mädchen in groß getupfter Hose und einem Pulli mit einem Delfin darauf starrte sie an und etwas zerbrach in ihren ängstlich aufgerissenen Augen.

»Geh wieder hoch, Baby«, sagte Ranjeet. »Es ist alles in Ordnung. Wir unterhalten uns nur und Mr Lou ist gestolpert.«

»Ist er okay?«

»Ja, Liebling. Es ist alles okay.«

Ethan starrte in die kreisrunde, schwarze Pistolenmündung und auf das Gesicht des Menschen dahinter, wütend und ängstlich, schmerzverzerrt und beschämt zugleich.

Lou ließ die Waffe sinken. Jack und Kurt eilten zu ihm, um ihm aufzuhelfen. Er bewegte sich nur zögernd und stöhnte. Unter seinen Füßen knirschten die Glasscherben.

Ethan wollte sich entschuldigen und sagen, es sei alles ein furchtbarer Schlamassel und nicht ihre Absicht gewesen, doch sein Freund kam ihm zuvor.

»Verschwindet aus meinem Haus.« Ranjeets Blick schoss von einem zum anderen, bis er auf Ethan fiel. Falls er ihm dankbar war, zeigte er es jedenfalls nicht. »Ihr alle. Und lasst euch nie wieder hier blicken. Nie mehr.«

Die Linksliberalen, die Intellektuellen und die Medien glauben, sie hätten gewonnen. Gemeinsam haben sie einen Präsidenten zu Fall gebracht. Und um das zu erreichen, mussten sie einfach nur ein Video abspielen. Na bravo.

Dementiere ich, dass ich den Anschlag auf das Monocle genehmigt habe? Nein. Doch eine Nation von dreihundert Millionen zu schützen, verlangt schwierige Entscheidungen.

All diese Menschen zu töten war moralisch verwerflich … und doch würde ich es wieder anordnen. Ich stehe hier vor Ihnen als Amerikaner, als Patriot und als Präsident, und ich sage Ihnen, dass das, was an jenem Abend geschehen ist, Leben gerettet hat.

Ich habe gesündigt. Ich habe schreckliche Dinge getan und ich habe anderen befohlen, sie in meinem Namen zu tun. Ich habe Blut vergossen, auch das Unschuldiger.

Doch ich bin sicher, wenn ich einst vor Gott dem Allmächtigen stehe, wird er meine Handlungen betrachten und gerecht urteilen. Für jedes Leben, das ausgelöscht werden musste, wurden tausende gerettet.

Amerika zu schützen ist keine Aufgabe für zart besaitete Menschen.

Ich habe Unrecht getan, doch ich würde es wieder tun. Für Sie und für Ihre Kinder.

Gott schütze Sie. Und Gott schütze die Vereinigten Staaten von Amerika.

Ex-Präsident Henry Walker
Anlässlich des Banketts der
National Rifle Association

Kapitel 15

»Du siehst gut aus«, sagte Cooper. »Wenn das mit dem Agentenjob mal nicht mehr läuft, hast du sicher noch eine Zukunft als Wachmann.«

»Arschloch.« Quinn zog den Blazer zurecht, den er eine halbe Stunde vorher im Sicherheitsbüro der Universität geklaut hatte. »Ein Polyesterschlips? Echt?«

»Die Reflexstreifen seitlich an den Hosenbeinen geben dem Ensemble erst den richtigen Pfiff.«

»Megaarschloch.«

Mit einem Ruck hielt der Aufzug an und ratternd öffnete sich die Tür. Sie traten hinaus in einen Betonkorridor. Auf einem Flyer an der Wand war eine Profilaufnahme von John Smith zu sehen, der mit vorgerecktem Kinn in die Zukunft schaute. Die Farben des Fotos waren scharf abgegrenzt, ein Effekt, der ihn ein wenig wie einen Politiker, aber auch wie einen Rockstar aussehen ließ. Der Text lautete:

»DIE GEORGE WASHINGTON UNIVERSITY FREUT SICH, DEN AKTIVISTEN UND SCHRIFTSTELLER JOHN SMITH BEGRÜSSEN ZU DÜRFEN, AUTOR DES *NEW-YORK-TIMES*-BESTSELLERS ›*ICH BIN JOHN SMITH*‹.«

Cooper und Quinn lächelten sich an und betraten die Tiefgarage. Überall angerostete Kleinwagen mit Aufklebern von Bands, von denen Cooper noch nie gehört hatte. Dazwischen ein paar Volvos und Buicks mit Universitätskennzeichen. Sie liefen die Fahrspur entlang. Quinn holte eine schwarze Schachtel aus der Tasche, in der sich zwei Hörmuscheln befanden. Cooper steckte sich einen der winzigen Plastikstöpsel ins Ohr. Es piepte zweimal, als das Gerät Verbindung aufnahm. »Ladys?«

»Ich kann dich hören, Boss«, meldete sich Valerie West.

»Laut und deutlich wie einen Elefantenfurz«, sagte Luisa Abrahams.

Quinn lachte schnaubend. »Vornehm und feinfühlig wie immer.« Cooper hörte ihn zweifach, einmal in echt und dann durch die Hörmuschel.

»Wenn du's gern feinfühlig hast, helfen dir ein paar von den Studentinnen bestimmt gern weiter.«

»Danke, ich verzichte. Irgendwas Ungewöhnliches?«

»Ich überwache alle Aktivitäten seines Teams ganz genau«, sagte Valerie. »Aber ich kann nichts Außergewöhnliches feststellen.«

»Gut«, sagte Cooper. An einer Ecke trennten sie sich. Quinn ging die Mittelspur entlang, während Cooper zum anderen Ende der Tiefgarage lief. Es tat gut, wieder in Aktion zu sein und mit Leuten zu arbeiten, denen er sein Leben anvertrauen konnte. Sie vier waren einst das Spitzenteam des Ausgleichsdiensts gewesen. Luisa, Agentin im Außeneinsatz, war nur knapp eins fünfzig groß, nahm es aber mit Kerlen auf, die doppelt so schwer waren wie sie, und hatte ein dreckiges Mundwerk von geradezu poetischer Ausdruckskraft. Valerie war ein Computernerd und kannte sich mit all den Programmen aus, die das moderne Leben bestimmten. Da der Ausgleichsdienst fürs Erste dicht war, hatte man ihnen

Posten in unterschiedlichen Abteilungen der AEB zugewiesen, doch beide waren in der Hierarchie so weit oben, dass ihnen niemand so genau auf die Finger schaute. Deshalb würde ein kleiner Job außer der Reihe wahrscheinlich nicht auffallen.

»Noch mal vielen Dank für die Hilfe«, sagte Cooper.

»Aber immer, Boss. Keiner von uns hat je an dir gezweifelt, egal was man wegen der Börse über dich gesagt hat.«

Ihm wurde warm ums Herz. »Danke. Das bedeutet mir viel.«

»Ich find's toll, dass die alte Truppe wieder zusammen ist«, sagte Luisa. »Ich mach jetzt mal auf Funkstille. Schreit einfach, wenn ihr was braucht.«

»Verstanden.«

Cooper trat auf einen schmalen Bordstein und schlich sich geduckt an den Autos vorbei. Fünfzig Meter weiter vorn stand ein Geländewagen mitten auf der Trennlinie zweier Parkplätze mit der Nase Richtung Ausfahrt. Der Motor lief und in der Kälte waren die Auspuffgase deutlich zu sehen. Die Scheiben waren getönt, doch sie hatten gesehen, wie Smith eingetroffen und mit einem seiner beiden Leibwächter ausgestiegen war. Im Wagen saß demnach nur der Fahrer. Garantiert bewaffnet und sicher ein Profi.

Er tat Cooper fast leid.

Quinn schlenderte mit gespielter Langeweile wie ein Uni-Wachmann die Fahrspur entlang. Cooper hielt mit ihm Schritt, blieb aber geduckt und sechs Wagen hinter ihm. Unbemerktes Anschleichen war nicht unbedingt seine Stärke, aber der Leibwächter würde sich sowieso auf Quinn konzentrieren. *Shannon konnte er ja leider nicht um Hilfe bitten. Die wäre in der Lage, sich in Fort Knox einzuschleichen.*

Bei diesem Gedanken durchfuhr ihn ein schmerzliches Verlangen. Er dachte an ihren Körper, nackt und geschmeidig, wie er sich vor dem Licht des Kühlschranks abgezeichnet hatte, als sie sich letzte Nacht ein Bier herausgeholt und in langen Zügen getrunken hatte. Wie immer war sie ohne Vorwarnung aufgetaucht, und nach dem Sex – es war, als würde er sich nach jeder Berührung noch mehr nach ihr verzehren; eine Leidenschaft, die er mit seiner Jugend verloren gewähnt hatte –, da hatten sie geredet. Sie war sehr vorsichtig gewesen mit dem, was sie sagte, doch Cooper wusste, sie war im Einsatz. Es hatte ihn ein wenig geschmerzt, dass sie ihn offensichtlich nicht einweihen wollte.

Aber du verhältst dich ja doch genauso. Diese Operation wird wahrscheinlich das Ende eurer Beziehung bedeuten.

Er hätte es ihr fast gesagt. Letzte Nacht, während er ihr durchs Haar strich und sie beide wegdämmerten, hätte er ihr beinah von seinem Verdacht erzählt, dass John Smith einen Krieg herbeiführen wollte. Schließlich hatte er ihr einmal sein Leben anvertraut. Und das seiner Kinder. Aber konnte er darauf vertrauen, dass sie zu ihm halten würde und nicht zu ihrem alten Freund und Anführer? Er wusste es nicht.

Das kommt davon, wenn man sich mit einer Terroristin einlässt, Coop. Die Unterhaltungen am Frühstückstisch können ziemlich heikel ausfallen.

Er versuchte, nicht mehr an sie zu denken. Er hatte keine Zeit für Ablenkungen. Wie ihre Beziehung auch aussah, was immer er sich davon erhoffte, er hatte einen Job zu erledigen.

Bring es in Ordnung, hatte Natalie gesagt.

Als Quinn den Geländewagen erreichte, klopfte er ans Fahrerfenster. Es öffnete sich und Quinn sagte: »Entschuldigung, Sie sind doch Mr Smiths Fahrer, nicht wahr?«

Cooper ging auf die Knie und kroch hastig auf allen vieren an drei weiteren Autos vorbei, bis er neben dem Geländewagen war. Der Fahrer hätte ihn im Seitenspiegel sehen können, doch Quinn lenkte ihn ab.

Cooper holte die Funkfernbedienung aus der Tasche und drückte auf den Knopf. Quinn hatte das Newtech-Gerät mitgebracht, ein RFID-Lesegerät, das im Schnelldurchlauf Millionen von Funkfrequenzen scannen konnte. Schon komisch, früher, als man Autos noch mit Schlüsseln öffnete, waren sie viel sicherer. Jetzt, wo alles per Knopfdruck funktionierte, brauchte man nur einen Generalknopf.

»Das verstehe ich ja, Sir, aber Sie können hier nicht parken«, schikanierte Quinn den Fahrer mit demonstrativem Desinteresse.

Mit einem Klicken öffnete sich die Zentralverriegelung. In einer einzigen Bewegung riss Cooper die Tür auf und schwang sich auf den Beifahrersitz.

Der Leibwächter war flink, hatte seine Pistole bereits im Schoß. Er riss sie hoch und drehte sich blitzschnell zu Cooper, der die Bewegung bereits im Spiel von Schulter- und Brustmuskeln gelesen hatte. Er verschwendete keine Zeit damit, dem Mann die Waffe zu entringen, sondern presste drei Finger fest zusammen und stieß sie ihm in die Halsschlagader, genau an der Stelle, wo sie sich verzweigte. Der andere sackte sofort zusammen und seine Waffe fiel auf den Boden. Quinn beugte sich ins Fenster, rammte dem Mann eine Spritze in den Arm und drückte zu. Der Druckpunkt-Knock-out würde ihn nicht lange außer Gefecht setzen, das Betäubungsmittel schon.

Gemeinsam zerrten sie den Mann aus dem Wagen. Quinn öffnete die Heckklappe und bugsierte ihn hinter die Rücksitze. Cooper zog die Manschette am rechten Arm des Manns hoch und fand ein straffes Armband.

»Valerie«, sagte er, »er trägt ein biometrisches Alarmarmband.«

»Ja, hatten wir uns schon gedacht«, meldete sich ihre leise Stimme in seiner Hörmuschel. »Ich habe es gehackt und es sendet normale Daten.«

»Du bist ein As.«

Quinn stieg auf der Fahrerseite in den Wagen, wo er mit geschickten Griffen die Waffe des Leibwächters auseinandernahm und die Einzelteile ins Handschuhfach warf. »Du bist dran, Coop.«

»Schon unterwegs.« Er lief zur Treppe. »Luisa, wie sieht's drinnen aus?«

»Es geht gerade zu Ende. Die Zielperson lässt ganz bescheiden Standing Ovations über sich ergehen.«

»Und sein Leibwächter?«

»Rechts auf der Bühne, ganz entspannt.«

»Verstanden.« Er eilte die Hintertreppe der Tiefgarage hinauf und kam in einer Gasse hinter der Uni-Aula heraus. Selbst hier draußen konnte er noch, wenn auch gedämpft, den rasenden Applaus hören. Der rissige Asphalt war mit Zigarettenstummeln übersät. An der rostigen Metalltür hing ein weiterer Flyer. Cooper lächelte in sich hinein und lehnte sich auf der von der Tür aus nicht sichtbaren Seite gegen die Mauer. Luisa meldete sich: »Okay, die Veranstaltung ist vorbei. Elvis hat die Bühne verlassen.«

Quinn sagte: »Bist du sicher, dass er hintenherum geht? Er kann doch gar nicht genug Aufmerksamkeit kriegen. Wird er nicht vorn rausgehen, um sich weiter in der Bewunderung seiner Fans zu sonnen?«

»Glaube ich kaum«, sagte Cooper. »Er musste eine Stunde lang Hände schütteln, zwei Stunden Bücher signieren und dann stand er noch eine Stunde auf der Bühne.«

»Na und?«

»Er ist Kettenraucher. Inzwischen dürfte ihm der Nikotinhit wichtiger sein als die Aufmerksamkeit seiner Fans. Ich wette zehn Dollar, dass er sich eine ansteckt, sobald er durch die Tür kommt.«

»Kommt mir aber ziemlich unsicher …«

»Moment.« Die Metalltür ging auf. Cooper bewegte sich mit und nutzte die Tür …

Der Leibwächter wird zuerst rauskommen und sich vergewissern, dass draußen keine Gefahr lauert. Dann wird er Smith ein Zeichen geben, dass alles in Ordnung ist. Du musst ihn blitzschnell ausschalten.

Dann wirbelst du um die Tür herum, packst dir Smith und legst ihn flach.

… als Deckung.

Ein heftiger, aber nicht tödlicher Handkantenschlag auf die Luftröhre brachte den untersetzten Leibwächter zum Taumeln. Er griff sich an die Kehle. Cooper ignorierte sein Keuchen, schob sich an ihm vorbei in den Flur, wo er sich einem gutaussehenden Mann gegenüber fand, der eine Zigarette zwischen den Lippen und ein brennendes Feuerzeug in der Hand hielt.

»Hi, John«, sagte Cooper, dann verpasste er Smith einen rechten Haken, sodass sein Kopf zur Seite schleuderte und die Zigarette wegflog. Cooper packte ihn bei den Aufschlägen seines teuren Anzugs, zerrte ihn herum, stieß ihn in Richtung des Leibwächters und beide stürzten zu Boden.

Er hob die Zigarette auf, trat hinaus und schloss die Tür hinter sich.

»Zielperson aufgegriffen. Kommt uns abholen.«

* * *

Der Raum war der Inbegriff städtischen Verfalls, bröckelnder Putz, mit Graffiti bedeckt, die Luft von Uringestank und Fäulnis erfüllt. Cooper nahm einen an der Wand lehnenden Metallklappstuhl und stellte ihn in die Mitte des Raums. Sie nahmen Smith die Handschellen ab, führten ihn zum Stuhl und zwangen ihn, sich zu setzen. Quinn riss ihm die Kapuze herunter.

John Smith blinzelte. Er schaute sich im Raum um, dann sah er sie beide an. »Das ist keine Regierungseinrichtung.«

Cooper sah ihm fest in die Augen, lächelte leicht und schüttelte den Kopf.

Ganz kurz huschte Angst über Smiths Gesicht. »Sie verhaften mich nicht?«

»Nein.«

Cooper konnte sehen, wie Smith diese Information verarbeitete und die Lage analysierte. Sich fragte, was hier vorging. Er erlebte etwas, was in seinem Leben höchst selten war: eine Situation, die er nicht geplant hatte.

»Sie sollten wissen«, sagte Smith, »dass mein Sicherheitsteam jeden Moment hier auftauchen wird. Ich werde ständig biometrisch überwacht.«

»Mit so was hier?« Cooper hielt das Armband hoch, das er dem Leibwächter abgenommen hatte, der jetzt ebenfalls betäubt auf seinem Kollegen hinten im Geländewagen lag. »Ein gutes System. Wenn Sie mit einem Team von zwanzig Leuten reisen würden, sähen Sie aus wie ein Dritte-Welt-Diktator. So können Sie so tun, als wären Sie ein Mann des Volkes.«

»Allerdings funktioniert das System nur«, wandte Quinn ein, »wenn Ihr Armband die korrekten Daten sendet.«

Smith nickte. »Sie manipulieren also das Funksignal. Gute Idee. Nur fürchte ich, damit habe ich gerechnet. Alle Teammitglieder senden regelmäßig einen Entwarnungscode, und zwar alle …«

»Alle zwanzig Minuten. Wissen wir bereits.«

Smiths Züge verspannten sich. »Und der Code ist immer ein anderer.«

»Ja, eine fünfstellige Zahl, die sich algorithmisch verändert. Gute Idee, denn man kann nicht erwarten, dass sich alle jeden Tag so viele Codes merken können und nie einen Fehler machen. Also bekommen sie für jeden Tag nur einen Code und eine Formel, nach der er sich ändert. Wir senden die Entwarnungssignale«, Cooper sah auf seine Uhr, »gerade in diesem Augenblick. Ihrem Armband nach befinden Sie sich noch im Uni-Gebäude. Auf dem Klo.«

»Und wenn ich nicht mehr von der Toilette komme? Glauben Sie nicht, dass …«

»In ein paar Minuten kommen Sie raus und Ihr Armband wird sich in der Aula hin- und herbewegen. Für Ihre Leute wird es so aussehen, als würden Sie noch da bleiben, um Babys zu küssen.« Cooper beugte sich über Smith und starrte ihm ins Gesicht. »Niemand wird kommen, um Sie zu retten.«

Wieder ein Anflug von Angst, den er schnell unterdrückte. Er war vielleicht ein Terrorist, ein Feigling war er jedenfalls nicht. Smith nickte. »Schön, Sie wiederzusehen, Cooper. Schon eine Weile her.«

»Drei Monate. Und Sie waren nicht untätig, was? Ich habe Ihr Buch gelesen.«

»Was halten Sie davon?«

»Hanebüchener, selbstverherrlichender Unsinn, in pompöse Prosa verpackt. Sagen Sie mal, hatten Sie das Buch eigentlich schon fertig, als wir damals in Wyoming oben auf dem Felsen gesessen und in die aufgehende Sonne geschaut haben?«

»Natürlich.«

»Aber sicher die letzten Kapitel nicht. Die über das Monocle-Attentat und die Mittäterschaft des Präsidenten.«

»Doch«, sagte Smith. »Die hatte ich auch schon geschrieben.«

Cooper lachte. »Ich weiß es zu schätzen, dass Sie nicht den Überraschten spielen und so tun, als hätten Sie mich nicht für Ihre eigenen Zwecke eingespannt.«

»Ich war Ihnen gegenüber vollkommen ehrlich. Sie wussten, dass ich meine eigenen Beweggründe hatte.«

»Richtig. Sie wollten einen Bauern in eine Dame umwandeln.«

»Was ich auch getan habe.« Smith rieb sich die Handgelenke, dann betastete er vorsichtig seine Wange. Sie war böse angeschwollen und wurde bereits blau. »Also, Sie haben dieses Treffen einberufen. Was wollen Sie?«

Quinn schnaubte verächtlich und postierte sich hinter Smith. Eine gängige Verhörtechnik. Der Mann, den er nicht sehen konnte, sollte ihn nervös machen. Cooper sagte: »Ich wollte Ihnen zeigen, dass ich Sie kriegen kann. Jederzeit. Es gibt keinen Ort, an dem Sie sich verstecken können. Keine Sicherheitsvorkehrung kann Sie beschützen und auch Ihre Redegewandtheit wird Ihnen nichts nutzen. Sie gehören mir.«

»Ha.« Smith griff vorsichtig in sein Sakko und holte eine Schachtel Zigaretten heraus. Er steckte sich eine in den Mund und zündet sie mit zitternder Hand an. »Sehr komisch.«

Cooper nahm ihm die Zigarette aus dem Mund, warf sie auf den Boden und zertrat sie.

»Was ist komisch?«

»Ich hätte etwas anderes von Ihnen erwartet als Gestapo-Methoden. Sind Sie auch nur so ein Brutalo mit Schlips und Kragen?«

»Jedenfalls bin ich kein Terrorist.«

Smith zuckte mit den Achseln, schaute hinter sich, dann wieder nach vorn. »Ich weiß nicht, wovon Sie reden. Ich bin Autor. Und Lehrer.«

»Okay, lassen wir Ihre früheren Sünden mal außer Acht, die Bomben, die Morde … Aber ich weiß, dass Sie hinter den Kindern Darwins stecken.« Er sprach ganz gelassen und konzentrierte sich auf die Details. Hielt Ausschau nach all den winzigen Anhaltspunkten, jedem bebenden Muskel, jedem Pulsschlag. »Ich weiß, dass Sie die Überfälle auf die Trucks angeordnet haben. Dass Sie Ihren Soldaten befohlen haben, unschuldige Männer und Frauen mit Benzin zu überschütten und anzuzünden.«

Auf sein Stichwort beugte Quinn sich vor und hielt Smith ein Datenpad vor die Nase. Cooper konnte es aus seiner Position nicht sehen, doch er kannte das Bild, hatte es stundenlang angestarrt. Die verkohlte Leiche eines neununddreißigjährigen Fernfahrers namens Kevin Temple, der schwarze Schädel in einem Schrei erstarrt, die zerfledderten Arme noch immer hinter seinem Rücken gefesselt.

Cooper ließ Smith nicht aus den Augen. Beobachtete, wie seine Pupillen sich erweiterten, der Augenringmuskel sich spannte und sein Puls stärker schlug, als sein Körper vermehrt Adrenalin ausschüttete. Cooper stellte sich seine weiteren Reaktionen vor, den erhöhten Harndrang, den Schweiß in seinen Achseln, das Kribbeln in seinen Fingern.

Er sah es alles und in diesem Moment wusste er, dass er recht hatte. Smith hatte die Anschläge geplant, die Ermordung der Fahrer angeordnet. Er hatte drei Städte lahmgelegt und war dafür verantwortlich, dass Millionen frieren und Hunger leiden mussten. Er wollte Krieg.

John Smith fragte: »Haben Sie Beweise?«

Cooper lächelte.

Dann schlug er Smith mit solcher Kraft aufs Auge, dass er vom Stuhl flog. Noch bevor der Terrorist auf dem Boden aufkam, hatte Cooper sich vorgebeugt, um die Waffe aus Quinns Halfter zu ziehen. Sie fühlte sich gut an in seiner Hand. Mit einem Daumenschnippen entsicherte er sie.

Smith stöhnte und rollte sich auf die Seite, sein Auge zugedrückt. »Denn die brauchen Sie.«

Cooper streckte den Arm aus und zielte auf seine Stirn.

»Sie sind kein Geheimagent mehr. Sie arbeiten nicht mehr für die AEB. Sie können nicht einfach ermorden, wen Sie wollen.« Er blinzelte und stöhnte wieder. »Wenn Sie mich erschießen, verbringen Sie den Rest Ihres Lebens hinter Gittern. Und Ihre Kinder können Sie einmal im Monat durch eine Plexiglasscheibe sehen.« Trotz seiner offensichtlichen Schmerzen lächelte Smith. »Wenn Sie jetzt abdrücken, beweisen Sie damit, dass alles, was ich sage und wofür ich kämpfe, wahr ist.«

Er hat recht. Aber hast du eine Wahl? Jemand muss ihn aufhalten.

Vielleicht hast du das Gesetz nicht auf deiner Seite, doch es gibt so was wie eine moralische Befugnis.

Quinn sagte: »Boss …« Cooper drückte ab.

Er fühlte den angenehm kräftigen Rückstoß in seiner Hand. Der Schuss erzeugte in dem kleinen Raum einen ohrenbetäubenden Knall, der von den bröckelnden Wänden mit ihren verblassten Graffiti zurückgeworfen wurde. John Smith lag auf dem rissigen Betonboden. Die Kugel hatte ihm das Lächeln aus dem Gesicht gewischt.

Cooper ging in die Hocke. Eine ganze Weile sagte er nichts und dann: »Na, wie war das? Eine Kugel, die einem haarscharf am Kopf vorbeisaust, so was vergisst man sein ganzes Leben lang nicht. Den Luftstrom werden Sie noch in Ihren Träumen spüren.«

Er stand auf und gab Quinn die Pistole zurück. »Sie haben recht. Ich bin kein Staatsbeamter im mittleren Dienst mehr. Ich bin Sonderberater des verdammten Präsidenten der Vereinigten Staaten. Ich weiß, was Sie vorhaben, und werde es nicht zulassen.« Er drehte sich um und ging zur Tür. Über die Schulter fügte er noch hinzu: »Ich werde Sie zur Strecke bringen, John.«

Quinn lachte und sagte: »Genieß deinen Spaziergang nach Hause, Arschloch.«

Als sie aus dem ausgebrannten Gebäude kamen, schien die Sonne am kalten blauen Nachmittagshimmel. Glasscherben klirrten unter ihren Halbschuhen. Quinn schleuderte die Schlüssel des Geländewagens in einen Gully, während sie zu ihrer wartenden Limousine liefen. Quinn startete den Wagen und sie fuhren durch die verfallende Stadtlandschaft von Anacostia, dem Problemviertel im Südwesten Washingtons.

»Na, das war vielleicht ein Spaß«, sagte Quinn.

»Ja.« Cooper starrte aus dem Fenster und sah verwahrloste Häuser und verlassene Ladenlokale vorbeihuschen. »Weißt du, ich hätte es fast nicht veröffentlicht.«

»Was meinst du?«

»Das Video vom Monocle. Nachdem wir Peters erledigt hatten, saß ich auf einer Bank am Lincoln Memorial. Ich hatte die Aufzeichnung von Peters und Präsident Walker dabei, wie sie den Anschlag auf das Monocle planen. Die mächtigsten Männer der freien Welt, und sie beschließen die Ermordung von dreiundsiebzig Amerikanern ... Ich hatte es auf dem Datenpad, musste es nur abschicken, aber ich … ich habe einfach nur dagesessen. Und versucht, eine Entscheidung zu treffen.«

Quinn blickte ihn an, sagte aber nichts.

»Ich wusste zwar, was die richtige Entscheidung war«, fuhr Cooper fort. »Was im Märchen das Richtige gewesen wäre und was mein Vater für richtig befunden hätte. Und dass die Wahrheit an sich es wert ist und man mit Ehrlichkeit immer am besten fährt. Aber ich dachte die ganze Zeit: Und wenn ich mich irre? Wenn ich mit der Veröffentlichung alles nur noch schlimmer mache?« Er schüttelte den Kopf. »Ich weiß nicht, Bobby. Ich verliere langsam die Orientierung. Theoretisch habe ich das Richtige getan. Aber meinetwegen werden jetzt drei Städte von Terroristen kontrolliert. Meinetwegen sind zwanzig Männer und Frauen angezündet worden und unter Schreien gestorben.«

»Aber dafür kannst du doch die Schuld nicht auf dich nehmen, Mann.«

»Vielleicht nicht. Aber vielleicht sollte ich daraus lernen.«

Sie kamen an eine rote Ampel, und Quinn nutzte die Gelegenheit, um eine Zigarette herauszuholen. Er klopfte darauf, drehte sie zwischen den Fingern und steckte sie sich in dem Mund, ohne sie anzuzünden. »Ehrlich gesagt, bin ich froh, dass du ihn nicht erschossen hast. Ich bin nicht scharf drauf, in den Knast zu wandern.« Die Ampel wurde grün und er fuhr weiter. »Aber vielleicht finden wir eine Möglichkeit, es zu tun, ohne uns erwischen zu lassen.«

»Nein«, sagte Cooper. »Er hat uns in der Zwickmühle. Selbst wenn es uns gelänge, würde er dadurch zum Helden, zum Märtyrer. Es würde alles nur noch schlimmer machen. Nein, wir müssen ihn entlarven. Ihn besiegen, ohne ihn zu töten.«

»Super Idee. Und wie?«

Cooper zuckte mit den Schultern. »Daran arbeite ich noch.« *Aber ich werde einen Weg finden, John. Ich weiß, was du vorhast. Ich bin mir vollkommen sicher. Und ich werde es nicht zulassen.*

LIVE-FEED VON DEN STRASSEN CLEVELANDS!!

13:13 UHR, THANKSGIVING

Hier ist Susan Skibba, eure unerschrockene Lieblingskolumnistin, immer brandaktuell und immer da, wo es gerade besonders heiß hergeht.

Ich schreibe mitten aus dem Herzen der Rock-and-Roll-City, wohin sich normale Nachrichtenreporter nicht vorwagen. Ich treibe mich hier auf diesem gefährlichen Pflaster herum, um euch auf dem Laufenden zu halten.

Und liebe Leser, ihr könnt mir glauben, es sieht ziemlich übel aus.

Heute ist zwar Thanksgiving, aber keine Parade weit und breit. Eine Woche ist vergangen, seit die Wichser Darwins dafür gesorgt haben, dass die Supermärkte dichtmachen mussten, und allem Anschein nach hat keiner daran gedacht, sich vorzeitig einen Truthahn zu besorgen. Und da es jetzt auch schon seit zwei Tagen keinen Strom mehr gibt, sehen die Tausende, die die Straßen bevölkern, alle ziemlich kalt, hungrig und stinksauer aus.

Ich mache mich jetzt auf zum Rathaus, um mit dem Bürgermeister zu sprechen. Wünscht mir Glück, Leute!

13:48 Uhr

Kennt ihr den Unterschied zwischen einem Nationalgardisten und einem Nazi?

Ich auch nicht, liebe Leser, ich auch nicht.

Ich habe zwanzig Minuten gebraucht, um mich drei Blocks weit durchzukämpfen, und wie ihr wisst, kann Mama Sue ganz gut ihre Ellbogen einsetzen. Als ich schließlich unser Rathäuschen erreicht habe, musste ich erschrocken feststellen, dass das ganze Gebäude von bewaffneten Soldaten umstellt war. Und zwar nicht die Art von netten Uniformträgern, mit denen sich Sue unter Umständen gern mal einen Clinch liefert – nein, das waren richtige Sturmsoldaten mit automatischen Waffen und nicht einer Spur von Humor.

Ich habe höflich um ein Interview mit Bürgermeister McCheese gebeten, und sie haben mich aufgefordert weiterzugehen. Weitergehen! Als wenn sich die Presse von einem pickeligen Jungen mit Maschinenpistole abwimmeln lassen würde.

Was sich hier abspielt, ist ziemlich erschreckend. Eine riesige Menschenmasse hat sich um das Rathaus geschart, ruft Parolen und fordert Lebensmittel. Befragen wir mal den Mann auf der Straße.

14:11 Uhr

SUSAN SKIBBA, unerschrockene Feedcasterin: Entschuldigen Sie, Sir. Darf ich Sie fragen, wie lange Sie schon hier sind?

Gutaussehender Grunge-Typ: Seit heute Morgen.

SSUF: Und haben Sie irgendwas vom Rathaus gehört?

GAGT: Die Soldaten versuchen die ganze Zeit, die Menge aufzulösen. Aber ich rühr mich nicht von der Stelle. Wenn die wollen, dass wir abhauen, sollen sie uns erst mal sagen, was Sache ist.

SSUF: Was meinen Sie mit »auflösen«?

GAGT: Sie drängen uns zurück, fuchteln mit ihren Waffen. Ich habe was von Tränengas gehört, habe aber selbst nichts davon mitgekriegt.

SSUF: Haben Sie eine Mitteilung an unsere Regierung?
GAGT: Ja. Meine Familie hat nichts mehr zu essen. Meine Nachbarn auch nicht. Wir brauchen Hilfe.

14:43 Uhr

Es ist ziemlich kalt, aber die Körperwärme, die diese Menschenmassen ausstrahlen, wird sich wahrscheinlich auf unser Klima auswirken. Es sind Tausende hier, aber anscheinend gibt es keine Anführer. Alle schubsen und drängen gegeneinander und gegen die Mauer aus Soldaten. Immer noch kein Wort aus …
Moment!
Die Vordertür des Rathauses geht auf und es kommen Leute raus. Sieht aus wie … Offenbar noch mehr Soldaten, aber andere Uniformen. Sie sind mit schweren Schutzschildern ausgerüstet und tragen … oh Scheiße, Gasmasken. Ein paar von ihnen halten irgendwelche Geräte in die Menge. Sind das Waffen?
Sie schießen …

14:49 Uhr

Wie ich jetzt bezeugen kann, verursacht Tränengas heftige Schmerzen. Glücklicherweise hat sich eure kluge Mama Sue ganz hinten aufgehalten und nur ein bisschen abgekriegt. Ich stehe auf einem Blumenkübel vor einem Bürogebäude. Von diesem unwürdigen Hochstand aus kann ich sehen, wie das Gas durch die Straße wirbelt. Die Leute laufen wild in alle Richtungen und wenn jemand hinfällt, trampeln die anderen über ihn hinweg.

Eine Gruppe von tough aussehenden Typen mit Tüchern vor den Gesichtern und mit Baseballschlägern und Wagenhebern bewaffnet drängt zurück zum Rathaus. Die Soldaten bilden eine Mauer aus Schilden und machen sich bereit, sie zurückzuschlagen.
Oh … oh Gott.

14:53 Uhr

Was als friedvolle Demonstration begonnen hat, entwickelt sich zu einem Blutbad. Verletzte Menschen taumeln durch die Straßen. Handgemenge brechen aus, Jacken werden gestohlen. Eine Frau liegt in der Gosse. Bewegungslos. Neben ihr schreit ein kleines Mädchen: »Mommy!«

14:57 Uhr

Die Menge hat einen Polizeiwagen eingekesselt. Die Beamten brüllen über Lautsprecher, alle sollen zurücktreten. Jetzt hat eine Gruppe von Männern begonnen, den Wagen zu schaukeln. Er wippt auf den Achseln hin und her. Immer höher.
Der Wagen ist umgekippt. Ein Polizist hat seine Tür geöffnet und versucht rauszuklettern …
Oh *Scheiße,* die Menge hat den Wagen aufs Dach gekippt. Der Beamte, der sich befreien wollte … Mein Gott, es sieht aus, als wäre sein Bein unter dem Wagen eingeklemmt. Er schreit.
Ein paar Männer stellen sich um ihn herum. Sie wollen ihn sicher rausziehen. Oder …
OH GOTT!

15:02 Uhr

Chaos. Rauch steigt auf. Ich kann nicht sehen, woher. Johlende Menschen. Wie eine Horde Wilder. Alle verrücct geworden, nicht mehr wie Menschen. Wie die Tiere. Werfen Steine und Flaschen. Ohne Sinn und Verstand. Die Leute drehen völlig drch, Empörung wird zu blnder Wut.
Vater hät Jungen und rennt, Junge weint, hat Angst. Frau mit zerrrissener Bluse, Blut im Gescht. Stein fliegt durch rathausfenster Was war das für ein Geräsuch? Kein Gas. Hörte sich an wie

Kapitel 16

Schüsse. Weiß nicht, aus welcher Richtung. Aus mehreren.
Ich hab Angst.
Ich werd versuchen, hier rauszukommen. So vile Leute, so viel Hass.
Wie kann so ws bei uns passieren?
Falls ich es nicht schaffe, sagt meiner Mutter, dass ich sie liebe.
Erzähl den Leuten, was hier los ist. Lasst nicht zu, dass es vertscht wird. Lasst sie nicht

Der Bildschirm seines Datenpads erlosch.

Ethan zuckte auf und blinzelte. Er hatte so intensiv auf sein Pad gestarrt, dass er ganz trockene Augen hatte.

Er drückte auf den Knopf, um es wieder einzuschalten. Nichts. Kein Saft. Schon komisch, er konnte sich gar nicht mehr erinnern, wann er das letzte Mal den Akku eines Geräts vollkommen geleert hatte. Er fühlte sich seltsam ohnmächtig. Seine letzte Verbindung zur Welt war dieser nun unbrauchbare Fetzen Verbundgewebe gewesen.

Er hörte in der Ferne ein kurzes Geräusch wie krachender Donner.

Die Feedcasterin hatte gesagt, dass sich alles ums Rathaus herum abspielte. Das war nur zweieinhalb Kilometer entfernt. Ethan faltete sein Datenpad zusammen und steckte es in die Tasche. Es war kalt im Haus und er hatte steife Glieder. Er ging hinaus auf die Veranda. Trüber, grauer Himmel. Thanksgiving-Wetter, perfekt, wenn ein Feuer im Kamin brannte, wenn das Haus voller Verwandter war und die Luft erfüllt von Küchendüften.

Nicht so toll, wenn man drei Pullover übereinander trug und einen leeren Magen hatte. Und im Osten dunkle Rauchsäulen aufstiegen. Und Militärhubschrauber wie Libellen über der Innenstadt surrten.

Seltsam, er war so sehr in den Bericht auf dem Datenpad vertieft gewesen, dabei ging es um Ereignisse ganz in seiner Nähe. So war das moderne Leben.

»Was war das für ein Geräusch?« Amy war zu ihm auf die Veranda gekommen und hielt Violet im Arm.

»Da ist ein Auto explodiert, glaube ich. In der Innenstadt gibt es Tumulte.«

»Wegen der Lebensmittelversorgung?«

»Wegen allem.«

Amy nickte. Was er an seiner Frau besonders liebte, war, dass sie nicht so schnell in Panik geriet und sich von schlechten Nachrichten nicht verrückt machen ließ. Sie versuchte einfach, das Problem zu lösen. So wie jetzt. Er konnte sehen, wie ihre kleinen grauen Zellen arbeiteten. »So geht es schon seit einer Woche. Wenn sie wirklich Lebensmittel besorgen würden, wären sie schon längst hier.«

Er nickte. Sie betrachteten den aufsteigenden Rauch. Violet wurde wach, stöhnte leise und schlief wieder ein.

Amy sagte: »Weißt du noch, wie wir mit dem Auto nach Kalifornien gefahren sind? Wir kamen in einen von diesen öden Staaten, wo alles gleich aussieht. Wir sind fast wahnsinnig geworden und haben angefangen, dieses Spiel zu spielen.«

»Ich weiß. Zombie-Apokalypse.« Amy hatte ihn während der Fahrt gefragt, was er tun würde, wenn die Toten sich aus ihren Gräbern erheben würden. Sie hatten sich stundenlang überlegt, was sie einpacken und wohin sie fliehen würden. Und dass sie als Erstes zu einem Campinggeschäft fahren und sich mit allem Nötigen versorgen würden: Wasseraufbereitungstabletten, Verbandskasten, Streichhölzern, anständigen Messern, einem Zelt und wenn möglich, einer Schrotflinte mit Munition. Und ob eine einsame Farm ein gutes Versteck wäre oder ob sie lieber ein Boot stehlen sollten. Sie waren zu dem Schluss gekommen, dass es darauf ankam, möglichst schnell zu handeln und zu begreifen, dass nichts mehr so war wie vorher. Es war ein beliebtes Fantasiespiel, mit dem jeder schon einmal die Zeit totgeschlagen hatte.

»Na ja, es geht zwar nicht um Zombies, aber wir müssen uns trotzdem langsam Gedanken machen.«

Er schaute seine Frau an, wie sie so dastand, ihre Tochter auf dem Arm, auf der Veranda ihres wunderschönen Eigenheims, des ersten, das ihnen gemeinsam gehörte. Ein Haus, das sie für Violet gekauft hatten, schon vor ihrer Geburt. Sie hatten sich vorgestellt, wie sie im Garten spielen und zur Schule laufen würde. Ihr kleines Stück vom warmen amerikanischen Traum.

»Cleveland ist nicht Manhattan«, sagte er nachdenklich. »Es reicht nicht, ein paar Brücken und Tunnel zu blockieren, um uns alle einzusperren.«

»Stimmt. Auf dem Highway haben wir's ja schon versucht. Vielleicht haben sie den zuerst gesperrt. Aber sie können unmöglich alles rund um die Uhr überwachen.«

»Die Straßen schon.«

»Dann verlassen wir die Straße eben. Sie können doch nicht den ganzen Großraum Cleveland abriegeln.«

»Ich habe Hubschrauber gesehen«, sagte er. »Wahrscheinlich haben sie mittlerweile noch mehr eingesetzt. Sie werden nach Leuten fahnden, die abhauen wollen.«

»Es ist ein riesiges Gebiet und Hubschrauber machen Lärm. Wir nehmen nur das Nötigste mit, fahren so weit, wie wir uns trauen, und laufen dann zu Fuß weiter.«

»Dir ist doch klar, was das bedeutet, oder? Wir müssen alles zurücklassen. Wir werden zu Flüchtlingen.«

»Besser, als abzuwarten, bis uns die Unruhen hier erreichen. Die ›normale‹ Welt gibt's nicht mehr, Liebling. Wir sind jetzt auf uns allein gestellt.«

Er musste an gestern denken. Wie die Situation wegen eines Buchs und ein paar falscher Worte eskaliert war. Einfach Wahnsinn.

Vor allem dachte er an Lou mit seinem Heiligenschein aus zerbrochenem Glas, die Waffe in der Hand.

»Komm, wir packen.«

* * *

Er hätte gelacht, wenn ihm danach gewesen wäre.

Als sie vor ein paar Tagen wegfahren wollten, hatten sie den Honda bis unters Dach vollgestopft. Zwei Koffer voller Kleider und Luxus, Violets Babyschaukel, eine Kassette mit ihren Dokumenten und so weiter und so fort. Alles Dinge, die sie als unbedingt notwendig erachtet hatten.

Wie veränderlich die Bedeutung des Wörtchens »notwendig« doch war.

Alles offensichtlich Überflüssige hatten sie direkt gestrichen. Nur zu Fuß hatten sie eine Chance rauszukommen. Deshalb mussten die ganzen Baby-Accessoires, der Plastikmist, in dem ihr Haus unterzugehen drohte, dableiben. Laufstall und Wanne, Bilderbücher, Babymonitor, Plüschseepferdchen, alles mussten sie zurücklassen.

Was sie brauchten: Lebensmittel, Wasser. Sein Zelt, angeschimmelt, weil es so lange nicht benutzt worden war. Wintermäntel, feste Laufschuhe und jeweils zwei Kleidergarnituren zum Wechseln. Streichhölzer, Taschenlampe und Batterien. Verbandskasten. Windeln, Babytücher und Wundcreme. Schlafsäcke.

Im Keller fand er seinen alten Rucksack, den, mit dem er vor zwanzig Jahren durch Europa gereist war. Aber es wurde schnell klar, dass er zu klein war.

Okay. Keine Kleider zum Wechseln, außer Socken. Dann warf er den Großteil der Windeln raus. Sie waren zwar leicht, nahmen aber viel zu viel Platz weg. Er behielt zwanzig. Damit würden sie etwa drei Tage auskommen. Bei den Batterien war es umgekehrt. Sie nahmen kaum Platz ein, waren aber zu schwer. Anstatt seiner großen Taschenlampe würde er ein kleines Maglite mit Mignon-Batterien mitnehmen.

Mit den Konserven würden sie einige Zeit auskommen, aber sie wogen eine Tonne. Deshalb reduzierte er den Proviant auf die noch verbleibende Kondensmilch für Violet, das Jerky, ein paar Suppendosen und ein Glas Erdnussbutter. Ein Dosenöffner.

Ein Schlafsack. Den mussten sie sich teilen und die Wintermäntel als Decken benutzen.

Amy gesellte sich zu ihm, als er gerade den Rucksack auf seinen Rücken hievte und die Riemen festzurrte. Zwanzig Kilo vielleicht? Nicht gerade leicht, aber zu schaffen. Zwei vollgepackte Rucksäcke wären besser gewesen, aber einer von ihnen musste Violet tragen.

»Und was ist mit Gregor?«

»Scheiße.« Ethan schaute den Kater an, der sich nichtsahnend auf einem Sessel fläzte. Sein jahrelanger Freund, Schoßwärmer und fast ständiger Begleiter. »Wir können ihn nicht mitnehmen.«

»Wir könnten es versuchen«, sagte sie ohne Überzeugung.

Er dachte kurz darüber nach, den Kleinen mitzunehmen, ihn beim Marschieren in den Armen zu halten. Futter für ihn einzupacken.

Der Schlüssel zum Überleben der Apokalypse ist die Erkenntnis, dass nichts mehr so ist wie früher.

Ethan kniete sich neben den Kater und strich ihm über den Kopf. »Tut mir leid, Kumpel, ich fürchte, du musst eine Weile für dich selbst sorgen.« Immer wenn Gregor Vögel oder Eichhörnchen sah, rastete er völlig aus. Nun kam seine Chance. Ethan stand auf, bevor seine Gefühle ihn übermannten, und machte Tür und Fliegengitter weit auf.

»Ist das alles?«

»Fast.« Amy hielt die Waffe hoch.

Er sah seine Frau an, dann die Pistole, und nickte. »Lass uns gehen.«

Sie warfen das Gepäck hinten in den Wagen, schnallten Violet in den Kindersitz und stiegen ein. Ethan betrachtete durch das Autofenster sein Haus. *Die normale Welt war wirklich dahin.*

»Ethan.« Amy deutete nach vorn.

Jack Ford kam auf sie zu. Lou lief zwei Schritte hinter ihm.

Ein eisiges Gefühl machte sich in Ethans Magen breit. Einen Moment lang sah er sie nur an. Dann holte er die Pistole aus dem Handschuhfach, legte sie in seinen Schoß und ließ das Fenster hinunter.

Sein Nachbar sah ihn mit gequälter Miene an. »Haut ihr etwa ab?«

»Nein. Wir fahren ein bisschen in der Gegend rum.« Die Lüge fiel ihm nicht schwer. »Wir versuchen, Lebensmittel aufzutreiben.«

Jacks Blick huschte kurz zum Fond des Wagens. Wahrscheinlich hatte er beobachtet, wie sie den Rucksack hineingeworfen hatten. Lou, schrecklich nervös und verkrampft, stellte sich neben Jack. Ethans Hand lag klamm auf der Waffe.

»Hör mal«, sagte Jack. »Wegen gestern …«

»Wir müssen los.« Er legte den Rückwärtsgang ein.

»Wartet.« Jack legte eine Hand auf den Türrahmen. Die andere hatte er hinterm Rücken. Ethan wurde ganz steif. Im Kopf hörte er Schreie.

»Hier«, sagte Jack und hielt die andere Hand hoch, in der sich eine kleine Schachtel befand. »Nur für alle Fälle.«

Ethan blickte ihn an, dann Lou, der ihn ausdruckslos ansah. Dieselben Augen, die ihn gestern über den Lauf einer Waffe hinweg angestarrt hatten.

Dann nahm er die Schachtel mit den Patronen entgegen. »Danke.«

»Ich muss dir danken«, sagte Lou. »Gestern … Ich hätte fast …«

Auf der Rückbank ließ Violet plötzlich einen erschrockenen Schrei hören und alle vier zuckten zusammen. Ethan sagte: »Wir müssen los.«

»Viel Glück«, sagte Jack. »Wir passen auf euer Haus auf.«

»Kannst du dich bitte um meine Katze kümmern?«

»Na klar.«

Ethan schloss das Fenster und fuhr los. Im Rückspiegel sah er die beiden Männer und hinter ihnen aufsteigende Rauchwolken, zwischen denen Hubschrauber hin- und hermanövrierten.

Wäre ich dort gerade in der Lage gewesen, auf meinen Nachbarn zu schießen?

Ja. Dazu wäre er in der Lage gewesen.

Die normale Welt ist nicht mehr.

Kapitel 17

Auf dem Bildschirm war das brennende Cleveland zu sehen.

Cooper beobachtete den Präsidenten, wie er die Szene in sich aufnahm. Lionel Clay sah müde aus, die Schultern unter seinem Oberhemd verspannt. Er stand da wie im Lichtkegel eines Scheinwerfers gefangen.

»Es wird immer schlimmer.« Owen Leahy drückte auf einen Knopf und ein neues Bild erschien. Nun war ein Regierungsgebäude aus der Vogelperspektive zu sehen. Kalter Stein und Säulen, eine graue Insel in einem Meer von Menschen, tausende, wilde Ströme ohne erkennbares Muster. Der Verteidigungsminister fuhr fort: »Das Rathaus ist eingekesselt. Die Nationalgardisten, die bereits vor Ort sind, haben das Gebäude gesichert. Doch es gibt Probleme mit der Verstärkung. Die Polizei von Cleveland hat ein mobiles Einsatzkommando geschickt, aber wegen der vielen Menschen kommen sie schlecht durch.«

»Wo ist das Feuer ausgebrochen?«, fragte der Präsident, ohne den Blick vom Bildschirm abzuwenden.

»In einem Wohnblock auf der East Side, Ecke 55th Street und Scovill Avenue. Doch es breitet sich schnell aus. Zwölf Häuserblocks stehen schon in Flammen, aber innerhalb der nächsten Stunde könnte das Feuer auf zwanzig weitere übergehen.«

»Was ist mit der Feuerwehr?«

»Sie haben einfach zu wenige Leute und sind völlig überlastet. Seit zwei Wochen bekämpfen sie an mehreren Orten gleichzeitig Brände. Aber das ist der erste, der außer Kontrolle geraten ist. Sie versuchen vor allem zu verhindern, dass sich das Feuer weiter ausbreitet. Alle Feuerwehrstationen haben Mannschaften rausgeschickt, aber …«

»… wegen der vielen Menschen kommen sie schlecht durch.«

»Ja, Sir.«

»Ich will mit dem Bürgermeister sprechen.«

»Wir versuchen bereits, ihn zu erreichen.« Den Rest ließ Leahy unausgesprochen.

»Stecken die Kinder Darwins dahinter?«

»Sie haben sicher etwas damit zu tun. Aber Tausende sind an den Tumulten beteiligt. Die Situation ist völlig außer Kontrolle geraten.« Leahy drückte wieder auf einen Knopf und der Blickwinkel änderte sich. Die Kamera zoomte näher heran.

Eine Kameradrohne, wie Cooper vermutete, die fünfzehnhundert Meter über dem Geschehen kreiste. Auf dem Video war die Frontlinie einer Schlacht zu sehen, Männer und Frauen, die aufeinander einschrien. Alles wirbelte wild durcheinander. Ein Mann in Lederjacke schwang einen Baseballschläger. Ein junges Mädchen, sein Gesicht blutverschmiert, wurde von zwei Leuten gestützt, die versuchten, sich einen Weg aus dem Gewühl zu bahnen. Ein Weißer trat brutal auf einen am Boden liegenden Schwarzen ein. Eine Gruppe von Leuten brachte ein Auto zum Schaukeln, es hüpfte immer wieder auf und ab, kippte, balancierte kurz auf zwei Rädern und fiel dann auf die Seite.

»Sieht es in der ganzen Stadt so aus?«

»Viele versuchen einfach, ihr Eigentum zu verteidigen. Andere schauen nur zu. Aber im Umkreis von einem Kilometer um den Public Square herrscht völliges Chaos. Nach unseren Informationen sind etwa zehntausend Leute an den Unruhen im Stadtzentrum beteiligt. Und die Stromversorgung liegt immer noch brach. Mit Einbruch der Dunkelheit wird es noch schlimmer werden.«

»Warum hat der Bürgermeister nicht sofort mehr Polizei angefordert?«

»Das wissen wir auch nicht, Sir. Aber selbst wenn die Einsatzkommandos bis zum Rathaus vordringen, können sie derzeit auch nicht viel mehr tun, als die Mitarbeiter zu beschützen. Es sind einfach zu viele Menschen.«

»Ein gefundenes Fressen für die Demokraten«, sagte Marla Keevers. Aus dem Mund der Stabschefin klang das Wort »Demokrat« immer wie etwas schrecklich Obszönes. »Sie werden eine riesige …«

»Die politischen Konsequenzen interessieren mich im Moment nicht, Marla. Eine von meinen Städten steht in Flammen. Ist dies Teil eines größeren Angriffs?«

»Das wissen wir nicht.«

»Warum nicht?«

»Es ist ein einziges Chaos, Mr President.« Der Verteidigungsminister zögerte, dann fügte er hinzu: »Sir, es ist an der Zeit, hart durchzugreifen. Wir müssen davon ausgehen, dass dies nur der erste Schritt einer größeren, vielleicht landesweiten Aktion ist.«

Der Präsident sagte nichts.

»Sir, wir müssen handeln.«

Clay starrte auf den Bildschirm.

»Mr President?«

Und während Nick Cooper neben einem erleuchteten Weihnachtsbaum im Oval Office stand und zusah, wie die

Welt auseinanderbrach, dachte er an etwas zurück, was sein früherer Vorgesetzter zu ihm gesagt hatte, kurz bevor er ihn von einem elfstöckigen Gebäude geworfen hatte.

»Sir? Was sollen wir tun?«

Sein einstiger Mentor hatte gesagt: *Wenn Sie das jetzt tun, wird die Welt in Flammen aufgehen.*

»Mr President?«

Auf dem Bildschirm war wieder eine große Luftaufnahme zu sehen. Das Feuer hatte sich ausgebreitet und die halbe Stadt verschwand unter dicken Rauchwolken.

»Sir?«

Clay stierte nur vor sich hin. Cooper spürte seine Anspannung und Angst. Der Präsident starrte auf die Bilder, als wäre alles nur ein Traum, aus dem er erwachen würde, wenn er sich nur genug konzentrierte.

»Also gut.« Owen Leahy wandte sich an Marla Keevers. »Die Nationalgarde reicht einfach nicht. Ich werde die Armee in Alarmbereitschaft versetzen und Ersatzbataillone aus dem Ausland zurückrufen und als Verstärkung an Stellungen im ganzen Land einsetzen. Wir müssen Vorbereitungen treffen, um mit aller Macht zuschlagen zu können.«

Keevers nickte.

»Wir sollten John Smith, Erik Epstein und alle anderen bekannten Abnormenführer sofort in Gewahrsam nehmen, außerdem alle Grad-Einser, die derzeit von der AEB überwacht werden …«

»Ich bin ja auch dafür, Smith zu verhaften«, sagte Cooper. »Aber Sie reden von Tausenden von Menschen.«

»Es gibt genaue Richtlinien zur Einrichtung regionaler Internierungslager.« Leahy wandte sich wieder an Keevers. »Außerdem müssen wir umgehend die Kontroll- und Aufklärungsinitiative realisieren. Wir können nicht bis nächsten Sommer warten. Wenn wir die Maßnahmen sofort nach Verabschiedung des Gesetzes durchgeführt hätten, wäre es vielleicht nie zu dieser Krise gekommen. Wir beginnen mit den Grad-Einsern und weiten das Programm nach und nach aus. Bis Weihnachten muss jeder Abnorme einen Chip im Hals haben.«

Cooper traute seinen Ohren nicht. Nicht nur, was Leahy da vom Stapel ließ, schockierte ihn, sondern auch, dass er offenbar diese Entscheidungen ganz allein traf. »Das können Sie nicht tun.«

»Es ist bereits Gesetz, Mr Cooper. Wir beschleunigen nur die Umsetzung.«

»Nein, ich meine, *Sie* können es nicht tun.« Cooper trat auf Leahy zu, kam ihm bewusst zu nah. »Oder planen Sie einen Staatsstreich?«

Der Verteidigungsminister antwortete ungehalten: »Passen Sie auf, was Sie sagen.«

»Sie auch.« Er sah Leahy fest in die Augen. Natürlich war es dreist von ihm, sich dem Verteidigungsminister entgegenzustellen, aber das war ihm scheißegal. Manchmal musste man einfach etwas sagen. »Ich habe nicht gehört, dass der Präsident diese Maßnahmen befohlen hätte.«

»Das Land braucht jetzt eine starke Führung. Jede weitere Verzögerung würde alles nur noch schlimmer machen.«

»Da stimme ich Ihnen zu. Aber Sie sind nicht der Präsident.« Er wandte sich an Clay. »Sir, wenn Sie glauben, die Lage sei jetzt schon schlimm, dann warten Sie mal ab, was passiert, wenn Sie massenweise amerikanische Bürger verhaften und die KAI umsetzen. Das wäre eine Kriegserklärung an Ihr eigenes Volk.«

»Wir befinden uns bereits im Krieg.« Leahy deutete auf den Bildschirm.

»Das sind lediglich Unruhen. Und wir können Amerika nicht retten, indem wir alle Amerikaner einsperren.« Am liebsten hätte er gebrüllt, auf den Schreibtisch gehauen und sie alle bei den Schultern gepackt und geschüttelt, damit sie endlich aufwachten. »Das würde die Terroristen nur dazu veranlassen, stärkere Geschütze aufzufahren. Und jeder würde gegen jeden kämpfen. Dann hätten wir einen richtigen Krieg.«

Leahy erwiderte: »Es reicht jetzt. Wir wissen Ihre Arbeit zu schätzen, Mr Cooper, aber Sie werden nicht mehr gebraucht. Sie können gehen.«

»Ich arbeite nicht für Sie.«

Wie auf Stichwort hustete Clay und begann, sich zu regen. Er riss sich vom Bildschirm los und sein Blick schoss zwischen ihnen hin und her.

»Nick …«

Cooper schnitt ihm das Wort ab. »Sir, was der Verteidigungsminister da vorschlägt, ist doch Wahnsinn, und das wissen Sie auch. Genau deshalb haben Sie mich ja angeheuert. Sie wussten, dass jemand versuchen würde, Sie in einen Bürgerkrieg zu zerren. Und Sie waren sich nicht sicher, ob Sie stark genug wären, sich dem entgegenzustellen.«

»Hey.« Keevers' Stimme knallte wie eine Peitsche. »Das reicht.«

»Schon gut.« Clays Stimme war dünn. »Also, Nick, wie sehen Ihre Überlegungen aus?«

»Sir, wir sind alle der Meinung, dass etwas passieren muss. Aber nicht so. Und das sage ich nicht aus idealistischen Erwägungen, sondern aus praktischen. Wir würden verlieren. Alles.«

»Also, was schlagen Sie vor?«

»Wir müssen unseren Aktionsschwerpunkt verlagern. Anstatt uns nur auf die Terroristen zu konzentrieren, sollten wir uns um die Begabten allgemein kümmern.« Dieses Problem beschäftigte ihn, seit er und Quinn John Smith in dem ausgebrannten Gebäude zurückgelassen hatten. Wenn er

Smith nicht eliminieren konnte – und es tat ihm langsam leid, dass er ihn nicht einfach abgeknallt hatte –, dann mussten sie ihm den Rückhalt in der Bevölkerung nehmen. Es durfte nicht mehr so aussehen, als würde John Smith nur gegen eine unterdrückerische Regierung kämpfen, sondern gegen alle Amerikaner. Doch dazu mussten sie noch jemanden ins Spiel bringen. Jemanden mit Einfluss, Geld und Macht. »Wir müssen mit Erik Epstein reden.«

Marla Keevers lachte verächtlich. Und Leahy sagte: »Ist das Ihr Ernst? Der Mann existiert ja nicht einmal wirklich. Es ist nur ein Schauspieler. Wahrscheinlich stecken John Smith und die Kinder Darwins dahinter. Es gibt keinen Erik Epstein.«

»Doch«, antwortete Cooper. »Ich habe ihn getroffen.«

Plötzlich wurde es ganz still. Die anderen starrten Cooper an.

Er fuhr fort: »Vor drei Monaten in New Canaan. Erik Epstein existiert sehr wohl, und er ist derjenige, der in New Canaan das Sagen hat. Er lebt nur sehr zurückgezogen. Der Mann, den Sie für einen Schauspieler halten, ist sein Bruder Jakob. Die beiden haben vor zehn Jahren Jakobs Tod fingiert, damit er in der Öffentlichkeit Eriks Rolle übernehmen konnte.«

Präsident Clay setzte sich auf die Ecke seines Schreibtischs und rieb sich das Kinn. »Ich muss schon sagen, Nick, Sie stecken voller Überraschungen.«

»Und er hat Vertrauen zu mir.« Eine faustdicke Lüge, denn er hatte Epstein verraten. Cooper hatte ihm versprochen, John Smith zu töten, doch er hatte ihn nicht nur verschont, er hatte sich auch unfreiwillig für Smiths Pläne einspannen lassen. Es war Coopers Schuld, dass die Siedlung New Canaan jetzt in größerer Gefahr war denn je, und nichts auf der Welt bedeutete Epstein mehr als sein kleines Reich in der Wüste.

Aber du musst ihnen nicht auf die Nase binden, dass der reichste Mann der Welt stinksauer auf dich ist. »Wir sollten mit ihm reden. Ihn um Hilfe bitten, um den Frieden im Land wiederherzustellen.«

Leahy sagte: »Welchen Sinn soll das …?«

»Es würde der Debatte eine neue Richtung geben. In den Sechzigerjahren hat die Regierung Dr. Kings Bürgerrechtsbewegung anerkannt und sie einbezogen. Dadurch waren Radikale wie Malcolm X und Huey Newton außen vor. Nun hieß es nicht mehr Schwarz gegen Weiß, sondern Frieden statt Gewalt. Sie sind emeritierter Geschichtsprofessor, Sir. Sie müssten doch wissen, dass das der einzige Weg ist.«

Clay starrte den Weihnachtsbaum an, mit Schleifen und Kugeln viktorianisch überladen.

Marla Keevers sagte: »Es hätte noch einen weiteren Vorteil.« Sie wandte sich an den Präsidenten. »Wir hätten ein Angriffsziel.«

Cooper fragte: *»Was?«*

»Wir haben derzeit keine Möglichkeit, an die Kinder Darwins heranzukommen. Aber wenn wir mit Epstein und der Regierung von New Canaan zusammenarbeiten und ihnen unter der Bedingung Unterstützung anbieten, dass die Terroranschläge aufhören …« Sie zuckte mit den Schultern. »Wir könnten dabei nur gewinnen. Entweder sie bekommen die Situation unter Kontrolle oder wir haben einen legitimen Grund, das Machtzentrum der Abnormen anzugreifen.«

»Moment. So habe ich das nicht …«

Clay erhob sich. »In Ordnung. Nick, packen Sie Ihre Sachen. Sie fahren als unser Gesandter nach New Canaan. Überzeugen Sie Epstein davon, dass er uns helfen muss, diese Anschläge zu stoppen und die drei Städte wieder in unsere Gewalt zu bekommen.«

»Sir, ich bin kein Diplomat. Ich kenne mich überhaupt nicht …«

»Sie kennen Erik Epstein. Und er vertraut Ihnen.«

»Ich … Ja, Sir.« Cooper wurde schwindlig.

Clay begab sich hinter seinen Schreibtisch. »In der Zwischenzeit mobilisieren Sie die Armee, Owen. Holen Sie alle nicht absolut notwendigen Einheiten aus dem Ausland zurück und verstärken Sie unsere einheimischen Stützpunkte. Treffen Sie Vorbereitungen für einen konzertierten Schlag gegen die Siedlung New Canaan, für alle Fälle.«

»Sir, was ist mit der Kontroll- und Aufklärungsinitiative? Die sollte trotzdem so schnell wie möglich …«

»Wir versuchen es erst einmal auf diese Weise.«

Leahy wollte etwas einwenden, fing sich aber und schluckte mit sichtlicher Mühe seine Worte hinunter. Mit purem Gift im Blick schaute er Cooper an. »Ja, Sir.«

Clay wandte sich Cooper zu. »Nun hängt alles von Ihnen ab, Nick. Sehen Sie zu, dass es klappt.«

Der Präsident war ein behutsamer Mensch. Deshalb ließ er den nächsten Satz unausgesprochen, doch in Coopers Gedanken fügte Drew Peters ihn hinzu.

Denn sonst wird die Welt in Flammen aufgehen.

Kapitel 18

»Jetzt sollst du also den Karren aus dem Dreck ziehen?«

Natalie hatte eine Art, die Dinge ohne jeglichen Sarkasmus beim Namen zu nennen, die die Aussage trotzdem lächerlich erscheinen ließen. Normalerweise mochte Cooper das an ihr, doch nachdem er im Oval Office Zeuge gewesen war, wie eine Stadt in Flammen aufging, während der Präsident untätig zuschaute, ärgerte ihn ihre Bemerkung.

»Ganz so ist es nicht. Nicht Cooper gegen den Rest der Welt. Sie wollen nur, dass ich …«

»Dass du dir ein Cape umhängst und Superman spielst?« Sie stapelte schmutzige Teller aufeinander und legte das Besteck drauf. Bei dem Geruch von Truthahn und Cranberrysoße zog sich sein Magen zusammen.

»Ich versuche nur zu tun, was du gesagt hast. Die Dinge in Ordnung zu bringen.«

Sie ging Richtung Küche und er folgte ihr. »Ach, Nick«, sagte sie über die Schulter. »Gar kein Druck, was?«

»Ich verlange doch gar nichts von dir. Ich schaffe das schon allein.«

»Womit du nur bestätigst, was ich gesagt habe, Schatz.«

»Natalie …«

»Wann fährst du?«

»Morgen. Ich komme morgens noch mal vorbei, um mich von den Kindern zu verabschieden. Ich habe mir gedacht, ich mache …«

Natalie setzte die Teller mit einem Knall ab. »Morgen.«

»Ja. Ich habe mir gedacht, ich mache Pfannkuchen … Wohin gehst du?«

Sie antwortete nicht, ging durchs Esszimmer in den Flur und öffnete einen Schrank. Sie reckte sich, um einen Koffer rauszuholen.

»Natalie?«

Sie ignorierte ihn und ging mit dem Koffer die Treppe hinauf. Verwirrt folgte er ihr.

Das Schlafzimmer hatte früher ihnen beiden gehört. Hier hatten sie Bücher gelesen, sich geliebt und über die Kinder geredet. Doch seit der Scheidung war er nur einmal hier gewesen, um ihr dabei zu helfen, eine Kommode zu verrücken. Sie hatte die Möbel umgestellt, das Bett unters Fenster geschoben und neu gestrichen. Jetzt hatte sie den Koffer aufs Bett gehievt und häufte Kleider daneben auf.

»Was machst du?«

»Ich packe.«

»Ich weiß, es ist lieb gemeint, aber ich fahre allein.«

»Den Teufel wirst du tun«, sagte sie mit sanfter Stimme, aber da sie selten scharfe Worte benutzte, hatten sie besonderen Nachdruck.

»Natalie …«

»Nick, halt den Mund.« Sie schaute ihn an. Er konnte sehen, dass sie die Arme verschränken wollte und sich entschied, es nicht zu tun. »Heute war Thanksgiving.«

»Tut mir leid, dass ich nicht zum Essen da war, aber ich habe ja nicht in einer Bar gesessen. Meine Arbeit …«

»Ich weiß«, sagte sie. »Ich bin dir nicht böse. Ich bin sogar stolz auf dich. Aber heute war Thanksgiving und du konntest nicht dabei sein. Wieder ein Fest, das Todd und Kate ohne dich verbringen mussten.«

So hatte er es noch gar nicht gesehen. Er lehnte sich an die Wand.

»Letztes Mal warst du sechs Monate weg«, sagte Natalie. »Ich weiß, du hattest gute Gründe, aber die Kinder gewöhnen sich erst gerade wieder an dich. Sie haben ein Anrecht darauf, ihren Vater um sich zu haben. Und du hast ein Anrecht darauf, deine Rolle als Vater zu erfüllen.«

»Das will ich ja und das weißt du auch.«

»Ja«, sagte sie. »Deshalb kommen wir mit. Diesmal ist es auch möglich. Schließlich arbeitest du nicht verdeckt und versuchst nicht, jemanden umzubringen. Du bist Abgesandter des amerikanischen Präsidenten. Das heißt, du wirst beschützt. Es wird dort mindestens so sicher sein wie sonst wo im Moment. Außerdem wird es den Kindern guttun. Kate wird einmal nicht die Außenseiterin sein. Und Todd lernt mal etwas anderes kennen und erfährt, dass es noch eine Welt jenseits des Schulhofs gibt. Wir kommen mit.«

Cooper kannte seine Exfrau. Sie war gütig, klug und sanftmütig, und sie sagte, was sie meinte. Sie war der ehrlichste Mensch, den er kannte.

Und wenn sie sich einmal etwas vorgenommen hatte, ließ sie sich nicht mehr davon abbringen. Keine Argumente und kein Gefühlsausbruch konnten sie umstimmen. Um sie aufzuhalten, hätte er sie schon k. o. schlagen müssen.

»Die Leute verlangen einfach zu viel von dir. Dein Vater, die Armee, Drew Peters, jetzt der Präsident. Sogar ich. Du musst nicht immer den einsamen Wolf spielen. Die Kinder sollen ruhig miterleben, wie ihr Dad versucht, die Welt zu retten. Es wird uns als Familie guttun.«

Sie hatte das Wort »Familie« besonders betont. Es war nur eine leichte Veränderung im Tonfall, die den meisten Leuten entgangen wäre, die aber unendlich viele Chancen in sich barg. Er dachte daran, wie er mit ihr in dem Zelt im Wohnzimmer gesessen und sie ihn geküsst hatte. Und nicht rein freundschaftlich. Nun, vielleicht war es keine Absichtserklärung gewesen, aber doch zumindest ein Hinweis darauf, was möglich war.

Wenn in ihrer Ehe alles gut gelaufen war, dann immer sehr gut. Und er war so froh gewesen, dass sie beide erkannt hatten, als es nicht mehr funktionierte. Er war in der Lage gewesen, sich einzugestehen, dass sie einfach nicht mehr zueinander passten, und sie hatten sich ohne Groll getrennt. Er liebte sie, würde sie immer lieben. Aber es gab einen Unterschied zwischen dieser und seiner leidenschaftlichen Liebe von damals.

Hat sich für sie etwas geändert?

Es war ein seltsamer Gedanke, dass alles, was er im vergangenen Jahr getan hatte, sie ihm nähergebracht haben könnte. Schließlich waren sie die meiste Zeit getrennt gewesen. Und dann die schreckliche Nacht, als Drew Peters sie und die Kinder entführt hatte. Im Grunde hätte das die Distanz zwischen ihnen vergrößern müssen.

Doch eigentlich hatte er es alles nur getan, um seine Kinder zu beschützen. Außerdem hatte er immer so gehandelt, wie sie es von ihm erwartet hätte. Bis hin zu der Entscheidung, die Wahrheit ans Licht zu bringen. Trotz aller Konsequenzen.

Cooper hatte eine Theorie, was die Persönlichkeit des Menschen anging. Die meisten glaubten, der Mensch habe nur eine Identität, die sich zwar verändern konnte, aber in sich geschlossen war. Doch er sah den Menschen eher wie einen Chor. Und jede Lebensphase fügte diesem Chor eine weitere Stimme hinzu. Die verschiedenen Inkarnationen seiner selbst – einsames Armeekind, aufsässiger Jugendlicher, junger Ehemann, fürsorglicher Vater, gnadenloser Jäger –, sie alle existierten in ihm weiter. Wenn er ein zehnjähriges Mädchen sah, dachte der zehnjährige Junge in ihm, wie hübsch sie doch war. Nur eine Stimme von vielen. Das machte den Unterschied zwischen seelisch intakten und gestörten Persönlichkeiten aus: Bei den gestörten hatten die falschen Stimmen die Oberhand.

Und die Stimme des Manns, der Natalie so leidenschaftlich geliebt hatte, war noch immer sehr stark. In Momenten wie diesem sang er besonders laut.

Cooper merkte, dass er sie anstarrte und sie seinen Blick erwiderte. Er dachte an den Abend im Wohnzimmerzelt, die Berührung ihrer Lippen, den Geschmack ihrer Zunge wie süßer Wein …

BAM, BAM, BAM.

Beide fuhren zusammen. »Erwartest du …«

»Nein.«

Er stand auf und eilte in den Flur. Wieder machte es BAM, BAM, BAM an der Tür. Seine Waffe befand sich in einer Kassette im Auto. Zu dumm. Leise schlich er die Treppe hinunter und hörte, wie Natalie ihm folgte. Was war los? Jemand vom Weißen Haus? Oder schlimmer?

»Cooper! Ich weiß, dass du da bist.« Die Stimme war durch die Tür gedämpft, aber er erkannte sie auf Anhieb.

Ja, schlimmer.

Er entriegelte die Tür und öffnete. Shannon stürmte herein und drückte ihm den Finger auf die Brust. Sie trug eine Lederjacke, die Wut stand ihr ins Gesicht geschrieben und ihre Halsmuskeln waren angeschwollen. »Du bist so ein Arschloch!«

»Was ist denn los?«

»Was *los* ist? Ich habe mit John gesprochen, das ist los. Du Faschist …« Sie hielt inne und spähte über seine Schulter zum Esstisch mit den Resten des Thanksgiving-Essens. Sie versteifte. »Scheiße.«

»Shannon«, sagte Natalie mit ruhiger Stimme. »Alles in Ordnung?«

»Ja, tut … tut mir leid. Ich habe vergessen, dass Thanksgiving ist. Ich wollte nicht einfach reinplatzen.«

»Schon gut. Wirklich.« Natalie wandte sich an Cooper. »Geht doch ins Wohnzimmer, da könnt ihr ungestört reden. Ich habe noch jede Menge zu tun, wenn wir alle morgen fahren.« Ihr Lächeln war so perfekt und kalt wie aus Stein gemeißelt. Sie ging wieder die Treppe hoch.

»Scheiße«, sagte Shannon noch einmal.

»Komm schon rein.« Er ließ die Tür los und ging ins Wohnzimmer vor. »Willst du ein bisschen Truthahn?«

»Nein. Ich weiß gar nicht, was in mich gefahren ist, dass ich so gegen die Tür hämmere.« Sie schüttelte den Kopf. »Ich hatte wirklich ganz vergessen, dass Thanksgiving ist.«

»Schon okay«, sagte er. »Ich auch.«

Seltsam, dass sie bei dem Leben, das sie führten, Dinge, die für alle anderen so wichtig waren, so einfach vergessen konnte. Das war einer der Gründe, warum sie sich verbunden fühlten. Sie waren beide Außenseiter.

Sie folgte ihm ins Wohnzimmer. »Wo fahren sie hin?«

»Was?«

»Natalie hat gesagt, sie hat noch viel zu tun, weil sie wegfahren.«

Eigentlich hat sie »wir alle« gesagt. Ein kleiner Tritt mit dem Stöckelschuh vor ihrem Abgang. Die Brutalität, mit der Frauen sich bekriegten, überraschte ihn immer wieder. »Ich fahre morgen nach New Canaan, um mit Erik Epstein zu reden. Natalie und die Kinder kommen auch mit.«

»Ach so.«

»Also …« Er ließ sich auf einen Sessel fallen. »Du hast mich gerade einen Faschisten genannt?«

Ihre Augen blitzten auf und ihre vorherige Verlegenheit war vergessen. »Du hast ihn entführt? Ihm eine Knarre an den Kopf gehalten? Ihn zusammengeschlagen?«

Er sah sie unverwandt an. »Jawoll.«

»Das ist alles? ›Jawoll‹?«, äffte sie ihn nach. »Mehr hast du dazu nicht zu sagen, Schatz?«

»Nein, mein Liebling. Soll ich dir mal was unheimlich Komisches erzählen? Gestern hatte ich eine Besprechung, da ging's um ein massives Sicherheitsproblem bei der AEB. Irgendeine Frau hat sich eingeschlichen und eine Riesenmenge Daten geklaut. Hauptsächlich über halblegale, privat finanzierte Genforschungszentren und Biolabore, die Chemiewaffen und genmanipulierte Viren entwickeln.« Er beugte sich vor. »Und ich dachte: Hm, die Frau auf den Überwachungsvideos hat verdammt viel Ähnlichkeit mit meiner Freundin.«

»Ach Gott, Nick, mir ging's doch nicht um Biowaffen.«

»Worum dann?«

»Um einen Zaubertrank.«

Er schüttelte den Kopf. »Sehr witzig.«

»Es war ein Auftrag. Du weißt doch, was für einen Job ich mache.«

»Ja, du arbeitest für Terroristen.«

»Nein. Für die Sache.«

»Verdammt, weißt du, in was für eine Lage du mich da bringst?«

Sie sah ihn kalt an. »Nur weil wir ein paar Mal miteinander geschlafen haben, bin ich dir noch lange nichts schuldig.«

»Und es hindert mich auch nicht daran, dich in Handschellen zur AEB zu zerren.«

»Na, super. Also, wenn du meine Hilfe benötigst, dann bist du der vertrauensvolle Liebhaber. Und sobald du mich nicht mehr brauchst, willst du mich verhaften?« Sie verschränkte die Arme. »Ich habe deinen Kindern das Leben gerettet, Cooper. Vergiss das bitte nie.«

Er wollte kontern, doch er bremste sich und atmete tief durch. »Du hast recht. Tut mir leid, was ich gesagt habe.«

»Ich wusste, dass es keine gute Idee war, etwas mit dir anzufangen. Aber ich habe mir eingeredet, du würdest schon das Richtige tun, auch wenn wir auf verschiedenen Seiten stehen.« Sie schüttelte den Kopf. »Aber im Grunde deines Herzens bist du immer noch der Sturmsoldat, nicht wahr?«

»Nein.« Irgendwie kam er sich lächerlich vor, wie er da auf dem Sessel saß, und wollte aufstehen, fürchtete jedoch, dann noch alberner auszusehen. »Nein, ich will nur einen Krieg verhindern.«

»Nick Cooper, Ein-Mann-Armee und alleiniger Richter.«

»Sagt die Frau, die Regierungsgeheimnisse geklaut hat. Sag mal, Shannon, was jagst du denn heute in die Luft? Wie viele Unschuldige müssen bei deinem nächsten Abenteuer dran glauben?«

Sie starrte ihn an. In ihr wütete ein Sturm. Er spürte die Blitze, die heulenden Winde und den grollenden Donner. »Ich fahre nach West Virginia und werde das Beste tun, was ich je getan habe. Und soll ich dir mal was Komisches erzählen? Wenn du mich heute Morgen danach gefragt hättest, hätte ich dir alles erzählt.«

»Was gibt's denn in West Virginia?«

»Schau dir die Nachrichten an.« Sie drehte sich auf dem Absatz um und marschierte hinaus. »Und fick dich.«

Bevor er etwas sagen konnte, hörte er die Tür aufgehen und wieder zuschlagen.

Scheiße. So weit hatte er es nicht kommen lassen wollen. Er war zwar wütend auf sie, doch sie hatte allen Grund, genauso wütend auf ihn zu sein. Sie hatten beide Geheimnisse voreinander gehabt und er hatte damit gerechnet, dass es zu einem Streit kommen würde. Aber nicht ausgerechnet jetzt und nicht hier. *Scheiße, Scheiße, Scheiße.*

Nach einer Weile hörte er Natalie hereinkommen. Sie lehnte sich an die Wand, ein Geschirrtuch in der Hand und den Hauch eines Lächelns im Gesicht. »Ach, Nick.«

»Was denn?«

Sie schüttelte den Kopf. »Du kannst immer noch so gut mit Frauen umgehen, was?«

Die Erziehung des begabten Kindes

Ein Leitfaden für Akademielehrer

Artikel 9.3: Über Mitleid

Als Lehrer an einer Akademie für Begabte ersten Grades zu unterrichten ist ein besonderes Privileg, und nur wenige sind dafür geeignet. Es bedarf dazu nicht nur einer sehr fortschrittlichen pädagogischen Ausbildung, sondern auch eines in unerschütterlicher Disziplin wurzelnden Sendungsbewusstseins.

Als Menschen sind wir darauf konditioniert, Kinder zu lieben. Ein Kind leiden zu sehen, ob körperlich, emotional oder psychisch, fällt uns schwer. Das ist nur natürlich und auch gut so.

Doch ein gebranntes Kind scheut das Feuer. Eine leichte Verletzung kann schwerere Schäden verhindern.

Anders ausgedrückt, Schmerz ist ein didaktisches Mittel.

Mitleid untergräbt unsere pädagogischen Ziele. Mitleid ist kurzsichtig und destruktiv. Eine Wohltat, deren Nutzen nur von kurzer Dauer ist, kann bleibende Schäden anrichten. Wenn ein Kind nach einer Flamme greift, gebietet uns unser Mitleid, es daran zu hindern. Es zu beschützen.

Doch wir müssen das Feuer schüren. Wir müssen das Kind dazu anspornen, sich zu verbrennen. Falls nötig, auch mit Mitteln der Manipulation.

Wie sonst soll es lernen, dass Feuer gefährlich ist?

Es ist Ihre Pflicht, sich von Mitleid zu befreien, zum Wohl der Akademie, zum Wohl der ganzen Menschheit und insbesondere der Kinder selbst.

ES IST BEI STRAFE VERBOTEN, INHALTE DIESES LEITFADENS ZUM VERKAUF ANZUBIETEN ODER ANDERWEITIG DER ÖFFENTLICHKEIT ZUGÄNGLICH ZU MACHEN. ZUWIDERHANDLUNGEN WERDEN MIT NICHT UNTER FÜNFZEHN JAHREN HAFT ZUZÜGLICH EINER GELDSTRAFE VON 250 000 $ GEAHNDET.

Kapitel 19

Die Sonne ging unter und es machte nicht den geringsten Unterschied.

Schwere Wolken drückten auf die Welt nieder, als Ethan den Motor abstellte. Einen Moment lang saßen sie schweigend da. Nur das Ticken des abkühlenden Motors und Violets leise keuchendes Atmen hinten auf dem Rücksitz waren zu hören. Der Parkplatz war halbvoll. Er hätte nicht gedacht, dass es Thanksgiving viele in die Kirche zog, doch die guten Leute von Independence belehrten ihn eines Besseren. Aber vielleicht hatte es gar nichts mit dem Fest zu tun, sondern mit dem, was in der Welt los war.

Er schaute Amy an. »Zombie-Apokalypse?«

Sie nickte.

»Okay«, sagte er und öffnete die Tür.

Die presbyterianische Kirche von Independence war ein ungewöhnlicher Bau mit braunem Spitzdach und einem altmodisch anmutenden Kirchturm. Sie lag leicht abseits des Hauptplatzes dieses ruhigen Vororts – Independence nannte sich zwar Stadt, aber na ja – und schien ideal, um den Wagen dort abzustellen. Wer würde sich schon an den Autos auf einem Kirchenparkplatz zu schaffen machen?

Wenn die Regierung Cleveland unter Quarantäne stellen wollte, würde man die Stadt irgendwo entlang der Hauptverkehrsstraßen abriegeln, vermutete Ethan. Die Interstate 80 befand sich gut fünfzehn Kilometer weiter südlich, doch da er nicht wusste, wo die Absperrung begann, hieß es jetzt: Rucksack umgeschnallt und Stiefel geschnürt.

Vor ihnen lagen fünfunddreißig Kilometer Fußmarsch, größtenteils durch einen Nationalpark. Ihr gelobtes Land hieß Cuyahoga Falls.

Das hätte ich mir auch nie träumen lassen.

Ethan packte sich den Rucksack auf den Rücken und zog den Hüftgurt fest, um das Gewicht zu verteilen, und sein Muskelgedächtnis brachte Bilder von Amsterdam zurück, Fahrräder und Kopfsteinpflaster, die in den Grachten glitzernde Sonne, tausende Kilometer und Millionen Jahre entfernt. Dann steckte er sich die Pistole in den Hosenbund.

Violet war wach, die Riemen ihres Babysitzes straff um ihren kleinen, rundlichen Oberkörper. »Hallo, mein Liebling. Sollen wir auf eine Abenteuerreise gehen?« Falls sie eine Meinung dazu hatte, behielt sie sie für sich. Ethan holte sie aus dem Wagen. Einen Moment lang hielt er sie an seine Brust, nahm ihre süße Schwere wahr, den regelmäßigen Atem und den Milchgeruch. Als er sich von ihr trennen musste, um sie in die Babytrage zu hieven, die Amy umgeschnallt hatte, fröstelte er.

Ethan und Amy schauten sich an. Sie lächelte angespannt, als versuchte sie, sich selbst Mut zu machen. Ethan schritt auf sie zu und nahm sie in die Arme, seine beiden Mädchen, Violet in der Mitte, und einen Moment lang standen sie einfach da und er lauschte ihrem Atem.

Bald würde es dunkel werden.

»Gehen wir.«

Hand in Hand liefen sie los.

* * *

Zwanzig Minuten später verließen sie die Straße.

Sie erreichten einen dichten Kiefernwald, der an eine Reihe von Grundstücken mit einstöckigen Häusern grenzte. Sorgsam gemähte Rasenflächen gingen in mit weichen Nadeln bedeckten Lehmboden über. Er führte Frau und Kind auf der Grenze zwischen dem hinteren Ende der Gärten und dem Wald entlang. Vor dem blutergussfarbenen Himmel waren die Häuser nur als Silhouetten auszumachen. Doch in den Fenstern konnte er leuchtende Kerzen sehen und stellte sich vor, wie sich die Familien um den Kamin scharten. Es wurde kälter, doch das Tragen des schweren Rucksacks hielt ihn warm.

»Fünfunddreißig Kilometer«, sagte er.

»Das ist doch nichts.«

»Weniger als ein Marathonlauf.«

Ein hoher Sichtschutzzaun um ein Grundstück zwang sie tiefer in den Wald. Er lief vor. Die Bäume bildeten im schwindenden Licht dunkle geometrische Formen. An seiner Daunenjacke klebten Nadeln und der Harzgeruch wurde stärker. Schweigend marschierten sie dahin, und nur ihre Schritte und das Wispern der Zweige im Wind waren zu hören.

Als es zu dunkel wurde, holte er die Taschenlampe heraus, die die Bäume in grellweißes Licht tauchte. Er hielt die Hand über den Kopf der Lampe, um ihren Strahl zu dämpfen, und seine Finger glühten halloweenrot.

Als der Wind wechselte, hörte er in der Ferne eine Sirene heulen. Nach Einbruch der Dunkelheit würden die Unruhen noch weiter um sich greifen. Er stellte sich brennende Autos auf der Lakeside Avenue vor, den Geruch von verkohltem Gummi, das Klirren der berstenden Autoscheiben und die Schreie der Verletzten.

* * *

Der Wald wurde dichter. Ethan bahnte sich einen Weg durch tief hängende Kiefernzweige und bog sie für Amy und Violet zur Seite. Mithilfe seines Kompasses hielt er sich in südlicher Richtung. Es wäre einfacher gewesen, an den Grundstücken entlangzulaufen, doch die Lage war so angespannt, dass er fürchtete, jemand könnte auf die dunklen Gestalten schießen, die sich da hinter ihren Gärten herumschlichen.

Violet wachte mit einem Wimmern auf. Es war nicht laut, doch sie erschraken. Amy rieb ihr den Rücken und flüsterte: »Psst, alles in Ordnung. Schlaf weiter.« Aber Violet nahm einen tiefen Atemzug und begann zu heulen.

»Sie braucht eine neue Windel«, sagte Amy.

Ethan nahm den Rucksack ab und breitete seine Jacke als Unterlage aus. »Komm her, Kleines.«

Amy hielt die Taschenlampe, während er die Windel wechselte. Violets Kacke hatte die Farbe und Konsistenz von Senf und durch die Kondensmilch stank sie heftiger als sonst. Violet gluckste vergnügt.

Als er fertig war, richtete er sich auf und ließ seine Tochter noch eine Weile liegen und strampeln. Komisch, dass all sein Wissen über die Evolution und den Zyklus des Lebens ihn nicht auf die Realität hatte vorbereiten können.

Zu wissen, dass es für die Entwicklung von Körper und Geist vieler Jahre bedurfte, war eine Sache, doch ihre langsamen Fortschritte – die immer zielgerichteten Blicke, die besser koordinierten Bewegungen – selbst mitzuerleben, war etwas völlig anderes. Manchmal kam er sich vor wie ein Hilfslehrer, der Biologie unterrichtete und das gleiche Lehrbuch las wie seine Schülerin, nur eine Woche im Voraus.

Amy legte sich eine Hand ins Kreuz und streckte sich. Die Taschenlampe wackelte durch ihre Bewegungen, ein winziger

Lichtkreis inmitten erdrückender Dunkelheit. »Wie weit sind wir, was meinst du?«

»Wir haben höchstens zweieinhalb oder drei Kilometer zurückgelegt. Warum? Bist du müde?«

»Nein, wir kommen nur so schrecklich langsam voran.«

»Ja, aber die Strecke ist sicherer.«

»Du hast wahrscheinlich recht.« Sie zuckte mit den Schultern und lächelte. »Ach, was ich noch sagen wollte …«

»Was denn?«

»Fröhliches Thanksgiving.«

* * *

Eine Stunde später, als er sich gerade nach seinen Mädchen umsah, verhakte sich sein Fuß irgendwo. Er taumelte, riss seinen Fuß los und versuchte, mit dem anderen Halt zu finden, doch das Gewicht des Rucksacks riss ihn um. Er rammte sich das Knie an einem dicken Stein. Und die Taschenlampe rollte ins Dickicht. »Ethan!«

»Es ist nichts passiert«, sagte er mit zusammengebissenen Zähnen. Er fluchte und sog scharf die Luft ein. Jede Berührung sandte einen scharfen Schmerz durch seinen Körper, doch er ließ bereits nach. Seine Jeans schien keinen Riss zu haben, doch sicher war er sich nicht, dazu war es zu dunkel. *Oh Scheiße.*

»Die Taschenlampe. Wo ist sie hingeflogen?«

»Oh Scheiße.« Amy war nur ein dunkler Schemen, der im Dunkeln herumsuchte und mit dem Fuß in die Nadeln trat. Dann hörte er, wie sie auf Metall stieß. Sie bückte sich und seufzte.

»Kaputt?«

»Sieht so aus. Und du?«

»Nur angeschlagen.« Er stützte sich auf eine Hand und stand langsam auf.

»Kannst du laufen?«

Er nickte, doch dann wurde ihm klar, dass sie ihn nicht sehen konnte. »Ja.« Ethan sah sich um, aber alles war nur schwarz auf schwarz. Der Himmel war nicht ganz so dunkel, doch Mond und Sterne verbargen sich hinter dicken Wolken. »Aber ich glaube nicht, dass wir so weiterlaufen können.«

»Wir könnten hier kampieren und morgen früh wieder losmarschieren.«

»Im Dunkeln würden wir aber leichter durch die Absperrung kommen.«

»Also …«

»Also …«

* * *

Der Büropark bestand aus flachen, nichtssagenden Gebäuden. Nach der Stille des Waldes schien er fremdartig und unwirklich, als gäbe es keine Menschen mehr. Als wäre die Zombie-Apokalypse Realität geworden.

Doch eine breite Straße führte durch den Komplex, und obwohl Ethan ein Ziehen im Knie spürte, tat es gut, endlich in normalem Tempo laufen zu können. Er zog die Schultern hoch, um das Gewicht des Rucksacks zu verlagern, und ging voran.

Sie befanden sich auf einer Straße, die von Osten nach Westen führte. Drei Spuren, kein Verkehr. Er machte das Feuerzeug an und hielt es so nah wie möglich an den altmodischen Papierstadtplan.

»Ich glaube, wir sind hier«, sagte er. »Auf der Pleasant Valley Road.« Ein Tal gab's hier nicht und so schrecklich angenehm fand er die Gegend auch nicht. Er hätte die Ansicht gern vergrößert und auf Satellitenbild umgeschaltet. Als Jugendlicher hatte er die Telefonnummern all seiner Freunde auswendig gekannt, aber nun, dank Datenpad und Mobiltelefon, konnte er sich kaum noch an seine eigene Nummer erinnern und verließ sich schon seit zehn Jahren auf sein Navi. Die moderne Technik machte das Leben so viel einfacher.

Ja, erzähl das mal den Bürgern von Cleveland.

Amy sagte: »Sieht aus, als gäbe es im Westen mehr Häuser.«

»Also dann, auf nach Osten. Wir könnten hier entlanggehen … Riverview Road.« Die Straße war ein dünnes Band, das sich durch den Nationalpark wand und mehrmals den Namen wechselte. Sie führte fast direkt nach Cuyahoga Falls.

Sie liefen die Mitte der einsamen Straße entlang.

* * *

Es war fast neun, als sie die anderen sahen.

Sein Rücken war schweißnass und seine Hüften schmerzten. Fünfunddreißig Kilometer war der Tagesmarsch eines Soldaten, eine Strecke, die ein geübter Rucksackwanderer gut bewältigen konnte. Doch seine Arbeit im Forschungslabor bot nicht viel Gelegenheit für körperliche Ertüchtigung. Er und Amy gingen so oft wie möglich ins Fitnessstudio, doch seit Violets Geburt bedeutete das nicht mehr als hin und wieder eine halbe Stunde.

Wenigstens kamen sie jetzt schneller voran. Die Riverview Road war eine schmale zweispurige Straße mit rissigem Asphalt, auf der einen Seite Felder, auf der anderen Wald. Auf der Westseite zogen sich Stromleitungen an skelettartigen Masten entlang, und gelegentlich kamen sie an einer einsamen Zufahrtstraße entlang, unbefestigt, mit einem Briefkasten am Rand.

Ethan schaute gerade auf seine Füße hinunter – nicht so sehr, um seine Schritte zu zählen, als sich auf ihren trommelartigen Rhythmus zu konzentrieren –, da legte Amy ihm eine Hand auf die Schulter.

Etwas Weißes hüpfte vor ihnen in der Luft. Als er begriff, dass es sich um das Licht einer Taschenlampe handelte, hatte ihr Strahl sie bereits erfasst. Sie war vielleicht vierzig Meter entfernt, doch er konnte nichts außer dem kleinen Lichtkreis sehen. Ihm wurde ganz schwer ums Herz.

»Ethan …«

»Keine hastigen Bewegungen«, sagte er. Langsam streckte er die Hände mit nach oben gedrehten Handflächen aus, denn er dachte an den nervösen Jungen am Geschütz des Militärfahrzeugs. *Geschnappt zu werden ist schon schlimm genug, aber sie in Panik zu versetzen wäre fatal.*

So plötzlich, wie das Licht sie getroffen hatte, zuckte es auch wieder weg. Es wirbelte in einem Bogen herum und ließ die bizarren Schatten der Bäume tanzen, bis es sich schließlich auf die Brust eines Manns richtete. Über seiner Schulter lugte der Lauf einer Flinte hervor, doch er trug eine karierte Flanelljacke und neben ihm waren zwei weitere Gestalten zu erkennen, eine Frau und ein etwa achtjähriger Junge.

Das Licht blieb einen Moment auf der Gruppe, dann schwang es herum in die Richtung, in die sie liefen, und begann wieder zu hüpfen. Ethan atmete auf. Er merkte erst jetzt, dass er die Luft angehalten hatte.

»Das sind Leute wie wir«, sagte Amy. »Sie versuchen auch abzuhauen.«

Ethan nickte. Sie setzten ihren Marsch wieder fort und folgten dem Flackern der Taschenlampe. »Wie viele Leute mögen wohl die gleiche Idee gehabt haben?«

* * *

Eine Stunde später begegneten ihnen Dutzende anderer. Jede Gruppe lief separat, entlang der Straße verteilt wie Perlen an einem Halsband. Die meisten hatten Taschenlampen und gaben sich keine Mühe, sie zu verbergen. Einige unterhielten sich. Weiter vorn sang jemand *Auld Lang Syne*.

»Ich liebe dieses Lied«, sagte Amy.

»Ich weiß.«

»Irgendwie passend, oder?« Sie begann, leise zu singen: »*We two have run about the slopes, and picked the daisies fine; but we've wandered many a weary foot, since auld lang syne.*«

»Meine Füße sind müde«, sagte Ethan.

Sie kamen an einer Neubausiedlung vorbei, eine von diesen Wohnanlagen aus der Retorte, die mitten im Nichts hochgezogen wurden. Ein Dutzend unfertiger Häuser, deren spitze Dachstühle sich dunkel vom Himmel abhoben. Am Eingang konnte er so gerade die Beschriftung eines Schilds ausmachen: MODERNER KOMFORT INMITTEN SCHÖNSTER NATUR. TRAUMHÄUSER SCHON AB KNAPP ÜBER 300 000! Direkt daneben befand sich ein fertiges Musterhaus. Auf der Veranda stand ein Mann, der den trägen Flüchtlingszug beobachtete. Ethan nickte ihm zu, doch der andere reagierte nicht. Aus dem Wald war ein Kreischen zu hören. Offenbar ein Raubvogel. Ethan fragte sich, was für ein Wesen dort gerade sein Leben gelassen hatte. Eine Maus vielleicht, die jetzt in den Fängen einer Eule hing.

»*Auld Lang Syne* bedeutet ›alte Zeiten‹«, sagte Amy leise. »Ich frage mich, ob das alles ist, was von unserem Leben bleiben wird: die Erinnerung an alte Zeiten.«

Von der Traurigkeit ihrer Stimme überrascht, schaute Ethan sie von der Seite an. Sie gehörte zwar nicht zu den Leuten, die aggressiv gute Laune versprühen, aber an sich war Amy jemand, der sich allein schon an der Existenz des Glases erfreuen konnte, egal, ob halbvoll oder halbleer. Schmerzlicher als alles andere – die Ereignisse in der Stadt und in ihrer Nachbarschaft, die Terroranschläge, die Unruhen, ihre

Flucht – machte der Klang ihrer Stimme ihm bewusst, wie verzweifelt ihre Lage war. Und nicht nur ihre. Es betraf die ganze Welt.

Ihm fiel wieder etwas ein, was er an dem Abend, als die Supermärkte geplündert wurden, im Radio gehört hatte. Jemand hatte erklärt, wie die Versorgungskette der Geschäfte funktionierte und dass alles sehr kurzfristig geliefert wurde. Ethan konnte sich das System vorstellen, das dies ermöglichte: Scanner, Computer, Bestandsmanagement und Logistik. Einer von Millionen unterschiedlichen Mechanismen, die die Welt am Laufen hielten, so kompliziert und effizient wie das Gefäßsystem, das den menschlichen Körper mit Blut versorgte.

Doch bei aller Effizienz: Durchtrennte man eine Arterie, dann starb der Mensch.

War es das, was die Kinder Darwins getan hatten? War es möglich, dass der Wahnsinn, in dem Cleveland versank, sich ausbreiten würde? Dass der Strom in weiteren Landesteilen ausfallen würde? Dass keine Lebensmittel mehr ihren Weg in die Geschäfte fänden? Und dass die Polizei niemanden mehr beschützen und Krankenhäuser nicht mehr heilen könnten?

War die Welt so leicht aus den Angeln zu heben?

Das weißt du doch. Alles funktionierte nur deshalb, weil die Leute einvernehmlich daran glaubten, dass es funktionieren würde. Er konnte einem Verkäufer ein Stück Papier reichen und bekam dafür ein Kleidungsstück, weil sie beide diesem Stück Papier einen bestimmten Wert zuschrieben. Er konnte mit Leuten in tausenden Kilometern Entfernung kommunizieren, als würde er ein Schwätzchen mit seinem Nachbarn halten. Mit dem Datenpad in seiner Tasche hatte er Zugang zum gesamten Wissen der Menschheit, vom Richten eines gebrochenen Knochens bis zum Bauplan einer Atombombe.

Doch nichts von alledem war wirklich. Alles beruhte auf einer nützlichen Massenhalluzination.

Was passiert, wenn wir aufhören, daran zu glauben? »Es wird schon alles wieder in Ordnung kommen.«

»Sag das doch nicht immer wieder«, entgegnete sie scharf. »Du musst mich nicht beruhigen.«

Er wollte protestieren, sagte aber nur: »Du hast recht. Tut mir leid.«

Etwas milder antwortete sie: »Mir auch. Ich bin einfach müde.«

»Ja. Die Ausziehcouch deiner Mutter hat noch nie so einladend …« Er verstummte und blieb abrupt stehen.

»Was ist?«

»Hörst du das auch?«

Motorengeräusche. Zuerst leise, dann immer lauter. Es war eine ruhige Nacht, ein Auto wäre kilometerweit zu hören gewesen. Doch es klang, als würde …

Als würde es irgendwo im Leerlauf stehen und warten.

»Schnell weg!« Ethan packte Amy bei der Hand und zerrte sie von der Straße. Auch andere hatten das Geräusch gehört und die Strahlen ihrer Taschenlampen wirbelten herum, während sie auseinanderliefen. Helle Kreise und bunte Lichtschlieren. Der schwere Rucksack hüpfte auf seinen Schultern und Feuerkrallen bohrten sich in sein Knie, als sie zur Einfahrt des Büroparks rannten.

Militärfahrzeuge kamen um eine Kurve gesaust und ihre Suchscheinwerfer machten die Nacht zum Tag. Eine Stimme dröhnte aus einem Lautsprecher, doch die Worte verloren sich in Motorengeheul und Geschrei. Ethan hörte gar nicht hin. Ohne Zeit zu verlieren, rannte er auf das Musterhaus zu, Amy direkt hinter ihm. Sein Herz hämmerte gegen seinen Brustkorb, als sie über die Kiesauffahrt hasteten und sich auf der von der Straße abgewandten Seite an die Hauswand drückten.

Violet war aufgewacht und weinte. Mit angespanntem Gesichtsausdruck flüsterte Amy. »Psst, nein, nicht jetzt, bitte, psst.«

Was nun?

Er spähte um die Ecke und sah, dass sich die Fahrzeuge verteilt hatten. Eins blieb auf der Straße stehen, während die anderen ausscherten, um die Flüchtenden zusammenzutreiben. Einige Leute blieben wie angewurzelt in den Strahlen der herumschwenkenden Suchscheinwerfer stehen.

»Laufen Sie nicht weg, sonst schießen wir. Auf die Knie, die Hände hinter den Kopf.«

Würden sie wirklich schießen? Schwer zu sagen. Falls die Regierung sie tatsächlich für Terroristen hielt oder glaubte, sie seien mit irgendetwas infiziert … möglich.

Die Leute auf der Straße ergaben sich, legten Rucksäcke und Decken ab und knieten sich auf den Asphalt. Die hin- und herschwenkenden Scheinwerfer fingen die zusammengedrängten Gestalten ein und warfen bizarre Schatten.

»Dr. Ethan Park. Eine Drohne hat Sie auf dieser Straße identifiziert.«

Die Kinnlade fiel ihm herunter und eiskalte Panik ergriff ihn. Seine Hände begannen zu kribbeln und zu jucken.

Eine Drohne?

Warum in aller heiligen Dinge Namen suchte eine Drohne nach ihm? Warum wurde er überhaupt gesucht?

»Legen Sie die Hände hinter den Kopf und begeben Sie sich ganz langsam zu den Fahrzeugen hinüber, Dr. Park.«

»Was?« Amys Augen wirkten im Scheinwerferlicht wie zwei weiße Punkte. »Was wollen die von uns?«

Er dachte an Bobby Quinn und Valerie West, die beiden AEB-Agenten, die ihm einen Besuch abgestattet und sich nach seiner Forschungsarbeit erkundigt hatten. *Aber das kann es doch nicht sein. Das ist doch albern.* »Ich weiß es wirklich nicht.«

»Sollen wir uns stellen?«

Er spähte wieder um die Ecke. Soldaten waren von den Fahrzeugen gestiegen, und die Flüchtlinge verwandelten sich in einen Haufen verängstigter Beutetiere.

Ein Mann in der Mitte der Gruppe hatte sich nicht hingekniet. Der mit der Flanelljacke und der Flinte, den Ethan schon vorher gesehen hatte. Sein Sohn kniete zu seiner einen Seite, seine Frau zur anderen, doch er stand noch. Sie zog an seinem Hosenbein, aber er packte sie und zog sie hoch.

»Legen Sie die Hände hinter den Kopf, Dr. Park.«

»Ich bin nicht Dr. Park«, rief der Mann. »Meine Frau auch nicht.«

»Knien Sie sich auf den Boden.«

»Ich bin amerikanischer Staatsbürger. Und ich werde nicht nach Cleveland zurückkehren.« Er ging weiter und ignorierte seine Frau, die versuchte, ihn zurückzuhalten.

»Sir! Auf die Knie, sofort!«

»Wir sind nicht die, die Sie suchen.«

»Lassen Sie sofort die Waffe fallen und knien Sie sich auf den Boden!«

»Ich habe schließlich Rechte«, rief der Mann. »Ich bin kein Terrorist. So was können Sie nicht machen.«

»Lass es, du Idiot«, flüsterte Ethan. »Geh *runter.*«

Der Mann machte einen Schritt, dann noch einen.

Plötzlich gab es eine kurze Abfolge von Detonationen, grelle Lichtblitze und lautes Knallen, das Ethan durch Mark und Bein fuhr. Wie ein Feuerwerk. Doch das konnte es nicht sein, Feuerwerk erschien am Himmel, nicht auf der Straße. Und dann explodierte der Rücken des Jägers.

Eine Sekunde lang hörte man nichts außer dem Echo der Schüsse in den Baumwipfeln. Dann begann das Schreien.

»OhmeinGottmeinGottmeinGott«, sagte Amy. »Ohmein-Gott.«

Die Leute standen nun auf und rannten weg. Die Lautsprecherstimme dröhnte wieder und befahl ihnen stehen zu bleiben, doch die Angst war Hysterie gewichen. Ethan hatte ein schreckliches Bild vor Augen: Soldaten, die in die Menge feuern würden. Doch nur die Scheinwerfer trafen die Flüchtenden. Weitere Soldaten sprangen brüllend von den Fahrzeugen.

Ethan packte Amy fest am Arm. Der Wald war …

Plötzlich hörte er hinter sich ein hartes Klopfen und zuckte zusammen. Sein erster Gedanke war, dass ihn eine Kugel getroffen hätte, doch er spürte keinen Schmerz und das Geräusch war auch nicht laut genug.

Es kam vom Fenster des Musterhauses, hinter dem sie sich versteckten. Eine Frau mit einer Taschenlampe öffnete es von innen. »Schnell«, sagte sie und winkte sie zu sich.

Er schaute sie an. Eine fremde Frau in einem Trägerhemd, ihr Gesicht hektisch verzerrt. Ethan schnappte sich Violet und drückte sie der Frau in die Arme. Dann hob er Amy durchs Fenster. Mit dem sperrigen Rucksack kämpfend zog er sich am Rahmen hoch und stieg selbst hinein. Von der Straße her waren weitere Schüsse zu hören.

* * *

Die Frau hieß Margaret. Ihr Mann war der, den Ethan vorher auf der Veranda gesehen hatte. Er steckte Ethan seine Hand entgegen. »Jeremy.«

Sie befanden sich im Souterrain des Musterhauses, ein fertiger Raum, der als Wohnzimmer gedacht war, doch nur ein paar Stühle und einen Konferenztisch enthielt. Draußen dröhnten weiter Befehle aus den Lautsprechern. Ethan konnte sich die Szene vorstellen: Menschen, die zusammengetrieben, mit Kabelbindern gefesselt und auf Militärfahrzeuge geladen wurden. Die Soldaten würden die Identität jedes Einzelnen überprüfen und weiter nach Ethan suchen.

Aber warum?

Er wusste es nicht. Vielleicht steckte die AEB dahinter oder die Entführer von Abe. Vielleicht war es auch nur ein Irrtum. Auf jeden Fall hielt er es für besser, sich nicht mit dem Namen vorzustellen, der aus den Lautsprechern dröhnte. In der Hoffnung, dass seine Frau verstand, sagte er: »Ich bin Will.« Sein zweiter Vorname. »Das ist meine Frau Amy. Und das hier ist Violet.«

Amy schaltete sofort und sagte: »Danke, dass Sie uns reingelassen haben.«

»Ist doch selbstverständlich, Liebes.« Margaret schüttelte den Kopf. »Ich weiß nicht, was diese Jungs sich dabei denken, auf Leute zu schießen. Ich konnte Sie doch nicht einfach da draußen lassen, nicht mit der Kleinen.« Gurrend beugte sie sich über Violet, die wieder in Amys Armen lag. »Mein Gott, ist die süß.«

»Meinen Sie, die Soldaten werden das Haus durchsuchen?«

Jeremy schüttelte den Kopf. »Kann ich mir nicht vorstellen. Türen und Fenster sind verriegelt und sie haben keinen Grund anzunehmen, dass sich jemand hier aufhält.«

»Wir sind so was wie Hausmeister hier«, sagte Margaret. »Wir passen auf, dass hier nicht irgendwelche Jugendlichen Partys feiern oder so.«

Ethan sagte: »Wir bleiben nicht lange, nur bis sie wieder weg sind.«

»Ach, Unsinn. Wir haben Platz genug. Es ist doch viel zu spät, um noch da draußen rumzulaufen. Vor allem, wo die Soldaten so nervös sind.«

»Kennen Sie diesen Typen, den sie suchen?«, fragte Jeremy.

»Nein. Wir kennen überhaupt niemanden von den Leuten da draußen. Wir wollten nur raus aus der Stadt und bei Amys Mom in Chicago unterkommen.«

Jeremy schob einen Zahnstocher von einem Mundwinkel zum andern. Das Gespräch versiegte und in der Stille hörten sie den Motor eines Militärwagens aufheulen. Alle horchten auf, doch das Geräusch wurde immer leiser.

»Wir haben auch was zu essen«, sagte Ethan. »Nicht viel, aber falls Sie Hunger haben …«

* * *

Es war die seltsamste Thanksgiving-Feier, die er jemals erlebt hatte, aber sie hatte auch etwas Magisches an sich. Während Margaret und Amy auf dem Campingkocher Konservendosen heißmachten, deckten er und Jeremy den Tisch mit Papptellern und Plastikbesteck und stellten eine Kerosinlampe in die Mitte. Jeremy war nicht sehr gesprächig, doch Ethan erfuhr, dass ihre beiden Kinder oben waren – »meine Jungs würden noch den Jüngsten Tag verschlafen« – und dass Jeremy auch als Elektriker arbeitete und in der Neubausiedlung Kabel verlegte.

Das Abendessen war eine seltsame Kombination aus Dosensuppe, schwarzen Bohnen, Jerky und Erdnussbutterbroten. Sie reichten sich die Hände, während Jeremy das Tischgebet sprach, und begannen zu essen. Margaret hielt die Unterhaltung mit unverfänglichen Themen in Gang. Das Essen schmeckte besser als erwartet und manchmal vergaß Ethan, dass sie in einem Keller am Rand einer von Terroristen belagerten Stadt saßen und von Drohnen gejagt wurden.

Später, während Amy nach Violet schaute und Margaret den Tisch abräumte, bedeutete Jeremy ihm mit einer Kopfbewegung, ihm zu folgen. Sie gingen hinaus auf die Veranda.

Die Straße lag völlig verlassen da. Keine Spur mehr von dem Tumult, der dort nur eine Stunde zuvor stattgefunden hatte. Fast keine Spur mehr: Ethan meinte, auf dem Asphalt einen nassen Fleck ausmachen zu können.

Amy hat recht. Das Leben, wie wir es kannten, ist nur noch eine Erinnerung. »Hören Sie, ich möchte mich noch einmal bedanken«, sagte Ethan. »Sie haben uns gerettet.«

Jeremy nickte. »Meine Frau hat ein großes Herz.«

»Sie auch. Danke.«

Jeremy verließ die Veranda und holte hinter einem Fallrohr eine Halbliterflasche Whiskey hervor. Er nahm einen Schluck und seufzte. »Margaret mag es nicht, aber manchmal braucht ein Mann einfach eine Stärkung.«

»Amen.« Ethan nahm die Flasche entgegen.

»Ist sie euer Erstes?«

»Violet? Ja.«

»Damit ändert sich einiges, was?«

»Alles ändert sich.«

Einen Moment lang hörten sie den Geräuschen der Nacht zu, dem Rascheln des Laubs und dem Seufzen des Windes. Ethan nahm noch einen Schluck und reichte die Flasche zurück.

»Aber es ist schon toll«, sagte Jeremy. »Vater zu sein. Ich habe früher als Dachdecker gearbeitet, habe mitten im Sommer Dächer geteert. In praller Sonne. Im Juni hatte ich schon immer den ganzen Nacken verbrannt. Die Haut war total rissig und hat sich gepellt. Da war ich achtzehn und ich dachte, das wäre ein harter Job. Aber dann kamen die Kinder.«

»Verrückt, was? Man glaubt zu wissen, was auf einen zukommt, aber man hat keine Ahnung. Nicht die geringste. Alle reden immer von dieser alles überwältigenden Liebe, die man empfindet. Und es stimmt auch, man ist tatsächlich überwältigt, von allem. Allein der Gedanke, dass man die nächsten achtzehn Jahre diese unglaubliche Verantwortung hat.«

Jeremy nahm noch einen Schluck und hielt Ethan die Flasche hin. Der schüttelte den Kopf. Jeremy schraubte dic Flasche zu und versteckte sie wieder. Er trat zurück auf die Veranda, steckte die Hände in die Taschen und blickte in den Himmel. »Seltsame Zeiten, Will. Vielleicht das Ende.« Er schaute Ethan an. »Pass gut auf dein kleines Mädchen auf, hörst du?«

»Ja, ich werde alles tun, was nötig ist.«

»Gut.« Sie gingen zurück ins Haus, Jeremy überließ ihnen die Kerosinlampe und alle wünschten sich eine gute Nacht.

Sobald Jeremy und Margaret außer Sicht waren, konfrontierte Amy ihn: »Also, was zum Teufel ist los?«

»Amy, ich schwöre zu Gott, ich habe keine Ahnung.«

»Die kannten deinen Namen. Sie wussten, dass du einen Doktortitel hast. Und sie haben dich mit einer *Drohne* gesucht.«

»Ja.« Er breitete den Schlafsack aus. Amy hatte schon ein Nest für Violet gebaut, die auf dem Rücken schlief, Arme und Beine von sich gestreckt, den Kopf auf die Seite gerollt. »Es kann eigentlich nur etwas mit Abes Verschwinden zu tun haben.«

»Also steckt die AEB dahinter?« Sie runzelte die Stirn. »Aber warum sind sie nicht einfach zu uns nach Hause gekommen, wenn sie mit dir reden wollten?«

»Vielleicht haben Sie das Haus beobachtet, weil sie gehofft haben, dass Abes Entführer auch hinter mir her sind.« Er setzte sich und schnürte seine Stiefel auf. »Und dann sind wir abgehauen. Damit haben sie vielleicht nicht gerechnet.«

Amy überlegte. »Trotzdem, eine Drohne? Die scheinen aber was sehr Wichtiges von dir zu wollen.«

»Sieht so aus«, antwortete er.

»Meinst du, es hat was mit deiner Arbeit zu tun?«

»Bestimmt.«

Sie legte sich auf den Schlafsack. »Ich weiß, wie viel dir deine Arbeit bedeutet, Schatz, und wie wichtig Abe die Geheimhaltung nimmt. Aber das ist die Regierung. Die AEB. Vielleicht solltest du …«

»Im Moment will ich nur irgendwohin, wo wir sicher sind«, sagte er. »Um die AEB kümmern wir uns später.«

Sie nickte zögernd. Sehr überzeugt wirkte sie nicht. Er konnte es ihr nicht verübeln, denn er war ja selbst nicht überzeugt von dem, was er sagte.

Ethan löschte die Lampe, verschränkte die Arme hinterm Kopf und starrte an die Decke. Brennende Autos und der Flüchtlingszug gingen ihm durch den Kopf. Feuerwerk und spritzendes Blut. Abe und er waren so nah dran. Wollte ihre eigene Regierung ihre Forschungsergebnisse stehlen?

Er spürte das Gewicht der Pistole in seinem Hosenbund. Irgendwie fand er sie beruhigend.

Um der alten Zeiten willen.

Kapitel 20

Der Wachmann war noch recht jung und legte die entsprechende Fick-dich-Haltung an den Tag. Ziemlich eindrucksvoll, da er mit einer Maschinenpistole im Nacken auf dem Boden kniete.

»Ihr seid beide tot.« Er hatte einen dicken West-Virginia-Akzent. »Das hier ist eine AEB-Einrichtung. Wir kriegen raus, wer ihr seid und wo ihr wohnt. Besser, ihr ergebt euch gleich.«

»Glaub mir, Baby«, entgegnete Shannon, »die AEB weiß längst, wer wir sind.«

Sie nickte Kathy Baskoff zu, die den Wachmann auf einen Stuhl hochzerrte und ihm ihre Waffe noch fester in den Nacken drückte. Seine Großspurigkeit schwand dahin. Schließlich hatte er gesehen, wie Kathy seinen Partner, ohne zu zögern, erschossen hatte.

Und du hast keine Ahnung, wie sehr sie danach lechzt, mit dir genauso zu verfahren.

Shannon holte eine Rolle silbernes Isolierband aus ihrer Ausrüstungstasche. Sie wickelte es ein Dutzend Mal um die Handgelenke des Manns, dann noch ein Dutzend Mal um seinen Oberkörper und die Rückenlehne des Stuhls.

»Es kann losgehen«, sagte sie, stieg über die Leiche des anderen Wachmanns und trat hinaus in die Kälte der Nacht kurz vor Morgengrauen.

Motorengeräusch erklang und vier schwere Fahrzeuge kamen den Hügel hinaufgefahren. Das Licht ihrer Scheinwerfer huschte über einen Granitblock, in den der Name DAVIS-AKADEMIE graviert war, als handelte es sich um eine Elite-Universität.

»Ich bin auch hier gewesen«, sagte Kathy. »Von elf Jahren an, bis ich achtzehn war.«

»Ich weiß«, sagte Shannon. »Deshalb habe ich dich ja auch ausgewählt.« In der Dunkelheit hatte das schmallippige Lächeln ihrer Mitstreiterin etwas Raubtierhaftes.

Ein Jeep und drei schwere Laster kamen mit tuckernden Motoren angerollt. Shannon wartete, bis sie sich in einer Reihe aufgestellt hatten. »Hört mal alle zu.« Am liebsten hätte sie gebrüllt wie William Wallace, als er die Schotten zur Schlacht aufrief, doch sie wusste, dass sie über das Mikrofon ihres Ohrstöpsels gut zu verstehen war. »Ihr wisst, warum wir hier sind. Egal, wie sie den Laden hier bezeichnen oder was sie sich und anderen vormachen, damit sie nachts schlafen können, alle Akademien sind Gefängnisse. Manche von euch haben selbst ihre Zeit darin abgesessen, so wie Kathy hier. Andere nicht, doch das spielt jetzt keine Rolle. Was zählt, ist, dass heute die erste Akademie fallen wird. Das Maß ist einfach voll.«

Aus den Lastern hörte sie Jubelrufe.

»Jeder Erwachsene hier hat sich mitschuldig gemacht. Ob Wachmann oder Hausmeister, sie alle haben tatenlos zugesehen, wie Kinder gequält und einer Gehirnwäsche unterzogen wurden. Wenn sie sich ergeben, gut. Wenn nicht ...«, sie zuckte mit den Achseln, »noch besser.«

Aus dem Jubeln wurde Gelächter.

»Aber denkt daran, unser Hauptziel ist, die Kinder hier rauszuholen. Also schaut euch die Leute genau an und drückt nur ab, wenn ihr keine Bedenken habt.« Sie ging zur Beifahrerseite des Jeeps und stieg ein. »Also los.«

»Wohin?«

»Zur Verwaltung. Da gibt's jemanden, mit dem ich reden will.«

* * *

Shannon hatte den Angriff auf die Davis-Akademie zwei Monate lang geplant. Es sollte eine Buße sein, denn sie hatte sich versündigt. Sie hatte über Satellitenfotos gebrütet, Berichte früherer »Schüler« auswendig gelernt, Listen von Personal und Insassen studiert. Sie hatte sogar eine Woche lang in der Nähe kampiert und die Fahrzeuge beobachtet, die hier ein- und ausfuhren, und dabei lag ihr Camping überhaupt nicht. Und nach alldem kam sie zu dem Schluss, dass es unmöglich durchzuführen war, ohne ihre Leute – und die Kinder, die sie befreien wollten – in ernste Gefahr zu bringen.

Sie hatte sogar mit dem Gedanken gespielt, Cooper hinzuzuziehen. Seine Kenntnis der AEB-Sicherheitssysteme wäre von unschätzbarem Wert gewesen. Außerdem hatten sie die Sünde gemeinsam begangen.

Damals, vor drei Monaten, war es ihr so unbedeutend vorgekommen. Sie sollte Cooper bei John Smith abliefern und in Chicago wurden sie von der AEB gejagt. Als sie einen Schlafplatz brauchten, hatte sie vorgeschlagen, bei Freunden unterzukommen.

Sie hatte einfach nicht richtig darüber nachgedacht, das war alles. Sie hatte nicht damit gerechnet, dass man sie mit einem so riesigen Polizeiaufgebot jagen würde. Oder dass die

Regierung auf diese Weise mit denen verfahren würde, die sich ihr in den Weg stellten.

Heute wirst du dich von deinen Sünden reinwaschen.

Ironischerweise war es John mit seinem verrückten Auftrag gewesen, der dies erst möglich gemacht hatte. Sie hatte sich bereit erklärt, die AEB für ihn zu bestehlen, und im Gegenzug musste sein Programmierer dafür sorgen, dass auch Shannon alle Daten bekam, die sie brauchte.

Etwa den Code zur Deaktivierung des Alarmsystems.

Oder den Dienstplan und die Position der Wachposten.

Oder die genauen Lagepläne des Verwaltungstrakts einschließlich des Wohnbereichs.

Informationen können tödlicher als Kugeln sein.

Das Gefährlichste war das Anschleichen an die Torposten gewesen. Sie durften sich auf keinen Fall erwischen lassen, deshalb hatten Kathy und sie allein die Vorhut übernommen. Sie hatten schwarze Kampfmonturen angezogen, Nachtsichtbrillen aufgesetzt und sich langsam angepirscht. Zweige hatten an ihrer Kleidung gezerrt, Tiergeräusche unheilvoll laut geklungen.

Schließlich hatten sie das Wachhäuschen erreicht und Shannon hatte an die Tür geklopft. Danach war alles ganz schnell gegangen. Sie war hineingeglitten, um den Alarmknopf zu blockieren, und direkt hinter ihr war Kathy hineingestürmt.

Ein Wachmann hatte nach seiner Waffe gegriffen. Kathys schallgedämpfte Maschinenpistole hatte nur einmal Wumm gemacht und schon hatte er mit einem Loch in der Stirn, aus dem überraschend wenig Blut sickerte, am Boden gelegen.

Der andere hatte versucht, sie mit Worten einzuschüchtern. Hoffentlich genießt er die Vorstellung auf seinem Monitor, hatte sie gedacht.

Nun fuhr sie im offenen Jeep durch die kalte Nacht und spürte eine kristallene Klarheit. Meistens ritt sie bei einem Einsatz auf einer Adrenalinwelle und ihre waghalsigen Aktionen versetzten sie in einen Rausch. Doch diesmal war es anders. Zum einen arbeitete sie nicht allein, sie war nicht als Spionin oder Scout unterwegs, sondern als Soldatin, und ihr war bewusst, dass vielleicht nicht alle ihre Mitstreiter diesen Angriff überleben würden.

Doch noch größer war die Angst vor dem, was sie vorfinden würde. Die Angst, dass all dies nicht den erhofften Sündenerlass bringen würde. Dass sie ihren schrecklichen Fehler nicht wiedergutmachen könnte.

Aber du konntest es doch nicht wissen. Wie hättest du denn voraussehen sollen, dass man wegen dieser einen Nacht in ihrem Haus die Tochter deiner Freunde in eine Akademie verschleppen würde?

Außerdem wird es ganz sicher klappen. In einer Viertelstunde wirst du mit 354 Kindern aus diesem Gefängnis marschieren.

Und sie wird dabei sein.

Aus der Ferne hörte sie das dumpfe Geräusch schallgedämpfter Schüsse. In der Realität waren Schalldämpfer nicht so wirkungsvoll wie im Kino. Geschosse wurden durch Explosionen angetrieben und völlig geräuschlos waren die nie.

Mittlerweile dürften die Sicherheitskräfte der Akademie den Überfall mitbekommen haben. Sie würden ihren Vorschriften folgen, sich an Kontrollpunkte zurückziehen und dabei Paniksignale senden, die die US-Armee auf den Plan rufen würden. Unter normalen Umständen würden innerhalb von sieben Minuten nach dem ersten Alarm Spezialeinheiten in Kampfhubschraubern eintreffen.

Doch nicht heute. Heute seid ihr diejenigen, die sich nicht wehren können.

* * *

Irgendetwas hatte ihn geweckt.

Als Direktor Charles Norridge in die Jahre kam, musste er frustriert feststellen, dass eine gesunde Nachtruhe allein den Kindern vorbehalten war. Und meistens musste er dreimal pro Nacht die Toilette aufsuchen.

Doch seine Blase hatte ihn nicht geweckt. Es war ein Geräusch. Ein lauter Knall hatte ihn jäh aus seinen Träumen gerissen. Feuerwerk? Vielleicht hatten sich einige der älteren Kinder rausgeschlichen und spielten wieder Terroristen. Falls ja, würden am Morgen um neun wieder ein paar Jungen im Stock sitzen. Ein primitives, doch sehr wirkungsvolles Strafmittel. Viel wirkungsvoller als das körperliche Unbehagen war die Schmach. Nichts hatte auf Kinder in diesem Alter einen so nachhaltigen Lerneffekt wie Demütigung.

»Hallo, Chuck.«

Mit einem Klicken ging seine Nachttischlampe an und vor ihm stand eine schlanke Frau mit dunklen Haaren. Dahinter eine andere, kräftiger, die ihn hasserfüllt anstarrte – und eine schwere Waffe in Händen hielt.

»Wer sind Sie?« Seine Stimme wirkte dünner als beabsichtigt, also hustete er und nahm einen herrischen Ton an. »Ich finde das ganz und gar nicht komisch.«

»Ach, nein?« Die Schlanke lächelte. »Ich finde es zum Schreien.«

Weiteres Knallen in der Ferne. Schüsse, begriff er jetzt, kein Feuerwerk. »Also was hat das hier zu bedeuten?«

»Was es bedeuten soll?« Sie strich sich ihr Haar hinter die Ohren. »Schwierige Frage. Im politischen Sinne? Ideologisch? Oder moralisch?«

Wie kann Sie es wagen? »Dies ist eine Schule. Und ich bin Pädagoge.«

»Es ist ein Gefängnis. Und Sie sind der Wärter.«

»Ich habe nie jemandem etwas zuleide getan«, sagte er. »Ich liebe meine Schüler.«

»Ich frage mich, ob sie die Liebe erwidern.«

Er machte Anstalten aufzustehen, doch sie machte: »Äh-äh«, und er hielt inne. Sie setzte sich auf die Bettkante. »Ich habe ein Geschenk für Sie, Chuck.«

»Kenne ich Sie?«

»Ich heiße Shannon. Sie kennen viele meiner Freunde.« Sie deutete auf die Frau an der Tür, die mit der Waffe. »Kathy zum Beispiel.«

Norridge schaute die Frau an. Sie hatte etwas Ruheloses an sich. Obwohl sie ruhig dastand, hatte er den Eindruck, sie würde zappeln. »Ich habe Sie noch nie gesehen. Wer sind Sie?«

»Ich heiße Kathy Baskoff.«

»Ich kenne keine Kathy Baskoff.«

»Doch, sicher. Nur, Sie haben mich Linda genannt.« Die Frau lächelte freudlos. »Linda Jones.«

Bis zu diesem Moment hatte er trotz seiner Angst eine gewisse Distanz zum Geschehen gehabt. Als wären es die Nachwehen eines Albtraums, nichts Ernstzunehmendes. Plötzlich spürte er seine Blase, eiskalt und verkrampft. »Ich habe dir nie etwas getan.«

»Sie erinnern sich nicht einmal an mich. Wie viele Mädchen namens Linda Jones hat es an dieser Schule gegeben? Hundert? Oder tausend?«

Shannon fragte: »Was war für dich das Schlimmste hier, Kathy?«

Die gefährlich Aussehende zögerte, dann antwortete sie: »Es war nicht nur, dass ihr uns aus unseren Familien gerissen habt. Und uns neue Namen gegeben habt. Uns gegeneinander aufgehetzt.« Sie starrte ihn über den Lauf ihrer Waffe hinweg an. »Es war vor allem die Angst. Jede Sekunde haben wir in Angst gelebt. Wir wussten, dass wir in der Falle saßen und nichts dagegen tun konnten.«

Plötzlich packte die andere, die sich Shannon nannte, ihn am Unterarm. Er versuchte sich loszureißen, doch sie war überraschend kräftig. Sie legte kaltes Metall um sein Handgelenk, ließ es zuschnappen, zog seinen Arm hoch und befestigte die andere Seite am Bettpfosten. Norridge ruckte an der Handschelle, doch sie schnitt ihm ins Fleisch.

Shannon sagte: »Hören Sie.«

Er dachte, dass sie noch etwas sagen wollte, doch dann begriff er, dass er auf Geräusche lauschen sollte. »Ich höre nichts.«

»Eben. Keine Schüsse.« Nach einer Pause: »Ihre Wachleute sind alle tot. Niemand wird kommen, um Sie zu retten.«

Norridges Oberschenkel fühlten sich plötzlich nass an, dann begriff er, dass er die Kontrolle über seine Blase verloren hatte. Die Scham, die ihn überkam, war überwältigender als der Uringeruch.

»In diesem Moment verteilen meine Leute Sprengladungen in Klassenzimmern, Schlafsälen … und im Wohnbereich der Mitarbeiter.« Sie lächelte. »In fünf Minuten wird es hier anstelle der Akademie nur noch einen rauchenden Krater geben.«

»Mein Gott. Das können Sie doch nicht tun!«

»Schon geschehen. Doch die gute Nachricht ist: Sie haben eine Chance, am Leben zu bleiben.«

Er schluckte, zerrte an den Handschellen, fühlte sich alt und schwach. »Das können Sie nicht tun«, wiederholte er.

»Chuck«, sagte sie. »Sie haben nicht zugehört. Sie haben eine Chance zu überleben. Nur die eine. Sie müssen nur eine Frage beantworten.«

Er versuchte, seine Sinne zusammenzuhalten, die wie ängstliche Kaninchen durcheinanderhüpften.

»Was?«

»Sie haben eine Schülerin namens Alice Chen.« Sie beugte sich vor, bis ihr Gesicht nur noch wenige Zentimeter von seinem entfernt war. »Wie alt ist sie?«

Norridge starrte sie an. Seine Beine nass, seine Augen schlafverkrustet, eine Hand an den Metallpfosten des Betts gefesselt, in dem er seit zwanzig Jahren schlief. »Ich …« Er versuchte krampfhaft, sich die Daten seiner Schüler ins Gedächtnis zu rufen. Die Frau irrte sich. Er kannte seine Schüler, jeden einzelnen. Er konnte ein Kind anschauen und wusste sofort seine Transpondernummer, hatte jedes Detail seiner Akte im Kopf, all seine Geheimnisse. Nur …

Ihre Namen kenne ich nicht.

Als könnte sie seine Gedanken lesen, zuckte die Frau mit den Achseln und sagte: »Schade.« Sie stand auf und ging mit der anderen zur Tür.

»Warten Sie!« Seine Stimme klang verängstigt und weinerlich wie die eines Kindes. »Das können Sie nicht tun.«

Kathy Baskoff blieb an der Tür stehen. »In fünf Minuten werden Sie sterben. Und Sie können nichts daran ändern.« Sie lächelte. »Damit müssen Sie leben.«

Dann fiel die Schlafzimmertür zu.

Kapitel 21

Soren lächelte.

Bücher liebte er. Doch Filme, Tri-D-Fernsehen, Theater, Tanz, Comedy, Sport und Musik, all das war wie Folter für ihn. Gleichgültig, wie intelligent ein Drehbuch oder wie elegant ein Witz war, für sein Zeitempfinden dauerten sie eine Ewigkeit. Jede Note eines Bachkonzerts zog sich so sehr in die Länge, dass alle Bedeutung und jede Empfindung verloren gingen.

Doch ein Buch ... Er hatte vor langer Zeit gelernt, sein Blickfeld zu erweitern, um die ganze Seite auf einmal zu erfassen und sich im Kopf auf einzelne Wörter zu konzentrieren, anstatt ihnen mit den Pupillen zu folgen. Ein gutes Buch war ein Ort, an dem man sich verlieren konnte, an dem das Selbst sich fast auflöste. Häufig las er vom Aufstehen bis zum Schlafengehen fünf oder sechs Bücher.

John Smith hatte dies bei der Einrichtung der Wohnung in New Canaan berücksichtigt. Sie war ruhig, mit dezenter Beleuchtung, und die Wände bedeckten deckenhohe Bücherregale. Eine rührende Geste, die Soren daran erinnerte, dass sein Freund ihn so gut kannte wie niemand sonst auf der Welt.

John sagte: »Ichbrauchedichbald.«

»Wozu?«

»Umzutöten. Wirstdufürmichtöten?«

»Ja.«

»MeinPlansteht. Dochesistnichtallessofestumrissen.«

Nicht fest umrissen. Das konnte man wohl sagen. »Und?«

»DubistderTurm. UnbeachtetinderhinterstenReihe.«

Eine Anspielung auf ihre Kindheit in der Hawkesdown-Akademie, wo sie oft in der Cafeteria Schach gespielt hatten. Soren hatte immer verloren, doch es hatte ihm nichts ausgemacht. Die Spiele waren ein vergnüglicher Zeitvertreib in Gesellschaft eines Freundes gewesen. Vielleicht das erste Mal in seinem Leben, dass die Zeit so schnell vergangen war.

Seine Rolle war ihm jetzt klar. John hatte sich wahrscheinlich jahrelang auf diesen Moment vorbereitet, doch Strategien änderten sich immer im Laufe ihrer Umsetzung. Immer. Soren war also der Trumpf, von dem Johns Feinde nichts ahnten. Die Lösung für bisher unentdeckte Probleme.

»Verstehe.«

»IchhabeeineÜberraschungfürdich.«

Soren folgte seinem Freund durch die Wohnung zu einer verschlossenen Tür. John zeigte darauf, lächelte und ging.

Soren öffnete die Tür und sah sie. Sie wartete auf ihn.

Die einzige Frau auf der ganzen Welt. Zierlich, blond und perfekt. Die einzige, die verstand, was er brauchte. Sie verstand nicht nur. Sie wurde zu dem, was er brauchte. Das war ihr Wesen, Gabe und Fluch zugleich. Sie konnte sich in das verwandeln, was andere brauchten. Sie spürte und verkörperte das Verlangen, das niemand zu äußern wagte.

Samantha war nackt, war rosa Tulpen und frische Sahne und breitete die Arme aus. »Mein Geliebter«, sagte sie. »Du hast mir gefehlt.«

* * *

Glückseligkeit. Nicht nur eine Sekunde lang, so wie normale Menschen Liebe erleben, sondern fortwährend und vollkommen. Wonne wie warmes Wasser, in dem er träge schwamm.

Sein Fluch konnte auch zum Segen werden. Mit ihr.

In Hawkesdown hatten sie sich gefunden. Samantha, das perfekte Geschöpf. Als sie beide vierzehn waren, war sie auf ihn zugekommen, hatte seine Wange berührt und begonnen, ohne ein Wort, und jede Berührung hatte Minuten gedauert. Die Liebkosung ihrer Zunge, ihr Haar, das weich über seinen Körper fiel, der feste Griff ihrer Hand, all das drohte, ihn überfließen zu lassen. Als der Orgasmus schließlich kam, war er wie ein langer, freier Fall, ganz langsam am Bogen des Himmels entlang.

Dann war sie aus der Akademie verschwunden, von ihrem Mentor entführt, und Soren hatte sie nie wiedergesehen.

Er hatte es mit anderen versucht, war jedoch immer wieder kläglich gescheitert. Frauen wollten herumalbern, Dinge miteinander teilen und sich verzaubern lassen. Sie wollten Vertrautheit schaffen. Das verstand er ja, doch die Balzrituale waren ihm einfach unerträglich. Fade Scherze und Smalltalk, der sich über Tage hinzog.

Er war auch bei einer Prostituierten gewesen, nur einmal. Einem teuren Callgirl, das er im Voraus bezahlt hatte. Er hatte ihr eine E-Mail mit ausführlichen Anweisungen geschickt: Sie durfte nicht sprechen und sollte direkt zur Sache kommen. Er wollte nur ihre duftende Wärme spüren, wie sie sich auf ihm wand.

Sie hatte getan wie geheißen. Doch während sie sich auf ihm hin- und herbewegte, hatte ihre Miene einen Moment lang geflackert und ihre Maske war verrutscht. Für sie nur ein winziger Augenblick, doch er hatte sekundenlang die Langeweile, den Hass und die Verachtung gesehen, die sie empfand, während er in ihr war. Er war unfähig gewesen, sich abzuwenden oder die Augen zu schließen. Noch heute wurde er von Scham gepeinigt, wenn er an diesen Moment dachte.

Er und seine Geliebte glitten ineinander, trennten sich, vereinigten sich wieder. Sie war, was er brauchte. Und er war das Sicherste und das Reinste, was sie je kennenlernen würde. Sie war süchtig nach sich selbst und mit aufrichtigster Dankbarkeit ließ er sie sein, wer sie war.

Als sie schließlich fertig waren, schmiegte sie sich in seine Armbeuge und legte den Kopf auf seine Brust. Und vollkommen entspannt genoss er das Nachglühen ihrer Lust.

Danke, John. Wahrlich eine Überraschung.

Und wieder stehe ich in deiner Schuld.

Werde ich für dich töten?

Ich würde Gott selbst für dich töten.

Kapitel 22

»Aufwachen.«

Ethan riss die Augen auf.

Eine Flinte war auf seinen Kopf gerichtet.

Sein Bewusstsein schwamm gerade erst an die Oberfläche und sein erster Gedanke war: *Gott, nicht schon wieder eine Waffe vor der Nase.* Ohne darüber nachzudenken versuchte er aufzusetzen. Und Jeremy lud die Flinte durch.

Ein furchterregendes Geräusch, das er im wirklichen Leben noch nie gehört hatte. Seine Hände fingen an zu kribbeln und ihm wurde ganz kalt in der Magengrube. Amy neben ihm sog scharf die Luft ein.

»Ruhe.« Jeremy richtete die Flinte auf Amy. Sein Gesicht war verkrampft, die Lippen weiß zusammengepresst.

»Was ist los? Was machst du denn da?«

»Steht auf.«

»Jeremy«, sagte Amy, »was ist denn los?«

»Ich habe gesagt, ihr sollt aufstehen. Ich will nicht auf euch schießen, aber wenn ich muss, drücke ich ab.«

Vorsichtig schob Ethan eine Hand hinunter, um nach der Pistole in seinem Hosenbund zu fühlen. Sie war warm von seinem Körper. Er dachte: Zieh sie langsam heraus, ziel nach oben, durch den Schlafsack, und …

Und dann? Losballern wie ein Gangster? Er hatte noch nie im Leben eine Waffe benutzt. Und zum Einstieg wollte er auf einen Menschen schießen? Noch dazu auf einen, der anscheinend mit der Flinte umzugehen wusste und sie auf Amy gerichtet hatte?

Und wenn du danebenschießt?

Er ließ die Pistole wieder los und nickte. »Okay, immer mit der Ruhe.« Während Ethan langsam aufstand, achtete er darauf, dass sein Hemd die Waffe bedeckte. Dann half er Amy auf die Füße.

Violet ließ plötzlich im Schlaf ein Schnauben hören und alle zuckten zusammen.

Wenn er auch nur in ihre Richtung schaut, ziehst du die Pistole und drückst ab.

»Und jetzt?«

»Nehmt eure Tochter und verschwindet.«

Einen Moment lang spürte er tiefe Erleichterung. »Okay. Gib uns nur eine Minute zum Packen und wir verschwinden für immer aus eurem Leben.«

»Nein.«

»Was?«

»Lasst alles hier. Geht einfach.«

»Du bist … Das ist ein Raubüberfall?«

»Ich habe doch gesagt, dies ist das Ende. Die Welt bricht um uns herum zusammen. Geld, Schlafsack, Zelt. Alles, was ihr habt. Vielleicht kann es meiner Familie das Leben retten.«

»Das darf doch nicht dein Ernst sein«, sagte Amy. »Wo ist Margaret?«

»Ich werde ihr einfach erzählen, ich hätte euch erwischt, wie ihr unsere Schränke durchwühlt habt, und dann wärt ihr weggerannt.«

»Und wenn du uns erschießt, was erzählst du ihr dann?«

Seine Miene wurde hart. Er wandte sich ab und spuckte seinen Zahnstocher aus. »Das Gleiche.«

»Was für ein Scheißkerl du doch bist, Jeremy.« Amy funkelte ihn an. »So ein Feigling. Leute wie du, die sind das Problem.«

»Ich bin nur ein Mann, der sich um seine Familie sorgt. Das ist alles.«

»Nein«, sagte Amy und deutete auf Ethan. »Das hier ist ein Mann. Du bist nur ein …«

»Liebling«, sagte Ethan sanft. »Lass uns gehen.«

Sie sah ihn an und glühte vor Wut. Ethan schaute nach unten, wo Violet noch immer schlief. Amy verstand den Wink und schluckte hinunter, was sie sagen wollte.

»Dürfen wir noch unsere Schuhe anziehen?«

»Hättet ihr gedurft. Wenn du mich nicht so angeblafft hättest. Jetzt nehmt schon eure Kleine und macht, dass ihr wegkommt.«

Amy schüttelte den Kopf, dann hob sie Violet hoch, die sich sträubte und zu weinen begann. Ethan fühlte ein Zucken in der rechten Hand, als würde die Pistole sie magnetisch anziehen.

Du bist kein Verbrecher. Der Mann will nur euer Zeug. Du musst versuchen, ohne Blutvergießen hier rauszukommen.

Jeremy folgte ihnen die Treppe hoch, die Flinte im Anschlag.

An der Haustür drehte Amy sich um. »Du hast gestern Abend bei Tisch gebetet.«

»Na und?«

»Gott soll dich verdammen.« Sie drehte sich wieder um und schritt zur Tür hinaus. Ethan wusste nicht, ob er sie jemals mehr geliebt hatte als in diesem Augenblick. Am liebsten hätte er die Pistole gezogen und losgeballert, bis ihm die Munition ausging, und dann hätte er vor Jeremys Leiche gestanden und immer weiter abgedrückt.

Stattdessen folgte er Amy in die Nacht hinaus und dachte: *Es geht nicht um dich. Es geht nicht darum, ob du dich wie ein Mann* fühlst. *Du musst ein Mann* sein.

Das bedeutet, alles zu tun, um sie zu beschützen. Einfach alles.

Kapitel 23

Es war zwar nicht die Air Force One, doch Cooper musste zugeben, dass die Diplomatenmaschine recht komfortabel war.

Es war ein schöner Morgen gewesen, erfüllt von einfachen Freuden. Apfelpfannkuchen, im Hintergrund die Stones, die Kinder, die aufgeregt im Zuckerrausch herumhopsten. Beim Schlafengehen hatten Todd und Kate noch geglaubt, es würde ein Tag wie jeder andere. Und nun, wenige Stunden später, spielten sie mitten in der Luft fangen. Das Flugzeug hatte eine Kampfjet-Eskorte, war mit Ledersitzen und eingebauten Tri-D-Geräten ausgestattet und ein freundlicher Steward brachte den Kindern so viel Cola, wie ihre Eltern erlaubten.

»He, Todd«, rief Cooper. »Komm mal her.«

Verschwitzt und lächelnd kam sein Sohn den Gang entlanggerast. Cooper klopfte ans Fenster. »Guck mal.«

Todd drückte sein Gesicht an die Scheibe. Sie befanden sich im Landeanflug. Von hier oben sah Wyoming aus wie ein Kuchen, den man im Ofen vergessen hatte. Am Horizont, fast außerhalb des Blickfelds, war ein weiß-silbernes Glühen zu sehen. »Was ist das?«

»Das ist Tesla, das Regierungszentrum von New Canaan. Nicht die einzige Stadt hier, aber die bedeutendste. Dort wohnt Erik Epstein.«

»Ist er wirklich so reich?«

»Ja.«

»Es sieht aus, als wäre alles aus Spiegeln gebaut.«

»Das ist Solarglas. Es nimmt Energie auf und hält die Häuser innen kühl.«

»Ach so.« Todd grinste ihn an. »Schade. Eine Stadt aus lauter Spiegeln hätte ich cool gefunden.«

Es war einer dieser seltsamen Momente, in denen ein Missverständnis plötzlich eine tiefere Bedeutung annimmt. Cooper merkte, wie er seinen Sohn anstarrte, weil ihm plötzlich etwas gewahr wurde. *Eine Spiegelstadt. Da ist was dran.*

Wenn es einen Ort gibt, an dem alles umgedreht ist, dann ist es dieser.

* * *

Der Empfang in Tesla war ganz anders als beim letzten Mal, vor drei Monaten. Damals hatten er und Shannon sich mit falschen Papieren eingeschlichen und jede Sekunde gezittert, dass sie erwischt werden könnten.

Diesmal erwartete sie ein Autokonvoi mit Sicherheitsteam. Doch anstatt aus schweren Limousinen, wie überall sonst auf der Welt, setzte sich der Konvoi aus tropfenförmigen Elektroautos und wendigen Quads zusammen. Benzin war eines der wenigen Güter, die New Canaan importieren musste, und entsprechend teuer.

Das Sicherheitsteam war selbst für Militärmaßstäbe sehr jung, alle etwa sechzehn bis zweiundzwanzig Jahre alt. Ihre leichten Kampfanzüge bestanden aus aktivem Tarnstoff, dessen Muster sich mit jeder Bewegung veränderte. Trotz ihrer

Jugend waren sie offensichtlich gut ausgebildet, bewegten sich als Einheit und sicherten jeden Winkel, ohne sich absprechen zu müssen. Sie trugen Sturmgewehre mit abgerundeten Kanten und Plastikkolben bei sich, die ihm nicht vertraut waren, wahrscheinlich eine Newtech-Entwicklung aus New Canaan. *Seit wann stellen Sie Waffen her, Erik?*

»Abgesandter Cooper.« Die Frau, die sie begrüßte, besaß die drahtige Anmut eines Models, jedoch ohne eine Spur Sinnlichkeit. »Ich bin Patricia Ariel, Mr Epsteins Kommunikationsdirektorin. Im Namen von Epstein Industries möchte ich Sie in der Siedlung New Canaan begrüßen.«

Abgesandter. Daran muss ich mich erst mal gewöhnen. »Danke«, sagte er. »Das ist Natalie und das sind unsere Kinder Todd und Kate.«

»Willkommen. Wenn Sie mir bitte folgen würden, bringe ich Sie zu Ihrer Residenz in der Stadt.«

Cooper fragte: »Hatte Epstein keine Zeit?«

»Er wollte Ihnen Zeit lassen sich einzurichten. Also, gehen wir?«

Hmm. Den wahren Erik Epstein hatte er zwar nicht erwartet – der verließ wahrscheinlich nie seine Höhle –, doch eigentlich hätte sein Bruder Jakob ihn am Flughafen empfangen müssen. Er zeigte ihm die kalte Schulter, kein gutes Omen.

Es war keine so schwere Limousine wie die von Präsident Clay, doch trotzdem sehr bequem, mit Ledersitzen und breiten Fenstern. Ein Sichtschutz trennte sie vom Fahrer. Der Konvoi setzte sich sofort mit leise schnurrenden Motoren in Bewegung.

»Sie besuchen die Siedlung nicht zum ersten Mal, nicht wahr, Abgesandter Cooper?«

Cooper schüttelte den Kopf. »Nein, aber Natalie und die Kinder waren noch nie hier.«

»Nun, wie Sie wissen, gehört das Land einem Unternehmen, und alles wurde von Grund auf ganz auf die Bedürfnisse …« Ariel redete weiter und er begann, ihre Verhaltensmuster zu analysieren, während seine Familie die Fahrt genoss. Sie wirkte elegant, ihre Manieren geschliffen, doch ab und zu vernahm er einen labialen Konsonanten, der sich nach der Gegend um Boston anhörte. Wahrscheinlich Grad zwei, nach ihren Sprachmustern zu urteilen, memetische Gabe, und ganz sicher nicht in einer Akademie aufgewachsen. Er stellte sich vor, dass sie fürsorgliche Eltern hatte, noch immer miteinander verheiratet und stolz auf ihre Tochter, die aber nicht in New Canaan wohnten. Sonntägliche Telefonate und E-Mails, in denen sie berichteten, dass sie sie in den Nachrichten gesehen hatten, und höfliche Fragen nach ihrem Privatleben, denen sie ebenso höflich auswich.

Nachdem er sie analysiert hatte, wandte er seine Aufmerksamkeit der Aussicht zu. Der Flughafen war klein, zwei Startbahnen für Jets und mehrere für Segelflugzeuge. Todd gab beeindruckte Geräusche von sich, als sich ein Kohlefaserflugzeug mithilfe einer anderthalb Kilometer entfernten Hydraulikwinde in die Lüfte erhob. Cooper dachte daran zurück, wie er mit Shannon in einem dieser Geräte geflogen war, und merkte, wie ihm schummrig im Magen wurde. Er hatte keine Höhenangst, aber Flugzeuge ohne Motoren, das war etwas anderes.

Als sie das Flughafengelände verlassen hatten, kamen sie an einem riesigen Solarfeld vorbei. Zehntausende schwarzer Kollektoren erstreckten sich in sonnenüberfluteten Reihen bis zum Horizont. Der Verkehr war nicht sehr dicht und obwohl der Konvoi ohne Sirenen fuhr, kamen sie meist zügig durch. Der Vorteil, wenn man eine Welt von Anfang an plante. Man konnte Verkehrsmuster vorausberechnen und Straßen weit genug bauen, um Staus zu vermeiden. Cooper fragte sich, ob

Ariel manchmal an Boston zurückdachte, das genaue Gegenteil dessen, was man hier vorfand: Eine für amerikanische Verhältnisse alte Stadt, wirr und vollgestopft, wo ehemalige Kutschenpfade als Verkehrsadern dienten, mit verwinkelten Labyrinthen anstelle ordentlicher Raster.

»Was ist das denn?« Todd zeigte auf eine Anhäufung von Kuppelbauten auf einem Bergkamm, deren silberne Wände winddurchlässig waren.

»Kondensatoren«, sagte Ariel. »Wir fangen die Feuchtigkeit aus der Luft auf. Dies ist schließlich ein Wüstengebiet, deshalb ist die Wasserversorgung hier problematisch. Du wirst die Duschen vielleicht ein wenig seltsam finden …«

Cooper verlor sich wieder in Gedanken. Gestern Abend im Oval Office waren sie haarscharf an einer Katastrophe vorbeigesegelt. Cleveland brannte und der Präsident war wie betäubt, während sein Verteidigungsminister praktisch einen Staatsstreich inszenierte. Wenn Clay nicht schließlich aufgewacht wäre, wären heute Morgen im ganzen Land Abnorme in Internierungslager transportiert worden und Truppen wären auf New Canaan marschiert.

Coopers Idee hatte in letzter Sekunde das Schlimmste verhindert und er hatte ein wenig Zeit rausschinden können, doch nicht viel. Nun musste er Eric Epstein dazu überreden, seine bewusst gewählte Neutralität aufzugeben und die US-Regierung voll zu unterstützen – eine Regierung, die gerade in diesem Moment einen Angriff auf New Canaan vorbereitete.

Vielleicht ist das ja ein Ansatzpunkt: Zuckerbrot und Peitsche.

Er klopfte sich mit dem Daumennagel an die Zähne, während sich draußen Tesla ausbreitete. Flachbauten aus Naturstein und Solarglas, davor breite Gehwege und Ladestationen für Elektrofahrzeuge. Schilder, die auf Restaurants, Bars und holografische Spielhallen aufmerksam machten. Coffeeshops, die für verschiedene Marihuanamarken warben. Die Leute auf der Straße trugen größtenteils praktische, strapazierfähige Kleidung: Jeans, Stiefel und Cowboyhüte. Die Stimmung war freundlich, die Leute lächelten einander im Vorbeigehen an und fanden sich hie und da in Grüppchen zusammen, um zu plaudern.

Cooper stellte sich vor, wie Seraphim-Drohnen der US-Armee über der Siedlung kreisten und Stäbchenraketen hageln ließen. Explodierende Fahrzeuge. Mauern, die Risse bekamen und zusammenbrachen. Oder noch schlimmer: Flugzeuge, die Brandbomben abwarfen. In diesem Wüstenklima würde die Temperatur so stark ansteigen, dass Solarglas schmelzen und Steine bersten würden.

»Alle sind so jung hier«, sagte Natalie.

»Jugend bedeutet Stärke«, sagte Ariel, ohne zu zögern. Eindeutig memetische Begabung. Bei professioneller Kommunikation war es schon immer darum gegangen, Meme zu erzeugen und virale Botschaften zu verbreiten. Abnorme betrieben dieses Spiel nur auf einem viel höheren Level. Damals, als AEB-Agent, hatte Cooper einen Bericht gelesen, in dem behauptet wurde, die memetische Gabe sei die gefährlichste. Wie Politiker schon lange wussten, gaben die Leute knappen, einprägsamen Antworten den Vorzug gegenüber komplizierteren, selbst wenn diese kurzen Aussagen lächerlich vereinfachend waren. Schlagwörter wie »überkommene Denkweise« hatten mitunter eine verheerendere und weiter reichende Wirkung als jede Bombe.

Denk daran, wie oft du den Spruch »Ich bin John Smith« auf Mauern gesehen hast.

Und jetzt wird er als Held gefeiert und das ist der Titel seines Buchs geworden.

»Jugend bedeutet einfach, jung zu sein«, sagte Cooper. »Stärke ist etwas anderes.«

Ariel lächelte höflich und fuhr mit ihrer Führung fort. »Das Durchschnittsalter in New Canaan beträgt 26,41, obwohl die Zahl irreführend ist. Mit den begabten Kindern ziehen viele Eltern und Großeltern zu uns und treiben den Schnitt in die Höhe. Der Medianwert liegt eher bei sechzehn.«

»Eine Stadt der Kinder«, sagte Natalie.

»Keine Stadt, eine Gemeinschaft, die ein gemeinsames Ziel eint. Wenn Menschen wirklich engagiert sind, ist das biologische Alter von viel geringerer Bedeutung als Energie und Zielstrebigkeit. Schauen Sie sich Israel an. Eine ganze Generation junger Juden hat nach dem Zweiten Weltkrieg in einem Wüstenlandstrich eine globale Macht entstehen lassen.« Der Konvoi hielt vor einem eleganten Ziegelbau in einem Wohngebiet an. »Wir sind da.«

Cooper hatte mit einer traditionellen Diplomatenunterkunft gerechnet, einer abgesperrten Etage in einem Luxushotel mit Wachposten überall. Stattdessen führte Ariel sie zu einem zweistöckigen Wohnhaus, geschmackvoll im Westernstil eingerichtet, mit gefliestem Boden und hauchdünnen Gardinen. Auf der anderen Seite des Hauses lag ein öffentlicher Platz. In der Mitte ein hoher Baum mit dicken, ledrigen Blättern, wahrscheinlich genverändert, um möglichst wenig Wasser zu verbrauchen. Trotz der Kälte saßen Leute auf Bänken in der Sonne und plauderten oder waren in ihre Datenpads vertieft. Eine Gruppe von Jungen spielte Fußball. Todd drückte sein Gesicht ans Fenster, sodass es beschlug.

»Ihr Sicherheitsteam ist im Erdgeschoss untergebracht. Rufen Sie sie einfach an, wenn Sie etwas brauchen.«

Todd fragte: »Kann ich draußen spielen?«

Cooper zögerte. Er wollte ja, dass seine Kinder diese Welt kennenlernten – das war ein Grund, warum er sich darauf eingelassen hatte, sie mitzunehmen –, doch sie waren hier viel weniger abgeschirmt als erwartet. Als würde sie seine

Gedanken lesen, sagte Ariel: »Die Sicherheitsleute können ihn begleiten, wenn Sie möchten, aber es ist eigentlich nicht nötig.«

»Und warum nicht?«

Ariel lächelte. »Sie sind in New Canaan. Etwa fünfzehn Prozent unserer Polizeikräfte sind Leser. Sie patrouillieren durch die Straßen, um nach Menschen mit gefährlich abweichenden Persönlichkeiten Ausschau zu halten. Pädophile werden ausgesondert, ebenso zu Gewalt neigende Menschen.«

»Bei Ihnen laufen Grad-Eins-Leser durch die Straßen?«

»Natürlich nicht. In New Canaan leben zwar auch Leser ersten Grades, doch die meisten wohnen in vollständig automatisierten Spezialeinrichtungen, sodass sie nie mit anderen Menschen in Kontakt kommen. Sie würden verrückt werden, wenn sie auf die Straße gingen. Die Leser der Polizei sind im Allgemeinen Grad drei. Sie können Unstimmigkeiten, sozio- und psychopathische Muster wahrnehmen, doch sie sind in Gesellschaft anderer Menschen vollkommen funktionstüchtig. Dieses System ist außerordentlich erfolgreich. In New Canaan ist seit Jahren kein Kind mehr durch einen Erwachsenen zu Schaden gekommen.«

»Und was ist mit Terroristen?«

»Auch von denen geht keine Bedrohung aus. Hier im Diplomatenviertel haben unsere Leser die Anweisung, auch auf Aufrührer zu achten. Ihre Kinder sind hier sicherer als in ihrem Vorgarten in Washington.«

Moderne Denkweise. Einfach bewundernswert. Er merkte, dass Natalie ihn anschaute, und zuckte mit den Achseln. Sie sagte: »Okay. Aber zum Abendessen bist du wieder da.«

Todd stieß einen Freudenschrei aus und flitzte zur Tür.

»Falls deine Eltern nichts dagegen haben …«, sagte Ariel zu Kate. »Draußen gibt's einen Sandkasten und Schaukeln. Und Kinder in deinem Alter.«

Seine Tochter schlang die Arme um sich selbst. »Ich spiele nicht gern mit andern Kindern.«

»Weil du begabt bist.« Ariel lächelte. »Ich weiß, wie das ist. Mir ging's genau so. Normale Kinder können so gemein sein. Aber glaub mir, hier ist es anders.«

Kate sah fragend zu Cooper hoch. Und hoffnungsvoll, wie er bemerkte, und er erinnerte sich an seine eigene Kindheit. Als Soldatenkind war er immer der Außenseiter gewesen, und seine Gabe hatte es nur noch schlimmer gemacht. Es war, als müsste er sich jeden Tag aufs Neue behaupten.

Sich vorzustellen, dass sein süßes Baby sich genauso fühlte, brach ihm das Herz.

Er ging in die Hocke, um mit ihr zu reden: »Mom geht mit, Schatz. Du musst nicht mit den anderen spielen, wenn du nicht willst.« Er legte ihr eine Hand auf die Schulter. »Du entscheidest.«

Kate biss sich auf die Lippe. Dann nickte sie. »Okay.« Natalie reichte ihr die Hand und Kate nahm sie.

»Also, Abgesandter Cooper, für heute Abend haben wir ein Dinner geplant. Das Auto wird Sie um sieben abholen, wenn es Ihnen recht ist.«

»Nein, ist es nicht.« Er richtete sich auf und wandte sich an die Kommunikationsdirektorin. »Ich will mit Epstein sprechen.«

»Mr Epstein ist beschäftigt …«

»Sofort.«

* * *

Als sie wieder im Auto saßen, war Ariel erheblich kühler als vorher. Nachdem sie begriffen hatte, dass er es ernst meinte, hatte sie mit leiser Stimme telefoniert, immer wieder »ja, Sir«

gesagt und ihm Seitenblicke zugeworfen. Wie alle Amtspersonen gab sie nicht gern das Heft aus der Hand.

Cooper war es egal. Falls Epstein wirklich gehofft hatte, dass er nur hier war, um diplomatische Höflichkeiten auszutauschen, dann war er nicht mehr der Alte.

Obwohl der offizielle Firmensitz von Epstein Industries sich in New York befand, war das eigentliche Machtzentrum hier, in einem Komplex aus silbernen Würfeln, in denen sich schimmernd der Himmel spiegelte. Der größte davon hatte fünf Stockwerke und sein Dach strotzte nur so von allerlei Apparaturen. Darunter, wie Cooper wusste, Satellitenschüsseln, Klimasensoren und wissenschaftliche Geräte, aber auch Laserschutzschirme, eine Flugabwehranlage und Boden-Luft-Raketen. Ausrüstung, die einem Privatunternehmen niemals hätte bewilligt werden dürfen. Doch mit dreihundert Milliarden Dollar konnte man so allerlei Vorschriften umgehen. Beweis dafür war, dass die Siedlung New Canaan mit allen möglichen Manipulationen und unter Ausnutzung verschiedener Gesetzeslücken zu einer Art Privatstaat geworden war.

Flankiert von vier Sicherheitsleuten schritten Cooper und Ariel auf das Gebäude zu. Er stellte sich vor, wie eine ferngesteuerte Avenger-Tarnkappenrakete darauf zuschoss: extrem niedrige Flugbahn, integriertes ECM-System, Hyperschallgeschwindigkeit. Wenn es darum ging, eine Avenger aufzuhalten, würden sich die Abwehrmaßnahmen auf dem Dach als so nützlich erweisen wie die Schleuder eines Kindes. Vor Coopers geistigem Auge ging der Bau in Rauch auf, eine Druckwelle breitete sich aus und riss eine tödliche Fracht aus Glas und Stein mit sich.

Das Atrium war weitläufig und sonnendurchflutet und als Hintergrund diente die Skyline von Cleveland, im Stadtzentrum aufsteigende Rauchsäulen und ein ein Meter fünfzig hoher Nachrichtenticker. Es war ein riesiger, gestochen scharfer Tri-D-Bildschirm. Offenbar hatte Präsident Clay ganz offiziell Kriegsrecht über die Stadt verhängt und Panzer der regulären Armee rollten durch die Ontario Street.

Ariel führte ihn zum Aufzug, dessen Türen sich ruckartig öffneten. Sie wollte gerade einsteigen, da sagte er: »Nein.«

»Wie bitte?«

»Ich gehe allein.«

»Tut mir leid, Sir, aber Mr Epstein hat um meine Anwesenheit bei diesem Treffen gebeten.

»Ich erkläre ihm, warum Sie nicht mitgekommen sind.«

Sie zögerte, dann sagte sie: »Wie dem auch sei, das Sicherheitsteam …«

»Kann unten warten.« Er setzte ein ausdrucksloses Lächeln auf. »Wir befinden uns hier immer noch auf amerikanischem Boden, Ms Ariel, und ich bin auf persönlichen Wunsch des Präsidenten hier. Glauben Sie mir, jetzt ist nicht der richtige Zeitpunkt für einen Grabenkrieg.«

Das Wort »Krieg« schien in der Luft hängen zu bleiben. Nach einem kurzen Zögern sagte Ariel: »Wie Sie wünschen.«

Cooper lächelte und betrat den Aufzug. Es gab keine Knöpfe, doch er war nicht überrascht, als er sich sofort in Bewegung setzte.

Eigentlich hätte ihn auch nicht überraschen dürfen, wer ihn oben empfing. Ein zehnjähriges Mädchen mit grellviolettem Haar, hochgezogenen Schultern und ausweichendem Blick. »Hi«, sagte sie. Und dann: »Oh Gott, wirklich? Sie wollen uns angreifen?«

Cooper seufzte. »Hi, Millicent. Du hast ja eine neue Haarfarbe.«

* * *

»Nick Cooper. Willkommen zurück in New Canaan.« Er trug einen Fünftausend-Dollar-Anzug und besaß die elegante Gelassenheit eines Manns, der mit Präsidenten dinierte, mit Ölbaronen Golf spielte, mit CNN-Journalisten scherzte und Reden vor dem Senat hielt. Die Welt kannte diesen Mann als Erik Epstein.

Die Welt irrte sich.

»Hallo, Jakob. Schön, dass ich Ihnen endlich die Hand schütteln kann.« Bei Coopers letztem Besuch war Jakob Epstein nur als lebensgroßes Hologramm erschienen, eine eindrucksvolle Erinnerung daran, wie weit der technologische Fortschritt in New Canaan war. Und genau das war es, was in den letzten Jahren den Fortbestand der Siedlung garantiert hatte. Nicht die juristischen Spitzfindigkeiten oder zusammengerafften Milliarden, sondern schlicht der Umstand, dass es hier mehr Geniale gab als anderswo, deren Zusammenarbeit die erstaunlichsten Ergebnisse zu Tage brachten. *Die beste Lebensversicherung für ein Land ist es, Dinge herzustellen, nach denen die Leute so verrückt sind, dass sie ihre Sorge darüber, dass man fähig ist, so etwas herzustellen, völlig vergessen*, sinnierte Cooper.

»Unsere Abmachung. Sie haben sich nicht daran gehalten. Die statistische Möglichkeit, dass es so kommen würde, betrug nur 12,2 Prozent.« Der echte Erik Epstein saß zusammengesackt auf einem Sofa und blinzelte wie ein Tier, das man aus seiner Höhle gezerrt hatte. Und ungefähr so war es auch. Bei Coopers letztem Besuch hatte er Eriks inneres Heiligtum gesehen, ein digitales Xanadu unter der Erde. Eine Höhle voller Wunder, hatte er damals gedacht, ein feierlicher, schummriger Ort, der nur von Datenprojektionen erleuchtet wurde. Dort ließ Erik seine Gabe spielen, suchte in scheinbar unzusammenhängenden Dingen nach Mustern und nutzte sie, um sein Reich auszuweiten. Dort war er auch zu dem Schluss gekommen, dass John Smith die größte Bedrohung für die Siedlung New Canaan darstellen würde. Eric vermutete, Smiths Aktionen würden die US-Regierung dazu veranlassen, immer stärkere Repressalien gegen Abnorme einzusetzen, insbesondere gegen New Canaan.

Und er hatte recht damit.

Erik fuhr fort: »Die Vereinbarung lautete, dass Sie John Smith töten sollten. Aber Sie haben es nicht getan.«

»Sie haben mir nicht die Wahrheit über ihn gesagt«, erwiderte Cooper. Da Millie im Raum war, hatte es keinen Zweck, mit verdeckten Karten zu spielen. Sie war eine der stärksten Leserinnen, denen er je begegnet war. Ihre Gabe war in Wirklichkeit ein schrecklicher Fluch. Leser hatten keine Filtermöglichkeit, sie konnten sich ihrer Fähigkeit nicht verschließen. Leser ersten Grades sahen alles, die kleinste Spur von Schwarz in der Seele eines Menschen, jedes noch so kurze Aufflackern von Bosheit und Grausamkeit. Angefangen bei Mommy und Daddy.

Die arme Millie hatte nie inneren Frieden, nie Vertrauen und Treue kennengelernt. Sie würde nie an die Liebe glauben, denn sie konnte die Seiten der Menschen klar vor sich sehen, die sie vor denen, die sie liebten, zu verheimlichen suchten. Höchstwahrscheinlich würde sie sich noch vor ihrem zwanzigsten Geburtstag das Leben nehmen.

»Schon okay«, sagte sie. »Es braucht Ihnen nicht leid zu tun.«

»Ich kann nicht anders.«

»Sie sollten lieber Angst haben.«

Ihre Worte rannen ihm eiskalt den Rücken hinunter. Er blickte sie an, dann Erik und Jakob. »Ich habe Angst.«

»Es sind auch beängstigende Zeiten«, sagte Jakob und setzte sich auf die Kante seines Schreibtischs. »Und Sie haben uns verraten.«

»Vorherige Wahrscheinlichkeit eines Angriffs der US-Armee auf New Canaan: 53,2 Prozent.« Erik sprach mit geschlossenen Augen, eine Hand in seinem dünnen Haar. »Und jetzt, wo Präsident Walker unter Anklage steht, der Ausgleichsdienst abgeschafft wurde und die Kinder Darwins aufgetaucht sind, beträgt die Wahrscheinlichkeit eines Angriffs innerhalb der nächsten zwei Wochen 93,2 Prozent.«

»Und an all dem sind Sie schuld, Cooper.« Jakob lächelte dünn. »Mehr oder weniger.«

»Sie haben mir nicht die Wahrheit gesagt«, wiederholte Cooper. »Sie haben mich auf die gleiche Weise manipuliert wie Smith.«

»Wahrheit ist relativ. Daten sind absolut.«

»Okay, nun, dann haben Sie mir eben nicht alle Daten gegeben, oder?« Cooper war sich nicht sicher gewesen, was bei diesem Treffen auf ihn zukommen würde, aber damit hatte er nicht gerechnet. »Sie haben mir verschwiegen, dass Smith nichts mit dem Massaker im Monocle zu tun hatte. Sie haben mir ebenso verschwiegen, dass Präsident Walker und Drew Peters dahintersteckten und es Beweise dafür gab.«

Erik winkte ab. »Tut nichts zur Sache. Sie sind nach New Canaan gekommen, um John Smith zu töten. Das war ihr Auftrag. Sein Tod hätte für Stabilität gesorgt. Und geholfen, dieses Projekt, unser Kunstwerk zu beschützen. Wir hatten ein Abkommen und Sie haben es gebrochen.«

»Und dann haben Sie alles noch schlimmer gemacht«, fügte Jakob hinzu, »indem Sie das Video veröffentlicht haben.«

Cooper rang nach Worten. Im Grunde sah er es genauso. Das war der eigentliche Grund, warum er das Angebot von Präsident Clay angenommen hatte, warum er John Smith entführt hatte und warum er jetzt hier war. *Denn tief im Innern weißt du, dass das, was du getan hast, aus moralischer Sicht richtig war, aber trotzdem ein Fehler. Es wäre nie zu dieser*

Krise gekommen, wenn du das Monocle-Video einfach benutzt hättest, um Präsident Walker zu erpressen. Die Kinder Darwins wären niemals so erfolgreich, wenn die AEB stärker und Walker noch an der Macht wäre. Du selbst hättest Politik mitgestalten und das Leben aller verbessern können.

Natürlich hätte er dazu selbst korrupt werden müssen. Aber zählten seine persönlichen Werte mehr als die Menschen, deren Leben jetzt bedroht war?

Es war falsch gewesen, das Richtige zu tun. Diese Möglichkeit hat Dad nie erwähnt, was, Coop?

Millie sagte: »Er versteht es.«

»Das glaube ich«, sagte Jakob. »Aber damit ist das Problem noch lange nicht aus der Welt.«

»Vielleicht nicht, aber deshalb bin ich hier. Möchten Sie wissen, was in diesem Augenblick passieren würde, wenn ich nicht hier wäre?« Cooper wollte fortfahren, doch dann wandte er sich an Millie. Er versuchte, mit Blick und Körperhaltung all die Ereignisse der letzten Tage widerzuspiegeln. Er dachte daran, wie er gestern Abend im Oval Office gestanden und zugesehen hatte, wie Cleveland brannte. »Sag es ihnen.«

Sie schauderte. Dann ließ sie ihren Kopf hängen und verbarg sich hinter einem Vorhang aus violettem Haar. Erik und Jakob fixierten sie mit starrem Blick. Das Mädchen tat Cooper aufs Neue leid. Erst zehn Jahre alt, und erwachsene Männer erhofften Informationen von ihr, die über das Schicksal des Landes entscheiden würden.

Schließlich sagte sie: »Sie wollen angreifen. Nicht nur New Canaan. Es geht gegen alle Genialen.«

»Mit ›sie‹ meint sie die mächtigsten Menschen der Welt«, kommentierte Cooper. »Gestern Abend hat Verteidigungsminister Leahy Order gegeben, alle Grad-Einser zu verhaften, sofort mit dem Mikrochip-Programm zu beginnen und Streitkräfte an die Grenzen von New Canaan zu verlegen, um eine Invasion vorzubereiten. Nichts davon ist geschehen … weil ich eingeschritten bin. Also hören Sie beide bitte auf, sich so aufzuspielen, damit wir gemeinsam versuchen können, das Problem zu lösen.«

Eine Weile sagte niemand etwas. Jakob blickte aus dem deckenhohen Fenster. Dahinter erstreckte sich die Stadt Tesla, eine neue Welt, sauber und ordentlich, aus dem Wüstenboden gesprossen. Cooper musste zugeben, dass ihm diese Welt gefiel. Nicht nur das, er bewunderte sie. Seit dem Auftauchen der Begabten vor dreißig Jahren hatte sich der Großteil der Welt in sich gekehrt, was destruktiv wirkte. Seine eigene Regierung hatte in erster Linie versucht, das Phänomen zu kontrollieren, und alles, was gefährlich erschien, zu zerstören.

Komisch, es hatte einmal eine Zeit gegeben, als Amerika Dinge baute. Von gewaltigen Staudämmen bis zu unendlich hohen Wolkenkratzern, von voll mechanisierten Fabriken bis zu Mondraketen, diese Nation hatte Neues geschaffen und dies als Teil der eigenen Identität verstanden. Ingenieur und Architekt waren damals Traumberufe gewesen.

Heute wollten alle Musiker oder Basketballspieler werden und Amerika baute überhaupt nichts mehr.

Doch weit draußen, an diesem unwirtlichen Ort, hatten die Epsteins etwas geschaffen. Einen Traum wahr werden lassen. Und Cooper wollte verhindern, dass die Siedlung New Canaan zerstört wurde, um ihrer selbst willen, aber auch wegen der Folgen für das ganze Land.

»Sie wollen also unsere Unterstützung.« Erik schlug die Beine übereinander. Der reichste Mann der Welt trug abgewetzte Chucks. »New Canaan soll sich mit der Regierung verbünden. Gegen die Kinder Darwins.«

»Gegen alle Terroristen. Gegen John Smith. Er steckt hinter den Kindern, nicht wahr?«

»Das lässt sich aus den Daten nicht eindeutig …«

»Sie lügen«, sagte Millie. »Ich hasse es, wenn Sie lügen.«

Erik Epstein verzog das Gesicht. Doch nicht, weil sie ihm widersprochen hatte, begriff Cooper, sondern wegen dem, was sie gesagt hatte. Offensichtlich lag ihm viel an Millie. Er verstand sie.

»Ja«, sagte Jakob. »Smith steckt hinter den Kindern Darwins. Er hat die Organisation schon vor Jahren ins Leben gerufen. Schläferzellen mit ganz spezifischen Anweisungen. Sobald er von allen Anklagepunkten freigesprochen wurde, sollten sie in Aktion treten.«

Cooper starrte Jakob an. Er bekam plötzlich weiche Knie und musste sich an einem Stuhl festhalten. Im Grunde hatte er es gewusst, seit er und Bobby John Smith in die Mangel genommen hatten. Doch es bestätigt zu wissen und zu erfahren, dass sein eigenes Vorgehen all dies ausgelöst hatte, war etwas ganz anderes. *All die Menschen. All das Chaos.*

Deine Schuld.

Er atmete tief durch. »Okay. Sie sagen, mit dreiundneunzigprozentiger Wahrscheinlichkeit wird das Militär in den nächsten zwei Wochen angreifen.«

»93,2 Prozent. Nicht genug Zeit. Nicht genug Zeit.«

»Zeit wozu? Es gibt schließlich keinen Zaubertrank, der das Problem auf die Schnelle lösen könnte.«

Ganz plötzlich begann Millie zu lachen. Es klang unheimlich, so als würde sie Lachen nur aus Beschreibungen kennen. Cooper starrte sie an, ein wenig erschrocken. Und dann hörte sie genauso abrupt auf, wie sie angefangen hatte.

Verunsichert sagte er: »Falls Sie wissen wollen, ob ich mich wieder so entscheiden würde, ich weiß es nicht. Und außerdem, wenn Sie so gut die Zukunft voraussagen können, dann hätten Sie eben Alternativpläne machen müssen und nicht alles auf eine Karte setzen dürfen.«

Jakob zögerte kurz, bevor …

Irgendwas hast du übersehen.

Das sind doch kluge Leute mit ungeheuren Ressourcen.

Wie hoch ist denn die Wahrscheinlichkeit, dass sie das Schicksal der Siedlung in deine Hände geben? Die eines Agenten, der in einer Situation, die er nicht richtig verstand – nicht verstehen konnte –, skrupellos gemordet hatte?

Sie haben Alternativpläne. Da ist noch irgendwas.

Und warum hat Millie plötzlich angefangen zu lachen?

… er antwortete: »Sie haben recht. Erik?«

»Die Lage ist instabil. Zu viele Variablen. Die Muster sind unklar.«

»Deshalb müssen wir handeln«, sagte Cooper. »Ich verstehe ja, dass die Sache für Sie nicht so einfach ist. Aber Sie müssen sich jetzt hinter die Regierung stellen, die Kinder Darwins öffentlich verurteilen und alle verfügbaren Mittel für die Terrorismusbekämpfung bereitstellen. Alles andere wäre Selbstmord. Und das ist keine reine Show von mir.« Er warf Millie einen Blick zu, die nichts sagte und sich weiter dem Spiel auf ihrem Datenpad widmete. »Ich bin überzeugt von dem, was ich sage. So überzeugt, dass ich selbst hergekommen bin, mit meiner Familie. Wenn wir ab sofort zusammenarbeiten, haben wir noch eine Chance.«

Jakob räusperte sich. »Die Vorteile für Präsident Clay leuchten uns ein. Und für Ihr Land.«

»*Mein* Land?«

»Doch wie Erik schon sagte, die Lage ist instabil.«

»Was soll das denn heißen?«

»Sie wollen, dass ich es ganz frei heraus sage?«, fragte Jakob achselzuckend. »Wir sind uns nicht mehr so sicher, ob die Vereinigten Staaten von Amerika überleben werden.«

»Ob die … Was reden Sie denn da? Wollen Sie etwa sagen …?«

»Wir wollen uns nicht auf die Verliererseite schlagen.«

Cooper stieß unwillkürlich ein bellendes Geräusch aus, fast ein Lachen, doch ohne Freude. »Sie erwägen tatsächlich, die Terroristen zu unterstützen?«

»Nur so ein Wort«, sagte Erik mit gesenktem Kopf. »Eine Bezeichnung, die einer bestimmten Bewegung verpasst wurde. Daten kennen keine Moral.«

»Mein Bruder will damit sagen, dass John Smith sich selbst einen Freiheitskämpfer nennt. Und im Gegensatz zu Ihrer Regierung hat er einen Plan. Es wäre für New Canaan vielleicht besser, sich mit ihm zu verbünden.«

Cooper konnte es nicht glauben. Er konnte zum Verrecken nicht glauben, was er da hörte. Wieso war es überall das Gleiche? Einer war nicht besser als der andere. Präsident Clay und sein Stab betrieben Wahlkalkül, John Smith versuchte, einen Krieg anzuzetteln, und die Epstein-Brüder hatten nur ihre eigenen Interessen im Auge. War es möglich, dass keiner der Mächtigen, egal, auf welcher Seite, begriff, was auf dem Spiel stand?

Der Sezessionskrieg war der blutigste Konflikt der amerikanischen Geschichte gewesen. Eine drei viertel Million Tote, niedergebrannte Städte, zerstörte Infrastruktur, grassierende Seuchen … und all das, lange bevor es Seraphim-Drohnen und Avenger-Raketen gab. Waren die Fronten so verhärtet, die Positionen so unverrückbar, dass alle Beteiligten dafür bereit waren zu riskieren, dass die ganze Welt vor die Hunde ging?

»Ja«, sagte Millie.

Erik schaute sie an. »Ja, was?«

Sie schüttelte nur den Kopf.

Also gut. Wenn sie für vernünftige Argumente nicht zugänglich sind und ihnen auch die drohenden Konsequenzen keine Angst machen, funktioniert vielleicht etwas anderes. »Sie haben gesagt, die Lage sei ungewiss.«

»Instabil.«

»Es muss doch etwas geben, um die Lage zu stabilisieren.« Cooper zögerte und sagte dann: »Vielleicht etwas, das wir Ihnen bieten können.«

Erik und Jakob tauschten Blicke aus. Ein normaler Mensch hätte annehmen können, dass sie sein Angebot erwogen. Doch Cooper wusste genau, was dieser Blick bedeutete. Sie hatten bereits entschieden, was sie wollten. Ihre Hilfe hatte ihren Preis.

Cooper brauchte keine drei Sekunden, um sich auszurechnen, wie der aussah.

Kapitel 24

Soren las.

Cooper:	Unabhängigkeit. Sie wollen, dass New Canaan unabhängig wird.
Clay:	Was zum Teufel reden Sie da?
Cooper:	Als Gegenleistung werden sie sich öffentlich von den Kindern Darwins und allen anderen Terrororganisationen distanzieren und alle verfügbaren Mittel für deren Zerschlagung bereitstellen.
Clay:	Ich werde nicht als der Präsident in die Geschichte eingehen, der halb Wyoming erlaubt hat, sich abzuspalten.
Cooper:	Sir, wir sollten das Angebot ernsthaft erwägen. Erik und Jakob haben bestätigt, dass John Smith hinter den Kindern Darwins

steckt. Ohne Beweise können wir nichts unternehmen, aber mit ihrer Hilfe könnten wir in Einem die Kinder Darwins fassen und den gefährlichsten Mann der Welt unschädlich machen.

Clay: Und im Gegenzug müssen wir innerhalb unserer Grenzen die Entstehung eines neuen Landes akzeptieren und ihnen diplomatische Rechte und Privilegien gewähren. Und dazu noch eine Nation von Begabten, die erste der Welt. Das ist ein Pakt mit dem Teufel, Nick.

Cooper: Es ist unsere einzige Chance. Wir sollten uns anhören, was der Teufel zu bieten hat.

Clay: Ich weiß, Sie lehnen Leahys Vorgehensweise ab, aber die Kontroll- und Aufklärungsinitiative in Kombination mit gezielten Verhaftungen bietet vielleicht eine Möglichkeit ...

Cooper: Entschuldigung, Sir, aber so einfach ist das nicht. Ich fürchte, wenn wir der Siedlung New Canaan keine Souveränität zugestehen, werden sie ein Bündnis mit den Terroristen eingehen.

Clay: Das werden sie nicht wagen. Epstein weiß, dass wir New Canaan dem Erdboden gleichmachen können.

<2,9 Sekunden Schweigen>

Cooper: Wollen Sie das wirklich?

<4,2 Sekunden Schweigen>

Clay: Nehmen Sie Verhandlungen auf. Aber wir brauchen ihre uneingeschränkte Unterstützung. Nicht nur in Bezug auf die Kinder Darwins, auch in Zukunft. Eine neue, eine besondere Beziehung.

Als die Datei auf seinem Datenpad gelandet war, war Soren gerade in einen Roman vertieft gewesen, einen barocken Historienschinken voller architektonischer Fachbegriffe. Er war nicht besonders gut, doch es gelang Soren hier einfach nicht, im Nichts aufzugehen. Zu viele Geräusche von zu vielen Menschen drangen durch die Wände. Zu intensiv spürte er die ganze Last der Menschheit. Selbst die anspruchsloseste Ablenkung war willkommen.

Es klopfte an der Wohnungstür und gleichzeitig drehte sich der Türknauf. John wusste, Soren warten zu lassen, wäre viel unhöflicher, als seine Privatsphäre zu missachten.

John Smith fragte: »HastdudieDateigelesen?«

»Ja.«

»Duverstehst, worumesgeht.«

Es war ja nicht so schwierig. Falls New Canaan sich mit der amerikanischen Regierung verbündete, bevor Johns Falle zuschlug, war die Revolution vorüber, bevor sie überhaupt begonnen hatte. »Ja.«

»Eristsehrstark.«

Soren hatte die Aufzeichnungen über den neuen Abgesandten gelesen und sich die Videoaufnahmen von seiner Ankunft angeschaut. »Ja.«

»Kannstduesschaffen?«

»Ja.«

»Wirstduestun?«

Als John ihn aus seiner Einsiedelei geholt und ihn in die Welt mit all ihren Zwängen hinausgeleitet hatte, hatte er ihm erklärt, warum. Alles war in der Schwebe. Es würde wahrscheinlich Krieg geben und Millionen würden sterben. Doch alles würde sich für immer ändern. Die Begabten würden die Herrschaft in Amerika übernehmen und dann in der ganzen Welt.

Soren war es gleichgültig. Die Mauer, die ihn vom Rest der Welt trennte, würde nie zu Fall gebracht werden. Gesellschaftliche Veränderung war ihm nicht wichtig. Vorurteile waren nie sein Problem gewesen. Die Revolution bedeutete ihm nichts.

Doch für John bedeutete sie alles. Und für Samantha auch. Die einzigen beiden Menschen auf der Welt, an denen Soren etwas lag.

»Ja.« Er legte sein Buch beiseite und schaute seinem Freund in die Augen. »Ich werde Nick Cooper für dich töten.«

(AB)NORMAL

NACH EINER IDEE VON *MAX VIVID*

DIE ERSTE UND EINZIGE SHOW, BEI DER BEGABTE UND TEAMS VON NORMALOS IN GEFÄHRLICHEN WETTKÄMPFEN GEGENEINANDER ANTRETEN

»UNTERHALTUNG IST EIN BLUTIGES GESCHÄFT, BABY!«
MAX VIVID

»WOCHE FÜR WOCHE 45 MILLIONEN ZUSCHAUER«
ENTERTAINMENT WEEKLY

Kapitel 25

»Geh dem Geld nach«, scherzte Quinn über die Videoverbindung. »Geh … einfach dem Geld nach.«

Cooper verdrehte die Augen. »Echt jetzt?«

»Hör mal, ›Die Unbestechlichen‹ hat damals einen Oscar gewonnen.«

»Soweit ich mich erinnere, hat der Streifen sie alle abgeräumt. Also hast du die Dateien oder nicht?«

Quinn sagte: »Ich schicke sie.« Als er zu nah an die Kamera kam, wurde die Projektion leicht durchsichtig.

Cooper saß in dem Büro, das Epstein ihm zur Verfügung gestellt hatte. Es befand sich an demselben Platz wie das Haus, in dem sie wohnten, nur auf der gegenüberliegenden Seite. Ein eleganter, modern eingerichteter Raum, wahrscheinlich über und über mit Wanzen gespickt. Vielleicht gelang es ihm ja, manches vor Epstein zu verheimlichen, doch in New Canaan schien es unmöglich.

Es war auch egal. Er sollte ruhig zuschauen.

Cooper schaute auf sein Pad. »Sie kommen gerade an.«

»Ich hoffe nur, sie nutzen dir was.«

»Epstein hat noch einen Trumpf im Ärmel. Irgendetwas, von dem wir nichts wissen.«

»Dutzende Trümpfe, mein Lieber. Seit Jahren versuchen ganze Teams von Anwälten und Sachverständigen, Epsteins Finanzen aufzudecken. Dreihundert Milliarden Dollar, verteilt auf hunderte Briefkastenfirmen in unzähligen Ländern. Wenn du die ganzen Daten ausdrücken würdest, die ich dir gerade geschickt habe, weißt du, wie hoch der Papierstapel wäre?«

»Nein, wie hoch denn?«

»Total hoch.«

Cooper lachte. »Ich fühle mich immer viel wohler, wenn du mitmachst, Bobby.«

»Ich habe nichts damit zu tun. Der Sonderberater des Präsidenten hat die AEB um einen Gefallen gebeten und wir haben gern geholfen.«

»Gut, denn ich muss euch um noch einen Gefallen bitten. Ich möchte mein Datenpad mit Baebi verbinden.«

»Auf gar keinen Fall. Nur AEB-Mitarbeiter haben Zugang zu Baebi.«

»Aber ich arbeite fürs Weiße Haus.«

»Cooper …«

»Bitte, bitte, Bobby, mit Sahne oben drauf. Und mit Erlaubnis des Präsidenten.«

Bobby atmete hörbar aus. »Also gut.«

»Danke.« Cooper drückte auf einen Knopf und die Projektion von Bobby verschwand. Sein Pad zeigte an, dass bisher weniger als fünfundzwanzig Prozent der Datei übertragen worden waren. Bei der in New Canaan verfügbaren Bandbreite sollte das schon was heißen. Vielleicht hatte Bobby recht. Was würde er bei diesem Wust an Informationen schon ausrichten können?

Cooper seufzte und lehnte sich zurück. An den Wänden hingen drei Tri-D-Geräte, alle eingeschaltet, auf allen liefen Nachrichten und auf allen ohne Ton. Am interessantesten war der Piratensender aus New Canaan, der in Datenfeeds hackte, um seine äußerst einseitige Sicht des Weltgeschehens kundzutun. Im Moment war ein Bild des Expräsidenten Henry Walker zu sehen, und während der Moderator redete, kritzelte jemand ein Hitlerbärtchen und Hörner auf das Foto. Nicht sehr niveauvoll, aber doch irgendwie lustig.

Also, was machst du jetzt?

Einerseits war die Antwort einfach. Er würde die Finanzen von Epstein Industries mithilfe seiner Gabe für Mustererkennung nach Anomalien durchforsten, die ihm einen Hinweis auf Eriks Absichten geben könnten.

Andererseits war der Gedanke lächerlich. Dreihundert Milliarden Dollar waren eine unvorstellbar große Summe. Wenn Coca-Cola mit McDonald's fusionieren würde, wäre der kombinierte Börsenwert immer noch zwanzig Milliarden weniger als Epsteins Privatvermögen. Cooper hätte ein Jahr lang Tabellen lesen können und wäre immer noch nicht klüger, aber er hatte kein Jahr Zeit.

Also vergiss die brachiale Tour und geh's auf deine Weise an. Vertrau deiner Gabe. Such nach Punkten, an denen du ansetzen kannst.

Bei ihrer ersten Begegnung vor einigen Monaten hatte Erik Epstein ihn aufgefordert, John Smith zu töten. Es war nichts Persönliches. Epstein wollte Smith aus dem Weg räumen, weil er glaubte, dass der Terrorist eine Bedrohung für New Canaan darstellte. Eine Befürchtung, die sich durch die Ereignisse der letzten Zeit noch verstärkt hatte.

So weit, so gut. Aber Smith von Cooper umbringen zu lassen konnte doch unmöglich Epsteins einziger Plan zum Schutz der Siedlung gewesen sein. Aus seinem Gespräch mit den beiden Brüdern schloss er, dass sie zwar gehofft hatten, es würde ihm gelingen, sich aber nicht vollends darauf verlassen hatten. Warum auch? Sie waren zwei kluge Männer, die ein äußerst komplexes Reich regierten. Wahrscheinlich hatten sie sowieso nicht viel Hoffnung auf ihn gesetzt.

Da war schon sein erster Anhaltspunkt. Falls sie wirklich so wenig Hoffnung auf seinen Erfolg gesetzt hatten, mussten sie alternative Strategien verfolgt haben. Und zwar schon vor seinem letzten Besuch in New Canaan und auch noch danach.

Jetzt musst du nur noch rausfinden, welche.

Sein Datenpad machte leise Ping und zeigte an, dass eine Verbindung hergestellt wurde. Cooper schaltete auf Sprachsteuerung und sagte: »Baebi?«

»Hallo, Nick. Das Bilatere Analyse- und Einsatzbehördeninstrument steht zur Verfügung.« Eine weibliche Stimme, doch es war keine Frau, die sich da meldete. BAEBI war ein Rechercheinstrument, eine Persönlichkeitsmatrix zum Durchsuchen von Daten.

»Die größten Ausgaben von Epstein Industries einschließlich aller Tochterunternehmen von 2010 bis 2013 nach Kategorien sortieren.«

»Erledigt.«

»Laufende Kosten abziehen.«

»Bitte genauer, Nick.«

»Zieh so was wie Wartungs- und Anwaltskosten ab, aber nicht Dinge wie, keine Ahnung, Produktentwicklung zum Beispiel.«

»Erledigt.«

»Anzeigen.«

Eine Liste rollte über den Bildschirm. Und rollte und rollte. Was hatte Bobby noch gesagt? Dreihundert Milliarden Dollar, auf hunderte Firmen verteilt.

»Filter für außergewöhnliche Ergebnisse.«

»In welcher Beziehung außergewöhnlich, Nick?«

»Im Vergleich zu …« Aus dem Augenwinkel bemerkte er ein Flimmern auf den Tri-D-Geräten. Alle Nachrichtensender zeigten die gleichen Aufnahmen. »Ähm, anderen Multis.«

»Das wird eine kleine Weile in Anspruch nehmen, Nick.«

»Was? In Ordnung.«

Er drückte ein paar Knöpfe auf dem Schreibtisch und bei allen drei Geräten ging der Ton an, während auf den Bildschirmen …

Shannon?

Sie huschte nur ganz kurz durchs Bild, blitzschnell. Trug schwarze Kampfmontur und eine Maschinenpistole. Und rannte irgendeinen Flur entlang, hinter ihr ein Dutzend Leute in gleicher Montur. Der Flur war in einem tristen Grün gestrichen, die Fenster schmal. Es kam ihm bekannt vor.

Da die Nachrichtensprecher alle durcheinanderredeten, stellte er bei zwei Geräten den Ton ab und ließ ihn nur bei CNN laufen.

»… ein Terroranschlag auf die Davis-Akademie, ein Institut für fortschrittliches Lernen in West Virginia. Die Akademie ist eine Eliteeinrichtung für Schüler mit besonders stark ausgeprägter Gabe …«

Die Davis-Akademie. Kein Wunder, dass die Einrichtung ihm bekannt vorgekommen war. Er hatte sie letztes Jahr besucht. Er hatte mitansehen müssen, wie dort Kinder zu brutalen Prügeleien angestachelt wurden. Hatte erfahren, dass man den Kindern Transponder einpflanzte, um sie zu überwachen und ihre tiefsten Geheimnisse gegen sie zu verwenden. Man raubte ihnen ihre Identität, verpasste ihnen neue Namen und bemühte sich, ihren Widerstand zu brechen und sie zu schwachen, fügsamen Menschen zu erziehen.

Und fast wäre seine Tochter Kate dort gelandet.

Heilige Scheiße. Shan, ich hätte dir vertrauen sollen.

»… Terroristen stürmten die Tore und überwältigten die Mitarbeiter. Sie töteten mehrere Wachleute und Lehrer, einschließlich des Akademiedirektors Charles Norridge. Die genaue Zahl der Todesopfer ist noch nicht bekannt. Außerdem fehlt zu diesem Zeitpunkt noch jede Spur der mehr als dreihundert Schüler.«

Cooper musste unwillkürlich lachen und hielt sich schnell die Hand vor den Mund. Er erinnerte sich daran, wie die Wut durch seine Adern rann, als er Norridge zuhörte, und wie er sich vorgestellt hatte, den Direktor aus dem Fenster zu werfen. An dem Tag waren ihm langsam die Augen aufgegangen und er hatte begriffen, dass die AEB nicht das war, was er sich erhofft hatte.

Er stellte den Ton von CNN ab, um dem Piratensender aus Tesla zu lauschen.

»… befreiten über dreihundert Kinder, bevor sie Sprengsätze legten, um die Davis-Akademie, dieses entsetzliche Symbol der Unterdrückung, in die Luft zu jagen. Der oberste Folterknecht Charles Norridge ist bei diesem Angriff ums Leben gekommen und wir sind alle ganz schrecklich traurig. Bravo, ihr tapferen Freiheitskämpfer, die dieses Meisterstück hingelegt haben. Ihr habt von nun an für immer frei Trinken. Mama! Daddy! Eure Lieblinge sind endlich frei!«

Als Regierungsvertreter hätte er natürlich entsetzt sein müssen. Es war schließlich ein Angriff auf den Status quo. Ein Terroranschlag, der das bereits gestörte Gleichgewicht im Land noch stärker zum Wanken brachte.

Aber es war ihm egal. Der Piratensender hatte recht – bravo. Und es war alles Shannons Werk. Was hatte sie gestern Abend bei ihrem Streit gesagt? *»Ich fahre nach West Virginia und werde das Beste tun, was ich je getan habe.«*

Mein Gott, was für eine Frau.

Okay, Coop. Aber erinnere dich, was sie anschließend gesagt hat. »Schau dir die Nachrichten an. Und fick dich.«

Die Galle stieg ihm hoch und er dachte nur: *Oh Mann, du hast es dir wirklich mit ihr versaut.* Doch dann …

Und davor hattest du ihr unterstellt, sie hätte Biowaffen gestohlen – obwohl du genau weißt, dass sie das nie tun würde – und sie hat gesagt, sie sei hinter etwas anderem her gewesen.

Einem Zaubertrank.

Dieses Wort muss dir im Kopf haften geblieben sein, denn du hast es diesen Nachmittag selbst verwendet.

Darüber hat Millie gelacht.

… fiel ihm etwas viel Wichtigeres ein. Er schaltete den Ton des Tri-D-Geräts ab.

»Baebi. Neuer Auftrag. Hast du Zugang zu den Informationen, die diese Woche bei der AEB gestohlen wurden?«

»Ich habe nur eine Liste der Inhalte, aber keine Details. Die Informationen waren auf einem gesonderten Server …«

»Ja, ich weiß. Es waren vor allem Informationen über Forschungseinrichtungen, nicht wahr?«

»Das ist korrekt, Nick.«

»Suche nach Korrelationsmustern zwischen dieser Liste und allen Ausgaben von Epstein Industries. Ich will wissen, ob Epstein welche von den Laboren finanziert hat, über die Shan… über die die Terroristen Informationen gestohlen haben.«

»Es gibt eine Übereinstimmung, Nick. Das Institut für fortgeschrittene Genomforschung.«

Er lehnte sich zurück und fühlte dieses Kribbeln im Hirn, das ihm sagte, dass er kurz davor war, ein Muster zu entdecken. »Erzähl mir mehr darüber.«

Kapitel 26

Das letzte Mal war er im Hochsommer in New Canaan gewesen, und selbst da war es abends kühl geworden. Jetzt, Ende November und gegen Mitternacht, war es minus fünf Grad. Obwohl er von einer Menschenmenge umgeben war, schnitt der Wind auf dem Flugplatz durch seine Lederjacke. Er stampfte mit den Füßen und blies sich in die Hände.

Du hättest eben die Sicherheitsleute nicht abhängen sollen. Die hätten dir bestimmt einen anständigen Mantel leihen können.

Es war nicht sehr diplomatisch von ihm gewesen, aus dem Fenster des Büros zu klettern, das man ihm überlassen hatte, und ein Elektrotaxi zu nehmen. Doch er war nicht in seiner Funktion als Gesandter auf dem Flugplatz.

Mit einem letzten Dröhnen kam die 737 auf der Landebahn zum Stehen. Während die Triebwerke ausliefen, fuhr das Bodenpersonal eine Gangway seitlich an die Maschine heran. Die Masse kam in Bewegung. Die Menschen konnten ihre Gefühle kaum kontrollieren.

»Ich kann's gar nicht fassen.«

Der Mann, der dies gesagt hatte, war Mitte fünfzig, sein Gesicht hager und ledrig. Zwar hatte niemand in Wyoming ein Gramm überflüssiges Fett, aber es war nicht nur das. Der Mann sah aus, als wäre er über einen langen Zeitraum jeden Abend unglücklich ins Bett gegangen und morgens genauso aufgewacht. Cooper fragte: »Sohn oder Tochter?«

»Mein Sohn Peter«, sagte der Mann. »Er muss jetzt fünfzehn sein.«

Cooper betrachtete den Mann eingehender und stellte fest, dass er sich geirrt hatte. Er war wahrscheinlich erst um die vierzig. Es war nicht schwer, sich vorzustellen, warum er so verhärmt aussah. Kinder wurden im Alter von acht Jahren dem Treffert-Down-Test zur Identifizierung Abnormer unterzogen. Demnach hatte der Mann seinen Sohn sieben Jahre nicht gesehen.

»Wir haben die Hoffnung nie aufgegeben. Jedes Jahr zu seinem Geburtstag gab es einen Kuchen und wir haben versucht zu singen. Letztes Jahr ist meine Gloria gestorben«, sagte er leise. »Danach fiel es schwerer, noch daran zu glauben.«

Es fiel schwerer zu glauben. Wahre Worte. Vor sieben Jahren war Cooper beim Ausgleichsdienst zum Agenten aufgestiegen. Damals war er ein Glaubender gewesen und hatte bereitwillig die von Drew Peters bestimmten Zielpersonen gejagt. Und obwohl er nichts mit den Akademien zu tun gehabt und bis zum vergangenen Jahr noch nie eine von innen gesehen hatte, war ihm klar, dass durch seine Arbeit Kinder in diesen Anstalten gelandet waren.

Vielleicht war er sogar mitschuldig daran, dass man diesem Mann seinen Sohn weggenommen hatte.

Schuldgefühle bohrten sich wie Nägel in seine Brust. Einen Moment lang bröckelte sein Selbstschutz und ihm wurde bewusst, um welch hohen Einsatz er spielte. Obwohl er sich jeden Tag aufs Neue bemüht hatte, das Richtige zu tun und eine bessere Welt für seine Kinder zu schaffen, hatte er unverzeihliche Fehler begangen und anderen unvorstellbares Leid zugefügt. Und trotz all seiner Mühen war die Welt immer komplizierter geworden und eine Lösung ihrer Probleme in immer weitere Ferne gerückt. In der Tat fiel es schwerer zu glauben.

Mit einem Rums öffnete sich die Tür des Flugzeugs. Die schwatzende Menge verstummte und nur noch das letzte Wimmern der Triebwerke und das Heulen des Windes waren zu hören.

Dann trat eine Gestalt hinaus auf die Gangway. Shannon. Sie trug dieselbe schwarze Kampfmontur wie in den Nachrichten und hielt ein kleines Mädchen auf dem Arm. Selbst auf die Entfernung wirkte sie irgendwie verändert. Aber als Cooper das Gesicht des Mädchens sah, verstand er.

Vielleicht fiel es schwerer zu glauben, doch Shannon hatte nicht aufgegeben.

* * *

Freudiges Chaos breitete sich aus, und obwohl Cooper unbedingt mit Shannon sprechen wollte, wartete er ab. Kinder strömten aus dem Flugzeug, die kleinen zuerst. Alle reagierten auf die gleiche Weise: An der Ausgangstür hielten sie inne, schauten sich hoffnungsvoll um, kniffen die Augen zusammen. Einige erspähten ihre Eltern in der Menge, sausten die Treppe hinunter und warfen sich ihnen in die Arme. Mütter und Väter weinten, drückten ihre gestohlenen Kinder an sich und schworen, sie nie wieder wegzulassen.

Andere liefen hin und her, und die Hoffnung schwand langsam aus ihren Augen. Natürlich … nicht alle Eltern waren hier. Jedenfalls noch nicht. Cooper nahm an, dass ein paar hundert Familien ihr bisheriges Leben aufgeben und nach New Canaan ziehen würden, ohne sich um die Konsequenzen zu scheren.

Die Älteren taten ihm besonders leid. Die Jugendlichen hatten ihr halbes Leben in der Akademie verbracht. Sie war ihre Welt geworden. Sie hatten den unsteten Blick und das nervöse Gebaren entlassener Sträflinge.

Nur dass Sträflinge ihren Namen behalten dürfen.

Cooper sah kurz wieder den Mann, mit dem er gesprochen hatte. Ein magerer Junge verschwand fast in seiner Umarmung. Der Mann drückte seinen Sohn so fest an sich, als wollte er ihn in seinen Brustkorb schieben.

Bewaffnete Kämpfer hie und da in der Menge lösten Begeisterungsstürme aus. Die Menschen drängten sich um sie, klopften ihnen auf die Schulter, schüttelten ihnen die Hände, und Frauen küssten sie. Die Leute wollten ihnen Geld, Liebe und Vertrauen schenken. Shannon wartete oben auf der Gangway, bis das letzte Kind ausgestiegen war.

Dann stieg sie gemächlich hinab, umging die jubelnde Menge und machte sich mit dem Mädchen auf dem Arm davon. Niemand schien sie zu bemerken.

Cooper holte sein Handy heraus und wählte.

* * *

Das Mädchen wand sich in ihren Armen. »Du kannst mich jetzt runterlassen, Tante Shannon.«

»Ich weiß, Liebling«, sagte sie, tat es aber nicht. Obwohl sie müde war, genoss sie es, das Gewicht des Mädchens zu spüren. Aber Mensch, was war sie fertig.

Fertig warst du schon oft, aber das ist was anderes.

Ihre Knochen waren müde. Nein, mehr noch, ihre Seele war müde. Sie war nicht einfach erschöpft, das auch, bis zum Äußersten. Sie war seit fast vierzig Stunden wach, immer wieder vom Adrenalin angetrieben, und um sie herum begann langsam alles zu verschwimmen. Sie hatte Muskelkater und Kopfschmerzen und ihre Augen fühlten sich an wie Sandpapier.

Aber mit all dem hatte sie gerechnet. Außerdem hatte sie erwartet …

Dich erlöst zu fühlen? Von deinen Sünden reingewaschen?

Eigentlich ja.

Aber Menschen zu töten ist eine seltsame Art, Buße zu tun.

Und wenn schon. Es waren schlechte Menschen gewesen und Charles Norridge war nicht ihr erster. Falls es ein Leben nach dem Tod gab und die Menschen, die sie umgebracht hatte, sie am Himmelstor erwarteten, hätte sie ziemliche Mühe, sich durchzukämpfen.

Nein, es war nicht das Töten, das sie belastete. Es war etwas Abstrakteres. Ein Gefühl von …

Sinnlosigkeit?

Ja, das war's. Während der Planung dieser Operation hatte sie sich immer wieder ihre triumphale Rückkehr vorgestellt. Wie sie im Mittelpunkt stehen würde. Wie die Champagnerkorken knallen und alle lachen würden. Doch als der Moment da war, hatte sie nur oben auf der Gangway gestanden und zugeschaut.

War auch egal. Sie würde sich vom Flugplatz schleichen, sich ein Taxi nehmen, ein Hotel suchen und eine Woche lang nur schlafen. Dann würde sie sich mit der Suche nach …

»He.«

Die Stimme ließ sie erstarren. Sie ließ das Mädchen runter und drehte sich langsam um.

Drei Meter weiter stand Nick. Er sah abgespannt aus, aber immer noch gut. Und vertraut. Seltsam, dass sie ihn so sah, wo sie ihn doch kaum kannte. Sie stand einen Moment reglos da. Es gab so vieles, was sie ihm sagen wollte, aber sie traute sich nicht. Er arbeitete für die Regierung und sie hatte gerade einen Überfall auf eine Regierungseinrichtung angeführt. Sie wusste, sie hatte das Richtige getan, aber sie war so schrecklich müde. Wenn Nick jetzt einen Streit anfing, würde sie sich einfach auf den Boden werfen und heulen.

»Es tut mir leid«, sagte er. »Ich werde nie mehr an dir zweifeln.«

Damit hatte sie überhaupt nicht gerechnet. Ihre Kehle schnürte sich zu und sie nickte nur.

»Hi, Alice«, sagte Nick. »Ich weiß nicht, ob du dich noch an mich erinnerst. Ich bin Cooper. Wir haben uns vor ein paar Monaten im Haus deiner Eltern kennengelernt.«

Oh nein, warum sagst du das? Die Polizei hat das Haus gestürmt, weil wir uns dort aufhielten. Und Alice hieß die letzten Monate »Mary« und hat sich in den Schlaf geweint, weil wir im Haus ihrer Eltern waren …

»Ich weiß, es war ein langer Tag für dich«, sagte er, »aber da sind Leute, die mit dir reden möchten.« Er hielt ihr sein Handy hin. Alice Chen starrte ihn ausdruckslos an.

»Nur zu. Es ist in Ordnung.« Er drückte ihr das Telefon in die Hand. Zaghaft hob sie es ans Ohr. Und sagte: »Hallo?«

Und dann: »Mommy?«

Und: »Daddy!«

Dann brach es aus ihr heraus und sie begann zu weinen und zu stammeln, eine Mischung aus Chinesisch und Englisch, und selbst die Wörter, die Shannon nicht kannte, verstand sie. Und eine Sekunde lang, nur eine Sekunde, verspürte sie das Gefühl, das sie erwartet hatte: Schiere Freude hämmerte in ihrer Brust wie eine Basstrommel. Dies war der Sinn ihrer Aktion, den sie nicht hatte sehen können, und Cooper hatte es erst möglich gemacht.

Er sagte: »Als ich die Nachrichten gesehen habe, habe ich Bobby geweckt und ihm als Stabsmitglied des Präsidenten die Order gegeben, ihre Eltern zu suchen und sofort freizulassen. Ihre Entlassungspapiere werden gerade fertiggemacht. Lee und Lisa kommen mit dem ersten Flug morgen früh an.«

»So was kannst du?«

»Ich hab's jedenfalls getan.«

»Bekommst du keinen Ärger?«

»Na ja, ganz legal war's nicht.« Er zuckte mit den Schultern. »Alles in Ordnung?«

»Mir geht's gut. Ich bin nur müde.«

Nick kam näher. Er hätte eine Rasur gebraucht, seine Augen waren rot, sein Blick irgendwie manisch. Er schaute kurz zu Alice hinüber – sie saß auf dem kalten Boden, umklammerte das Telefon mit beiden Händen und sprach unter Tränen –, dann sagte er: »Ich muss etwas klarstellen.«

»Ja?«

»Ich war gestern Abend ziemlich aufgebracht und habe Dinge gesagt, die ich nicht so meinte. Du und ich, wir haben zwar unterschiedliche Ansichten, aber ich weiß, dass du nicht hinter Biowaffen her warst. Ich habe mich einfach blöd benommen.« Er griff nach ihrer Hand und sie ließ ihn. So warm in dieser Kälte. »Ich weiß, dass du gewisse Dinge einfach nicht tun würdest.«

Sie traute sich nicht, etwas zu sagen, und nickte nur.

»Weißt du«, fuhr Nick fort, »am liebsten würde ich mich jetzt mit dir in einem richtig teuren Hotel einquartieren und eine Woche lang nur reden.« Er lächelte. »Und nicht nur reden.«

»Aber?«

»*Aber* das geht leider nicht. Und außerdem muss ich dich noch etwas fragen.«

Sie seufzte und zog ihre Hand zurück. »Komm, du weißt doch, dass ich nicht …«

»Moment«, sagte er. »Wart's ab. Ich erzähle dir jetzt, was ich weiß. Und anschließend kannst du reden oder auch nicht, das liegt bei dir. Okay?«

Sie rieb sich mit der Handkante am Auge. »Ja, okay.«

»Du bist in die AEB-Zentrale eingebrochen, um geheime Informationen über Bio- und Genlabore zu stehlen. Aber du hast nicht nur Informationen über ein paar Labore oder Projekte mitgehen lassen, sondern praktisch alles, was wir haben, über Forschungseinrichtungen im ganzen Land. Demnach ging John Smith davon aus, dass eins dieser Labore etwas entwickelt, was er haben will. Er wusste nur nicht, welches. Ich wette, jetzt ist er schlauer. Es ist das Institut für fortgeschrittene Genomforschung, das von Dr. Abraham Couzen geleitet wird.

Wie man hört, ist Couzen ein brillanter Wissenschaftler. Seine Arbeit hat neue Perspektiven auf das menschliche Genom eröffnet. Und damit auf die Menschheit an sich.« Er legte den Kopf schief. »Als ich dich gestern gefragt habe, was du suchst, hast du gesagt, einen Zaubertrank. Ich dachte, es sollte nur ein Witz sein. Aber es war dein Ernst, nicht wahr?«

Sie sah ihn unverwandt an und atmete regelmäßig.

Er lächelte sein spezielles Lächeln – wie der Tunichtgut aus einer Soap –, von dem er wusste, dass es charmant wirkte. »Du willst mir also nicht helfen?«

»Deine Regeln.«

»Also gut. Ich muss raten. Ich habe nach Mustern gesucht und bin zu dem Schluss gekommen, dass es nur eine Sache sein kann. Und zwar eine sehr bedeutende, sonst hättest du nicht das Risiko auf dich genommen, in die AEB-Zentrale einzubrechen. Ich glaube, es hat etwas mit Couzens Arbeit zu tun und sowohl John Smith als auch Erik Epstein wollen es unbedingt haben.« Cooper zögerte und lachte. »Gott, es hört sich verrückt an.«

»Dann sei verrückt.«

»Ich glaube, dass Couzen herausgefunden hat, was Menschen zu Abnormen macht.«

Shannon musste sich zusammenreißen, um sich nichts anmerken zu lassen. *Wenn er dumm wäre, hättest du ja nichts mit ihm angefangen.*

»Er hat die genetische Grundlage für unsere Gaben entdeckt«, fuhr Cooper fort. »Und nicht nur das, sondern er hat auch eine Möglichkeit gefunden, andere … andere …«

Sag es, Nick. Sprich aus, was niemand zu hoffen wagte.

»Shannon, hat er eine Möglichkeit gefunden, jeden mit einer Gabe auszustatten? Einen Zaubertrank, der Normalos zu Abnormen macht?«

Nun war sie an der Reihe, *ihn* aufmerksam zu beobachten. Sie war zwar keine Leserin und konnte nicht mit Gewissheit sagen, ob ihr jemand etwas vormachte, doch seine Skepsis stand Cooper ins Gesicht geschrieben. Sie erinnerte sich, dass sie genauso reagiert hatte, als John ihr verraten hatte, warum sie bei der AEB einbrechen sollte.

Aber was bedeutet es für dich, Nick? Freust du dich darüber? Oder hast du Angst?

Denn deine Reaktion ist entscheidend.

Sie wählte ihre Worte mit Bedacht. »Wenn es wirklich so wäre, was würdest du tun?«

»Wenn jeder begabt sein könnte? Das wäre, als würde man hunderttausend Jahre Evolution überspringen. Der Status quo wäre nicht mehr zu halten. Unser Gesellschaftssystem und alles, woran wir glauben, wäre hinfällig.« Er schüttelte den Kopf. »Die Regierung würde versuchen, es zu vertuschen und es unter ihre Kontrolle zu bekommen.«

»Ja«, sagte sie. »Aber was würdest *du* tun?«

»Du willst wissen, ob ich genauso handeln würde wie beim letzten Mal? Die Wahrheit über das Monocle, über Walker und Peters und den Ausgleichsdienst zu veröffentlichen, hatte verheerende Folgen. Ich habe versucht, das Richtige zu tun, und damit die Welt an den Rand einer Katastrophe gebracht. Und du fragst mich, ob ich das Gleiche wieder tun würde?«

Sie wartete.

»Absolut«, sagte er. »Ohne zu zögern. Über so etwas darf nicht hinter geschlossenen Türen entschieden werden. Durch Leute, die nur ihre eigenen Ziele verfolgen. Es ist etwas, das uns alle angeht.«

Ein warmes Gefühl entstand in ihrer Brust und breitete sich über ihren ganzen Körper aus, ein wohliges Prickeln, das auch die Eiseskälte von Wyoming nicht unterdrücken konnte. Sie schritt auf ihn zu, legte eine Hand auf seine Wange und schaute ihm in die Augen. »Richtige Antwort.«

Er sank ein wenig zusammen, nicht so, als wäre ihm eine schwere Bürde aufgelastet worden, sondern eher, als wäre eine Starre von ihm abgefallen. Als könnte er zum ersten Mal seit Langem richtig durchatmen. »Es stimmt also? Es existiert wirklich?«

»Ja.«

»Mein Gott.«

»Ja.«

»Dann wird alles anders.«

»Ja«, sagte sie. Und lächelte. »Aber glaub bloß nicht, dass ich deshalb nicht mehr sauer auf dich bin.«

Nick lachte. »Auf den Gedanken wäre ich nie gekommen.«

Wir sind heutzutage ununterbrochen vernetzt. Wenn wir arbeiten oder Auto fahren, selbst wenn wir ein Buch lesen oder Tri-D-Fernsehen schauen. Unser Leben findet zum Teil im virtuellen Raum statt.

In der Beziehung sind wir alle gleich: Ob schwarz oder weiß, Mann oder Frau, normal oder abnorm, unsere erste Handlung am Morgen – noch bevor wir uns die Zähne putzen – ist der Griff zum Datenpad.

Sie wollen die Welt verändern? Vergessen Sie die Politik. Lernen Sie programmieren.

— Jennifer Laurens, CEO von Bridgetech, in einer Rede vor Absolventen des Massachusetts Institute of Technology

Kapitel 27

Die Frau in der Projektion war schlank und der schwarze Kampfanzug ließ sie noch zierlicher erscheinen. Sie besaß die Eleganz einer Ballerina. Jede Bewegung war kalkuliert, als sie sich genau in dem Moment an einem Wachmann vorbeischlich, als der woanders hinschaute und die Waffe anhob. Ein gedämpfter Knall, dann erschien ein Loch in seiner Stirn. Er war noch nicht ganz am Boden, als die zweite Terroristin hineinstürmte. Sie zwang den anderen Wachmann auf die Knie und bohrte ihm die Mündung ihrer Maschinenpistole in den Nacken. Leahy sagte: »Pause.«

Die beiden Frauen erstarrten, ihre Mienen leer wie auf einem unvorteilhaften Schnappschuss.

»Das ist Shannon Azzi«, sagte Leahy. »Die andere ist Kathy Baskoff. Beide abnorm, bekannte Terroristinnen mit enger Verbindung zu John Smith.«

Senator Richard Lathrup schritt in das Projektionsfeld, sodass er die Beamer blockierte und schwarze Schatten warf. »Die da sieht aber nicht wie eine Soldatin aus.«

»Ist sie eigentlich auch nicht. Azzi ist eine Spionin und Attentäterin. Sie war es, die vorige Woche in die AEB-Zentrale eingebrochen ist.«

Der Senator ließ ein Pfeifen hören. »Und jetzt in die Davis-Akademie. Ein fleißiges Mädchen.« Er drehte sich um. »Dass sie die Wachen überwältigen konnten, verstehe ich ja noch. Aber wie haben sie das Sicherheitssystem deaktiviert?«

»Sie hat bei der AEB unter anderem Informationen über das Computersystem der Akademie gestohlen. Damit konnten sie die Alarmanlage überbrücken und die Stromversorgung unterbrechen.«

Mitchum sagte: »Wieder eine Schlappe für uns.«

»Ja, Sir«, sagte Leahy. »Und was noch schlimmer ist: Normalerweise hätten wir die Sache geheim halten können, aber die Terroristen haben den Medien Videomaterial zugespielt. Wir nehmen an, dass es ihnen vor allem um die Publicity ging, denn ein paar Kinder zu befreien, bringt taktisch nicht viel.«

»Aber spielt uns das nicht in die Hände?« Lathrup deutete auf das starre Bild. »Ein Anschlag auf eine Regierungseinrichtung, ermordete Lehrer und Verwaltungsmitarbeiter, gesprengte Gebäude. Ein Beweis, dass man den Abnormen nicht trauen kann. Und der perfekte Vorwand für den Präsidenten, die Kontroll- und Aufklärungsinitiative früher einzuführen.«

Leahy schüttelte den Kopf. »Schon als die Unruhen in Cleveland begannen, habe ich Clay dazu gedrängt. Aber er hat sich geweigert.«

»Und es kommt noch dicker, oder?«, sagte Mitchum.

»Ja, Sir.« Leahy atmete tief durch. »Clay will mit den Begabten direkt verhandeln. Er will ein Abkommen mit Erik Epstein erreichen, eine umfassende Partnerschaft zwischen New Canaan und den Vereinigten Staaten, um den Terrorismus zu bekämpfen, angefangen mit den Kindern Darwins.«

»Stimmt. Und er hat Nick Cooper als Regierungsvertreter hingeschickt, den AEB-Agenten, der Drew Peters umgebracht und das Beweismaterial gegen Präsident Walker veröffentlicht hat. Material, durch das wir auch auffliegen könnten.« Mitchum machte eine Pause. »Würden Sie sagen, die Situation ist unter Kontrolle, Owen?«

Leahy musste sich zusammenreißen, um das Gesicht nicht zu verziehen. *Du wusstest, dass er dir das vorhalten würde.* »Clay ist schwächer, als ich erwartet habe.«

»Eine gefährliche Fehleinschätzung. Und nun verhandelt ein Abnormer, dessen Loyalität wir uns nicht sicher sein können, mit Erik Epstein.«

»Ja, Sir«, sagte Leahy und fügte durch zusammengebissene Zähne hinzu: »Ich gebe zu, ich habe die Kontrolle über die Situation verloren.«

Senator Lathrup sagte: »Was ist eigentlich so schlimm daran, dass Clay mit Epstein verhandelt? Cleveland, Tulsa und Fresno werden belagert. Vielleicht kann Epstein die Sache ja beenden.«

Guter Gott. Bist du dir überhaupt darüber im Klaren, was wir vorhaben? Der Senator war ein nützlicher Verbündeter, keine Frage. Die Kontroll- und Aufklärungsinitiative war zwar Leahys Idee gewesen, doch Richard hatte den Gesetzesentwurf im Senat vorgebracht und war offiziell ihr Urheber. Aber letztendlich war er Politiker und kein Nachrichtendienstler. Leahy sagte: »Ich mache mir Sorgen darüber, wie weit Clay gehen wird, um sich Sympathien zu verschaffen.«

»Dazu haben Sie auch Grund«, sagte Mitchum. »Gestern hat unser Präsident seinen Abgesandten Nick Cooper autorisiert, der Siedlung New Canaan die Abspaltung von unserer geliebten Nation anzubieten.«

Leahy fiel die Kinnlade herunter. »Die Unabhängigkeit?«

»In der Tat.«

»Mein Gott. Woher wissen Sie das?«

Mitchum antwortete nicht und Leahy verfluchte sich. Wie dumm von ihm, seine Überraschung so offen zu zeigen.

Geheimnisse bedeuteten Macht. *Aber bemerkenswert, dass selbst der Präsident nichts vor Mitchum geheim halten kann.* Leahy sagte: »Clay ist übergeschnappt. Das kann doch niemals funktionieren.«

»Und was, wenn doch? Das ist meine Sorge.«

Der Senator sah verwirrt aus. »Warum? Wenn dadurch die Terroranschläge aufhören und die Belagerung der drei Städte, dafür kann man doch einen Flecken Ödland in Wyoming opfern.«

Leahy wollte antworten, doch zu seiner Überraschung fuhr Mitchum den Senator an und alle Gelassenheit war aus seiner Stimme verschwunden. »Ödland in Wyoming? Senator, es geht hier um das Hoheitsgebiet der Vereinigten Staaten. Unsere Aufgabe besteht darin, dieses Land zu beschützen, und nicht darin, es wegzugeben.«

»Ja, aber …«

»Von einer besseren Welt zu träumen ist etwas für Schöngeister. Männer in unserer Position können sich nicht erlauben, so zu denken. Sicher wollen Sie nicht, dass Ihre Wähler oder gar Ihre Fraktion erfahren, dass Sie bereit sind, Amerika parzellenweise zu verschenken.«

Der Senator wurde blass. »Nein, Sir. Natürlich nicht.«

Leahy hätte fast gelächelt. *Lieb von Richard, sich freiwillig als Prügelknabe zu melden, dadurch kriegst du nicht so viel ab. Aber kein Grund, sich in Sicherheit zu wiegen.*

»Wir müssen uns wohl damit abfinden, dass die Kontroll- und Aufklärungsinitiative gestorben ist. Dafür ist die Situation bereits zu sehr eskaliert«, sagte Mitchum. »Fortfahren, ohne Ton.«

Die beiden Terroristinnen bewegten sich wieder. Shannon Azzi holte eine Rolle Isolierband hervor und fesselte den Wachmann damit. Leahy hatte die Aufnahmen schon mehrmals gesehen, deshalb wandte er sich ab und betrachtete Mitchum. Seit fünfundzwanzig Jahren arbeitete er in verschiedenen Funktionen für ihn, manchmal direkt, manchmal indirekt, weil er ihm den jeweiligen Posten verdankte. Er kannte Mitchums Denkweise und bewunderte ihn dafür.

Die Arbeit eines Nachrichtendiensts bestand zum Großteil im Sammeln riesiger Informationsmengen. Und um Erfolg zu haben, galt es, drei Arbeitsschritte zu beachten. Zum einen musste man erkennen, welche Details besonders wichtig waren. Dann musste man entscheiden, was zu tun war. Und schließlich musste man seinen Plan ohne Bedenken ausführen.

Und Mitchum war ausgesprochen erfolgreich.

Im Video tätschelte Shannon Azzi dem Wachmann die Wange, schob seinen Stuhl vor die Monitore und ging hinaus. Dann wechselte die Kameraansicht zum Areal vor dem Wachhäuschen und schwere Lastwagen rollten ins Bild.

»Die Menschen, die unser System ablehnen, kennen kein anderes«, sagte Mitchum. »Natürlich ist es nicht ohne Fehler, aber es ist unsere heilige Pflicht, die Ordnung aufrechtzuerhalten, damit alles weiterläuft. Es geht nicht darum, was in irgendeinem Gesetzbuch steht. Es geht um unsere Kinder. Auch wenn Amerika nicht perfekt ist, es gibt kein besseres Land, und es ist meine Bestimmung, es für meine Kinder zu erhalten.«

Leahy hatte Mitchum noch nie so geschwollen daherreden hören. Der Senator gab sich unterwürfig und nickte brav. Aber Leahy wusste, dass es Mitchum nicht um Zustimmung ging. Er versuchte nicht, sein Handeln zu rechtfertigen. *Diese Rede soll eine Botschaft sein.*

Er dachte daran zurück, wie er vor über zwanzig Jahren mit der Studie über die Abnormen vor Mitchums Büro gesessen hatte. Seine Hände waren schweißnass gewesen und er hatte keinen klaren Gedanken fassen können. Es war ein kühnes, geradezu waghalsiges Manöver gewesen und das Sprungbrett seiner Karriere. Wenn Mitchum nicht auf ihn aufmerksam geworden wäre, wäre er niemals Verteidigungsminister geworden. Wahrscheinlich säße er jetzt im mittleren Management einer Rüstungsfirma.

Vielleicht ist es wieder an der Zeit für ein kühnes Manöver.

»Eins macht mir seit jeher Sorgen«, sagte Leahy zögernd. »Nämlich, dass es in New Canaan so friedlich zugeht. In dieser glückseligen kleinen Enklave leben Normale und Begabte konfliktfrei miteinander. Das ist ein Problem, denn es widerlegt unsere Behauptung, dass Abnorme eine Bedrohung darstellen.«

Richard sah ihn an. »Sie haben ein seltsames Weltbild, mein Sohn.«

»Ich bin nicht Ihr Sohn, Senator. Ich bin der Verteidigungsminister der Vereinigten Staaten.«

»Ich wollte nicht …«

»Es ist deshalb ein Problem, weil es nicht stimmt. New Canaan ist ungefähr so selbstständig wie ein zwei Wochen alter Welpe. Diese Mustersiedlung funktioniert nur dank unserer Hilfe. Wir beschützen und unterstützen sie. Und derweil können die Abnormen dort fast völlig unreglementiert an neuen Entwicklungen arbeiten und verfügen über ein schier unerschöpfliches Budget. Ihr Vorsprung wird immer größer. Sie machen Riesenfortschritte in Wissenschaft und Technik und geben die Ergebnisse an uns weiter, wann es ihnen gerade passt.«

Im Projektionsfeld hob Shannon Azzi gerade ihre Waffe in die Luft. Leahy sagte: »Anhalten.«

Er hatte es perfekt getimt und sie genau in dem Moment erwischt, als sie mit hochgehaltener Waffe und wildem Gesichtsausdruck ihre Soldaten anspornte, die Pose eines Rebellenführers der Dritten Welt. »Das, mein lieber Senator, ist es, was die

Abnormen verkörpern. Wir beschützen ein Territorium, das Terroristen beherbergt und unsere Ressourcen aufbraucht und zugleich so große wissenschaftliche Fortschritte macht, dass wir unmöglich mithalten können.« Er wandte sich Mitchum zu. »Sir, wenn wir nichts unternehmen, werden die, die wir jetzt unterstützen, einst unsere Kinder versklaven.«

Mitchum rieb sich das Kinn. Sein Blick war undurchdringlich.

Leahy dachte an gestern Abend im Oval Office zurück. Thanksgiving – und der Präsident hatte wie erstarrt dagesessen und zugeschaut, wie Cleveland brannte. Es hätte die Möglichkeit gegeben, das Land zu retten. Mit durchgreifenden Maßnahmen hätte man eine Wende herbeiführen können.

Nick Coopers irrige Appeasementpolitik hatte diese Möglichkeit jedoch im Keim erstickt. Aber Marla Keevers hatte etwas angesprochen, dass Leahy seitdem nicht mehr aus dem Kopf ging.

»Sir, ich frage mich, ob wir nicht zu klein denken.« Zuerst wollte er noch etwas hinzufügen, besann sich aber. Sie sollten von selbst drauf kommen.

Nach einer Weile fragte Mitchum: »Ist es machbar?«

»Wenn Clay weiter auf Kompromisse und Verhandlungen setzt, wird es unweigerlich zu weiteren Anschlägen kommen. Noch mehr Zerstörung in unseren Städten. Noch mehr«, er deutete auf die Projektion, »von deren Sorte. Anstatt zu versuchen, die Kontroll- und Aufklärungsinitiative durchzuboxen, sollten wir in größeren Maßstäben denken.«

»Mein Gott«, sagte Richard. »Meinen Sie etwa …?«

»Ach, halten Sie die Klappe, Senator«, sagte Leahy und starrte ihn mit drohendem Blick an.

Mitchum ging auf die holografische Projektion von Shannon Azzi zu. Lange schaute er ihr nachdenklich in die Augen.

Schließlich sagte er: »Sie wollen also um sämtliche Murmeln spielen?«

»Dies ist unser Moment, Sir.«

»Mag sein.« Mitchum drehte sich um. »Aber es ist äußerst unwahrscheinlich, dass Clay einen Angriff starten wird.«

»Das stimmt, Sir.« Leahy schob die Hände in die Taschen. »Deshalb wird er sich eben auf seine Berater verlassen müssen.«

Kapitel 28

Während des Frühstücks schweiften Coopers Gedanken immer wieder ab.

In einer Stunde würde er sich mit Erik Epstein zusammensetzen, um über die Abspaltung New Canaans von den Vereinigten Staaten zu verhandeln. Ein drastisches politisches Manöver, dessen Folgen man sich kaum vorzustellen vermochte.

Aber im Grunde spielte es keine Rolle, denn in Wirklichkeit würden sie über etwas anderes reden. Den größten Fortschritt der Menschheit seit … der Entdeckung des Feuers?

Als die Begabten vor dreißig Jahren zum ersten Mal auf der Bildfläche erschienen waren, hatten sich Wissenschaftler und Philosophen gleichermaßen Gedanken darüber gemacht, was dies zu bedeuten hatte. Warum hatten einige Menschen diese erstaunlichen Fähigkeiten und andere nicht? Doch trotz jahrzehntelanger Forschung und tausender Theorien hatte man immer noch keine Antwort gefunden. Und während diese Zweiteilung der Menschheit immer weitgreifendere Folgen hatte, wurden das Wie und Warum nebensächlich und die Frage, was man dagegen tun könnte, rückte in den Vordergrund.

Und nun war all das wie weggewischt. Es würde keine Teilung mehr geben, nicht mehr »wir« gegen »die anderen«. Sicher würden neue Fragen und Ängste aufkommen und es mussten so viele Entscheidungen getroffen werden. Aber es würden sich auch viele neue Möglichkeiten eröffnen. Die Spannungen, die das Land – nein, die ganze Welt – zu zerreißen drohten, würden nachlassen. Anstatt Terrorismus würde es Debatten geben. Anstatt Tod und Zerstörung eine Chance.

Die Menschheit würde sich unwiderruflich verändern. Tatsächlich würde die Menschheit, so wie sie war, verschwinden und Platz für eine bessere schaffen.

Da ihm all dies durch den Kopf ging, war Cooper während des Frühstücks nicht ganz da. *Du solltest dich jetzt erst mal um deine Familie kümmern. Dir ist schon genug Zeit mit ihnen entgangen.*

Das Restaurant war hell und weiträumig, geschmackvoll eingerichtet und von den Stimmen der Gäste erfüllt. Einer ihrer Sicherheitsmänner hatte es empfohlen. Offenbar war der Koch in New Canaan berühmt, ein Genialer, der eine Kette von Restaurants leitete. Cooper versuchte meist, abnorme Köche zu meiden. Vielleicht war er ja einfach kein Kenner, aber mit einem »dekonstruierten« Frühstück konnte er nichts anfangen.

Gedämpftes Ei, zu einem Würfel geschnitten, der Dotter entfernt und die Höhle mit Spinat und Ziegenkäse gefüllt; aus Seetang gewonnenes Eiweiß, so geformt und eingefärbt, dass es wie ein Ribeye-Steak aussah, auf einem dünnen Spiegel aus Rotebeetepüree; Steckrübenkroketten mit kristallisiertem Ketchup.

»Wie macht man denn Kristalle aus Ketchup?« Todd stocherte misstrauisch auf seinem Teller herum.

»Die Frage müsste wohl eher lauten: Warum?« Cooper blickte sich aufmerksam um, eine alte Gewohnheit. Das Restaurant war gut besucht, viele Leute warteten, doch sofort bei ihrem Eintreffen war ein Tisch für sie hergerichtet worden. Einer der Vorteile, die man als Diplomat genoss. Glücklicherweise hielten sich ihre Sicherheitsleute im Hintergrund. Die meisten waren draußen geblieben und die beiden Leibwächter im Restaurant trugen Zivil.

Bald wird es keinen Terrorismus mehr geben und wir brauchen keine Bewacher mehr.

»Mir gefällt's«, sagte Kate. Ihre Crêpes waren mit Origamitechnik zu Tierformen gefaltet worden und mit gefriergetrockneten Beeren überhäuft. Er hatte eine Erdbeere von ihrem Teller gestohlen. Sie war süß, aber hatte die Konsistenz eines Erdnussflips. »Mir gefällt's hier.«

Natalie warf ihm einen amüsierten Blick zu. »Ach ja?«

Kate nickte. »Es ist schön hier. Alles so neu.«

»Es ist doof hier«, sagte Todd.

»Ach komm«, sagte Natalie. »Warum sagst du so was? Du bist doch erst einen Tag hier.«

»Wie die schon Fußball spielen!«

Also, wie würde man aus einem Normalo einen Begabten machen? Vielleicht würden vorhandene Fähigkeiten verstärkt. Jemand, der sich schon immer gut in andere hineinversetzen konnte, würde Leser. Jemand, der schon vorher behänd übers Spielfeld flitzte, könnte nun die Bewegungen der anderen Spieler vorausahnen.

Gott, was das für Veränderungen mit sich bringen würde. Wahrscheinlich glaubten die Kinder Darwins, sie hätten riesiges Chaos angerichtet. Dabei war der kleine Aufruhr, den sie verursacht hatten, harmlos im Vergleich zu den Umwälzungen, die Eriks geheimes Projekt auslösen würde. Wahrlich ein Zaubertrank.

Jetzt bleib doch mal hier am Tisch.

Er wandte sich seinem Sohn zu. »Wie spielen sie denn Fußball?«

»Gestern habe ich mit ein paar Kindern gekickt. Sie haben all diese blöden Regeln erfunden, weil sie begabt sind.«

»Was für Regeln denn?«

»Einer von den Jungen konnte das, was du auch kannst, deswegen kam niemand an ihn ran. Deshalb musste er immer zwei Tore hintereinander machen, die aber nur als eins zählten. Dann war da ein Mädchen, das die ganze Zeit mitten auf dem Platz gesessen hat, ohne sich zu bewegen. Aber sie haben sie *als Erste* gewählt. *Ein Mädchen.* Und ein anderer Junge durfte sogar den Ball anfassen, weil er ›Physik sehen kann‹.«

»Er kann Physik sehen?«

»Das hat er jedenfalls gesagt. Bewegungen, Winkel und so. Er kann die verrücktesten Sachen mit dem Ball anstellen, aber dazu muss er ihn in die Hand nehmen und werfen. Der Ball hüpft dann wild herum, trifft Leute und alle möglichen Sachen und keiner kriegt ihn und er rollt einfach an einem vorbei.«

Cooper musste ein Lachen unterdrücken. *Du hast doch gesagt, eine Stadt aus Spiegeln wäre cool, mein Junge. Willkommen im großen Spiegelkabinett.* »Na und? Dann haben sie eben die Regeln geändert. Wer sagt denn, dass das nicht geht.«

»Alle sagen das. Sonst wären es ja keine Regeln.«

»Du bist nur sauer, weil du verloren hast«, meldete sich Kate.

»Ich habe nicht verloren. Sie haben gemogelt.«

»Mir gefällt's hier«, sagte Kate. »Niemand findet es hier komisch, dass ich alles ordne.«

»Das ist auch nicht komisch, Schatz. Du bist nicht komisch.«

»Zu Hause wohl. Können wir nicht hierbleiben?«

Cooper lachte. Er wollte gerade antworten, da sah er, wie ein Messer über die Kehle eines seiner Leibwächter fuhr, und eine Fontäne aus Blut spritzte über drei Tische.

* * *

Soren fuhr Taxi.

Er saß hinten rechts auf dem Rücksitz. Der Fahrer hatte ein Muttermal am Nacken, aus dem ein Haar sprießte. Draußen vorbeihuschende Szenen erstarrten zu Stillleben. Ein Mann und eine Frau liefen Hand in Hand nebeneinander her. Sah man länger hin, fiel auf, dass ihre Hand fester zudrückte als seine, dass sein Blick auf ein Schaufenster gerichtet war, dass sie ihrem Hals nach zehn Jahre älter war, als ihr Make-up glauben machen wollte, und dass sein Gürtel zugeschnallt war, doch sein Hosenschlitz offen stand. Anmut, Beständigkeit, Reinheit – alles Illusionen. Menschen bestanden nur aus Fleisch und Flüssigkeit, aus Knochen und Haaren.

Er hatte nach dieser Waffe verlangt, einem Fairbairn-Sykes-Kampfmesser. Dolchförmig zugespitzt und rasierklingenscharf, dünn genug, um zwischen Knochen hindurchzugleiten. Berühmt seit dem Zweiten Weltkrieg, doch damals waren die Klingen aus Stahl, diese war aus Kohlefaser. Die Schneide würde nicht halten. Doch die Waffe war so leicht, er musste nicht einmal ausholen, sie war wie eine Verlängerung seiner Hand. Zum Töten gemacht. Seine Finger ruhten auf dem Knauf.

Der Wagen wurde langsamer. Bis er zum Stehen kam, würde noch eine Minute vergehen. Soren nutzte die Zeit, um die Sicherheitsleute vor dem Restaurant zu studieren. Wie John vorhergesagt hatte, handelte es sich um ein Diplomatenschutzteam, alle begabt, bewaffnet und mit Ohrstöpseln ausgestattet. Sie waren es gewohnt, wichtige Personen zu bewachen, und jederzeit auf Angriffe vorbereitet. Sie würden ständig alles im Blick haben und jede Situation auf ihr Gefahrenpotenzial hin prüfen.

So wurde Soren ein staunender, harmloser Tourist aus Missouri. Er hatte alle Zeit der Welt, sich an seine Rolle zu gewöhnen. Als er den Fahrer bezahlte, gab er sich leicht aufgeregt wie jemand, für den eine Taxifahrt etwas Außergewöhnliches war, etwas, das er vor allem aus dem Fernsehen kannte. Er bat den Mann, das Wechselgeld zu behalten, gerade so viel, dass er es dankbar annehmen, aber sofort wieder vergessen würde. Soren stieg aus und schaute sich um, als wäre er hier zu Hause, um keine Räuber anzulocken, und versuchte gleichzeitig, sich einen Überblick zu verschaffen. Nach anderthalb Minuten – für den Rest der Welt nur acht Sekunden – betrat er mit beschwingtem Schritt das Restaurant, als würde er sich auf ein Essen freuen, wie er es in Missouri nie bekommen würde.

Die Sicherheitsleute hatten ihn registriert, beobachtet und als harmlos eingestuft. Sogar der Leser an der Tür. Leser amüsierten ihn. Sie konnten so gut in andere hineinschauen, doch durch seine Gabe war er für sie wie eine optische Täuschung, wie bei den Felgen eines Rads, die sich bei hoher Geschwindigkeit plötzlich rückwärts zu drehen scheinen. Eine auf ungenauer Wahrnehmung beruhende Fehlleistung.

Im Restaurant ging es laut und chaotisch zu. So viele Menschen, die alle nur *waren*. Sie saßen nur da und waren und machten einen solchen Lärm dabei. Lautstark und intensiv. Doch er war bereit, er wurde zu nichts, zu gar nichts, als er auf einen der beiden Leibwächter zuschritt und ihm die Kehle durchschnitt. Die Klinge so scharf, dass die Haut bei der ersten Berührung auseinanderklaffte. Die Schlagader sauber durchtrennt.

In hohem Bogen spritzte das Blut heraus. Eigentlich hübsch, diese Dynamik der Flüssigkeit, und er schaute einige Sekunden fasziniert zu, bevor er sich dem anderen Mann zuwandte. Der zog gerade seine Waffe, eine geschmeidige, eingeübte Bewegung, und Soren nahm sich Zeit, die Haltung seines Arms zu studieren und wie er mit der linken Hand die rechte stützte, und brachte sich so in Position, dass der Mann selbst mit einem Schwung seine Armbeuge auf die Klinge zubewegte und mit seiner Bewegung Stoff und Haut, Muskeln und Sehnen durchtrennte und dann die Oberarmarterie.

Es gab Schreie, doch nicht in seinem Nichts.

Unvermittelt musste Soren an die Spinne denken, zu der er geworden war, als John ihn holen kam. Aber warum? Ach, ja. Wegen der Ruhe und Bewegungslosigkeit vor dem Todesstoß.

Er drehte sich um. Die beiden Leibwächter sackten fast gleichzeitig zusammen, als hätten sie es einstudiert.

Soren betrachtete das Stillleben. Nick Cooper war aufgestanden. Sein Blick verriet, dass er die Situation taxierte. Kein Erstarren, kein Zögern. Interessant.

Es würde ihm natürlich nichts nützen. Trotzdem interessant.

* * *

Reflexartig war Cooper aufgesprungen. Doch als er auf den Beinen war, war der zweite Leibwächter bereits erledigt. Ein perfekter Schnitt hatte den inneren Bizeps bis auf den Knochen zertrennt. In ein paar Sekunden würde er das Bewusstsein verlieren und in die Dunkelheit stürzen.

Der Mann mit dem Messer drehte sich um, sein Gesichtsausdruck ganz ruhig. Hinter ihm brachen die beiden Leibwächter zusammen, aber nicht schnell und sauber wie im Fernsehen. Mit jedem Herzschlag schoss ihnen das Blut aus den Adern. Eine über und über besudelte Frau stieß raue, unmenschliche Schreie aus.

Cooper hatte alles sofort überblickt und bereitete sich mithilfe seiner Gabe auf den bevorstehenden Kampf vor. Der

Täter war schmächtig, seine Waffe ein Dolch nach Art der alten britischen Kampfmesser. Er schaute Cooper an und …

Seine Knöchel sind nicht weiß. Seine Atmung ist ruhig. Seiner Halsschlagader nach zu urteilen beträgt seine Herzfrequenz siebzig Schläge pro Minute. Er hat gerade innerhalb von drei Sekunden zwei hervorragend ausgebildete Leibwächter getötet und ist vollkommen ruhig.

Das ist kein Abnormer, der einen Groll gegen dich hegt, nicht der Bruder einer deiner früheren Zielpersonen. Das ist ein Attentäter.

Und er hat es auf dich abgesehen. Wahrscheinlich von John Smith geschickt.

Und deine Kinder sind hier.

… kam auf ihren Tisch zu.

In einer einzigen Bewegung wirbelte Cooper herum, packte seine Stuhllehne, drehte sich wieder herum und warf den Stuhl dem Mörder entgegen. Ein leichter Wurf, nur drei Meter, und der Stuhl nicht schwer, doch massiv genug, um den Mann aufzuhalten und den Vorteil, den ihm sein Messer bot, teilweise auszugleichen. Blitzschnell sprang Cooper auf den Tisch, der genau zwischen dem Attentäter und den Kindern stand. Dann sprang er auf der anderen Seite wieder herunter, in die Richtung, in die der Stuhl geflogen war, und dachte: *Halt dich geduckt, tritt ihm die Beine weg, dann stampf auf sein Handgelenk, auf seine Eier, das andere Handgelenk, seinen Hals …*

Aber der Stuhl hatte den Mann nicht getroffen. Der stand völlig ruhig da, obwohl der Stuhl ihn nur um einen halben Zentimeter verfehlt hatte.

Na gut. Cooper ging in Kampfstellung, die Knie angewinkelt, tänzelnd, die Arme zum Blocken erhoben. Wenn man einem Gegner gegenüberstand, der ein Messer hatte, musste man sich darüber im Klaren sein, dass man nicht ohne Schnittverletzung davonkommen würde, und trotzdem angreifen. Wer sich wie ein Opfer verhielt, wurde zum Opfer.

Der Attentäter wirkte gelassen, fast als wäre er gar nicht richtig wach. Cooper verlagerte sein Gewicht, beobachtete den Mann, versuchte, seinen nächsten Schritt zu lesen …

Doch es gelang ihm nicht. Es kam nichts. Es war, als hätte der Mann keinen Plan, keine Absicht. Er war wie ein Vakuum.

Egal. Cooper täuschte einen Jab an, dann legte er sein ganzes Gewicht in einen auf die linke Niere des Manns abzielenden Haken, auf den ein Uppercut folgen und ihn am Kinn erwischen würde, sodass sein Kopf zurückschleudern und seine Kehle freilegen würde, damit Cooper ihm mit dem Ellbogen die Luftröhre eindrücken konnte.

Doch der Mann reagierte gar nicht auf den angetäuschten Schlag, und als Cooper ihm die Faust entgegenschleuderte, traf er anstatt Fleisch die Schneide des Dolchs, die der andere im rechten Winkel zu Coopers Faust hielt, sodass sie genau zwischen Mittel- und Ringfinger glitt und seine Hand halb aufschlitzte.

Oh.

Scheiße.

Cooper machte einen kleinen Schritt zurück, die Arme abwehrend hochgehalten, doch seine rechte Hand war nur noch rohes Fleisch und Blut und baumelte zum Teil herunter, wegen der scharfen Klinge noch schmerzlos, und dann setzte der Schock ein, sodass er für den Bruchteil einer Sekunde nur seine Hand anstarren konnte und dachte: *Wow, wie seltsam das aussieht.*

Das Gesicht des Mannes immer noch ohne Ausdruck, nur sein Blick flatterte kurz zur Seite als …

Du kannst ihm mit deiner Gabe nicht beikommen. Er ist immun.

Aber das ist unmöglich. Jeder zeigt seine Absichten. Unsere Körper verraten unsere Gedanken. Doch seiner nicht.

Das heißt, deine Gabe ist nutzlos. Dieser Kampf wird anders als alle bisherigen.

Und wo schaut er überhaupt hin?

Oh nein.

... plötzlich Todd auf den Mann zurannte. *Nein!*

Und dann ging alles ganz langsam, nicht die Wirkung seiner Gabe, sondern durch einen gewaltigen Adrenalinstoß und schreckliche Angst verursacht. Cooper dachte so schnell nach, dass sein Körper nicht mitkam, und so angestrengt, dass er es kaum ertragen konnte. Durch reine Willenskraft versuchte er zu verhindern, was geschah, während sein Sohn schreiend auf den Mann zurannte, der seinem Dad wehgetan hatte. Zehn Jahre alt und groß für sein Alter, aber nur ein Kind, ein Junge mit dünnen Beinen, dünnen Armen und guten Absichten, der es einfach lassen sollte, und – Gott oh Gott, lass es nicht geschehen – Cooper versuchte, Todd mit einem Arm aufzuhalten, schwang den Arm mit aller Kraft, um den Jungen zurückzuschleudern, dass ihm der Atem stocken würde, und ihm vielleicht sogar eine zu verpassen, besser als ihn in die Nähe dieses Killerroboters mit den toten Augen zu lassen, der jetzt mit fürchterlicher Kraft herumwirbelte, den Arm erhoben, den Ellbogen angewinkelt, nein, nein, nein, nicht mein Sohn, du Dreckskerl, ich, nimm mich, aber nicht meinen Jungen …

Der Mörder schlug zu und es saß, sein Arm starr, sodass vom Ellbogen aus die ganze Wucht des Schlags in Todds Schläfe fuhr. Der Kopf des Jungen flog zu weit zur Seite und er bekam glasige Augen.

Mit einem Schrei stürzte Cooper sich auf den Mann, wollte ihm die Haut abziehen und das Fleisch von den Knochen reißen, während der andere sich so langsam, als hätte er alle Zeit der Welt, zu Cooper umdrehte, und ihm den Dolch in die Brust stieß.

Glattes, kühles Plastik durchschnitt Haut und Muskeln und bohrte sich in sein Herz.

Da wusste er, er war tot.

Er versuchte weiterzukämpfen, obwohl er seine Arme nicht mehr bewegen konnte, doch es war auch egal, denn der Mann drehte sich bereits um, um zu gehen, denn sein Auftrag war erledigt, seine Zielperson tot.

Cooper brach zusammen.

Plötzlich war Natalie da, ihr Gesicht füllte sein Blickfeld aus, tanzende schwarze Flecken wie Löcher in ihrem Kopf, und sie schrie irgendetwas, was er nicht hören konnte, und das Blut schoss heraus und er landete auf dem Boden neben Todd, seinem lieben Jungen, dem Sohn, den Natalie und er gezeugt hatten, aber es konnte doch nicht sein, dass sein Sohn auf dem Boden lag und nicht atmete, und es konnte doch unmöglich das Letzte sein, was er sah; erinnere dich lieber an das wirbelnde Grün und wie die Kinder an deinen Armen hingen und du sie im Vorgarten das Hauses, in dem du früher mit Natalie wohntest, herumgeschleudert hast und alle lächelten und lachten und die ganze Welt wirbelte herum, eine wunderbare Wirbelwelt.

Kapitel 29

Es war nicht die Müdigkeit. Obwohl er sehr müde war, regelrecht erschöpft, völlig fertig, und sich hängen ließ wie ein lebender Toter – wieder das Zombiethema – und obwohl sein Blick verschwommen war und seine Arme, in denen er Violet trug, schwer wie Blei. Sechs Kilo schienen nicht viel, bis man sie wie einen Sack meilenweit herumschleppen musste.

Es waren auch nicht die Schmerzen, obwohl sie heftig waren. Seine Hüfte und sein Rücken fühlten sich an, als hätte man sie mit heißen Eisenstäben durchbohrt. Seine Knie waren geschwollen. Doch seine nackten Füße waren das Schlimmste. Vor dem Schlafengehen hatte Amy mit den Schuhen auch die Strümpfe ausgezogen, und nachdem sie Jeremys Haus verlassen hatten, hatte er darauf bestanden, dass sie seine anzog. Nach stundenlanger Wanderung durch die Dunkelheit, über abgeerntete Maisfelder und durch das Naturschutzgebiet waren seine Fußsohlen rissig und wund und mit jedem Schritt hinterließ er eine Blutspur. Auf der Straße zu laufen wäre weniger beschwerlich gewesen, doch von Straßen hatten sie genug.

Es war nichts von alldem. Was ihn fast umbrachte, war seine Hilflosigkeit. Er hatte sich noch nie so verdammt *unnütz* gefühlt.

Violet war vor einer Stunde aufgewacht und weinte seitdem ununterbrochen. Es war ein verwirrtes herzzerreißendes Heulen, denn sie hatte Hunger und er wusste nicht, womit er sie füttern sollte.

Ein Mann hatte die Menschen, die er liebte, mit einer Flinte bedroht, und er hatte nichts gegen ihn ausrichten können. Selbst mit einer Waffe im Hosenbund war er nicht dazu in der Lage gewesen. Bei der Erinnerung daran verspürte er immer noch ein Brennen in der Magengrube. Er wusste, dass er richtig gehandelt hatte und seine Gefühle nur von einem Rest Affeninstinkt herrührten, aber das war egal.

Es war seine Aufgabe, seine Familie zu beschützen, stattdessen liefen sie über Land und hatten nichts, kein Essen, kein Geld und keine Unterkunft. Noch nicht einmal einen richtigen Plan.

Als der Morgen anbrach, wanderten sie eine abgelegene Straße entlang, weg von der brennenden Stadt. Sie waren Flüchtlinge, ganz einfach. Wahrscheinlich hatten sie irgendwann im Laufe der Nacht die Sperrzone verlassen, ohne es zu merken. Vor einer Weile hatten sie in der Ferne einen Hubschrauber gesehen, doch der hatte wieder abgedreht, ohne dass etwas passierte.

Kein sehr erhebendes Gefühl, sich mit seiner Familie im Gebüsch zu verstecken, während am Himmel ein Hubschrauber kreist.

Letzte Nacht hast du geschworen, alles zu tun, um deine Familie zu beschützen. Und es war dir ernst.

Also mach noch einen Schritt. Und noch einen. Und dann noch einen.

Er schob Violet auf den anderen Arm und lief weiter, Schritt für Schritt.

»He«, sagte Amy.

Ethan hatte die ganze Zeit angestrengt auf den Boden gestarrt und als er aufschaute, war er fast überrascht zu sehen, dass die Welt noch da war. »Was ist?«

Amy deutete in die Ferne.

Zweihundert Meter weiter stand am Feldrand eine Tankstelle. Cuyahoga Falls. »Wir haben es geschafft.«

* * *

In der Toilette der Tankstelle wuschen sie sich, so gut es ging. Hände und Gesicht und seine blutigen Füße. Notdürftig wickelten sie Violet, was ohne Windeln nicht so einfach war. Sie knüllten an die drei Meter Klopapier zusammen und benutzten sie als Ersatz.

Während Amy auf der Toilette war, lief Ethan mit seiner Tochter auf dem Arm im Tankstellenladen hin und her, wo es nur Süßigkeiten, Softdrinks und das Allernotwendigste gab.

Einschließlich Windeln und Babynahrung. Er stand vor dem Regal und starrte darauf.

Nach einer Weile hörte er ein Husten. Der Angestellte lehnte auf dem Tresen und schaute ihn aufmerksam an. Ein bulliger Typ mit Wagenschmiere unter den Fingernägeln.

»Ich bin kein Ladendieb«, sagte Ethan.

»Gut.«

»Hören Sie.« Er öffnete den Mund und rang nach Worten, passenderen, als denen, die sich aufdrängten. Er war ein Wissenschaftler ersten Ranges, eine Koryphäe auf seinem Gebiet. Universitäten und Forschungslabore bemühten sich um ihn. Er war immer stolz auf seine Fähigkeit gewesen, für alles eine Lösung zu finden, und hatte immer geglaubt, dass er, auch wenn sein Schicksal sich wenden sollte, noch immer zurechtkäme und für seine Familie sorgen könnte. Dass er einen Weg fände.

Doch nun blieb ihm nichts anderes übrig als zu betteln.

Du hast dem Universum geschworen, alles zu tun, was nötig ist.

»Hören Sie«, wiederholte er. »Wir sind letzte Nacht ausgeraubt worden. Meiner Frau und mir geht's gut, aber meine Tochter hat furchtbaren Hunger.« Er nahm eine Dose Babynahrung in die Hand. »Wäre es vielleicht möglich …?«

»Tut mir leid, was Ihnen passiert ist, aber nein.«

»Ich bin kein Penner oder so. Ich bin einfach ein Mann, der Pech gehabt hat.«

»Und ich bin ein Mann, der gerade eine Doppelschicht fährt.«

»Ich zahle es Ihnen zurück. Und noch zwanzig Dollar extra für Ihre Nettigkeit.« Der Mann gähnte und wandte sich wieder seiner Zeitschrift auf dem Tresen zu, Ethan sagte: »Sie ist erst drei Monate alt. Kommen Sie schon, seien Sie doch ein Mensch.«

Ohne aufzuschauen, sagte der andere: »Verzieh dich, Mann.«

Es ginge auch anders. Du hast immer noch die Pistole.

Der Gedanke tat so gut. Er genoss die Vorstellung, die Waffe zu ziehen und zu beobachten, wie sich der Gesichtsausdruck des Angestellten änderte.

Ein netter Gedanke, aber völlig verrückt. In ein paar Minuten würden sie sowieso wieder Geld haben. Sie würden sich mit Lebensmitteln und Windeln eindecken und einen Wagen mieten. Sie hätten im Handumdrehen wieder Geld. Zur Not würden sie einen Greyhound-Bus nehmen. Sie hatten es geschafft, aus Cleveland zu entkommen, hatten die Nationalgarde abgehängt, in den Lauf einer Flinte gestarrt und waren durch die Quarantäneabsperrung geschlüpft. Sie hatten es geschafft.

Sie brauchten nur etwas Bargeld, dann würden sie sich wieder auf den Weg machen.

* * *

Die Filiale in Cuyahoga Falls sah genauso aus wie seine in Cleveland. Blaugrauer Teppichboden, Schreibtische aus Holzimitat, schusssicheres Glas, eine auf die Kassierer gerichtete Kamera über der Tür und zur Berieselung Achtzigerjahre-Pop. Er verstand nicht, wie man in einer Bank arbeiten konnte. Im Grunde war nichts dagegen zu sagen, aber trotzdem, er würde einfach durchdrehen.

»Kann ich Ihnen helfen?« Der Ton der Empfangsdame war freundlich, aber zurückhaltend. Ihr Blick glitt an seiner zerrissenen Kleidung hinunter zu den nackten Füßen. Er war froh, dass Amy mit Violet draußen geblieben war. Sie drei zusammen hätten ausgesehen wie einem Foto von Dorothea Lange aus der Depressionszeit entsprungen.

»Ja«, sagte Ethan. »Zwei Carjacker haben unser Auto geklaut. Sie waren bewaffnet.«

»Mein Gott!« Sie sah ihn mit großen Augen an. »Hier?«

»Nein, etwa drei Kilometer von hier.«

»Und was hat die Polizei gesagt?«

»Da will ich anschließend hin. Ist der Filialleiter da?«

War er. Ein Mensch mit heiterem Gemüt und Anzug von der Stange, der sich als

Steve Schwarz vorstellte, führte ihn in sein Büro. »Tut mir so leid, was Ihnen zugestoßen ist. Geht es Ihnen auch allen gut?«

»Ja«, sagte er. »Wir sind nur ziemlich aufgewühlt. Und pleite. Sie haben alles mitgenommen. Handys, Portemonnaies, einfach alles.«

»Wir helfen Ihnen schon. Haben Sie Ihr Konto hier bei uns eröffnet?«

»Nein, in Cleveland.«

Schwarz legte den Kopf schief. »Kommen Sie da gerade her?«

»Nein«, sagte Ethan. »Wir waren im Urlaub.«

»Kennen Sie Ihre Kontonummer?«

Ethan setzte sich dem Mann gegenüber an den Schreibtisch. »Nicht auswendig.«

»Ach, ich meine auch nicht. Und Ihre Sozialversicherungsnummer?«

Während Ethan seine und Amys Nummern herunterrasselte, gab Schwarz sie in den Computer ein. »Da Sie sich nicht ausweisen können, muss ich Ihnen einige Sicherheitsfragen stellen.«

»Okay.«

Schwarz fragte nach ihren PIN, ihrer bevorzugten Filiale in Cleveland, kürzlichen Abbuchungen und der Höhe ihrer monatlichen Hypothekenzahlungen. Das reichte ihm schon und er sagte: »Sie bekommen von uns sofort neue Kontokarten. Die Kreditkarten müssen wir Ihnen leider zuschicken.«

»Macht nichts. Auch etwas Bargeld bitte.«

»Wie viel?«

»Sagen wir fünftausend?«

»Kein Problem, Dr. Park.« Er tippte wieder etwas ein. »Sie hatten noch Glück, wissen Sie das?«

»Glück? Wieso?«

»Sie haben Ihnen Ihren Ehering gelassen.«

Ethan hatte ganz entspannt auf seinem Stuhl gesessen. Jetzt schaute er auf und sah, wie Schwarz ihn fragend anstarrte. *Lass ihn ruhig im Ungewissen.* »Da haben Sie recht. Wir hatten wirklich Glück.«

Der Filialleiter sah aus, als wollte er noch etwas sagen, doch das Telefon auf seinem Schreibtisch klingelte. »Entschuldigen Sie bitte«, sagte er und hob ab. »Steve Schwarz, Zweigstellenleiter.«

Ethan konnte die Stimme am anderen Ende nicht hören, doch Schwarz wirkte überrascht. Er wurde steif, seine Hand umklammerte das Telefon etwas fester. Er schaute kurz Ethan an und sofort wieder weg. »Verstehe.«

Dann reichte er Ethan das Telefon. »Für Sie.«

Was zum …? Ethan schaute sich um. Das Büro hatte Glaswände, durch die er den Hauptraum sehen konnte. Alles unverändert. Doch all das, was ihm vorher beruhigend vertraut erschienen war, wirkte nun bedrohlich. Ethan nahm das Telefon.

»Hallo, Dr. Park.« Eine Männerstimme, ruhig und souverän. »Special Agent Bobby Quinn hier, von der Analyse- und Einsatzbehörde.«

»Quinn?« Er verstand nicht. Das war doch der Name dieses Agenten, der zu ihm nach Hause gekommen war und von Abes Entführung berichtet hatte. »Was tun … Woher wissen Sie, dass ich hier bin?«

»Das tut nichts zur Sache. Hören Sie, Doktor, ich weiß, wir sind im Zwist auseinandergegangen und es tut mir leid. Aber wir müssen uns dringend unterhalten.«

»Ich verstehe nicht.«

»Ich weiß, Sir. Tut mir leid, ich erkläre Ihnen alles.«

»Stecke ich in Schwierigkeiten?«

»Nein, nichts dergleichen. Wir brauchen Ihre Hilfe, Ethan.«

»Wozu denn?«

»Das kann ich am Telefon nicht erörtern. Es ist eine Frage der nationalen Sicherheit.«

Nationale Sicherheit? Was redet der denn da?

Aber ist das nicht egal? Er ist ein Agent der Regierung und du bist amerikanischer Staatsbürger. »Und wann?«

»Bleiben Sie, wo Sie sind. Ich bin in Washington, aber ich werde ein Flugzeug beordern und in zwei Stunden bei Ihnen sein. Wenn Sie möchten, bringe ich auch frische Kleidung und Schuhe mit.«

Ethan wollte sich gerade bedanken, doch dann stutzte er. *Schuhe?* Ein Kribbeln lief ihm an den Beinen hinunter. Langsam drehte er sich um.

Die Sicherheitskamera über der Eingangstür war jetzt auf das Büro des Filialleiters gerichtet.

Zwei weitere Kameras hinter dem Tresen starrten ihn kalt an.

Draußen vor dem Fenster war eine Kamera an einem Telefonmast, die Amy und Violet anglotzte.

»Mein Gott.«

»Dr. Park, wir haben alle Überwachungskameras im Umkreis von dreihundert Kilometern unter unserer Kontrolle. So wichtig sind Sie uns.«

»Die Drohne«, sagte er. »Die Nationalgarde.«

Dieser Mann hat alles daran gesetzt, dich zu finden. Ein Mann, dem du schon letztes Mal nicht getraut hast und der dir den wahren Grund für sein Kommen nicht sagen wollte.

»Genau. Jetzt verstehen Sie langsam, oder?«

»Nein«, sagte Ethan. »Überhaupt nicht. Warum schicken Sie nicht die Polizei, um uns abzuholen?«

»Ich habe doch gesagt, ich komme selbst.«

»Aber Sie haben auch gesagt, die Zeit drängt. Und Sie sind in Washington. Also warum schicken Sie nicht eine Streife vorbei?« Er hielt das Telefon ans andere Ohr und stierte in die Kamera. »Soll die Polizei etwa nichts wissen?«

Seine Gedanken überschlugen sich und er begann, das Puzzle zusammenzusetzen. Es würde zwar noch Jahre dauern, bis das Serum allgemein verfügbar wäre. Doch es funktionierte. Sie konnten normale Menschen mit Gaben ausstatten.

Revolutionär in jeder Beziehung. Man konnte damit nicht nur einen Riesenhaufen Geld verdienen, es würde die Welt verändern.

Vielleicht will die AEB nicht, dass sich die Welt verändert. Jedenfalls nicht so *sehr.*

»Die Polizei würde ein Festnahmeprotokoll erstellen«, sagte Ethan langsam, »es würde alles genau festgehalten. Außerdem könnten etliche Polizisten bezeugen, dass wir verhaftet wurden.«

»Was für einen Unterschied soll das machen?«

»Ohne Zeugen könnten wir einfach verschwinden.«

»Verschwinden?« Der Agent lachte. »Dr. Park, Sie sind paranoid.«

»In den vergangenen Tagen wurde mein Chef entführt, meine Stadt unter Quarantäne und mein Haus unter Beobachtung gestellt und Militärdrohnen haben nach mir gefahndet. Ich bin wiederholt mit der Waffe bedroht worden, zwei Mal von Soldaten. Man hat mich ausgeraubt, sogar meine Schuhe sind weg. Gestern Abend habe ich mitangesehen, wie die Nationalgarde einen Unschuldigen erschossen hat. Und Sie haben gerade selbst zugegeben, dass die hinter mir her waren. Vielleicht bin ich nicht paranoid genug.«

»Ethan, hören Sie …«

Dann fand er noch ein Puzzleteil: Abe. Dr. Abraham Couzen. Ein Genie. Und eine totale Nervensäge, doch er hatte die Antwort auf die Frage gefunden, die sich die Menschheit seit dreißig Jahren stellte. Eine Frage, die alles bestimmt und alles verändert hatte. Die Ursache für die Entstehung der AEB … und der Kinder Darwins. Und nun war er verschwunden, vermisst. Blutspuren in seinem Labor.

Ethan fragte: »Agent Quinn, wo ist Abe?«

Es folgte eine lange Pause. Schließlich sagte der Mann von der Regierung: »Dr. Park, was Sie vorhaben … Tun Sie's nicht.«

Doch da hatte Ethan das Telefon schon fallen gelassen und war losgerannt.

Kapitel 30

Lionel Clay hatte diesen Posten nie gewollt. Noch nicht einmal den des Vizepräsidenten. Der Senat war der Gipfel seiner politischen Ambitionen gewesen, ein Ort, an dem er Debatten führen und Gesetze schmieden konnte, wo starke Argumente und Überzeugungskraft noch immer die Welt verändern konnten, so wie einst Cicero im alten Rom.

Als sich das Republican National Committee zum ersten Mal mit der Idee an ihn gewandt hatte, als Walkers Vize zu kandidieren, hatte er dankend abgelehnt. Henry Walker war nicht nach seinem Geschmack und außerdem wollte er nicht so sehr im Rampenlicht stehen. Doch sie ließen nicht locker, kamen mit Tabellen und Statistiken, argumentierten mit der sozialen Bedeutung und Notwendigkeit einer akademischen Sichtweise und schließlich mit der Wahrheit, nämlich, dass er die Wähler im Süden gewinnen würde, und darauf kam es an.

Schon als er den Posten akzeptiert hatte, hatte er gewusst, dass es ein Fehler war. Und nun, da er den Situation Room betrat, war er sich so sicher wie nie. Alle standen auf, als er eintrat, und er bedeutete ihnen, sich zu setzen. »Was ist passiert?«

Leahy hustete. »Sir, vor etwa zwanzig Minuten, um 9:43 Uhr Ortszeit, wurde Nick Cooper in Tesla, New Canaan, ermordet.«

Clay wollte sich gerade setzen, doch die Nachricht ließ ihn erstarren. Er atmete tief durch und ließ sich auf seinem Stuhl nieder. »Er ist tot?«

»Ja, Sir. Ein Abnormer namens Soren Johansen hat das Restaurant betreten, wo Mr Cooper gerade mit seiner Familie frühstückte, hat zwei Leibwächter getötet und dann Cooper ein Messer in die Brust gestoßen und die linke Herzkammer getroffen. Er wurde auf schnellstem Wege zum Guardian General Hospital gebracht, doch war bei Ankunft bereits tot.«

»Was ist mit seiner Familie?«

»Sein Sohn Todd wurde bei dem Anschlag verletzt. Sein Zustand ist kritisch.«

»Und der Attentäter, Soren Johansen?«

»Wir bemühen uns noch um ein klares Bild. Aber allem Anschein nach ist er entkommen.«

»Mein Gott.« Clay lehnte sich zurück. »Wie konnte das passieren?«

General Yuval Raz, Vorsitzender des Vereinigten Generalstabs, tauschte Blicke mit Jen Forbus, der Direktorin der AEB. Clay seufzte innerlich. So oft ging es in der Politik allen nur darum, sich Rückendeckung zu verschaffen. Nach einer Weile sagte General Raz: »Wir haben derzeit noch keine genauen Informationen.«

»Verstehe.«

»Uns liegen keine Hinweise auf eine Verschwörung vor. Aber Johansen ist einfach an einem Diplomatenschutzteam von Epstein Industries vorbeispaziert. Er hat zwar die beiden Leibwächter im Restaurant getötet, aber …«

»Hat Epstein etwas mit dem Anschlag zu tun?«

»Zumindest hat sein Team ihn nicht verhindert.«

»Das kann aber auch an unserem Attentäter liegen«, warf Forbus ein. »Soren Johansen verfügt über eine temporale Gabe. Sein T Null beträgt 11,2, eine außergewöhnliche Rate. Es bedeutet, dass er eine Sekunde als etwas mehr als elf Sekunden wahrnimmt. Wahrscheinlich war er dadurch in der Lage, das Attentat ohne Gegenwehr durchzuführen.«

»Woher wissen wir das?«, fragte Clay.

»Er wurde in einer Akademie erzogen. In Hawkesdown.«

»In Hawkesdown?« Clay legte die Fingerspitzen aneinander. »Dort war auch John Smith.«

»Ja, Sir, und zur gleichen Zeit, nur dass Smith zwei Jahre älter ist. Doch als Johansen die Akademie hinter sich hatte, ist er verschwunden. Falls er politisch interessiert ist, hat er sich sehr ruhig verhalten. Es gibt keinen Hinweis auf eine Verbindung zwischen den beiden. Aber mein Bauch sagt mir, dass John Smith etwas damit zu tun hat.«

»Mr President«, sagte Leahy, »wir möchten John Smith festnehmen, um ihn zu vernehmen.«

Marla Keevers, die bisher geschwiegen hatte, meldete sich zu Wort: »Das würde ein Albtraum werden. Seit den Enthüllungen über das Monocle genießt er ungeheure Sympathien. Er tritt in Talkshows auf, hält Reden. Sein Buch ist seit Wochen auf der Bestsellerliste der *New York Times*. Ihn zu verhaften hätte sehr unangenehme Folgen.«

»Das spielt jetzt keine Rolle mehr«, sagte Leahy.

Clay musterte ihn. Leahy war ein ehemaliger Soldat, der die vergangenen dreißig Jahre im Nachrichtendienst tätig gewesen war und es bis zum CIA-Chef gebracht hatte, bevor er Verteidigungsminister wurde. Er konnte einfach nicht anders, als die ganze Welt aus militärischer Sicht zu sehen.

Das heißt nicht, dass er unrecht hat. Schließlich war Owen dagegen gewesen, Cooper nach New Canaan zu schicken.

»Nehmen Sie John Smith fest«, sagte der Präsident.

Leahy nickte General Raz zu, der zum Telefon griff und leise hineinsprach.

»Außerdem müssen wir einen Militärschlag gegen New Canaan in die Wege leiten, Sir.«

»Warum denn? Wenn wir davon ausgehen, dass Smith …«

»Cooper war Gesandter der Vereinigten Staaten. Wir müssen seine Ermordung als Kriegshandlung betrachten.«

»Was sagt Epstein denn dazu?«

Leahy ließ seinen Blick um den Tisch schweifen. »Wir konnten ihn noch nicht erreichen, Sir.«

»Wie bitte?«

»Vielleicht geht es ja alles ein bisschen zu schnell. Aber letztlich gibt es nur zwei Möglichkeiten, entweder Epstein und die Siedlung New Canaan sind selbst an Terrorakten beteiligt oder ihre Regierung«, Leahy sprach das Wort mit Widerwillen aus, »wurde von Terroristen unterwandert. Auf jeden Fall wurde ein Berater des amerikanischen Präsidenten auf diplomatischer Mission ermordet, während im Land Unruhen bisher unbekannten Ausmaßes stattfinden. Drei Städte sind ohne Strom und Lebensmittel und stehen unter Kriegsrecht. Wir können es uns einfach nicht leisten, lange nachzudenken.« Leahy zögerte, dann sagte er: »Sir, wir raten Ihnen, alles für eine groß angelegte Invasion der Siedlung New Canaan vorzubereiten.«

Clay warf Marla einen Blick zu. Die zuckte mit den Schultern und sagte: »Die Leute haben Angst. Wenn wir die Kavallerie reinschicken, zeigt das, dass wir immer noch das Sagen haben.«

»General Raz, wie würde eine solche Invasion aussehen?«

»Wir würden vom Air-Force-Stützpunkt Ellsworth Wyvern-F-27-Jets aussenden, um den Luftraum zu kontrollieren. Wir würden in der Region bis auf Hilfsguttransporte den gesamten Flugverkehr stilllegen. Einheiten der vierten Infanteriedivision, der ersten Panzerdivision und der hundertsten Luftlandedivision würden Gillette, Shoshoni und Rawlins einnehmen, die Zugangsorte der Siedlung, und sie damit von der Außenwelt abschneiden.«

»Wie viele Soldaten wären dafür nötig?«

»Circa fünfundsiebzigtausend.«

»*Fünfundsiebzigtausend?* Das entspricht fast der gesamten Bevölkerung von New Canaan.«

»Ja, Sir. Es ist ausschlaggebend, dass wir mit einer Übermacht auftreten. Es geht uns nicht um einen fairen Kampf«, sagte der General, »sondern wir müssen deutlich machen, dass wir sie vernichten können. Dann werden sie gar nicht auf die Idee kommen, Widerstand zu leisten. Und letztendlich retten wir so Menschenleben auf beiden Seiten.«

Ein Dutzend Gesichter starrte den Präsidenten an. Männer und Frauen in vor Orden strotzenden Uniformen, Befehlshaber aller Streitkräfte und Chefs sämtlicher Nachrichtendienste. Lionel Clay war stolz darauf, immer ein ehrbares Leben gelebt zu haben. Er war Lehrer und Führungsperson gewesen. Doch nie Soldat.

Mein Gott, ich wollte nie derjenige sein, der solche Entscheidungen treffen muss.

»Sie reden von einem Militärschlag gegen amerikanische Bürger.«

»Wir reden nur von Vorbereitungen«, sagte Leahy. »Wir wollen nur Truppen aufstellen, um unsere Feinde daran zu erinnern, dass sie es mit der vereinten Macht der besten Streitkräfte zu tun haben, die die Welt kennt.«

»Und wie sieht das Finale aus?«

»Sir?«

»Wenn ich den Befehl zum Angriff gebe. Was geschieht, nachdem wir New Canaan eingenommen haben?«

Leahy sah wieder in die Runde. »Das liegt ganz an Ihnen, Sir. Doch wir raten, alle Führungspersonen sowie Abnorme ersten und zweiten Grades vorübergehend zu internieren. Und die Siedlung sollte evakuiert und zerstört werden.«

Was hatte Cooper noch gesagt?

Sie wussten, dass jemand versuchen würde, Sie in einen Bürgerkrieg zu zerren. Und Sie waren sich nicht sicher, ob Sie stark genug wären, sich dem entgegenzustellen.

Ein zweiter Bürgerkrieg, nur diesmal nicht zwischen verschiedenen Staaten, sondern zwischen der Mehrheit und einer Minderheit, und mit dem ganzen Schreckenspotenzial eines solchen Konflikts – wahrscheinlich bis hin zum Völkermord.

»Sir, Sie müssen zu diesem Zeitpunkt noch nicht den Befehl zum Angriff geben. Doch wenn wir jetzt die Truppen in Position bringen, haben wir zumindest die Möglichkeit, und außerdem ist es eine klare Botschaft an den Feind und würde die Bevölkerung beruhigen.«

Plötzlich kam ihm ein Gedanke. Er könnte einfach aufstehen und den Raum verlassen. Dann das Gebäude. Er könnte an einer Straßenecke ein Taxi anhalten, zum Flughafen fahren und ein Ticket zurück nach Columbia buchen. Einfach alles hinwerfen und ab nach Hause.

Eine absurde Fantasie. Doch sehr verlockend.

Lionel Clay starrte auf die Tischplatte. Auf seine auf dem polierten Holz ruhenden Hände. »Diktatoren reiten unentwegt auf Tigern umher und wagen nicht abzusteigen. Doch die Tiger werden hungrig.«

»Winston Churchill«, sagte Leahy. »Aber wir sind keine Diktatoren.«

»Ob spätere Generationen dem zustimmen werden?«

»Sir?«

»Beordern Sie die Armee nach Wyoming.«

Kapitel 31

Er war zum Vorraum gerannt und Adrenalin betäubte den Schmerz in seinen nackten Füßen, während er hinaus auf den Parkplatz stürmte, der unter strahlend blauem Himmel dalag. Seine Frau starrte ihn an.

»Ethan?«

»Renn!«

In ihren Augen standen tausend Fragen, doch sie schob sie beiseite und, Violet fest an sich gedrückt, rannte sie los. Sie sprinteten auf den Gehweg hinaus und aufs Geratewohl Richtung Norden. Cuyahoga Falls war ein einziges Einkaufszentrum, eine von Handelsketten gesponserte Stadt. Vor ihnen lag ein Drugstore, links ein Restaurant, beide Firmenzeichen vertraut. Die State Street hatte in jede Richtung zwei Spuren. Nirgendwo Polizei, doch die würde nicht lange auf sich warten lassen.

Im Lauf zählte Ethan die Überwachungskameras. Sie waren überall. An Ampeln, auf Parkplätzen, an Häuserecken. Ihm war nie aufgefallen, wie viele es gab.

Und alle waren auf ihn und seine Familie gerichtet.

Jede einzelne Kamera schwenkte ihnen hinterher, während sie rannten.

Er schauderte und bekam eine Gänsehaut.

»Ethan«, sagte Amy vor Keuchen stockend, »warum … rennen … wir …?«

»Vertrau mir einfach.«

Sie nickte und sie liefen weiter nach Norden. Die AEB würde mindestens fünf Minuten brauchen, um sich mit der örtlichen Polizei zu verständigen. Sie würden Druck machen müssen und ihnen sagen, dass flüchtige Personen – *mein Gott, wir sind auf der Flucht vor der AEB* – die State Street entlangrannten. Dann würde es noch ein, zwei Minuten dauern, bis eine Streife da war.

Aber wie weit würden sie wohl kommen? Wäre es vielleicht besser, den Kameras auszuweichen?

»Hier lang.« Er bog in eine Seitenstraße ein. Er war erhitzt und atmete heftig, und jeder Schritt schüttelte seine Knochen durch. Sie kamen an einem großen Parkplatz vorbei und mussten zwei glotzenden Jugendlichen mit Skateboards ausweichen. Ein Stück weiter kam eine Einfamilienhaussiedlung, eng stehende Bungalows und Holzrahmenhäuser. Gelbbraune Rasenflächen und verblasste amerikanische Flaggen. Hinter einem Zaun ein bellender, knurrender Hund. Ethan bog willkürlich nach rechts ab, lief einen Block weiter, bog dann nach links ab. Sie waren jetzt mitten in einer Wohngegend, nicht besonders sicher, aber wenigstens weg von den Kameras.

Amy sagte: »Ich kann nicht mehr.« Sie war blass und hielt Violet mit beiden Armen. Die Kleine flennte. Es war kein lautes Heulen, nur ein ständiges Klagen, das ihm durch Mark und Bein ging. Er nickte und verlangsamte seinen Schritt zu einem zügigen Trab.

»Was ist überhaupt los?«

»Amy, ich weiß, es hört sich verrückt an, aber ich glaube, die AEB ist wegen meiner Arbeit hinter uns her.«

»Stimmt, hört sich wirklich verrückt an.«

»Ehrlich? Denk an die Drohne. Und die Nationalgarde.«

»Ja, aber … Ach, komm.«

»Als ich in der Bank war, klingelte auf einmal das Telefon. Es war Quinn, der Agent, der bei uns zu Hause war. Er hat mich über die Überwachungskamera beobachtet.« Er sah sie an. »Warum sollte er so was tun?«

Sie kamen an einer Reihe heruntergekommener Backsteinhäuser vorbei und die Vorgärten wurden immer breiter, je weiter sie sich vom Ort entfernten. Bald würden sie wieder durch Wälder und über Golfplätze streifen. Und Stoppelfelder. Bei dem Gedanken daran, wie seine Füße bluten würden, zuckte er zusammen.

Nach einer langen Pause sagte Amy: »Ich weiß, du hast eine Geheimhaltungsvereinbarung unterschrieben, und das habe ich immer respektiert. Über ein Jahr lang. Ich fand es zwar albern und übertrieben, aber dir war es wichtig, deswegen habe ich es akzeptiert. Aber jetzt wird es Zeit, dass du mir verrätst, woran ihr, du und Abe, arbeitet.«

Er schaute sie an. Es hatte ihn fast umgebracht, nicht mit ihr über sein Projekt reden zu dürfen. Seine Erfolge nicht mit seiner eigenen Frau teilen zu können. Aber Abe hatte es ganz klar gesagt: Niemand, absolut niemand, durfte etwas erfahren. Wer gegen diese Regel verstieß, war erledigt. Entlassen, ohne Patentrechte, auf der schwarzen Liste, am Ende.

Ethan hatte den alten Mann für paranoid gehalten, sich jedoch gefügt, um nicht anzuecken. Wenn das die Voraussetzung war, um Seite an Seite mit dem größten Genie des Fachs in einem Privatlabor mit uneingeschränkten Finanzmitteln arbeiten zu dürfen, dann wollte er es gern akzeptieren. Doch nun war er sich nicht mehr so sicher.

Ist die AEB etwa dahintergekommen, weil jemand seiner Frau davon erzählt hat?

Ist doch jetzt sowieso scheißegal.

»Wir haben herausgefunden, wie man Normalos zu Genialen macht.«

Sie blieb so abrupt stehen, als wäre sie vor eine Wand gelaufen. »Du machst doch Witze.«

»Nein. Und die AEB will es verhindern. Ich glaube, sie haben Abe entführt. Und jetzt sind sie hinter uns her.«

»Also … was machen wir denn jetzt?«

Das war die große Frage. Und dann sah er plötzlich die Antwort vor sich. »Warte hier.«

* * *

Eine Digitalklingel läutete, als er eintrat. Süßigkeiten, Softdrinks und Bedarfsartikel, genau wie beim letzten Mal. Ethan ging zum mittleren Regal und nahm sich drei Pakete Einwegwindeln und beide Dosen Babynahrung. Der Angestellte sah ihn an und fuhr sich durchs Haar. Dünne Strähnen fielen ihm bis zum Hals. »Du schon wieder?«

Ethan ging zurück zu den Regalen und packte sich die Arme voll. Eine Taschenlampe und ein Paket Monobatterien. Den gesamten Jerky-Vorrat. Pflaster und Ibuprofen. Er häufte es auf den Tresen.

Der Angestellte sagte: »Ach, komm schon, Mann.«

Dann eine Großpackung Snickers.

Einen Karton Eier und sieben Liter Milch.

Acht Literflaschen Mineralwasser.

Vier Feuerzeuge aus der Auslage an der Kasse.

Eine Rolle Isolierband.

»Hör mal, Typ, ich muss alles wieder einräumen.«

»Nein, musst du nicht. Pack es in Tüten.«

»Also gut. Wenn du's nicht anders willst.« Der Mann griff nach dem Telefon. »Dann rufe ich die Polizei.«

»Keine Sorge«, sagte Ethan. »Ich hau schon ab. Nur eine Frage.«

Der Mann schaute ihn misstrauisch an, als rechnete er damit, dass Ethan ihn wieder anbetteln würde. »Ja?«

Ethan zog den Revolver aus seinem Hosenbund und richtete ihn auf den Angestellten. Er beobachtete, wie dessen Gesichtsausdruck sich veränderte. Genauso, wie er es sich vorgestellt hatte. Und es tat auch genauso gut wie in seiner Fantasie.

»Was für ein Auto fährst du?«

Precision Aerospace Industries™,
führender Hersteller von Raketen für verschiedene
Abschussumgebungen, präsentiert:

Avenger (BGM-117)

Von Genialen mit Akademieausbildung
entwickelt und konstruiert,
ist die Avenger

SCHNELL
Die erste Rakete dieses Typs, die eine
Hyperschallgeschwindigkeit von bis zu Mach 5,3
(weit über 6000 km/h) erreicht.

NICHT AUFZUSPÜREN
Tarnkappentechnik der nächsten Generation verhindert
Aufspüren durch Frühwarnsysteme.

NICHT AUFZUHALTEN
Integrierte Störelektronik, die im Einsatz gegen
Verteidigungssysteme eine Erfolgsrate von 97,8 % aufweist.

FLEXIBEL
Da die Avenger sich sowohl für konventionelle als auch
atomare Sprengladungen eignet, richtet sich ihre
Schlagkraft ganz nach Ihrem jeweiligen Bedarf.

Die Avenger-Rakete

Vergeltung in Ihrer Hand

Kapitel 32

Die Luft war kühl und roch ein wenig nach Ammoniak.

Er hörte Geräusche. Schon seit einer Weile, wie ihm jetzt bewusst wurde. War auf ihren Schwingungen dahingetrieben. Summen und Piepen.

Er öffnete die Augen. Licht. Schmerzhaft, reinstes Weiß, weder Form noch Konturen, Licht wie an der Himmelspforte, wie das am Ende des Tunnels.

Bin ich im Himmel?

Ein Bild blitzte in seinem Gedächtnis auf. Todds Gesicht, wenige Zentimeter entfernt, sein Blick leer und starr. *Die Hölle.*

Scharf die Luft einsaugend setzte Cooper sich auf. Die Welt kippte und wankte, und als er seinen rechten Arm ausstreckte, um sein Gleichgewicht wiederzufinden, stieß er irgendwo an, seine Hand ungelenk, und ein höllischer Schmerz stieg in ihm auf und durchdrang die Watte, in die die starken Betäubungsmittel ihn gehüllt hatten. Der Schmerz so scharf, dass die Welt sich auflöste und nur noch sein Pochen blieb.

Atmen, nur atmen. Atme dich einfach hindurch.

Langsam wurde sein Blickfeld wieder weiter. Ein Raum, helles Licht, glatte Flächen, ein hässlicher Stuhl. Er lag in einem Bett, hoch, vergittert. Seine rechte Hand verschwand unter Massen von Verband, in beiden Armen steckten Infusionskanülen, und ein Draht wand sich in seinen Brustkorb.

Es war also Realität. Es war wirklich passiert. Dieser Mann war aus dem Nichts aufgetaucht, ein Dämon in Menschengestalt, hatte die Leibwächter getötet, Cooper ein Messer in die Brust gestoßen – die Wunde war tödlich, daran gab's nichts zu deuten, aber wieso lebte er dann noch? – Und dann war das Schlimmste passiert, schrecklicher als alles andere …

Todds Kopf flog zur Seite, viel zu weit, und seine strahlenden Augen wurden glasig.

Wieder sog Cooper scharf die Luft ein. Ein Schluchzen, das aus seinem tiefsten Innern kam und ihn zerriss. Er wollte die rechte Hand ausstrecken, doch der Verband fiel ihm wieder ein und er packte mit der linken die Kanülen und zog sie heraus. Als Nächstes der Draht, der in seiner Brust verschwand. Als er ihn herauszerrte, fühlte er sich widerlich schleimig an. Am Ende spinnenartige Roboterarme, nicht dicker als Fäden, die glitzernd zuckten. Cooper musste gegen den Brechreiz ankämpfen. Behielt alles unten. Das Piepen war zu einem schrillen Pfeifen geworden. Gegen Decken und Medikamente ankämpfend drehte er sich auf die Seite. Es gelang ihm, ein Bein aus dem Bett zu schieben, dann das andere. Wankend stand er auf.

Die Tür ging auf. Eine Frau in grünem Kittel eilte herein. »Was tun Sie …?«

Cooper taumelte vorwärts und packte die Frau mit der linken Hand am Oberarm. »Mein Sohn.«

»Sie müssen wieder ins Bett …«

»Mein Sohn! Wo ist mein Sohn?«

Durch die offene Tür sah Cooper einen Flur. Noch immer unsicher auf den Beinen, schob er sich an der Schwester vorbei. Ein Krankenhaus, ja, aber anders als alle, die er kannte, der Flur viel zu elegant und zu klein, nur wenige Türen, kein Schwesternzimmer, ein kleiner Tisch mit Blumen, ein Stuhl, und die Schwester lief ihm hinterher und versuchte, ihn bei den Schultern zu packen, doch er schüttelte sie ab und öffnete die nächste Tür.

Noch ein Raum wie der, den er gerade verlassen hatte. Glatte Flächen, helles Licht und piepende Apparate. Eine Frau stand an einem Bett und schreckte herum, als sie ihn hörte. Natalie, mit roten Augen und feuchten Wangen, und im Bett …

Im Bett sein Sohn.

Natalie sagte: »Nick?« So viel lag in diesem einen Wort. Zuerst Überraschung – und er konnte sich vorstellen, wie es für sie aussehen musste, die mit einem Knall auffliegende Tür und der Verrückte, der in einem Krankenhaushemd hineintaumelte, und dann die Freude darüber, ihn zu sehen und dass er überhaupt noch am Leben war. Doch die Freude erdrückt von Angst, Angst um ihren Sohn, Angst, dass die Götter sie beobachten und sich durch den kleinsten Hauch von Glück herausgefordert fühlen könnten. Und zuletzt die Fragen, die sich alle Eltern stellten, die jemals am Krankenhausbett eines Kindes gestanden hatten:

Wie konnte es dazu kommen?

Geschieht dies wirklich?

Kann ich mich an seiner Stelle opfern?

Er trat auf sie zu und zog sie in seine Arme, schlang sie fest um ihren schlanken Körper und drückte sie, und beide hielten sich aneinander fest, als müssten sie gegen die Schwerkraft ankämpfen. Sie zitterte und ihr Gesicht an seinem Hals fühlte sich feucht an.

»Ist er …? Wird er …?«

»Ich weiß nicht, ich weiß nicht, sie wissen es nicht.«

Diese Worte schmerzten mehr als der Dolchstoß. Er drückte sich an sie und sie sich an ihn. Die Schwester stand hinter ihnen und wollte etwas sagen, besann sich jedoch.

Nach einer ganzen Weile ließ er sie los. »Sag es mir.«

Natalie rieb sich die Augen und verwischte ihre Tränen. Als sie sprach, hörte er das Zittern in ihrer Stimme. »Er ist im Koma. Er hatte innere Blutungen.«

»Weiß man in etwa, wann er aufwachen wird?«

Sie schüttelte den Kopf. »Sie wissen nicht mit Sicherheit, ob er überhaupt aufwachen wird. Oder ob … ob …«

Er schloss die Augen, drückte sie ganz fest zu. Die Schwester sagte: »Mr Cooper, bitte.« Er ignorierte sie und trat näher ans Bett. Todd sah in dem riesigen Krankenhausbett winzig aus, seine Gliedmaßen unter dem Laken ganz dünn. Schläuche verschwanden in seinen Armen. Er hatte einen Verband um den Kopf und auf einer Seite war sein Haar abgeschoren. Todd würde diesen seltsamen Haarschnitt hassen und sich darüber sorgen, was die anderen Kinder dazu sagten.

Cooper nahm die Hand seines Sohns in beide Hände, und aus seiner rechten schossen Schmerzen empor, die jedoch nichts waren im Vergleich mit denen in seinem Innern. Dann fiel ihm etwas ein. »Moment mal, wo ist denn Kate? Ist sie …?«

»Sie ist unverletzt. Sie schläft, endlich.«

»Endlich?« Natürlich. Der Draht in seiner Brust, der dicke Verband an seiner Hand, seine Benommenheit. Er schaute auf die Uhr auf dem Nachttisch. Es war fünf Uhr morgens. Zwanzig Stunden waren seit dem Anschlag vergangen. »Haben sie ihn gekriegt?«

Natalie schüttelte den Kopf.

Die Schwester sagte: »Es ist ein Wunder, dass Sie noch am Leben sind, Mr Cooper. Ihre linke Herzkammer wurde aufgerissen. Ein mehr als radikaler Eingriff hat Sie gerettet. Doch jetzt *müssen* Sie zurück ins Bett.«

»Nein.«

»Sir …«

»Ich bleibe bei meinem Sohn.«

Es folgte eine lange Pause und schließlich ein schabendes Geräusch. Die Schwester zog einen Stuhl von der Wand heran. »Dann setzen Sie sich wenigstens.«

Ohne den Blick von Todd abzuwenden, setzte er sich hin. Natalie stand neben ihm, eine Hand auf seiner Schulter, die andere auf Todds.

Die Apparate piepten und summten.

* * *

Er spürte sie, bevor er sie hörte. Es kribbelte in seinem Hinterkopf, da er unentwegt Muster analysierte, obwohl er nur untätig dasaß und zusah, wie Todds Brust sich hob und senkte, während seine Gedanken trocken und spröde wie Herbstlaub sinnlos im Kreis herumwirbelten. Gebete, Gelöbnisse, Drohungen, doch unter alledem – und er hasste sich dafür – arbeitete seine Gabe unerbittlich weiter.

Es dauerte nicht lange, bis er sie hörte, fast unmerklich leise. Elite-Sicherheitskräfte, Profis in Stiefeln mit Gummisohlen. Eine geschulte Stimme, die ihm bekannt vorkam: Patricia Ariel, die Kommunikationsdirektorin. Unterwürfiges Geflüster von Untergebenen, die er nicht sehen konnte. Und schließlich zwei Paar Schuhe: italienische Halbschuhe und Chucks. Er lauschte, wie sie den Flur entlangkamen. Wie sie den Raum betraten und dann stehen blieben.

Ohne sich umzudrehen, sagte Cooper: »Nennen Sie mir einen Grund, warum ich Ihnen beiden nicht den Hals umdrehen soll.«

»Ihr Sohn.«

Er schnellte von seinem Stuhl auf und schaute Erik und Jakob Epstein an. »Wollen Sie mir etwa drohen?«

»Nein«, sagte Jakob mit erhobenen Händen. »Aber er bekommt bei uns die fortschrittlichste medizinische Versorgung, die man sich denken kann. Wollen Sie das etwa nicht?«

Natalie sagte: »Nick, beruhig dich.«

»Ich soll mich beruhigen? Ich habe euch doch hergebracht. Ich habe die Sicherheit meiner Familie in die Hände dieser beiden Menschen gegeben. Und irgendein Arschloch kommt hereingetanzt und …« Er sah wieder, wie der Ellbogen des Manns die empfindliche Mulde in Todds Schläfe traf, und ihm stockte der Atem. »Ich glaube nicht, dass ich mich so schnell beruhigen werde.«

»Gut«, sagte Erik. »Denn wenn Sie wütend sind, arbeiten Sie besser.« Er holte ein Datenpad aus der Tasche und entknitterte es mit einer schnellen Bewegung des Handgelenks. Ein Foto füllte das Stoffdisplay aus, darauf ein Mann mit hohlen Wangen und toten Augen. »Soren Johansen, temporale Gabe ersten Grades.«

»Deshalb konnte er auch so mir nichts, dir nichts ›hereintanzen‹«, fügte Jakob hinzu. »Das Interessante ist, dass John Smith einmal gesagt hat, Johansen sei der einzige Mensch, der ihn wirklich versteht. Auf dem Datenpad sind alle Informationen gespeichert, die wir über ihn finden konnten, einschließlich aller Daten, die die AEB über ihn hat. Wir fahnden natürlich bereits nach ihm, genau wie Ihre Regierung. Aber wir dachten uns, dass Sie diese Informationen auch interessieren würden.«

Cooper knüllte das Pad zusammen und steckte es in die Tasche. Er bedankte sich nicht und hatte es auch nicht vor.

»Was Ihren Sohn angeht, haben Sie sicher schon mit den Ärzten gesprochen. Ich will nicht alles noch einmal wiederholen. Aber ich kann Ihnen versichern, dass er hier besser versorgt wird als sonst wo auf der Welt. Außerdem war er, als er herkam, in viel besserem Zustand als Sie. Immerhin war er am Leben.«

Cooper hatte sich bereits eine Antwort zurechtgelegt, doch sie erstarb auf seinen Lippen. »Was?«

»Der zeitliche Abstand zwischen dem Schlag auf Todds Schläfe und dem Stich in Ihr Herz betrug 0,63 Sekunden«, sagte Erik. »Für jemanden wie Johansen mit einem T Null von 11,2 sind das 7,056 Sekunden, Zeit genug. Es war ein perfekter Einstich, der Ihre linke Herzklappe aufgerissen hat. Sie waren fast augenblicklich tot.«

»Wollen Sie etwa sagen …?« Er blickte von einem zum anderen. »Was? Ich war tot und Sie haben mich zurückgeholt?«

»Es stimmt, Nick«, sagte Natalie.

Er sah sie an. »Ehrlich?«

Sie nickte. »Ich habe dich sterben sehen.« Wie meistens war sie auch jetzt sehr direkt. Sie trieb nie Spielchen, verschleierte nie etwas, hatte nie Hintergedanken. Und trotzdem steckte diese einfache Aussage voller Bedeutung. Er konnte ihren Schmerz heraushören, Bedauern, Trauer … ihre Hoffnung und die Freude über seine unmöglich scheinende Rettung. Sie fuhr fort: »Dies ist hier nicht irgendein Krankenhaus. Wir sind in ihrer unterirdischen Privatklinik.«

»Es hat seine Vorteile, an einem Ort zu leben, an dem es von Genialen nur so wimmelt«, sagte Jakob. »Vor allem, wenn man das Kommando hat und auf die Vorschriften und Ethikausschüsse der Arzneimittelzulassungsbehörde pfeift.«

»Die größte Gefahr nach Todeseintritt stellen Zellschäden durch Sauerstoffmangel dar«, sagte Erik. »Doch die Lösung liegt auf der Hand: Man fährt den Stoffwechsel des Patienten fast auf null herunter und hält ihn in einem Schwebezustand.

Dann repariert man das Gewebe mit aus Fett gewonnenen stromalen Stammzellen.«

»Wollen Sie damit sagen, ich habe …?« Er sah auf seine Brust hinunter, da fiel ihm erst wieder ein, dass er ein Krankenhaushemd trug. Scheiße. Schwierig, in so einem Ding würdevoll auszusehen. Sachte zog er den Halsausschnitt zurück. Ein kleiner Shunt ragte aus der vorstehenden Narbe mitten auf seiner Brust. Als er den Draht herausgezogen hatte, war Flüssigkeit ausgetreten. Er erinnerte sich an den Roboterarm und rasch stieg Panik in ihm auf, ein Gefühl, als wäre er unter Wasser und die Luft ginge ihm aus. Er zögerte, atmete tief durch, dann noch einmal. »Was? Ein künstliches Herz?«

»Natürlich nicht«, sagte Jakob. »Wir sind doch nicht in den Achtzigerjahren. Es ist immer noch Ihr eigenes Herz. Wir mussten Sie nicht einmal aufschneiden. Unsere Ärzte haben die Wunde als Zugang benutzt und Ihnen ihre eigenen Stammzellen injiziert, um den Riss in Ihrer Herzklappe zu reparieren. So als würde man einen Reifen flicken.«

»Aber … das wurde schon im Johns Hopkins Hospital versucht und in der Mayo Clinic. Es ist nie gelungen, die Zellen dazu zu bringen …«

»Wir sind hier aber nicht im Johns Hopkins Hospital«, blaffte Erik. »Das ist etwas ganz Neues. Hier herrschen eben andere Regeln.«

Cooper wurde steif. Er hatte Erik immer für einen liebenswerten Nerd gehalten und Jakob für den, der in Wahrheit die Fäden in der Hand hielt. Dabei war es umgekehrt. Jakob war ein kluger Kopf und er konnte gut reden, doch alles hier – einschließlich der illegalen Klinik, in der man Cooper aus dem Reich der Toten zurückgeholt hatte – begann und endete mit Erik.

Und nun liegt das Leben deines Sohns in seinen Händen.

Vorsichtig sagte er: »Ich muss den Präsidenten sprechen.«

»Kurz nachdem Präsident Clay von Ihrer Ermordung gehört hat, hat er die Armee nach Wyoming geschickt«, sagte Jakob. »Sie haben Gillette, Shoshoni und Rawlins eingenommen und damit New Canaan faktisch abgeriegelt. Die Air Force fliegt Patrouillen über all unsere Städte. Über fünfundsiebzigtausend Soldaten aller Streitkräfte wurden mobilisiert.«

»Fünfundsiebzigtausend?« Cooper rieb sich die Augen. »Aber wenn der Präsident erfährt, dass ich gar nicht tot bin …«

»Das wird nichts ändern. Er muss so vorgehen.« Jakob schüttelte den Kopf. »Er hat keine Wahl.«

»Sturmwolken«, sagte Erik. »Raubvögel. Vektoren mit Masse. Ängstliche Menschen wollen vor allem, dass etwas getan wird. Ganz gleichgültig, ob es das Richtige ist. Es steht in den Daten. Clay hat keine Wahl.«

Cooper sagte: »Warum lügen Sie mich immer noch an?«

Damit hatte Erik nicht gerechnet, deshalb haute Cooper ihm direkt noch eins rein: »Ich weiß, dass Sie herausgefunden haben, woher wir Abnormen kommen. Sie haben sogar ein Serum erfunden, das normale Menschen mit Gaben versehen kann.«

Natalie fragte: »Was?« Sie hatte die ganze Zeit ein Auge auf Todd gehabt, doch Coopers Verkündigung ließ sie aufhorchen. »Stimmt das?«

Cooper schaute die Epstein-Brüder an. Schließlich nickte Jakob. »Es ist noch lange nicht perfekt, aber es funktioniert.«

»Das ist es, was New Canaans Überleben sichern könnte«, sagte Cooper. »Ob ich John Smith umbringe oder Sie unabhängig werden, spielt keine Rolle. Auch nicht Ihre Milliarden. Deshalb frage ich noch einmal: Warum lügen Sie mich an?«

»Was meinen Sie damit?«

»Sie reden davon, dass die Leute Angst haben und dass Clay keine Wahl hat, aber Sie vergessen zu erwähnen, dass

Sie über einen Zaubertrank verfügen, der die Welt verändern wird. Die meisten Normalos wollen keinen Krieg, sie fürchten nur, überflüssig zu werden. Doch mit Ihrem Serum könnte sich das ändern. Sie müssen nur …« Er verstummte, denn plötzlich begriff er …

Jakob hat die Arme verschränkt. Erik beißt sich auf die Wangen. Negative Reaktionen. Aber warum?

Sie halten doch nicht nur damit hinterm Berg, weil sie sich davon größere Gewinne versprechen. Sie haben doch jetzt schon mehr Geld als genug.

Außerdem droht ihnen ein Großangriff. Wenn sie bekannt machen, dass sie das Serum haben, kann das vielleicht die Zerstörung New Canaans abwenden. Und einen Bürgerkrieg verhindern.

Und trotzdem reagieren sie so negativ.

… dass er etwas übersehen hatte.

»Moment mal. Bei unserer Unterhaltung gestern haben Sie gesagt, dass die Zeit nicht reicht. Das bezog sich auf das Serum, nicht wahr? Selbst mit Ihrem Streben nach Unabhängigkeit wollten Sie sich nur mehr Zeit verschaffen.« Er schaute von einem Bruder zum anderen. Zwei kluge Männer, die es beide auf ihre Weise gut meinten, und nun lag es an ihnen dreien, die Welt zu retten, und wie es dazu gekommen war, spielte jetzt keine Rolle mehr, denn seine Gabe eilte seinen Gedanken voraus und lieferte ihm die Antwort auf seine Frage. »Das bedeutet«, er rieb sich die Stirn, »Sie haben das Serum gar nicht, richtig?«

»Der Wissenschaftler, der es entwickelt hat, ist ein schwieriger Zeitgenosse«, sagte Jakob. »Dr. Couzen wollte unsere Finanzierung nur akzeptieren, wenn wir ihm völlig freie Hand ließen. Er hat uns regelmäßig Fortschrittsberichte und Testergebnisse zukommen lassen, aber nicht die Formel selbst.«

»Und?«

»Dr. Couzen ist vor einer Woche entführt worden«, sagte Jakob.

»Von der AEB«, fügte Erik hinzu. »Ihre Regierung will Krieg.«

Revolution? Sie Schwachkopf, Sie wissen doch nicht einmal, was das Wort bedeutet. Vergessen Sie Ihren geliebten Mao und auch Che und Fidel. Wenn das Bild von jemandem auf T-Shirts gedruckt wird, können Sie davon ausgehen, dass derjenige rein gar nichts bewirkt hat.

Sie wollen eine Revolution? Dann schauen Sie sich Alexander Fleming an. Penizillin hat die Welt auf eine Weise verändert, von der Lenin und Washington nur träumen konnten.

Setzen Sie sich hin und halten Sie die Klappe, Sie wichtigtuerischer Rotzbengel. Jetzt haben die Erwachsenen das Wort.

— Dr. Abraham Couzen auf die Frage eines Studenten
anlässlich der Konferenz zur Zukunft des Futurismus
»Was kommt als Übernächstes?«
an der Universität Harvard (Mai 2013)

Kapitel 33

Der Teich war flach, die Rohrkolben am Ufer abgeknickt. In der glatten Wasseroberfläche spiegelte sich ein trüber Novemberhimmel, ein Geruch von Kiefernnadeln und das Versprechen eines schneereichen Winters lagen in der knackig kalten Luft.

Aus der Ferne war ein gedämpfter Knall zu hören, die Flinte eines Jägers, und Ethan versuchte, es nicht als Omen zu deuten.

»Was meinst du, mein kleiner Brocken? Hübsch, oder?« Blinzelnd schaute seine Tochter auf und ließ einen Arm baumeln. Der Forscher in ihm versuchte, sich die Forscherin in ihr vorzustellen. Vor seinem geistigen Auge sah er Violet als winziges Wesen in der Kommandozentrale einer Maschine, die sie nicht verstand. Reihen um Reihen von Schaltern, Knöpfen und Anzeigen und keine Gebrauchsanweisung. Sie konnte nur wahllos hier mal drücken und dort mal drehen und sehen, was passierte. *Wenn ich den Knopf drücke, dann schlenkert dieser Körperteil hin und her. Interessant.*

Amy sagte: »Sie friert.«

Ethan erschrak. Es war das Erste, was sie seit fast vierundzwanzig Stunden zu ihm gesagt hatte, und obwohl er ziemlich sicher war, dass die Decke, in die er seine Tochter gewickelt hatte, sie warm hielt, nickte er, wickelte sie etwas fester und schaute wieder zur Hütte.

Seine Frau war immer noch stinksauer. Aber er konnte es ihr nicht verübeln.

Gestern, nachdem er dem Mann seine Schlüssel abgenommen und ihm Hände und Füße mit Isolierband gefesselt hatte, war er mit Einkaufstaschen beladen aus der Tankstelle gekommen. Amy hatte ihn verwirrt angeschaut, während er sie zu dem verbeulten Pick-up geführt hatte, der hinter dem Gebäude stand. Die Taschen hatte er auf die Ladefläche neben einen ebenfalls verbeulten Werkzeugkasten gelegt.

»Was ist das denn?«

»Unser neues Auto. Komm schon.«

»Ethan, was hast du da drin …?«

»Das, was ich tun musste. Bitte, Amy, vertrau mir.«

Sie wollte gerade einsteigen, dann sagte sie: »Da ist kein Kindersitz drin.«

»Wir fahren nicht weit.«

Sie starrte ihn an und er hatte einen dieser Momente, wo ihm gewahr wurde, wie sehr sich durch ein Baby alles veränderte. Hals über Kopf aus der Stadt fliehen? Amy war dabei. Ihm glauben, wenn er sagte, Regierungsagenten seien hinter ihnen her? Aber sicher. Ein paar Kilometer ohne Kindersitz fahren? Houston, wir haben ein Problem.

»Schatz, bitte, wir müssen weg. Ich verspreche, ich fahre auch vorsichtig.«

Widerwillig war sie eingestiegen.

Alles in ihm schrie, er solle die offene Straße nehmen, um Cuyahoga Falls möglichst schnell weit hinter sich zu lassen. Doch er musste klug vorgehen. Sie wurden von einer unglaublich mächtigen Behörde verfolgt. Es würde nicht lange dauern, bis man den gefesselten Mann in der Tankstelle fand und Marke und Modell des gestohlenen Pick-ups herausfand. Er hätte vielleicht die Nummernschilder austauschen können, doch er glaubte nicht, dass eine Behörde, die die Kontrolle über sämtliche Überwachungskameras im Land übernehmen konnte, sich davon würde täuschen lassen würde.

Nein, es war klüger, sich erst einmal in der Nähe zu verstecken. Mit etwas Glück würde die AEB sie hunderte Kilometer entfernt vermuten und ihre Suche dort beginnen. Vielleicht würden sie ihre Spur ganz verlieren. *Zumindest vorübergehend.*

»Wo fahren wir hin?« Amy saß auf dem Beifahrersitz und hielt Violet mit aller Kraft fest.

»Das weiß ich erst, wenn wir da sind.«

»Schatz, ich liebe dich ja, aber gleich kriegst du einen kräftigen Tritt in den Arsch.«

»Ich erklär dir alles, wenn wir einigermaßen in Sicherheit sind.« Er versuchte ein Lächeln, doch bekam keine Reaktion. »Hör zu, im Moment müssen wir wirklich höllisch aufpassen. Es klappt nur, wenn wir von keiner Kamera erwischt werden. Hilfst du mit?«

Sie verzog das Gesicht, doch dann lehnte sie sich vor, um durch die Windschutzscheibe zu spähen. Durch Seitenstraßen und ruhige Wohnviertel fuhren sie zurück zum Nationalpark, den sie gerade erst zu Fuß durchquert hatten. Die ersten Häuser waren nicht geeignet, zu nah an der Straße oder mit geparkten Autos davor. Nach einer Weile entdeckte er neben einer unbefestigten Zufahrtsstraße ein handgemaltes Schild: RÜCKZUGSORT DER HENDERSONS. »Das dürfte passen.«

»Wofür passen?«

Er fuhr über die Zufahrt, vierzig Meter mit verdorrten Kiefern zu beiden Seiten. Die Hendersons hatten die richtige Vorstellung von einem Rückzugsort: eine Hütte im Wald, nicht zu groß und von den Nachbarn her nicht einsehbar. Und mit dem Teich hinterm Haus geradezu perfekt für Sommerwochenenden. »Ja, es passt.«

»Ethan …«

»Nur zwei Minuten.«

Er sprang aus dem Wagen, ging zur Vordertür und klopfte. Keine Antwort. An der Vorderseite gab es ein großes Erkerfenster. Er beschirmte seine Augen mit der Hand und schaute hinein. Die Möbel waren mit Laken abgedeckt. Perfekt.

Er fand zwar keine Brechstange im Werkzeugkasten, aber einen Reifenheber mit abgeflachtem Ende. Er schob ihn zwischen Tür und Rahmen, zögerte einen Moment und dachte: *He, du hast dich doch sowieso schon strafbar gemacht, hast ein Auto geklaut, bist auf der Flucht vor der AEB. Darauf kommt's nun auch nicht mehr an.*

Ein kräftiger Ruck, und das Holz splitterte. Die Tür schwang auf.

Ethan drehte sich um. Amy hielt Violet im Arm und schaute ihn an, als hätte er den Verstand verloren. Er lächelte und sagte: »Willkommen zu Hause. Sollen wir Feuer machen?«

* * *

»Noch mal von vorn.«

»Ab wo?«

»Von Anfang an.«

»Okay.« Ethan bewegte mit dem Schüreisen die Scheite im Kamin. Das Holz knackte und tanzende Funken stoben auf. »Also, 1986 hat man die ersten Begabten entdeckt. Das heißt, seit siebenundzwanzig Jahren versuchen so ziemlich alle Genetiker der Welt herauszufinden, woher sie kommen.

Der erste Schritt, vielleicht der wichtigste, war die Entschlüsselung des menschlichen Genoms. Wenn die Genialen nicht auf der Bildfläche erschienen wären, hätte das Budget dafür höchstens ein Zehntel betragen und die Sache hätte weit weniger Aufmerksamkeit erregt. Wir hätten ewig gebraucht. Wahrscheinlich wären wir nicht vor 2003 fertig geworden.«

»Und stattdessen war die Arbeit schon 1995 abgeschlossen.«

»Genau. Nun hatten wir etwas, woran wir uns orientieren konnten. Alle dachten, der Rest wäre einfach. Wir mussten nur möglichst viele Abnorme und Normale miteinander vergleichen und irgendwann würden wir das geniale Gen finden. Natürlich waren dafür eine gewaltige Rechenleistung und viel Zeit nötig. Deshalb dauerte es Jahre, bis alle begriffen, dass es nicht so einfach war.«

»Es gibt kein geniales Gen.«

»Korrekt. Also haben die Wissenschaftler verschiedene Richtungen eingeschlagen. Einige haben nach Ursachen in der Vergangenheit gesucht. Lag es an Umweltverschmutzung, Wachstumshormonen, dem Loch in der Ozonschicht, Atomversuchen …? Andere waren überzeugt, dass es gar kein Gen war, sondern eine Art Virus oder Prion, das nur einen geringen Teil der Bevölkerung befiel. Abe und ich und einige andere glaubten aber immer noch, dass die DNA der Schlüssel war – aber kein einzelnes Gen. Etwa so wie bei Intelligenz.«

»Intelligenz *ist* genetisch bedingt.«

»Ja, richtig, aber es gibt kein spezielles Intelligenzgen. Wir wissen immer noch nicht so genau, wie es funktioniert, doch Forschungsergebnisse aus Stanford und Tokio deuten darauf hin, dass das Zusammenspiel von dutzenden, wenn nicht gar von hunderten Genen für die Grundintelligenz verantwortlich ist. Und wie sich herausstellt, liegt der Fall bei den Genialen ähnlich, nur dass alles noch viel komplizierter ist.«

Violet gab ein kurzes Heulen von sich. Beide hielten inne und sahen zu ihr hinüber. Es war eine anheimelnde Szene: Mom und Dad am knisternden Feuer, das Baby fest gewickelt und schlummernd. Es fehlte nur noch der Eierpunsch und es hätte das Motiv einer Weihnachtskarte sein können.

Wenn man außer Acht ließ, dass jeden Augenblick Regierungsagenten die Tür eintreten konnten.

»Also was ist die Ursache?«

»Mit epigenetischen Prozessen assoziierte Telomerverlängerung.«

Sie sah ihn an und er sagte: »Nun, Telomere sind die Basensequenzen an den Enden der Chromosomen, die sie daran hindern, sich aufzutrennen. Ähnlich wie die Plastikenden von Schnürsenkeln.«

Er erklärte ihr alles, so gut es ging: dass Telomere unterschiedlich lang waren und wie sie entdeckt hatten, dass längere Telomere an den Enden bestimmter Chromosomen etwas mit der Lebensdauer von Zellen zu tun hatten. Ethan war überzeugt, dass nicht die Gene selbst sich bei Genialen unterschieden, sondern ihr Zusammenwirken. Die epigenetische Lösung erklärte auch, warum die Ursache so schwer zu finden war. Sie lag nicht bei den Abnormen selbst, sondern bei ihren Vorfahren von vor zwei oder drei Generationen. Außerdem war bei ihnen nicht die DNA-Sequenz anders, sondern nur die Art, wie ihre Gene reguliert wurden.

»Stell es dir wie Kochen vor. Die DNA-Sequenz liefert die rohen Zutaten. Doch das Zusammenwirken dieser Zutaten, die Reihenfolge, in der sie in den Topf gegeben werden, und die Kochtemperatur, all das beeinflusst das Endergebnis.

Doch sind es in diesem Fall nicht nur einige wenige Zutaten. Die menschliche DNA setzt sich aus über zwanzigtausend Genen zusammen, die auf äußerst komplizierte Weise aufeinander einwirken. Aber als wir uns mit den epigenetischen

Veränderungen der Genexpression beschäftigt haben, insbesondere im Zusammenhang mit Telomeren, haben wir ein Muster gefunden.«

»So einfach ist das also.«

Er lächelte und zog eine Augenbraue hoch. »Geil, was?«

»Aber was ist der Auslöser?«

»Hm?«

»Du hast gesagt, dass irgendetwas mit ihren Vorfahren passiert ist, wodurch die Genialen entstanden sind.«

»Ach, das.« Er zuckte mit den Schultern. »Keine Ahnung. In der Forschung ist es meistens so, dass man über das ›Was‹ stolpert und dann Jahrzehnte braucht, bis man das ›Wie‹ versteht. Ich nehme an, dass es keinen einzelnen Auslöser gibt. Seit hundertfünfzig Jahren benutzen wir die Erde als unseren Spielball. Wir haben die Meere vergiftet, Nahrungsketten unterbrochen, thermonukleare Waffen getestet und Nutzpflanzen genetisch verändert, also im Grunde ziemlich viel Unsinn mit Dingen angestellt, die wir nicht ganz verstehen. Und eine Folge all dessen ist das Auftauchen der Begabten.«

Sie starrte ins Feuer, dessen Schein ihre feinen Gesichtszüge umspielte und ihre Augen schimmern ließ. »Also, ihr habt herausgefunden, was Menschen zu Genialen macht. Warum macht ihr es nicht öffentlich?«

»Als wir das Muster schließlich verstanden hatten, kam Abe der Gedanke, dass es möglich wäre, diesen Prozess nachzuahmen. Dass es sogar ziemlich einfach wäre.«

»Einfach? Aber daran wird doch schon seit dreißig Jahren gearbeitet.«

»Ja, die Ursache zu bestimmen war schwierig, aber der Vorgang lässt sich leicht nachstellen. Nennen wir es die Drei-Kartoffel-Theorie.« Er sah ihren Blick und musste lachen. »Das war Abes Idee. Sagen wir mal, jemand muss nur drei Kartoffeln hintereinander essen und wird dadurch abnorm.

Wie soll man darauf kommen? Das ist gar nicht so leicht. Aber wenn man es erst einmal herausgefunden hat …«

»Dann muss man nur noch drei Kartoffeln essen.«

»Oder in unserem Fall: Eine Zieltherapie entwickeln, um mittels nicht-kodierender RNA die Genexpression zu regulieren.«

»Und es funktioniert? Du kannst normale Menschen in Geniale verwandeln?«

»Unsere Machbarkeitsstudien waren sehr erfolgreich. Und als wir gerade überlegten, wie wir die Phase-eins-Versuche an Menschen angehen sollen, da ist Abe verschwunden.«

Amy stand auf und stapfte davon. So unvermittelt, dass er zuerst dachte, sie hätte etwas gehört, und er stand auch schnell auf. »Was ist?«

Sie starrte aus dem Fenster, ballte und öffnete immer wieder die Fäuste.

»Baby?«

Seine Frau wirbelte herum. »Du dummer, dummer Junge.«

Ihre Worte trafen ihn wie ein Schlag. Es war eine solche Erleichterung gewesen, mit ihr darüber zu reden, sie an seinem Triumph teilhaben zu lassen. Diesen gestohlenen Augenblick der Behaglichkeit zu genießen und vor seiner Frau zu prahlen. »Ich verstehe nicht …«

»Was hast du denn gedacht, dass passieren würde?« Sie zischte die Worte, und das war viel schlimmer als Schreien. »Hast du überhaupt gedacht?«

»Ich verstehe nicht, was du meinst.«

»Bist du wirklich so blind?« Amy schritt auf ihn zu und der Feuerschein, der sie gerade erst so hübsch hatte aussehen lassen, betonte jetzt nur ihre Rage. »Du und Abe. Zwei trottelige Genies.«

»Ich weiß, es ist total verrückt, aber begreif doch, wir standen kurz vor der größten Entdeckung seit, ich weiß nicht, seit der Atomspaltung.«

»Genau. Ganz genau. Wozu wird die denn eingesetzt?«

Er öffnete den Mund, sagte aber nichts.

»Du hast eine Familie, Ethan. Eine Tochter. Du und dein Kollege, ihr bastelt an eurem netten kleinen Projekt herum …«

»He …«

»… das die Welt verändern wird, und zwar alles, von Grund auf, und ihr kommt nicht auf die Idee, dass jemand versuchen könnte, es euch wegzunehmen?«

»Ich …« Er atmete laut aus. »Ich bin Wissenschaftler. Ich musste es einfach wissen.«

»Na, gratuliere. Du hast Geschichte geschrieben.« Der Hohn in ihrer Stimme schockierte ihn. Sie waren beide liberale Intellektuelle, die miteinander redeten und einander zuhörten. Natürlich stritten sie sich auch, aber nichts bis aufs Blut. In all den Jahren ihrer Ehe hatte er sie noch nie so reden hören.

Stimmt nicht. Nur hat es sich bisher nie gegen dich gerichtet. Du hast gehört, wie sie letzte Nacht Jeremys Gott beschworen hat, ihn zu verdammen.

»Amy …«

»Halt den Mund, Ethan. Halt einfach den Mund.«

Und das hatte er auch getan, für den Rest des Tages. Er hatte gehofft, wenn sie darüber schliefen, würde sich die Stimmung aufhellen. Doch sie hatten zwar das Ehebett geteilt, aber Amy hatte sich ganz außen an den Rand gedrückt und war selbst im Schlaf noch vor Wut ganz steif gewesen. Am Morgen hatte er Frühstück gemacht, Eier und Kaffee gekocht.

Sie hatte kein Wort gesagt. Bis jetzt nicht, als sie ihn darauf hinwies, dass Violet fror.

Sie machten sich auf zurück zur Hütte. Sie hörten wieder einen Flintenschuss, diesmal näher. Er wollte mit ihr sprechen, sie anflehen, mit ihm zu sprechen, doch er zwang sich zu schweigen.

An der Hintertür der Hütte drehte sie sich zu ihm um und streckte die Arme aus, um Violet entgegenzunehmen. Schweigend reichte er sie ihr. Amy drückte sie an sich und wollte sich abwenden, doch zögerte. »Ethan, ich liebe dich, das weißt du. Aber ich weiß nicht, ob ich dir vergeben kann.«

»Amy …«

»Wenn es nur um uns beide ginge, wäre es etwas anderes. Aber jemand hat Abe entführt und wahrscheinlich umgebracht. Und dieselben Leute sind hinter dir her. Vielleicht sind sie von der Regierung, vielleicht auch nicht. Spielt auch keine Rolle, denn die AEB fahndet auch nach dir. Und gestern hast du eine Tankstelle überfallen …«

»Ich hatte keine Wahl!«

»All das bricht über uns herein.« Sie hob ihre Tochter hoch. »Über sie. Denk mal darüber nach.« Dann ging sie hinein und schlug die Tür zu.

Kapitel 34

Er war ein toter Mann, den die Worte eines anderen Toten verfolgten. »*Wenn Sie das jetzt tun, wird die Welt in Flammen aufgehen.*«

Waren wirklich erst drei Monate vergangen, seit Drew Peters dies zu ihm gesagt hatte? Drei Monate, seit er auf einer Bank am Lincoln Memorial gesessen hatte, eine Bombe in den Händen, und entscheiden musste, ob er sie hochgehen ließ oder nicht. Entscheiden, ob die Welt die Wahrheit erfahren musste, auch wenn der Preis noch so hoch war.

Du erbärmlicher Idiot. Welch eine Naivität, welch blinder Optimismus, das Universum herauszufordern.

Als direkte Folge seiner Entscheidung hatte man den Ausgleichsdienst abgeschafft und der AEB die Zähne gezogen. John Smith war in den Augen der Öffentlichkeit entlastet worden und hatte freie Hand. Präsident Walker war zurückgetreten und stand unter Anklage. Er war einem Mann gewichen, der weder den Willen besaß, Präsident zu sein, noch die nötige Voraussicht und kurz davor war, das Land in einen Bürgerkrieg zu stürzen, den Cooper schon sein ganzes Erwachsenenleben zu verhindern suchte. Vor den Toren der

Stadt drohte die eiserne Faust der US-Armee. Und sein Sohn lag im Koma, verirrt in einer Welt der Albträume, gestraft dafür, dass er seinen Dad beschützen wollte.

Wieder mussten seine Kinder wegen seiner Tat leiden. Nicht nur bildlich gesprochen, sondern buchstäblich. Auf dem Datenpad auf seinem Schoß lief immer wieder das Video. Der ganze Albtraum dauerte nur zehn Sekunden: Johansen, der das Restaurant betritt, dem einen Leibwächter die Kehle und dem anderen die Oberarmarterie durchschneidet. Cooper, der einen Stuhl wirft, auf den Tisch springt und angreift. Sein verblüffter Gesichtsausdruck, als er auf seine auseinanderklaffende Hand starrt. Todd, der auf Johansen losstürmt. Der dann blitzschnell mit angewinkeltem Ellbogen herumwirbelt. Todd plötzlich schlaff mit glasigem Blick. Cooper, der auf den Dolch zustürzt, der sich in sein Herz bohrt. Und neben seinem Sohn zusammensackt, während Johansen flieht.

Stopp. Zurück. Johansen, der das Restaurant betritt …

Er zwang sich, es immer wieder anzuschauen, doch die Bilder verloren ihren Schrecken nicht.

Mit seiner unversehrten Hand rieb er sich die Augen. Todd lag ruhig in seinem Krankenhausbett, atmete, rührte sich kaum. In seinen Armen steckten Schläuche. Ein riesiger Verband bedeckte seinen rasierten Schädel.

Nachdem die Epsteins gegangen waren, hatte Cooper Natalie überreden können, sich hinzulegen. Sie wollte nicht, doch die Erschöpfung gewann schließlich die Oberhand und sie kuschelte sich im Nachbarzimmer mit Kate zusammen. Cooper dachte, er würde nie wieder schlafen. Seine Medikamente ließen nach und er hatte das Gefühl, Krallen bohrten sich in seine Brust und eine rotglühende Kettensäge schnitt ihm in die Hand. Der Schmerz war gut, eine Strafe für seine Selbstüberschätzung, wenn auch eine sehr geringe. Genauso wie das ständige Anschauen des Videos. Oder der Gedanke an die Truppen, die sich an der Grenze zu New Canaan formierten. Fünfundsiebzigtausend Soldaten, vollkommen übertrieben, geradezu lächerlich. Es ging nicht darum, New Canaan in die Knie zu zwingen. Man wollte es auslöschen. Selbst hier unter der Erde konnte er die Jets durch die Lüfte donnern hören.

Wenn er könnte, würde er nicht zögern, das Leben, das ihm auf so wunderbare Weise wiedergegeben wurde, im Tausch dafür herzugeben, dass Todd aus seinem Bett aufstand und wieder Fußball spielen konnte. Doch auch das wäre nur eine Gnadenfrist. John Smith würde seinen Krieg bekommen und die Welt in Flammen aufgehen. Niemand war sicher.

Und du sitzt hier und kannst nichts dagegen tun. Verdammt, du konntest nicht einmal deinen Sohn beschützen.

Er spürte, wie ein Schrei ihn ihm aufstieg, und stellte sich ihn wie eine Druckwelle vor, die aus ihm herausbrechen und alles dem Erdboden gleichmachen würde. Doch wenn er in den vergangenen Monaten eins gelernt hatte, dann, dass auch er nur ein Mensch war.

Da er nichts Besseres zu tun hatte, wandte er sich wieder seinem Datenpad zu, schloss die Videodatei und öffnete die Akte über Soren Johansen, den Mann, der versucht hatte, ihm seinen Sohn zu nehmen.

Es war eine umfangreiche Akte: Informationen über seine Geburt, seine frühe Diagnose, sämtliche Aufzeichnungen der Hawkesdown-Akademie, wo er aufgewachsen war, und eine ausführliche Analyse seiner Gabe.

Temporal Begabte ersten Grades waren äußerst selten, auch innerhalb des ohnehin schon geringen begabten Bevölkerungsanteils. Cooper hatte noch nie persönlich mit einem zu tun gehabt. Philosophisch betrachtet, waren sie die Verkörperung einer faszinierenden These. Wie die Relativitätstheorie bewiesen sie, dass die Dinge, die man gemeinhin für unveränderlich hielt, es nicht waren. Natürlich konnten temporal Begabte nicht die Zeit biegen, wie Geschwindigkeit es tat. Es war eine reine Sache der Wahrnehmung und bei den meisten war der Unterschied zu Normalen sehr gering. Bei den niedrigeren Graden, vier oder fünf, fiel es vielleicht nicht einmal auf. Eine Person mit einem T Null von 1,5 wirkte vielleicht nur besonders geistesgegenwärtig.

Doch 11,2, Sorens T Null, war der höchste, von dem Cooper je gehört hatte. Wie seltsam die Welt ihm vorkommen musste, jede Sekunde unerträglich in die Länge gezogen.

Gut. Ich hoffe, dein ganzes Leben ist eine einzige Qual.

Das erklärte auch, warum Coopers eigene Gabe keine Hilfe gewesen war. Er konnte Absichten lesen, aus körperlichen Hinweisen intuitiv Muster erstellen. Aber Soren hatte keine Absicht gehabt. Seine Schläge und Stiche waren nicht geplant gewesen. Er hatte einfach darauf gewartet, dass seine Gegner sich bewegten, so langsam, als würden sie durch Morast kriechen, und sein Messer einfach so gehalten, dass es einen möglichst großen Schaden anrichten würde. Im Grunde hatte er nur zweimal ganz selbstständig zugeschlagen: Bei dem ersten Leibwächter, dem er die Kehle durchgeschnitten hatte, und …

Cooper sah wieder vor sich, wie er sich vor dem Typ aufgebaut hatte, und im selben Augenblick hatte er ganz kurz seine Absicht aufflackern sehen und gewusst, was passieren würde, und schon war der Dreckskerl, den Arm ganz starr und mit angewinkeltem Ellbogen, herumgewirbelt.

Todds Atmung stockte eine Sekunde und Cooper schreckte auf, zugleich von schier unerträglicher Hoffnung und unvorstellbarer Angst erfüllt. Doch dann kam sein Atem als rasselndes Schnarchen wieder. Nur ein winziger biologischer Störfall. Und trotzdem beobachtete Cooper ihn noch zwanzig Atemzüge lang, ohne den Blick abzuwenden.

Die Erklärung, wieso der Attentäter ihn so geschickt hatte besiegen können, nutzte ihm herzlich wenig. Okay, Cooper konnte Absichten erkennen und dieser Typ hatte keine. Aber welchen praktischen Nutzen konnte er aus dieser Erkenntnis ziehen? Wie kam man gegen einen Mann an, der die eigenen Bewegungen seiner Gegner nutzte, um sie zu schlagen?

Sich vor ihm hinstellen und ihn mit Blicken töten?

Im Grunde kam es im Leben immer nur auf Absichten und Resultate an. Als er Peters getötet und das Video veröffentlicht hatte, hatte er damit Gutes beabsichtigt, doch die Folgen waren katastrophal gewesen. War seine Absicht deswegen schlecht gewesen? Wenn ja, dann war Moral nichts weiter als unser Wunsch, wie die Dinge sein sollten. Hoffnung, Mitgefühl, Idealismus … all das zählte vielleicht gar nicht. Vielleicht kam es nur auf Resultate an.

Eine kalte, pragmatische Weltsicht. Und in seinen Augen war Ayn Rand schon immer eine humorlose Tintenkleckserin gewesen. Absichten konnten doch nicht völlig bedeutungslos sein, sie mussten …

Moment.

Er unterbrach seinen Gedanken und starrte ins Nichts. Sein Hirn begann, sich zu überschlagen. Es war nicht seine Gabe, keine Musteranalyse, er dachte einfach nach, und wenn er recht hatte …

Cooper schob das Datenpad von seinem Schoß und stand auf. Die Bewegung ließ ein Stechen durch seine Brust fahren und ihm wurde schwindelig, doch davon würde er sich nicht aufhalten lassen. Er schaute sich kurz im Zimmer um und erspähte sofort, was er suchte: eine kleine Ausbuchtung in einer Ecke, nicht größer als eine Murmel. Er stellte sich vor die Kamera und wedelte mit den Armen. »Erik! Erik! Ich weiß, dass Sie mich hören, Sie Mistkerl, schließlich ist dies Ihre kleine Welt, kommen Sie …«

Das Telefon auf dem Beistelltisch pingte. Cooper hob noch vor dem zweiten Ping ab. »Erik, ich brauche Daten.«

»Daten. Ja. Welche?«

»Sie haben gesagt, dass Dr. Couzen von der AEB entführt wurde.«

»Ja, eine auf mehreren Variablen beruhende Hochrechnung …«

»Mir ist egal, wie Sie darauf gekommen sind. Worauf es ankommt, ist die Absicht.«

»Statistisch gesehen ist die Absicht selten relevant …«

»Wenn die AEB Dr. Couzen entführt hat, dann weil sich jemand seine Arbeit unter den Nagel reißen will. Es geht hier nicht um Statistiken, sondern um Menschen.«

Schweigen. Und dann: »Erklären Sie.«

Versuch es in seiner Sprache. »Ich kenne Präsident Clay. Akzeptiert?«

»Ihre Gabe für Musteranalyse. Ja, akzeptiert.«

»Clay ist ein guter Mensch. Er will keinen Krieg, er wird dazu gedrängt. Von den Extremisten auf beiden Seiten. Sie wollen jede Grundlage für eine Verständigung und einen Kompromiss zunichtemachen. Aber wenn es eine Möglichkeit gäbe, einen so verheerenden Konflikt zu vermeiden, würde Clay sie sofort ergreifen.«

»Akzeptiert.«

»Dr. Couzens Arbeit bietet so eine Möglichkeit. Doch Clay scheint sie noch nicht in Erwägung gezogen zu haben. Das lässt vermuten, dass er nichts davon weiß. Aber die AEB untersteht seiner Regierung. Das heißt also …«

»Dass gewisse Kräfte in der Regierung es vor ihm verheimlicht haben. Wahrscheinlich eben die, die einen Krieg wollen.« Ein kurzes Zögern. »Und wenn Sie das beweisen können …«

»Dann können wir mit einem Schlag diese Kriegstreiber in der Regierung unschädlich machen und John Smiths

Pläne vereiteln. Denn wir können dem Präsidenten nicht nur beweisen, dass er manipuliert wird, wir können ihm auch den guten Doktor liefern, denn Couzen *befindet* sich ja bereits in Regierungsgewahrsam.«

Cooper stellte sich Epstein in seiner Wunderhöhle vor, in diesem verdunkelten Amphitheater, wo er im Strom der Daten schwamm. Er sah ihn vor sich, wie er mit Handbewegungen Tabelle und Diagramme entstehen ließ, leuchtende Hologramme mit Informationen, die niemand so gut deuten konnte wie er. Cooper wusste, dass Erik seine Schlussfolgerungen überprüfen und im Zusammenhang mit Hunderten anderer Faktoren betrachten würde. Er hielt den Atem an. So viel hing davon ab, was Erik nun sagen würde.

Und schließlich sagte er mit so etwas wie Erregung in der Stimme: »Ihre Theorie ist nach statistischen Gesichtspunkten stichhaltig. Ich werde Ihnen alle Daten über Dr. Couzens Entführung senden.«

Cooper legte auf, ohne sich zu verabschieden, und nahm wieder sein Datenpad. Seine Brust fühlte sich an, als hätte man geschmolzenen Stahl darüber gegossen, und mit jedem Schlag seines reparierten Herzens pochte der Schmerz in seiner Hand, aber es störte ihn nicht, denn es gab eine Möglichkeit, die Dinge wieder in Ordnung zu bringen, wie Natalie ihm aufgetragen hatte. Es gab eine Möglichkeit und er hatte sie gefunden, verdammt noch mal. *Du bist also doch nicht so hilflos.*

Er ließ sich auf seinen Stuhl fallen und legte das Datenpad aufs Bett, um seine gesunde Hand frei zu haben. Der Bildschirm zeigte an, dass eine riesige Datenmenge übertragen wurde, doch das Wichtigste war schon da. Coopers Puls pochte heftig, sein Atem rasselte und seine Hände zitterten vor Freude, als er begann, nach dem Beweis zu suchen.

Er brauchte nur fünf Minuten, um zu begreifen, dass er sich geirrt hatte. Dass alles noch viel schlimmer war, als er geglaubt hatte.

Kapitel 35

Natalie sagte: »Ich verstehe nicht.«

Sie waren im Flur der unterirdischen Klinik und Cooper lief unruhig hin und her. Er hatte das Gefühl, dass das ganze Gewicht der Welt auf ihm lastete. Einer Welt, die kurz davor stand, in die Brüche zu gehen. Er war sich so sicher gewesen. So sicher, einen Ausweg gefunden zu haben. Für einen kurzen Moment schien das Leben so zu sein, wie es sein sollte. So als müsste er nur für das Gute kämpfen und niemals aufgeben und alles würde wieder in Ordnung kommen.

Er hatte damit gerechnet, dass es Stunden dauern würde. Dass er über Persönlichkeitsprofilen brüten und Bobby Quinn Druck machen und vielleicht Epstein bitten müsste, streng geschützte Datensysteme der Regierung zu hacken. Doch er hatte nur fünf Minuten lang die Tatortfotos betrachtet.

»Dr. Couzen ist auf gar keinen Fall von der AEB entführt worden.«

»Wie kannst du da so sicher …«

»Weil es mein Job ist, Nat. Weißt du, wie viele AEB-Einsätze ich geleitet habe? Wie oft ich Teams losgeschickt habe, um Zielpersonen zu verhaften? Und wie oft ich selbst Leute gejagt habe? Es gibt vorgeschriebene Vorgehensweisen, die ich genau kenne. Außerdem ist die AEB für solche Einsätze bestens ausgerüstet.«

»Und?«

»Und … jemand hat das Fenster neben Couzens Tür eingeschlagen, um sie von innen aufzuschließen. Die AEB hätte einen Rammbock oder Spezialmunition zum Aufbrechen von Türen verwendet. Die Nachbarn haben Schüsse gehört. Aber die AEB hätte Schalldämpfer benutzt. Möbel waren umgeworfen worden, was auf einen Kampf hinweist. Aber so ein Geek von vielleicht siebzig Kilo gegen ein Einsatzteam? Der hätte doch nichts ausrichten können. Außerdem war alles voller Blut. Wenn die Behörde ihn lebend wollte, hätten sie ihn auch lebend geschnappt.«

»Vielleicht hatte er eine Waffe und hat die Agenten kommen sehen und …«

Cooper schüttelte den Kopf. »Die AEB war gar nicht da, glaub mir.«

»Okay«, sagte sie. »Aber welchen Unterschied macht es schon, wer ihn entführt hat? Dadurch ändert sich doch nichts.«

»Alles ändert sich dadurch.«

»Warum?«

»Weil er gar nicht entführt wurde.«

Er war durch das Blut drauf gekommen. Er war zwar kein Kriminaltechniker, aber wenn man zehn Jahre lang einen Job wie seinen machte, lernte man so einiges. *Falls* wirklich AEB-Agenten Couzen überfallen hätten und er sich so sehr gewehrt hätte, dass sie gezwungen waren, eine Waffe einzusetzen, die Blutspritzer hinterließ, dann auf jeden Fall eine Schusswaffe.

Das Blut aus einer Schusswunde verteilte sich in winzigen Tröpfchen, sogenannten Hochgeschwindigkeitsspritzspuren. Doch die Blutflecken auf der Laborwand waren alle dicht beieinander und größer. Die Art von Muster, die ein brutaler

Angriff mit einem stumpfen Gegenstand hinterlassen würde, etwa Schädelverletzungen mit einem Bleirohr. Die AEB würde eine solche Waffe niemals einsetzen.

Aber so ein Fleckenmuster würde auch entstehen, wenn jemand ein kleines Gefäß mit seinem eigenen Blut an die Wand schleuderte. Es gab noch andere Anhaltspunkte, aber dieser hatte ihn drauf gebracht.

»Er hat es fingiert.« Cooper lehnte sich an die Wand und schloss die Augen. »Er hat seine eigene Entführung inszeniert. Niemand ist bei ihm eingedrungen.«

Natalie sah ihn nachdenklich an und sagte: »Aber wenn das wahr ist, dann …«

»Dann ist er auf der Flucht. Aus irgendeinem Grund hat er beschlossen unterzutauchen, und auf diese Weise hat er versucht, Zeit zu gewinnen. Vielleicht hat jemand ihm ein besseres Angebot gemacht als die Epsteins. Ist auch egal.« Er rieb sich die Augen. »Entscheidend ist, dass der Mann, der diesem ganzen Wahnsinn ein Ende machen könnte, spurlos verschwunden ist.«

»Ich verstehe immer noch nicht. Warum ist das schlimmer als eine Entführung?«

»Weil es bedeutet, dass er sich bewusst versteckt.«

»Dann finde ihn.«

Er lachte. »Ich kann mich kaum bewegen, ohne Sterne zu sehen. Meine Hand kann ich überhaupt nicht benutzen. Wir stehen kurz vor einem Bürgerkrieg und der Mann, der ihn verhindern könnte, ist über alle Berge. Und mein Sohn liegt im Koma.« Cooper ließ sich die Wand hinuntergleiten und setzte sich auf den Boden. »Was soll ich denn tun?«

Er wusste, wie sich das alles anhörte, aber es war ihm egal. Die Bodenfliesen fühlten sich durch sein Krankenhaushemd angenehm kühl an. Er war so lange so schnell gerannt und hatte alles nur noch schlimmer gemacht. Es reichte jetzt.

Natalie setzte sich an die Wand ihm gegenüber. Sie hatte ihr Haar in einem Pferdeschwanz straff nach hinten gezogen, was sie zusammen mit den dunklen Rändern unter ihren Augen blass und abgespannt aussehen ließ. »Was meinst du, wie es mir geht?«

»Ich weiß, dass du …«

»Es ist meine Schuld, dass Todd dort liegt. Es war *meine* Idee, dass wir mitkommen. Ich wollte, dass wir alle zusammen sind. Für die Kinder, aber auch …« Sie zuckte mit den Achseln. »Wenn ich nicht diese romantische Vorstellung gehabt hätte, dass es etwas für uns bedeuten könnte, für dich und mich, wenn wir als Familie zusammen sind, dann wäre Todd jetzt zu Hause in Washington und würde nicht dort liegen. Also hör bloß auf, ja?«

»Natalie …«

»Du kapierst es einfach nicht, das hast du noch nie. In deiner Vorstellung gibt's nur dich gegen alle anderen. Und du, du ganz allein, willst derjenige sein, der die Welt rettet.« Sie lachte kalt. »Was würdest du überhaupt tun, wenn sich alles zum Besseren wendet? Erzähl's mir, Nick, das interessiert mich. Was würdest du tun, wenn die Welt plötzlich gar nicht mehr gerettet werden müsste? Buchhalter werden? Anfangen, Golf zu spielen?«

»He«, sagte er, »das ist nicht fair.«

»Nicht fair?« Sie schnaubte verächtlich. »Du bist der einzige Mann, den ich je geliebt habe. Und wir waren ein ideales Paar, glücklich, mit zwei wunderbaren Kindern. Aber irgendwann hat es einfach nicht mehr funktioniert. Vielleicht lag's an deinem Beruf. Oder daran, dass du begabt bist und ich nicht. Vielleicht waren wir zu jung und unsere Liebe zu schnell ausgebrannt. Auch nicht fair, aber nun gut, so ist das Leben. Man muss drüber hinwegkommen, was uns auch gelungen ist und es war in Ordnung so.

Und dann stellt sich heraus, dass Kate abnorm ist. Und nicht nur das, sie ist Grad eins und sie wollen sie uns wegnehmen.

Aber du machst dieses Wahnsinnsding, arbeitest verdeckt und riskierst alles für sie. Nicht fair. Und wie es geendet ist, ist auch nicht fair.

Aber das Leben wird langsam wieder normal. Vielleicht sogar besser als normal. Und irgendwo im Innern frage ich mich, ob wir vorschnell waren. Ob wir hätten durchhalten sollen. Und weil ich mir diese Fragen stelle und du wissen sollst, dass wir zu dir stehen, kommen wir mit und …« Sie sog scharf die Luft ein. »Nicht fair … Ach, fick dich doch.«

Ihre Worte waren wie eine Ohrfeige und er zuckte zusammen. »Natalie …«

»Du leidest, das verstehe ich ja. Und die Aussichten sind düster, auch das verstehe ich. Aber rede nicht so mit mir. Wir haben Fehler gemacht, klar, aber wir stehen auf der richtigen Seite, das weiß ich. Und du weißt es auch. Du musst dich entscheiden. Entweder du bleibst auf dem Boden sitzen, während dein Sohn da drin liegt, und wartest darauf, dass die Bomben fallen, oder du versuchst es noch ein letztes Mal, auch wenn die Chancen noch so schlecht stehen, und kämpfst für eine bessere Welt. Es liegt an dir, Nick, nur an dir. Und niemand kann dir Vorwürfe machen, egal, wie du dich entscheidest. Aber erzähl mir bitte nichts von Fairness.«

So plötzlich, wie sie losgelegt hatte, verstummte sie auch wieder, und das Schweigen wirkte wie das Nachwirken eines Donnerschlags, elektrisch geladen. Cooper starrte sie an und fühlte einen Schmerz in der Brust, der nicht von seiner Stichwunde herrührte. Er überlegte, was er sagen sollte. Wie sollte er antworten? Wo beginnen?

Schließlich sagte er: »Couzen ist ein kluger Kopf. Er weiß, dass er verfolgt wird, und wird alle Orte meiden, wo man als

Erstes sucht. Er wird sich nicht in einem Haus verstecken, das ihm gehört, auch nicht in einer Forschungseinrichtung oder bei Verwandten oder Freunden.«

Natalie musterte ihn mit dem kühlen, ruhigen Blick, der stets im Einklang mit ihren Gefühlen stand. »Also, du weißt nicht mehr, als dass er alle Orte, an denen man ihn vermuten würde, meidet. Wie willst du ihn da finden?«

Er starrte auf seine Hände. Die eine unbrauchbar, heftig schmerzend …

Die Zeit arbeitet gegen dich. Es kann jeden Moment Krieg geben.

Couzen ist vielleicht der Einzige, der ihn noch aufhalten kann. Seine Forschungsergebnisse könnten alles ändern. Selbst noch in dieser verzweifelten Situation.

Doch er versteckt sich und ihn zu finden ist fast aussichtslos.

Epsteins Daten zufolge ist Couzen zwar ein Genie, aber er hat nicht allein gearbeitet. Er verfügte über ein Team der besten Wissenschaftler.

Darunter auch sein Schützling. Wo bist du, Ethan Park?

... die andere immer noch kräftig. Er erhob sich und bot Natalie seine unversehrte Hand an. Sie nahm sie und kam direkt vor seinem Gesicht hoch. Ganz nah.

Cooper küsste sie und sie erwiderte seinen Kuss, beide gierig. Nach einem viel zu kurzen Moment löste er sich und richtete sich auf. »Sag den Kindern, dass ich sie liebe.«

Natalie biss sich auf die Lippe. Er konnte sehen, wie sie sich bewusst wurde, was sie mit ihrer Rede bewirkt hatte, aber auch, dass sie es nicht bedauerte, und dafür liebte er sie. Sie nickte. »Was hast du jetzt vor?«

»Erik Epstein zu überreden, mir ein Flugzeug zu leihen. Aber zuerst«, er lächelte, »muss ich dieses verdammte Kleid loswerden.«

Kapitel 36

Das Geräusch eines tief fliegenden Flugzeugs holte sie aus tiefstem Schwarz.

Shannon blinzelte und drehte sich herum. Auf dem Hotelbett lagen ein halbes Dutzend Kissen. Sie hatte sie alle für ihren warmen, weichen Kokon gebraucht. Noch immer verspürte sie eine wohlige Schwere, gähnte und schaute auf die Uhr.

10:12 Uhr. Wie lange hatte sie geschlafen? Großer Gott, achtzehn Stunden?

Das kann vorkommen, wenn man zwei Tage ununterbrochen auf den Beinen ist.

Nachdem Nick letzte Nacht gegangen war – nun, vorletzte Nacht, aber für sie war's gestern –, hatte sie im Flughafen von Tesla auf Lee und Lisa gewartet. Plastikstühle und schlechte Musik. Mit schmerzenden Muskeln und trockenen Augen hatte sie über ihr schlafendes Patenkind gewacht. Sie hatte Alice übers Haar gestreichelt, die vorbeilaufenden Leute beobachtet und ausgeharrt.

Der Morgen graute schon, als sie zwei Gestalten durch die Flughafenhalle rennen sah. Sie hatte die beiden seit Monaten nicht gesehen, nicht seit der Nacht, die sie und Cooper in ihrer Wohnung in Chinatown verbracht hatten. Eine Nacht, die das Leben des Paares zerstört hatte, die sie ins Gefängnis und ihre Tochter in die Davis-Akademie gebracht hatte und Shannon in das emotionale Fegefeuer, dem sie seither zu entrinnen versuchte. Sie waren in diesen Monaten um Jahre gealtert. Dunkle Ränder zeichneten sich deutlich unter Lisas Augen ab und Lee ließ die Schultern hängen, wie sie es gar nicht von ihm kannte.

Doch als sie ihre Tochter erblickten, war es, als würde ein Feuer entfacht, ein plötzliches Auflodern, wärmend und hell. Shannon hatte das Mädchen auf ihrem Schoß wachgerüttelt. »Liebling?«

Alice hatte die Augen geöffnet und das Erste, was sie gesehen hatte, waren ihre Eltern, die zu ihr eilten. Sie war aufgesprungen und auf sie zugestürmt und sie hatten sich fest aneinandergedrückt, die Arme miteinander verschlungen, und Worte waren aus ihnen herausgesprudelt von Liebe, Verlust und Freude. Alle drei hatten geweint und Shannon hatte dabeigestanden, sich überflüssig gefühlt, und immer wieder die Fäuste geballt und geöffnet.

Schließlich hatte Lee Chen sich ihr zugewandt. Shannon hatte solche Angst vor diesem Moment gehabt, dem ersten Blick ihres alten Freundes. Sie war so schrecklich leichtsinnig gewesen und er hatte den Preis dafür bezahlt. Sie verdiente jede Verletzung, die er ihr an den Kopf werfen würde.

»Danke.« Sein Gesicht war feucht, seine Nase rot. »Danke, Mei-mei.«

Und da hatte sie auch nicht mehr an sich halten können und sich der Gruppenumarmung angeschlossen und alle vier hatten gelacht und geweint.

Shannon gähnte, reckte sich und warf ihre Bettdecke zur Seite. Sie schlurfte zum Badezimmer, pinkelte eine halbe

Stunde lang und spritzte sich ein wenig Wasser ins Gesicht. Sie hatte Kissenabdrücke im Gesicht. *Also ehrlich, so ein faules Mädchen,* hörte sie ihren Vater sagen und musste lächeln.

Was sie an Hotels ganz besonders liebte, waren die Bademäntel, und der, der hier neben der Dusche hing, war einfach fantastisch, aus dickem, flauschigem Frottee. Sie hatte sogar eine Kaffeemaschine in ihrem Zimmer. Sie gab zwei Tütchen Kaffee hinein, und während sie wartete und es gurgelte und zischte, dachte sie an Alice' Kopf in ihrem Schoß, seine Wärme und ihre weichen Haare zwischen ihren Fingern.

Sie hatte sich die Suite etwas kosten lassen und das spiegelte sich in der Einrichtung wider. Eine minimalistische Fingerübung aus weißen Wänden und schlichten Möbeln. Eine Wand bestand aus Solarglas, das die grelle Wintersonne abmilderte. Shannon ging mit ihrem Kaffee hinaus auf den Balkon, zitterte und zog den Gürtel des Bademantels enger. Wyoming im November, nein, danke. *Kann die Revolution nicht von San Diego aus starten?*

Doch die Kälte wirkte wohltuend und belebend, und der heiße Kaffee schmeckte hier draußen noch einmal so gut. Unter ihr breitete sich Tesla in all seiner rasterförmigen Reißbrettpracht aus. In den Glaswänden des Epstein-Industries-Komplexes spiegelte sich der kalte Wüstenhimmel. Von irgendwoher ertönte ein tiefes Donnern, wahrscheinlich Verkehr. Sie fragte sich, wie das Treffen zwischen Nick und Erik gelaufen war, ob der Milliardär die Entwicklung des Serums zugegeben hatte. Der Gedanke daran haute sie immer noch um. Es war ein Gefühl wie an dem Morgen nach ihrer ersten sexuellen Erfahrung. Die Welt sah noch genauso aus wie vorher, aber doch irgendwie anders, und was war das für ein Dröhnen? Das hört sich nämlich verdammt nach …

Plötzlich war es mehr als nur ein Geräusch, es kam von allen Seiten, mit ungeheurer Gewalt, so stark, dass sie sich dagegen hätte lehnen können, immer stärker, alles verschlingend, ein Donnern und Heulen, erzeugt von nicht einem, nicht zwei, nein, drei Düsenjägern, die über sie hinwegsausten, eine Formation todbringender Dreiecke, die so tief flogen, dass sie unter ihren Tragflächen Raketenbündel ausmachen konnte.

Was zum Teufel …?

Shannon hielt sich am Balkongeländer fest und folgte mit dem Blick den rasenden Jets durch den grauen Himmel, während überall ihr Dröhnen widerhallte. Sie kannte sich mit Militärflugzeugen nicht aus, hätte das Modell nicht nennen können, doch sie war schon ihr ganzes Erwachsenenleben Soldatin und wusste, dass diese Tiefflieger nichts Gutes bedeuten konnten.

Sie eilte zurück in ihre Suite und ließ die Balkontür einen Spalt offen, um eine kühle Brise hineinzulassen. Das Tri-D-Gerät war elegant, mit glatten Linien, eher moderne Kunst als Unterhaltungssystem, aber sie wollte nur die verdammte Einschalttaste und die Knöpfe zum Senderwechseln finden. Die altersschwache Küche einer altersschwachen Sitcom, die hyperaktiven Trickfilmbilder einer Kindersendung, Werbung für einen auf Personenschäden spezialisierten Anwalt und dann schließlich Fox News, wo gerade eine protzige Computeranimation zu sehen war. Zu bombastischer Musik purzelten dreidimensionale Lettern auf den Bildschirm und bildeten die Worte AMERIKA VOR DEM ABGRUND, explodierten und wichen der Schlagzeile ENTSCHEIDUNG IN DER WÜSTE vor dem Hintergrund einer in Flammen stehenden Landkarte von Wyoming. Anschließend ein schnell wechselndes patriotisches Allerlei: Flagge, Sterne, Weißes Haus, kreischender Adler, Jagdflugzeuge.

Dann ein Schnitt zu einem Luftbild, das sich langsam bewegte – eine Nachrichtendrohne. Ein Militärlager aus

Fertighäusern, in dem rege Geschäftigkeit herrschte. Reihen von Panzern und Lastwagen. Ein Flugplatz voller Kampfhubschrauber. Und tausende und abertausende Soldaten.

Die Landschaft war staubig-braun und es sah kalt aus. Der Himmel hatte die gleiche Farbe wie draußen vor ihrem Fenster. Die Gegend kam ihr vertraut vor, denn sie war schon hundert Mal dort durchgefahren: Gillette, die Stadt an der Ostgrenze zu New Canaan. Shannon sog scharf die Luft ein. Sie traute ihren Augen nicht.

Amerikanische Truppen hatten eine amerikanische Stadt besetzt.

Der Nachrichtensprecher sagte: »Weitere Militäreinheiten versammeln sich nach Angaben der Regierung in Wyoming zu ›Anti-Terror-Manövern‹. Ob diese Manöver auch auf das Territorium New Canaans ausgeweitet werden sollen, wurde nicht verlautbart.«

Dann erschien eine Landkarte von Wyoming, auf der New Canaan blutrot schattiert war. Es gab nur drei Zufahrtsstraßen in die Siedlung, riesige Verkehrsadern, die durch Gillette, Shoshoni und Rawlins führten. Und alle drei Städte waren mit Sternen markiert, die stark an Einschusslöcher erinnerten.

»Sprecher der Armee bestätigen, dass ein Kampfverband von nicht weniger als fünfundsiebzigtausend Soldaten an diesen Truppenübungen beteiligt ist.«

Schnitt zu einer Startbahn irgendwo auf einem Militärstützpunkt, abhebende Jagdflugzeuge.

Schnitt zu einer Reihe Panzer, riesige Metallmonster, umgeben von Soldaten, die Geschütze aufbauten.

Schnitt zu einem mit Militärfahrzeugen blockierten Freeway. Männer, die auf schweren Maschinengewehren lehnten. Dahinter eine chaotische Schlange von Sattelschleppern bis zum Horizont.

»Alle Zufahrten nach New Canaan sind gesperrt. Die betroffenen Kommunen haben protestiert und darauf hingewiesen, dass lebensnotwendige Güter nicht mehr in die Siedlung geliefert werden könnten.«

Schnitt zu einem geckenhaften Mann mit teurem Anzug und Brille, der hinter einem Rednerpult stand. Eine Texteinblendung verkündete: HOLDEN ARCHER, PRESSESPRECHER DES WEISSEN HAUSES. Er sagte: »Die Regierung unternimmt die größten Anstrengungen, um eine schnelle und friedliche Beilegung der Situation herbeizuführen. Wir sollten jedoch nicht vergessen, dass als direkte Folge terroristischer Handlungen drei amerikanische Städte noch immer ohne Strom und Lebensmittel sind. Und wir glauben, dass die Verantwortlichen in der Siedlung New Canaan Zuflucht gefunden haben.«

Auf Stichwort wurde ein Foto eingeblendet: ein gutaussehender Mann mit kräftigem Kinn, der hinter einem Pult stand.

»Quellen aus höchsten Kreisen des Weißen Hauses bestätigen, dass ein Haftbefehl gegen den Aktivisten und Redner John Smith erlassen wurde. Ehemals als Terroristenführer gesucht, wurde Smith auf spektakuläre Weise entlastet, als Beweismaterial auftauchte, das den ehemaligen Präsidenten Walker …«

Das Dröhnen draußen wurde wieder lauter. Zuerst hörte es sich an wie eine voll aufgedrehte Stereoanlage, dann wie rollender Donner, dann wie das Johlen der Menge in einem Stadion. Und schließlich ein Pfeifen, als die Düsenjäger vorbeiflitzten und die Fenster vibrierten.

Der Nachrichtensprecher fuhr fort: »Seit den ersten Anschlägen der Kinder Darwins ist die Lage äußerst gespannt. Der Unruhe-Index hat den noch nie da gewesenen Wert von 9,2 …«

Es klopfte an der Tür und Shannon wäre fast aus ihrem Bademantel gesprungen. Sie hatte sich Kaffee über die Hand geschüttet. »Mist.« Sie stellte den Ton ab und rief: »Keine Zimmerreinigung, danke!«

»Shannon?«

Sie war dabei, sich die Hand am Bademantel abzuwischen und hielt inne. Sie kannte die Stimme, doch hätte sie nicht erwartet, sie hier unter diesen Umständen zu hören. Sie stellte ihre Tasse auf den Beistelltisch und ging zur Tür. In einem Spiegel über dem Tisch sah sie ihre Reflektion und verzog das Gesicht. Sie hatte noch immer Kissenspuren auf der Wange. Und ihre Haare, ach du Schande. Sie fuhr mit der Hand hindurch, doch es nutzte nichts. Dann atmete sie tief ein, drückte die Schultern durch und öffnete. »Hallo, Natalie.«

Nicks Exfrau sah blass und müde aus. »Hi.«

Einen Moment lang verharrten sie so, Natalie noch immer vor der Tür, und dann fragte Shannon: »Alles in Ordnung?«

»Darf ich reinkommen?«

»Ach ja, natürlich.« Shannon hielt die Tür auf und bat Natalie mit einer Geste hinein. »Der Kaffee wirkt noch nicht so richtig.«

Im Innern der Suite drehte sich Natalie langsam um und begutachtete die moderne Einrichtung, die schöne Aussicht, den offensichtlichen Luxus. Shannon konnte fast sehen, wie sie sich Nick hier vorstellte und wie sie sich ein Urteil über die Frau bildete, die er ihr vorgezogen hatte.

Hör auf. Sie war immer absolut liebenswürdig zu dir. Sie kann doch nichts dafür, dass du ihrem Ex verfallen bist.

Bei dem Gedanken stockte sie innerlich.

»Verfallen«? Wir haben ab und zu was miteinander. Deshalb bin ich ihm doch nicht verfallen.

Aber sie wusste, dass sie sich etwas vormachte. Seit letzter Nacht am Flughafen. Nicht, weil er Lee und Lisa frei bekommen hatte, und auch nicht, weil er auf die Nachricht von dem Serum richtig reagiert hatte. Natürlich war sie über beides froh, aber Liebe baute nicht auf großen Gesten und politischem Gewissen auf.

Nein. Du bist ihm hoffnungslos verfallen, als er um Verzeihung gebeten hat. Als er gesagt hat, er würde nie wieder an dir zweifeln.

Es lag an den beiden Wörtchen »nie wieder«. Das angedeutete Versprechen einer Zukunft.

Sie merkte, dass sie abwesend vor sich hingestarrt hatte, und rüttelte sich wach. »Kann ich Ihnen was anbieten? Kaffee vielleicht?«

»Hören Sie«, sagte Natalie und schaute sie an. »Ich weiß nicht, wie es zwischen Ihnen und Nick steht. Oder zwischen mir und ihm. Doch Sie haben meine Kinder gerettet und das werde ich Ihnen nie vergessen. Aber ich wäre auch sonst gekommen, denn Sie haben ein Recht zu wissen, dass er noch am Leben ist.«

Was soll das heißen, zwischen ihr und Nick? Ich dachte, zwischen denen wäre … Moment. »Wer ist noch am Leben? Wovon reden Sie?«

Natalie sagte: »Wissen Sie, das erste Mal, als er beim Ausgleichsdienst jemanden getötet hat, haben wir die ganze Nacht durch geredet. Ich bin nicht so ein kleines Weibchen wie im Film, das nicht weiß, dass sein Mann Geheimagent ist.«

»Ich … Was? Das habe ich auch nie angenommen.«

»Ich beherrsche kein Kung-Fu und ich kann ihm auch nicht helfen, Terroristen aufzuspüren. Aber wir haben schon tausend Mal zusammen Abendessen gemacht und uns noch öfter geliebt. Während Todds Geburt hat er mich mit kleinen Eisstückchen gefüttert und mir den Rücken gerieben. Und ich war für ihn da, als sein Vater gestorben ist.«

Shannon hatte einmal einen Autounfall gehabt. Jemand hatte sie von hinten gerammt, ihr Wagen war auf die Gegenspur geschleudert, ein Laster hatte sie zurück auf die andere Seite geschoben, wo ihr sofort wieder jemand reingefahren war. Und jetzt, wie sie hier in ihrem Hotelbademantel stand, war ihr mit einem Mal genauso schwindelig wie damals. Düsenjäger, mobilisierte Truppen, rätselhafte Bekanntmachungen im Fernsehen und jetzt auch noch das, was immer es sein sollte. »Natalie …«

»Lassen Sie mich bitte ausreden, okay? Ich muss das einfach loswerden.«

Shannon zog ihren Bademantel fester und nickte.

»Ich will nur sagen, ich bin nicht das, was Sie sich wahrscheinlich unter einer Exfrau vorstellen. Nick und ich, das ist Realität. Wir haben eine Geschichte. Er war mein erster großer Schwarm und er ist der Vater meiner Kinder.«

Oh Gott.

Sie liebt ihn immer noch.

Seltsamerweise war ihr der Gedanke nie gekommen. Ihre Beziehung mit Nick hatte nicht auf die übliche Weise begonnen. Sie hatten nicht mit der tagtäglichen Unbeholfenheit eines sich zusammenfindenden Paares zu kämpfen gehabt. Sie hatten ja bisher nicht einmal ein richtiges Date gehabt, so mit Essen, Wein und Plauschen, wie es sich gehört. Aber mit Natalie hatte er all das damals sicher erlebt. Shannon wusste, dass Nick seine Kinder liebte, doch sie war immer davon ausgegangen, dass zwischen ihm und Natalie keine romantischen Gefühle mehr bestanden.

»Ich will Ihnen nicht vorschreiben, was Sie tun sollen«, sagte Natalie. »Ehrlich, ich weiß ja selbst nicht, was ich will. Außerdem kann man nicht einfach einen Menschen für sich beanspruchen.« Sie verstummte, als würde sie sich plötzlich überlegen, genau das zu tun.

Und wenn ja, was dann? Auch wenn du dich nach Nick verzehrst, willst du wirklich einer Frau in die Quere kommen, die versucht, ihre Familie wieder zusammenzubringen?

Bevor Shannon sich diese Frage beantworten konnte, erregte etwas auf dem stummen Tri-D-Gerät ihre Aufmerksamkeit. Es war nicht das Tempo und die Effizienz der Sanitäter, die die am Boden liegenden Personen versorgten. Auch nicht, dass ihr das Restaurant bekannt vorkam. Nicht einmal das Sicherheitsteam, das eine schreiende Frau festhielt.

Es war die schreiende Frau selbst. Es war Natalie.

Nicks Exfrau folgte ihrem Blick und sah die Aufnahme. Sie verzog das Gesicht. »Ich muss wieder zurück. Mein Sohn ist noch …«

»Was ist denn passiert, Natalie?«, fragte Shannon.

»Ein Mann hat uns gestern Morgen beim Frühstück überfallen. Er hatte es auf Nick abgesehen, aber Todd ist ihm in die Quere gekommen.«

»Oh Gott.« Erschrocken hielt sich Shannon die Hand vor den Mund. »Ist er …?«

»Er liegt im Koma, aber sie sagen, er wird es überstehen.« Natalie sprach ganz ruhig, stellte sich der Realität ihrer Worte. Eine starke Frau, keine Frage. »Wir hatten noch Glück. Wenn es irgendwo anders passiert wäre, wäre Nick jetzt tot.«

Natalie erzählte ihr die Geschichte in ein paar knappen Sätzen: Wie der Attentäter im Handumdrehen die Leibwächter ausgeschaltet hatte. Das Messer in Nicks Brust. Wie sein Herz aufgehörte hatte zu schlagen. Wie die Rettungskräfte, keine gewöhnlichen Sanitäter, sondern Spitzenärzte in Epsteins Diensten, seinen schwächer werdenden Stoffwechsel völlig heruntergefahren und ihn in eine Klinik gebracht hatten, um ihn einer Operation zu unterziehen, die klang wie aus einer Science-Fiction-Story. Wie Nick nach dem Aufwachen erfahren hatte, dass sein Sohn im Koma lag und sein Land sich selbst zerfleischte. Und währenddessen war Shannon völlig ahnungslos vom Flughafen zurück in die Stadt gezockelt, hatte sich die Suite genommen und war ins Bett gefallen.

»Kann ich ihn sehen?« Shannon ging Richtung Schlafzimmer. »Ich ziehe mich schnell an.«

»Er ist weg.«

Shannon blieb stehen und drehte sich langsam um. »Weg?«

»Epstein hat ihm ein Flugzeug besorgt. Er will nach Ohio.«

»Er ... Was?«

Natalie stieß laut den Atem aus, fast ein Lachen. »Ja.«

»Und warum?«

»Irgendein Wissenschaftler hat etwas Unglaubliches entwickelt. Nick hofft, dass es einen Krieg verhindern kann.«

»Ich weiß«, sagte Shannon. »Ich habe Nick davon erzählt.« Es war kein Seitenhieb, sagte sie sich, keine Attacke, aber es schadete nichts, ihr Territorium abzustecken. Natalie hatte ihre Vergangenheit mit Nick. Und Shannon hatte dieses seltsame, intensive Leben, immer in der Gefahrenzone, das sie beide lebten, und das zählte auch.

»Ach so.« Die andere presste die Lippen ein wenig zusammen. »Nun, Dr. Couzen ist verschwunden und Nick will ihn suchen.«

»Gestern ist er erst am Herzen operiert worden und heute fliegt er nach Ohio?«

»Sie wissen doch, er will die Welt retten.« Sie deutete ein Achselzucken an. »Ich muss zurück zu meinem Sohn. Ich wollte Sie nur wissen lassen, dass er noch lebt.«

Shannon nickte und brachte sie zur Tür. »Danke.«

»Schon gut. Passen Sie auf sich auf.«

»Sie auch.«

Dann ging sie davon und Shannon schaute ihr hinterher, der Frau mit dem Pferdeschwanz und dem offensichtlich geliehenen Mantel, die trotz allem, was auf ihr lastete, die Schultern nicht hängen ließ. Wieder brausten die Jets lärmend vorbei und Natalie liebte Nick immer noch, der tot gewesen und wiedergeboren war. Falls es in alldem irgendetwas Positives zu entdecken gab, konnte sie es nicht sehen. Es war, als würde alles vor die Hunde gehen.

Sie schloss die Tür und ging ins Schlafzimmer. Ihr Handy lag auf dem Nachttisch. Sie gab eine Nummer ein, die sie noch nie kontaktiert hatte. Sie überlegte, wie sie ihre Nachricht formulieren sollte. *Was soll's? Sei direkt.*

ICH BRAUCHE ANTWORTEN. SOFORT.

Sie drückte auf SENDEN, ging ins Bad und stellte die Dusche an. Das Hotel bot wirklich wahren Luxus, denn der Wasserstrahl wurde nicht immer wieder unterbrochen, wie sie es aus New Canaan gewohnt war, sondern es rauschte üppig und heiß. Als sie aus der Dusche trat, sah sie die Antwort auf ihrem Handy.

HAB ICH MIR GEDACHT. N44.3719, W107.0632.

* * *

Ihr Mietwagen lief zwar mit Strom, aber zumindest hatte sie einen Pick-up mit anständigen Reifen aufgetrieben. Bei diesen GPS-Koordinaten unbedingt nötig. Der Treffpunkt war zwar nicht mitten in der Wildnis, aber doch fast zwei Kilometer abseits der Straße und nur über eine holprige Strecke durch einen ausgetrockneten Bach zu erreichen. Das Farbspektrum der Landschaft bewegte sich von Ocker bis Umbra: Staub, Felsen, sogar die knorrigen kleinen Sträucher hatten Brauntöne. Sie wirbelte eine Staubwolke auf, die ihr ebenso düsterbraun über den Highway folgte.

Shannon erspähte den Treffpunkt schon von Weitem, ein karger Felsen, vielleicht fünfzig Meter hoch. Sie parkte ihren

Pick-up an seinem Fuß neben einem staubigen, ramponierten Militärfahrzeug, einem echten Benzinfresser. Daran lehnte ein Mann, der sein Sturmgewehr mit der Gelassenheit eines Profis hielt. Auf seiner Militärkleidung waren keine Flaggen oder Rangabzeichen zu sehen, aber an seinem Gürtel hingen zwei Ersatzmagazine und ein zwanzig Zentimeter langes Messer. »Hallo, Shannon.«

»Bryan VanMeter«, sagte sie und dachte an einen Job in Boise vor ein, zwei Jahren. Sie hatte eine Bank ausgekundschaftet, die er anschließend mit seinem Team überfallen hatte. Eine Kleinigkeit, die man leicht vergaß, war, dass man für eine Revolution Geld brauchte, und sie hatte schon mehr als einen Raubüberfall für die Sache begangen. Seit dem Bankjob hatte sie nicht mehr mit VanMeter zusammengearbeitet, aber er hatte sie ziemlich beeindruckt. Er war kompetent, ohne den Macho rauszukehren, und wenn sie mit ihm arbeitete, musste sie sich keine Sorgen machen, dass er plötzlich anfing, Unbeteiligte abzuknallen. »Du bist aber gut ausgerüstet. Planst du etwa eine Invasion?«

»President Clay hat gestern den Befehl gegeben.« Er räusperte sich und spuckte. »Außerdem wollen sie John verhaften.«

Ihr fiel auf, dass er ihn beim Vornamen nannte, und dachte: *Kluger Schachzug von dir, John, den Mann als Freund zu behandeln und nicht als Untergebenen.* Dann fiel ihr ein, dass sie ihn auch beim Vornamen nannte.

Ja, aber das ist was anderes.

Wirklich? Schwer zu sagen. Bryan VanMeter war nicht nur fürs Grobe zuständig. Als ehemaliger Army Ranger hatte er mehr drauf. Aber Shannon war nie auf den Gedanken gekommen, dass John sich mit ihm beraten könnte. *Ob VanMeter über dich das Gleiche denkt?*

»Wo ist er?«

»Oben. Aber sei vorsichtig, die Steine sind an manchen Stellen locker.«

Sie nickte und ging den Pfad hinauf. Er war steil, aber nicht zu schwierig. Es war ein rauer, kalter Tag, Wolken stürmten zornig über sie hinweg, und davor zeichnet sich die Silhouette eines Mannes ab. Falls er sie näherkommen hörte, ließ er es sich nicht anmerken. Er starrte weiter auf den Horizont. John Smith hatte seinen Anzug gegen eine grobe Arbeitshose, ein langärmeliges Hemd, eine Daunenweste und eine graue Strickmütze eingetauscht. Rund um beide Augen hatte er – *dank Nick* – große, hässliche Blutergüsse, die mittlerweile grün und gelb wurden. Zusammen mit seinem Outfit veränderten sie seine Erscheinung. Weniger Politiker, eher ein vom Krieg gezeichneter Soldat. »Sag mir bitte, dass du wirklich einen Grund hattest.«

»Hallo, Shannon.«

»Ich habe die Nachrichten gesehen. Ich weiß, dass dein alter Kumpel aus der Akademie das Attentat auf Nick und seine Familie verübt hat. Der Zeit-Freak. Versuch nicht, mir weiszumachen, dass du nichts damit zu tun hast.«

»Er heiß Soren. Und ja, ich habe ihn geschickt«, sagte er ganz nüchtern.

Sie ballte die Fäuste und öffnete sie wieder. »Du weißt, dass Nick ein Freund von mir ist …«

»Ein Freund?«

»Und trotzdem hast du jemanden losgeschickt, um ihn umzubringen.«

»Ja, tut mir leid, aber es musste sein. Es geht um Bedeutenderes als persönliche Gefühle.«

»Hoffentlich«, sagte sie. »Denn mal ganz abgesehen von meiner Beziehung mit Cooper, verstehe ich nicht, *warum*. Er war der Gesandte des US-Präsidenten. Er war gekommen, um Frieden zu schließen. Und selbst wenn du das nicht geglaubt hast, hättest du doch wissen müssen, dass seine Ermordung einen Krieg auslösen könnte.«

John lachte humorlos und deutete mit dem Kinn Richtung Horizont.

»Könnte?«

Jenseits des öden Buschlands, in acht Kilometer Entfernung, war die Skyline von Tesla zu sehen. Von hier aus wirkte die Stadt jämmerlich klein, eine Ansammlung niedriger Gebäude, die sich um die silbernen Türme von Epstein Industries ausbreiteten. Eine Stadt voller unbewaffneter Träumer, die sich unter einem wütenden Himmel zusammendrängten. Und selbst von hier aus konnte sie die kreisenden Düsenjäger sehen. Und tief fliegende Hubschrauber. Und Militärfahrzeuge, die durch die Wüste rumpelten. Und Truppenformationen, die sich weiter erstreckten als die Stadt selbst.

»Sieh dir ihre Armee an«, sagte John. »Statistisch müssten siebenhundertfünfzig dieser Soldaten begabt sein. Was glaubst du, wie viele davon Offiziere sind?«

»Das weiß ich doch auch. Aber deswegen einen Krieg anzufangen, ist doch Wahnsinn.«

»Ich gebe dir recht«, sagte er. »Ich war mal Aktivist, weißt du noch? Ich habe versucht, das System zu ändern. Aber das System will sich nicht ändern lassen. Es bekämpft jeden, der es ändern will, bis zum Tod.«

»Spar dir die Sprüche für deine Studentinnen, John. Sag mir, dass es einen triftigen Grund für all das gibt.«

»Selbstverständlich gibt es den«, bellte er und drehte sich zu ihr um. »Shannon, sie versklaven Kinder. Sie wollen unseren Freunden Mikrochips einsetzen. Sie haben im Monocle ganze Familien ermordet, um den Leuten Angst vor den Abnormen einzuimpfen, und sie haben die Börse mitsamt elfhundert Menschen in die Luft gejagt, um das Feuer weiter zu schüren. Sie haben ihre eigenen Städte unter Quarantäne gestellt und als die Bürger sie um Lebensmittel angefleht haben, haben sie Tränengas eingesetzt und auf sie geschossen. Sie werden uns niemals gleich behandeln. Sie können sich die Welt nicht anders vorstellen, als sie ist. Und sie werden alles tun und so viel Blut vergießen, wie sie für nötig halten, damit sie so bleibt.«

»Warum spielst du ihnen dann in die Hände, indem du versuchst, einen Friedensvermittler umzubringen?«

Er wollte antworten, unterbrach sich aber und holte seine Zigaretten aus der Westentasche. »Versuchst?«

Oh Scheiße. »Du weißt, was ich meine. Was nützt es uns denn, ihn umzubringen? Das kann doch nur zu einem Angriff auf New Canaan führen.«

Er sah sie abschätzig an, holte eine Zigarette heraus und zündete sie mit einem Zippo an, ohne den Blick von ihrem zu lösen.

Da begriff sie. »Du *willst*, dass sie angreifen.«

»Sie werden es tun. Und sich damit selbst ins Verderben stürzen.«

»Wie das? Es sind fünfundsiebzigtausend. Auf jeden Einwohner von New Canaan, jeden Mann, jede Frau und jedes Kind, kommt ein bewaffneter Soldat. Und wo die herkommen, gibt's noch ein paar Millionen mehr.«

John nahm einen tiefen Zug. Und lächelte. »Shannon, ich habe mir das alles nicht erst heute Morgen unter der Dusche ausgedacht. Ich plane es seit *Jahren.* Ich habe eine Regierungsbehörde lahmgelegt und einen Präsidenten gestürzt, um meine Pläne zu verwirklichen. Und wenn ein Krieg die einzige Möglichkeit ist zu bekommen, was wir verdienen, bei Gott, dann sollen sie ihren Krieg haben.«

Shannon starrte ihn an, staunend, mit schwirrendem Kopf. Sie kannte John seit Jahren, hatte für ihn Gefängnis riskiert, es mit Soldaten aufgenommen und mehr als einmal getötet. Sie wusste, dass er Konflikten nicht aus dem Weg ging, doch sie hätte sich nie träumen lassen, dass er einen offenen Krieg wollte. Großer Gott, wie sollte der überhaupt aussehen? Auf einen Genialen kamen neunundneunzig Normale. Es gab einfach keine Möglichkeit – außer vielleicht, alle Normalos umzubringen oder zu versklaven –, das zu bekommen, was sie nach Johns Ansicht verdienten. Gleichbehandlung hätte ihr persönlich ja schon gereicht, eine Welt, in der die Regierung sich bemühte, den Menschen zu dienen, allen Menschen, anstatt nur zum Vorteil für die ganz oben die Wahrheit zu verdrehen.

Und da war noch was.

»Das Serum«, sagte sie zögernd. »Dr. Couzens Arbeit. Der Zaubertrank, der Normalos in Begabte verwandelt. Als du mich in die AEB-Zentrale geschickt hast, um Informationen darüber zu stehlen, hattest du gar nicht vor, sie zu veröffentlichen, nicht wahr?«

Er antwortete nicht, sah sie nur weiter an.

»Ich frage dich, weil ich an dich geglaubt habe.«

»Shannon ...«

»Es gibt einen Ausweg, aber du nutzt ihn nicht.« Sie starrte ihn an und mit einem Mal sah sie die ganze hässliche, dreckige Wahrheit. All das, was sie bisher nicht hatte sehen wollen. »Du bist genauso scharf auf diesen Krieg wie sie, nicht wahr? Du willst an der Spitze einer Armee marschieren und die Welt erobern. Egal, wie viel Blut dafür fließen muss.«

Sein Blick wurde härter. »Es geht mir nur um uns. Ob sie ihr Blut lassen müssen, ist mir egal.«

»Blut ist Blut.«

»Nein, das ist nicht wahr«, sagte er. »Außerdem werde nicht ich diesen Krieg beginnen. Sie sind es, die Militärgewalt einsetzen wollen.«

»Noch haben sie es nicht getan.«

»Aber sie werden es tun. Irgendjemand auf ihrer Seite wird so sehr von der Notwendigkeit überzeugt sein, Abnorme zu töten, dass sie einen konzertierten Angriff gegen ihre eigenen Bürger starten werden. Vielleicht Clay, vielleicht jemand aus seinem Stab oder irgendein nervöser Achtzehnjähriger mit dem Finger am Abzug. Sie werden angreifen und dann werden sich die Genialen vereinen.« Er schaute auf seine Uhr. »Es passiert. Du findest dich besser damit ab.«

»Niemals.«

»Besser doch. Du hast dir wohl vorgestellt, dass wir uns alle die Hände reichen, ›Kumbaya‹ singen und eine neue Verfassung schreiben, aber so läuft es nicht. Eine bessere Welt zu schaffen ist ein blutiges Geschäft. Überleg dir genau, wer dir wirklich wichtig ist.« Er schnippte die Zigarette über die Felskante. »Denn entweder gehörst du zu uns … oder zu ihnen.«

Kapitel 37

Soren zielte.

Durch das Fernrohr beobachtete er, wie die Frau sich mit John stritt. Soren war vierhundert Meter entfernt, doch das Fernrohr bot eine zwanzigfache Vergrößerung und er konnte ihr leicht von den Lippen ablesen. Handfeuerwaffen mochte er nicht besonders. Durch den Rückstoß, von seinem Zeitsinn noch verstärkt, waren sie wenig elegant. Doch ein Scharfschützengewehr war ein mechanisches Meisterwerk. Anlegen, richtig atmen, nur leicht auf den Abzug pressen, anstatt voll durchzudrücken. Es war wie die Projektion des eigenen Willens über eine Distanz hinweg. Doch er war froh, dass er sie nicht töten musste, denn John hatte ihm erzählt, dass sie Samantha nahestand.

Nachdem sie weggefahren war, richtete er das Zielfernrohr wieder auf John. Sein Freund hatte einen angestrengten Gesichtsausdruck, den er von ihren Schachspielen kannte. Versunken in Spielzüge und Wahrscheinlichkeitsketten.

Schließlich sah John direkt in seine Richtung und sagte etwas. In normalem Tempo, denn er nahm fälschlicherweise an, dass es wegen der Entfernung notwendig war. »Cooper hat überlebt. Das ist ein Problem.«

Die über den Horizont sausenden Jets klangen wie wütende Insekten.

»Alles läuft nach Plan.« Smith rieb sich den Nacken. »Nur eins könnte jetzt noch dazwischenkommen.«

Soren wartete darauf, dass sein Freund ihm mitteilte, was er wollte.

»Dr. Couzen hat einen Schützling namens Ethan Park.«

Der Rest war offensichtlich. Soren stand auf und machte sich auf den Weg.

Kapitel 38

Cooper hatte einen Firmenjet erwartet. Schnell und elegant, mit Ledersitzen und Tri-D-Bildschirmen hinten in den Kopfstützen. »Nein, Sir«, hatte der Pilot gelacht. »Nicht, solange die guten Männer und Frauen von der Air Force über uns herumschwirren. Alle Privatflugzeuge haben Startverbot. Nur Transportmaschinen mit wichtiger Fracht sind erlaubt. Ein paar besonders mutige Schmuggler machen immer noch ihre Touren, aber die riskieren, abgeschossen zu werden, deshalb hat Mr Epstein diese Lösung vorgeschlagen.«

»Diese Lösung« war eine zum Transportflugzeug umgebaute Boeing 737. Die Sitze waren entfernt, die Fenster zugeklebt, und auf einer Seite prangte ein großes, rotes Kreuz. Cooper hatte sich umgesehen und achselzuckend gefragt: »Und wo soll ich sitzen?«

»Sie können es sich auf irgendeiner Kiste bequem machen«, sagte der Pilot grinsend. »Aber in zehntausend Metern Höhe könnte das ein bisschen kalt werden.«

»Okay, dann spiele ich eben Kopilot.« Er hatte sich angeschnallt. Alles startklar ...

Drei Stunden später hatten sie immer noch auf der Startbahn gestanden. Auf Coopers Zetern und Fluchen hatte der Pilot nur mit einem Schulterzucken reagiert. Es ließe sich eben nichts dran ändern und sie könnten von Glück sagen, dass sie überhaupt fliegen durften.

Als sie schließlich gestartet waren und Cooper die Soldaten unten am Boden gesehen hatte, war ihm ganz mulmig geworden. Was für eine Riesenmasse fünfundsiebzigtausend Soldaten waren, begriff man erst, wenn man sie mit eigenen Augen sah. Eine gewaltige Truppenformation, auf das Zentrum New Canaans ausgerichtet. Kasernen und Hangars aus Fertigteilen, Reihen um Reihen von schwerem Gerät und überall ameisengleich herumwuselnde Gestalten. Es war schon fast ein Jahrzehnt her, seit er den Dienst bei der Armee quittiert hatte, doch er konnte sich gut vorstellen, was am Boden los war. Die ständig steigende Spannung und die Rastlosigkeit. Man wünschte sich fast, das Schlimmste würde eintreten, nur damit die Warterei endlich ein Ende hatte.

Zwar sahen die Soldaten von hier oben winzig aus, doch in Wahrheit war er der Winzling. Ein einzelner Mann, der sich, kaum aus dem Krankenbett, aufmachte, um in einem Land von dreihundert Millionen ein Genie zu finden, das nicht gefunden werden wollte. Von einem aussichtslosen Unterfangen zu sprechen, wäre noch maßlos untertrieben gewesen.

Hör auf, dich selbst zu bemitleiden, und mach dich lieber an die Arbeit.

Er hatte sein Datenpad ausgebreitet und begonnen zu lesen.

Wenn es eins gab, womit Epstein dienen konnte, dann waren es Informationen. Die Zeit verflog rasch, während Cooper alles über Ethan Park in sich aufsog. Über seine Eltern, seine Kindheit, seine akademischen Wanderjahre, seine Arbeit als Epigenetiker und sein Verhältnis zu Abraham Couzen. Eindeutig ein hervorragender Wissenschaftler, aber Cooper hatte den Eindruck, dass er eher jemand war, der andere inspirierte und unterstützte, als selbst die Richtung anzugeben. Ein Helfer, dazu bestimmt, sich im Dunstkreis großer Menschen aufzuhalten. Ethan Park würde es wahrscheinlich nie zum Nobelpreisträger bringen, weil ihm dazu das übersteigerte Selbstbewusstsein fehlte. Nützlich zu wissen, um sein Verhalten vorauszusagen.

Doch etwas nagte an Cooper. Irgendwo in diesen Daten steckte eine Spur, eine Information, die er noch nicht erkannte. Er wusste, es ließ sich nicht forcieren. Er registrierte es einfach und verließ sich darauf, dass sein Hirn weiterarbeitete, während er es mit Daten fütterte, dem Treibstoff seiner Gabe.

Cooper war nicht überrascht zu erfahren, dass auch Ethan Park auf der Flucht war, auch wenn es ihm nicht gefiel. Die gute Nachricht war, dass Park zwar Besuch von AEB-Agenten bekommen hatte, dies aber anscheinend nicht der Grund für sein Verschwinden war, sondern eher die allgemeine Situation in Cleveland. Ein riskanter Entschluss, den Cooper jedoch nachvollziehen konnte. Besser eine schwierige Flucht wagen, als zu Hause abzuwarten, bis es keinen Ausweg mehr gab. Vor allem im Hinblick auf das Baby musste ihm die Entscheidung schwer gefallen sein. Cooper konnte nicht umhin, seine Chuzpe zu bewundern.

Der Pilot sprach in sein Mikrofon und dann, als er zum Landeanflug ansetzte …

Moment. Warum hatte Park Besuch von AEB-Agenten?

Sie haben Couzens inszenierte Entführung doch sicher genauso schnell durchschaut wie du. Außerdem würde sich die AEB normalerweise gar nicht für eine Entführung interessieren. Es sei denn …

Sie wussten, woran Couzen arbeitete. Und als er verschwunden war, hat der zuständige Agent das Naheliegendste getan. Das, was du auch gerade tust.

Er hat Ethan Park ins Visier genommen.

… kippte die Landschaft.

»Mistkerl«, sagte Cooper.

»Sir?«

Plötzlich nahm die Spur, die ihm keine Ruhe gelassen hatte, deutliche Formen an. *Unglaublich.* Die Antwort hatte ihm ins Gesicht gestarrt, schon bevor er danach gesucht hatte. Schon an dem Abend, als er mit seinem alten Partner ein Bier trinken gegangen war.

»Wann landen wir?«

»In drei Minuten sind wir unten.«

»Okay.« Cooper versuchte, seine verletzte Hand unter den Verbänden zu bewegen. Es fühlte sich an, als würde sie in zwei Teile brechen, und Flammen schossen in seine Fingerspitzen, aber er biss die Zähne zusammen und versuchte es weiter. »Ich brauche zwei Dinge.«

»Was denn? Mr Epstein sagt, Sie bekommen alles, was Sie wollen.«

»Erstens brauche ich sofort nach der Landung eine sichere Telefonleitung.«

»Und zweitens?«

»Ein richtig schnelles Auto.«

* * *

Dass zweieinhalbtausend Kilometer von New Canaan entfernt in Akron, Ohio, einem kleinen Flughafen, von dem Cooper noch nie gehört hatte, ein Mann im Overall mit einem klobigen Telefon in der Hand über die Landebahn eilte, noch bevor ihre Triebwerke zur Ruhe gekommen waren, bewies, was Milliarden von Dollar alles bewirken konnten.

Cooper löste den Sicherheitsgurt und ging dem Mann entgegen, der oben auf der Gangway stand. Er wollte gerade nach dem Telefon greifen, zögerte aber im letzten Moment. »Ist es auch sicher?«

»Ja, Sir. Die gleiche Verschlüsselung wie für die Führungsebene von Epstein Industries.«

Was wahrscheinlich sicherer ist als alles, was die AEB zur Verfügung hat.

Cooper schaute den Piloten an, bis der sagte: »Okay, ich bin schon weg«, hinausging und die Cockpittür hinter sich schloss.

Cooper wählte eine der wenigen Nummern, die er auswendig kannte. Früher hatte er sie jeden Tag Dutzende Male angerufen. Es klingelte zweimal, dreimal, und Cooper dachte: *Heb schon ab.* Dann ein Klicken und die vertraute Stimme.

»Quinn.«

»Bobby, ich bin's.«

Schweigen. Eine ganze Weile. Schließlich sagte Quinn in aufgebrachtem Ton: »Wer immer das ist, du solltest wissen, dass ich einen Suchalgorithmus ausgelöst habe. Ich hoffe, du hast Spaß an deinem Spielchen, denn in ein paar Sekunden habe ich dich und dann starte ich einen Drohnenangriff.«

Was? Ach so.

»Bobby, ich bin nicht tot. Erik Epstein hat mir mit einem medizinischen Zaubertrick das Leben gerettet. Illegale New-tech-Chirurgie.«

»Red nur weiter, Arschloch. Was meinst du, wie lange deine Verschlüsselung gegen die AEB ankommt?«

Cooper seufzte. »Du bist geschieden. Deine Tochter heißt Maggie. Vor drei Monaten haben du, Shannon und ich Direktor Peters in Washington von einem Hochhaus geworfen.«

Eine Pause. »Cooper und ich sind vor Kurzem zusammen etwas trinken gegangen. Wo war das?«

»An den Namen der Bar kann ich mich nicht mehr erinnern, aber es war düster, mit Weihnachtsbeleuchtung. Wir haben Bier und Whiskey getrunken und darüber gesprochen, John Smith zu entführen.«

»Großer Gott! Cooper? Bist du's wirklich?«

»Ja, wirklich, Mann.«

»Oh Mann. Scheiße.« Quinns Stimme überschlug sich vor Erleichterung. »Verdammt, Coop. Ich dachte, du wärst tot. Das dachten alle.«

»War ich auch.«

»Hä?«

»Anscheinend war ich medizinisch tot. Aber sie haben irgendwie meinen Stoffwechsel runtergefahren und mein Herz repariert. Irgendwas mit Stammzellen, keine Ahnung. Aber hör zu, ich habe nicht viel Zeit …«

»Und was ist mit Todd?«

Ein warmes Gefühl für seinen Freund überkam Cooper, doch gleichzeitig durchfuhren ihn schrecklicher Schmerz und Schuldgefühle. »Er ist … Sie sagen, er kommt wieder in Ordnung.«

»Gott sei Dank. Ich hatte solche Angst. Mein Gott, Coop, du lebst noch!«

»He, nicht so laut, ja?« Er stellte sich Bobby in seinem Büro vor, wo ständig Leute vorbeiliefen. »Es darf niemand wissen.«

»Warum denn nicht?«

»Es hat Vorteile, tot zu sein. Als Lebender müsste ich den Präsidenten anrufen, um mir Anweisungen geben zu lassen. Aber als Toter kann ich tun, was ich will.«

»Oh Scheiße.« Bobby wurde plötzlich ernst. »Was hast du denn vor?«

»Die Welt retten, wie immer.«

»Und wie läuft's?«

»Auch so wie immer. Hör zu, die Zeit drängt. An dem Abend in der Bar hast du gesagt, dass du gerade aus Cleveland zurück bist. Du warst hinter einem flüchtigen Wissenschaftler her.«

»Ja …?«

»Das war Dr. Abraham Couzen, richtig?«

Wieder Schweigen. »Ich weiß nicht, ob ich das bestätigen …«

»Ich weiß, dass es Couzen war. Und auch, dass du in Cleveland warst, um Ethan Park zu bearbeiten, Couzens linke Hand. Stimmt's?«

Ein Seufzen. »Ja.«

»Ich weiß, woran Couzen gearbeitet hat. Und du auch. Er hat herausgefunden, was Menschen zu Genialen macht, und er versucht, den Prozess im Labor nachzustellen.«

»Du weißt, ich liebe dich, Mann, aber das geht einfach weit über …«

»Bobby, ohne Scherz jetzt, für so was ist keine Zeit. Sieh mich als ehemaligen Chef, als Präsidentenberater oder einfach nur als deinen besten Freund, aber hör endlich mit diesem Scheiß auf«, sagte Cooper mit harter Stimme, um Quinn den Ernst der Lage begreiflich zu machen.

Eine lange Pause, und dann: »Was ist los?«

»Ich habe überlegt, warum Couzen seine Entführung inszeniert hat, und bin schließlich drauf gekommen. Und zwar, weil ihr ihm auf den Leib gerückt seid, richtig? Die AEB hat herausgefunden, woran er gearbeitet hat, und ihr wolltet es haben.«

»Scheiße, Mann, alle wollen es. Es könnte die Welt verändern. Vielleicht sogar diesen Krieg verhindern.«

»Das war auch mein Gedanke. Deshalb muss ich es finden, und zwar sofort.«

»Viel Glück. Das mit den Blutspritzern im Labor war zwar ziemlich stümperhaft, aber im Untertauchen ist er ein As. Ich habe alles versucht, den Kerl ausfindig zu machen, aber ohne Erfolg.«

»Und jetzt hat sich Ethan Park auch aus dem Staub gemacht. Hinter dem bin ich her.«

Wieder eine Pause. »Ach, wirklich?«

Cooper hasste Telefongespräche. Wenn er Bobby vor sich gehabt hätte, hätte er die verschiedenen Konfliktebenen analysieren können, die sich hinter Bobbys Worten verbargen. Doch ohne die körperlichen Hinweise, die Nervenreaktionen, das leichte Muskelzucken, nutzte ihm seine Gabe nichts. *Schon das zweite Mal in letzter Zeit, dass dir das passiert, Coop. Vielleicht verlässt du dich zu sehr darauf.*

Benutz zur Abwechslung mal deinen Grips.

»Du hast gesagt, du hättest Park in Cleveland einen Besuch abgestattet. Aber du hast ihn doch sicher auch unter Beobachtung gestellt, oder?«

»Klar. Aber dann war in Cleveland plötzlich die Hölle los. Als die Unruhen begannen, wurden meine Männer abgezogen, um zu helfen. Und da ist er abgehauen.«

»Meinst du, er wusste, dass er überwacht wurde?«

»Nein, es war Zufall. Viele Leute haben zu dem Zeitpunkt versucht, Cleveland zu verlassen. Als ich gemerkt habe, was passiert war, habe ich sämtliche Überwachungskameras gescannt und seinen Wagen gefunden. Dann habe ich Drohnen losgeschickt und ihn schließlich gefunden, wie er mit Frau und Kind zu Fuß Richtung Süden unterwegs war. Eigentlich sollte die Nationalgarde ihn festnehmen, aber irgendein Hitzkopf hat einen Flüchtling erschossen und dann ist totales Chaos ausgebrochen.«

»Du hast ihn verloren?«

»Vorübergehend, dann haben wir ihn in einer Bank erwischt und wieder verloren, dann aber wieder gefunden, weil er eine Tankstelle ausgeraubt hat.«

»Im Ernst?« Das passte so gar nicht zu dem Muster, das Cooper erstellt hatte. »Ich dachte, der Typ ist ein Geek. Und er ist kriminell geworden?«

»Nun, ja.« In Bobbys Stimme klang Verlegenheit mit. »Ich war ein bisschen unvorsichtig und habe ihn in der Bank angerufen. Ich wollte ihn überreden, sich zu stellen, aber er hat Panik gekriegt.«

»Und wo war diese Tankstelle?«

»Der Ort heißt Cuyahoga Falls, liegt außerhalb von Akron.«

Cooper lachte. »Nicht dein Ernst.«

»Wieso?«

»Rate mal, von wo ich anrufe.«

»Kein Scheiß? Ha.«

»Was heißt denn ›ha‹?«

»Nun, unser Ethan ist ein kluger Junge. Er hat den Pick-up des Tankstellenkassierers geklaut, ist aber nicht weit gefahren. Er hat sich lieber versteckt. Das Scannen der Satellitenaufnahmen hat eine Weile gedauert, aber schließlich haben wir ihn doch wieder gefunden. Er hat sich nicht weit von Cuyahoga Falls in einer Hütte verkrochen. Ich wollte gerade die Cops hinschicken, um ihn zu verhaften.«

»Die örtliche Polizei? Bitte nicht, Bobby, wir dürfen ihn nicht verlieren. Wenn irgend so ein Grünschnabel sieht, dass er bewaffnet ist, und schießt …«

»Ja, ich weiß, aber ich habe keine Wahl, Coop. Ich habe keine Ressourcen, nichts. Hast du die Nachrichten gesehen? Alles konzentriert sich auf Wyoming. Ich könnte im Moment nicht mal eine Pizza bestellen.«

»Dann warte einfach ab und behalte ihn weiter im Auge. Er kann sowieso nirgendwohin.«

»Das hatte ich auch vor, bis dein Spielgefährte in Ohio aufgetaucht ist.«

»Mein Spielgefährte?«

»Soren Johansen. Kennst du doch, oder? Der Dreckskerl mit dem Messer.«

»*Johansen?* Der ist hier? Woher weißt du das?«

»Weil ein paar Leute, die mir noch einen Gefallen schuldeten, im ganzen Land stichprobenartig Überwachungskameras für mich scannen. Ich lasse doch nicht den Kerl davonkommen, der meinen Partner umgebracht hat. Mir egal, ob gerade der Dritte Weltkrieg ausbricht. Aber wegen der momentanen Lage habe ich nur Zugriff auf Kameras in öffentlichen Einrichtungen: Behörden, Flughäfen …«

»Flughäfen?«

Sein Ton machte Quinn stutzig. »Wo genau …? Du hast gesagt, du bist in Akron. Etwa am Flughafen Fulton International?«

»Nach Cleveland konnte ich ja nicht, da die Stadt abgeriegelt ist, also bin ich hierhergeflogen.«

Eine lange Pause folgte. »Ich weiß nicht, wie ich dir das beibringen soll, aber Johansen auch.«

Cooper spürte, wie sich plötzlich seine Brust verengte. Sein Herz schien zu stocken, ein Schlag und dann nichts, wie ein Rülpser, der nicht rauswollte. Wilde Panik überkam ihn, er spürte ein Prickeln in den Fingern und dann sprang sein Herz wieder an und überschlug sich fast. Vor seinen Augen wurde alles leicht verschwommen und er musste sich am Pilotensitz abstützen.

»Coop? Alles in Ordnung?«

Es war nicht die Angst, obwohl die auch da war. Es war etwas Mechanisches, als hätte sein Herz den Rhythmus verloren. *Ein geflickter Reifen ist eben nicht so stark wie ein unbeschädigter.* Er atmete tief durch und bemühte sich, seinen

Herzschlag zu beruhigen. »Mir geht's gut. Also, wenn er hier ist, dann wegen Park.«

»Schlaumeier. Deswegen muss ich ja auch die Polizei zu ihm schicken.«

Cooper dachte darüber nach. Warum sollte die Polizei nicht helfen? Er musste ja nicht unbedingt im Alleingang die Welt retten. Vor allem gerade jetzt nicht.

Er dachte an die Szene im Restaurant zurück. An die Leichtigkeit, mit der Johansen zwei hoch qualifizierte Sicherheitsleute getötet hatte. Und er stellte sich den verängstigten und bewaffneten Familienvater vor, der nicht begriff, was um ihn herum geschah. Und dann noch ein paar Vorstadtbullen, die sich über ein bisschen Action freuen. Das konnte nur in einer Katastrophe enden.

»Keine Polizei, Bobby. Es gibt noch eine andere Möglichkeit.«

* * *

Es war ein Porsche 911, das neueste Modell, das er bei seinem bescheidenen Beamtensold normalerweise nicht mal anzuschauen wagte. Ein Heckmotor mit Turbolader, der in 2,9 Sekunden von null auf hundert beschleunigte, in einer kirschroten Karosserie – purer Sex.

Epstein hat dich also beim Wort genommen, als du gesagt hast, dass du was Schnelles brauchst.

Cooper hatte Mühe gehabt, Bobby zu überzeugen, aber schließlich hatte er ihm den Standort der Hütte verraten, in der Ethan Park sich mit Frau und Kind versteckte, und ihm außerdem dreißig Minuten Vorsprung vor der Polizei gewährt. Doch auch Johansen hatte einen Vorsprung.

Cooper stieg in den Wagen und wollte gerade losrasen, da wurde ihm klar, dass er mit seiner verletzten rechten Hand den Schaltknüppel nicht betätigen konnte. Er trat auf die Kupplung, hielt das Steuer mit der rechten Hand fest und reichte mit der linken hinüber, um zu schalten. Erschöpfung und Frustration überkamen ihn.

Was machst du eigentlich?

In Epsteins Klinik, als er im Flur auf dem Boden gesessen hatte, hatte er erkannt, dass etwas Wahres an Natalies Worten war, im guten wie im schlechten Sinne. So sehr er seine Kinder auch liebte und gern auf dem Stuhl neben Todds Krankenbett geschlafen hätte, der Soldat in ihm sagte, dass es nichts bringen würde. Es war eine romantische Vorstellung, dass er Runde um Runde mit dem Sensenmann um Todds Leben kämpfen würde, doch in Wahrheit wäre es vergeudete Zeit gewesen, dort herumzusitzen. Sie standen vor einem Krieg, es würde Bomben auf New Canaan regnen, doch er hatte die Möglichkeit, es zu verhindern. Und deshalb war es besser gewesen, zu gehen.

Doch er hatte nur vorgehabt, Ethan Park zu finden. Sein Hirn und seine Gabe einzusetzen, um einen Wissenschaftler aufzuspüren und ihn zu überreden, sein Wissen zu teilen. Ein Kampf war in seinem Plan nicht vorgesehen. Nicht mit John Smiths bestem Freund und bestem Killer.

Mit jedem Herzschlag pulsierten Schmerzen durch seinen Körper, breiteten sich von seiner Brust her aus, klangen in seinen Händen wieder und gellten durch seinen Kopf. Sein Sehvermögen war beeinträchtigt. Nicht dass er verschwommen sah, sondern mit leichter Verzögerung. Während er den zweiten Gang übersprang und direkt in den dritten schaltete, dachte er wieder an den Anschlag im Restaurant zurück. Wie sparsam Johansens Bewegungen gewesen waren und wie er jedem Schlag so geschickt ausgewichen war, als hätte er nie stattgefunden.

Zum ersten Mal seit Langem verspürte Cooper echte Angst. Keine Nervosität, Anspannung oder Bedenken. Nicht wie die Panik bei einem unerwarteten Ereignis oder die Sorge um das Wohl geliebter Menschen.

Der Gedanke, Soren Johansen noch einmal zu begegnen, machte ihm wirklich Angst.

Doch er hatte keine Wahl. Falls der Attentäter Ethan Park zuerst erwischte, war jede Hoffnung, einen Krieg zu verhindern, dahin. Das Militär würde New Canaan angreifen. Der zerbrechliche Traum würde vernichtet und mit ihm Zehntausende junge Träumer. Und das wäre auch das Ende für Amerika. Zumindest für das Amerika, das er liebte.

Ganz davon abgesehen, dass Natalie und deine Kinder sich in der Schusslinie befinden.

Wieder stand alles auf dem Spiel. Genau wie damals in Washington, als Peters seine Familie entführt hatte. Wieder ratterte das Roulette und der Einsatz war alles, was Cooper lieb war, sein ganzes Leben. Nur diesmal konnte er kaum …

Es reicht.

Du musst gewinnen, sonst verlierst du alles. Zeig, was du kannst, Soldat.

Kapitel 39

So weit Holly Roge zurückdenken konnte, wollte sie immer fliegen.

Es lag auch an Dad, der als Marine-Pilot Düsenjäger auf fahrenden Flugzeugträgern gelandet hatte. Während andere kleine Mädchen Gutenachtgeschichten über Prinzessinnen und Einhörnern lauschten, hatte Dad oft neben ihr im Dunkeln gelegen, ihr beschrieben, wie er mit kreischenden Turbinen im steilen Sinkflug auf das Schiff zusauste, unter ihm das dunkle Meer und vor ihm die winzige Landebahn, und erklärt, dass der Anflugwinkel genau stimmen musste, um das Bremsseil nicht zu verfehlen, weil man sonst von Bord direkt ins Meer schlittern konnte.

»Hast du denn keine Angst dabei?«, hatte sie immer gefragt.

Und er hatte immer geantwortet: »Doch, aber auf eine gute Art.«

Und dann hatte er sie auf die Stirn geküsst und ihr süße Träume gewünscht und sie hatte wach gelegen und überlegt, was das wohl heißen mochte, Angst zu haben, aber auf eine gute Art.

Nun saß sie in Uniform im Bereitschaftsraum des Air-Force-Stützpunkts Ellsworth, direkt östlich von Wyoming, und fragte sich, was ihr Dad wohl von alldem halten würde. Er war gestorben, als sie noch in der Ausbildung war. An einer Hirnblutung, die ihn in seinem Sessel erwischt hatte, blitzschnell wie ein Zielflugkörper. Er hatte nicht mehr miterlebt, wie sie ihre Prüfung bestanden hatte, noch dazu als Klassenbeste. Und auch nicht, wie sie als erste Frau dazu auserkoren wurde, eine F-27 Wyvern zu fliegen, diese wunderschöne 185-Millionen-Dollar-Maschine, ihre zweite große Liebe. Ein Prachtstück von dreißig Tonnen, gut zwanzig Meter lang, das eine Höhe von dreißigtausend Metern und eine Geschwindigkeit von Mach 2,9 – sage und schreibe dreieinhalbtausend Stundenkilometern – erreichen konnte. Technisch so fortschrittlich, dass der Computer in ihrem Helm die Alphawellen ihres Gehirns lesen konnte. Instrumente und Sekundärsysteme konnte sie einfach kontrollieren, indem sie in kodierten Mustern dachte.

Mit diesem Kampfjet und einer vollen Ladung Flugkörper war sie durch amerikanischen Luftraum gebraust, im Tiefflug über eine Stadt hinweg, in der US-Bürger wohnten.

Das war es, was sie nicht kapierte, und Dad hätte es sicher auch nicht verstanden. Sie war Soldatin, hatte an Friedensmissionen auf der ganzen Welt teilgenommen und war bei Präsident Walkers Indienreise in der Ehrenformation der Air Force One mitgeflogen. Ihre Aufgabe bestand darin, ihr Land zu beschützen, nicht, es zu bedrohen. Und was man von den Abnormen auch halten mochte, soviel sie wusste, war Wyoming immer noch einer der fünfzig Vereinigten Staaten.

Dass heute nicht wie üblich Major Barnes die Einsatzbesprechung leitete, sondern der große Boss, Lieutenant Colonel Riggs persönlich, verstärkte ihr ungutes Gefühl nur.

»… weiterhin in höchster Alarmbereitschaft. Wie Sie alle wissen, verfügt New Canaan über Luftabwehranlagen.« Riggs machte eine Pause, ein leichtes Lächeln umspielte seine Lippen und zwanzig Soldaten lachten leise. »Und auch wenn die höchstens einer Mig-19 gefährlich werden könnten …«, mehr Gelächter, »sollten Sie nicht unvorsichtig werden. Halten Sie sich streng an die Vorschriften, Leute. Ich möchte, dass alle meine Piloten ohne einen Kratzer zurückkommen. Sie werden Flugkörper des Typs …«

Holly wusste, welche Flugkörper sie mitführen würden. Die gleichen wie bei den letzten Flügen. Aber so war's beim Militär, immer ging man alles doppelt und dreimal durch.

Es war alles nur Säbelrasseln, entschied sie. Eine Botschaft an die Kinder Darwins und alle anderen Terroristen da draußen. Sicher, ihr könnt ein paar Laster überfallen, aber könnt ihr *so was* auch? Seit Korea hatten sie keinem Land mehr den Krieg erklärt, was bedeutete, dass all die Waffen eher dem Muskelspiel als dem Angriff dienten. Politiker benutzten sie als Botschaften bei ihren Pokerspielen um höchste Einsätze.

Aber wem galt die Botschaft hier? New Canaan bestand doch nur aus einem Haufen Jugendlicher, die so taten, als wäre es eine ganz neue Welt anstatt ein paar Felsen in der Wüste. Sollten sie ruhig. Also warum die volle Ladung? Jede Wyvern hatte genug Flugkörper geladen, um halb Tesla dem Erdboden gleichzumachen. Es war, als würde man mit einer Atombombe gegen eine Schulhofkeilerei vorgehen. »Irgendwelche Fragen?«

Holly schaute sich um. Sie wollte die Hand heben und fragen: *Sir, bei allem Respekt, aber was zum Teufel machen wir hier eigentlich?* Natürlich würde sie es nicht tun, aber vielleicht jemand anders. Die anderen neunzehn Piloten gehörten zu den besten der Welt und waren entsprechend selbstbewusst. Wenn Major Barnes das Briefing durchgeführt hätte, hätte vielleicht einer von ihnen auf eine Antwort gedrängt. Aber beim stellvertretenden Geschwaderkommandeur traute sich niemand. Alle saßen stocksteif und mit stählernem Blick da, bereit, mit einem zackigen Salut ihre Maschinen zu besteigen.

Nur zehn Minuten später, als sich Hollys Cockpithaube schloss und ihr Head-up-Display aufleuchtete, fragte sie sich, ob vielleicht genau das der Grund war, warum Riggs das Briefing durchgeführt hatte.

Kapitel 40

Soren ließ sich treiben.

Er versuchte erst gar nicht, das Nichts zu erreichen. Nicht in einem fahrenden Cadillac mit laufendem Radio, während die Nachrichtensprecher quasi Kriegsanleihen verkauften. Nicht in Gegenwart von drei Fremden, die ihre Waffen überprüften und mit rauen Stimmen redeten. Das Nichts musste warten. Einstweilen lehnte er sich einfach zurück und starrte vor sich hin. Ließ die Welt über sich hinwegspülen, an ihm vorbei. War ein Blatt auf einem Fluss, von der Strömung mitgerissen.

Er verstand Johns Entscheidung, Bryan VanMeter mitzuschicken. Die Situation war unklar, und falls Ethan Park nicht mehr da war, mussten sie ihn aufspüren. Besser, ein Team zu haben, das mit Leuten sprechen, sie überreden, überzeugen und bestechen konnte. All das, was Soren nicht konnte. Doch er spürte die Präsenz der drei Soldaten. Das konzentrierte Testosteron und ihre derbe Tüchtigkeit gingen ihm auf die Nerven und ließen die Zeit noch langsamer vergehen.

Du musst wieder ins Exil. All dieser Lärm. Du verlierst das Nichts.

Bald. John würde seinen Krieg bekommen. Die hehre Sache und glorreiche Schlachten bedeuteten Soren nichts, doch er hoffte, es würde seinen Freund glücklich machen.

Für sich selbst erhoffte er nur, dass Samantha mit ihm kommen würde. Er hatte keine Zeit gehabt, sich zu verabschieden. Ironisch, jedoch ohne amüsant zu sein. Sie waren mit einem Militärjet hergeflogen, schneller ging es nicht, doch bei seinem Zeitgefühl war es ihm wie über dreißig Stunden vorgekommen. Anderthalb Tage in einem Flugzeug und doch keine Zeit, seine Geliebte zu sehen.

Du bist ein Blatt und die Strömung wird dich wegtragen.

VanMeter instruierte sein Team und Soren bemühte sich, ihn zu ignorieren.

»Cuyahoga Valley National Park …«

»Keine Nachbarn in Sichtweite, aber …«

»Taktischer Vorstoß, zwei vorn, einer hinten …«

Draußen kratzten verdorrte Kiefern am grauen Himmel. Der Wind wehte trockene Blätter auf. Das Messer war so leicht, dass er sich darauf konzentrieren musste, um es zu spüren, eine gute Meditationsübung. Sei die Muskeln in deiner Brust, sei die Haut unter deinem Hemd. Er fragte sich, wie Nick Cooper überleben konnte. Und erinnerte sich an den Blick in seinen Augen, als sein Ellbogen Coopers Sohn an der Schläfe traf, an den rohen Schmerz darin, eine ebenso verheerende Verletzung wie die Wunde in seinem Herzen. Wie mochte es wohl sein, ein Kind zu haben, Leben geschenkt zu haben? Würde es dieser Unendlichkeit einen Sinn geben oder würde es alles nur noch schlimmer machen?

»Okay«, sagte der, der sich Donovan nannte, »aber wozu die Umstände? Der Mann ist ein Geek. Wir könnten einfach reinstürmen, die Sache erledigen und wieder abhauen.«

»Du bist so ein Trottel, weißt du das?« VanMeter verzog das Gesicht. »Wir sind in einem *Militärflugzeug* hergeflogen.

Der Pilot war ein Schläfer, ein Spion, und John hat seine Deckung auffliegen lassen, nur um uns herzubringen. Machst du dir überhaupt eine Vorstellung davon, bei wie vielen Leuten John seinen Einfluss spielen lassen musste, um den Kerl zu finden, während er selbst die AEB auf den Fersen hat?« Der Soldat schüttelte den Kopf. »Ich weiß nicht, wie er es angestellt hat oder warum der Mann dran glauben soll. Ich weiß nur, dass er es so will, und deshalb machen wir es richtig. Gründlich und vollständig. Verstanden?«

»Vollständig? Du meinst …?«

»Wir haben Order, alle Anwesenden zu eliminieren. Die Frau und das Baby auch.«

»Ein Baby?« Donovan sog Luft durch die Zähne. »Scheiße.«

»Falls es dich tröstet, es sind Normalos. Alle drei.« VanMeter wandte sich an Soren. »Sir?«

Der hob eine Augenbraue.

»In knapp einer Minute sind wir da. Wollen Sie noch etwas beisteuern?«

Der Baumbestand war dichter geworden, und es gab nur noch vereinzelt Zufahrtswege. Er sah den, an dessen Ende Dr. Ethan Park sie mit Frau und Kind erwartete.

Soren sagte: »Sie sind schwach.«

Bald würde dieser ermüdende Marsch durch die Welt ein Ende haben, und er konnte ins Nichts zurück. »Ich werde das Kind töten.«

Kapitel 41

»You are my sunshine, my only sunshine …«

Es war später Nachmittag, der Himmel verdunkelte sich bereits und kalte Wolken trieben schwer und düster dahin. Sie hatten Feuer gemacht und im Fernsehen – ein altes Gerät, kein Tri-D – liefen Nachrichten. Ethan teilte seine Aufmerksamkeit zwischen der Horrorshow in Wyoming und seiner Frau, die ihrer Tochter Wiegenlieder vorsang. Der Gegensatz hätte krasser nicht sein können. Dort Bilder von Soldaten, Panzern und Düsenjägern, von Flugkörpern, die betankt wurden, und Politikern, die mit der Faust auf den Tisch hauten, und hier die beiden Lieben seines Lebens, seine Tochter sicher und warm, wie sie auf Wogen aus Liedern in den Schlaf sank.

»You make me happy, ev-er-y day.«

Sie sangen Violet häufig etwas vor. Wenn sie sie badeten, das Lied *Naked Baby* (zur Melodie von *Alouette*: *»Naked baby, naked naked baby, naked baby, naked baby time«*). Oder sie improvisierten Lieder über Spielzeug, Frühstück und Kacken. Und schon kurz nach der Geburt hatte Amy verkündet, sie würden ihre eigene Version von *You Are My Sunshine* singen, in der schwierige Themen zur Sprache kamen.

Nun waren in den Nachrichten Bilder von Cleveland zu sehen. Wenn der Name der Stadt nicht genannt worden wäre, hätte er sie nicht wiedererkannt. Der Großteil der Innenstadt war von Bränden zerstört worden, und was blieb, waren graue Menschen in grauer Kleidung, die in Trümmern wühlten, abgerissen aussehende Familien an Straßenecken und Bereitschaftspolizisten, die ihre Schilde dicht an dicht hielten.

»*You'll never know, dear, how much I love you.*«

Ethans Blick wanderte zwischen dem Bildschirm und seiner Familie hin und her, doch ein Teil von ihm, der Teil, den er als sein wahres Ich bezeichnet hätte, hätte ihn jemand danach gefragt, nahm beides nicht wirklich wahr.

Dass sie im Grunde recht hatte, war so offensichtlich, es war kaum auszuhalten. Er und Abe hatten sich blindlings auf ein hoch gefährliches Terrain vorgewagt und hatten zwar Antworten gefunden, sich aber auch Feinde gemacht. Komisch, dass er darüber nicht früher nachgedacht hatte. Als die AEB-Agenten bei ihnen aufgetaucht waren, hatte er sie einfach weggeschickt, als wären sie Volkszähler. Aber im Nachhinein war alles so klar. Die AEB musste sie beobachtet haben, schon vor Abes Verschwinden. Und sie würden die Suche nach ihm nie aufgeben. Niemals. Er wusste zu viel.

»*No one can take my sunshine away.*«

Und wenn noch andere hinter dem Serum her waren? Auch daran hatte er nicht gedacht, bis Amy ihm die Leviten gelesen hatte. Ihre Entdeckung war buchstäblich von unermesslichem Wert. Und sie kontrollieren zu wollen war, als wollte man das Rad patentieren lassen. Nicht verwunderlich also, dass Abe sein Geheimnis so streng gehütet hatte. Er wusste, was auf dem Spiel stand. Aber leider war er nicht weit genug gegangen. Sie hätten ihre Forschungen auf einer einsamen Insel irgendwo im Pazifik durchführen sollen.

Wenn die AEB über ihre Arbeit Bescheid wusste, dann vielleicht auch die Kinder Darwins. Und natürlich ihr geheimnisvoller Sponsor, der sie mit seinen tiefen Taschen erst ermöglicht hatte. Ethan hatte immer vermutet, dass es sich um Erik Epstein handelte. Niemand würde so sehr davon profitieren wie er. Demnach hätten er und Abe für die Regierung eines abtrünnigen Landesteils gearbeitet, der derzeit von amerikanischen Truppen belagert wurde.

Während all diese Mächte ihn bedrohten, hatte er sich in dieser Hütte verkrochen und wartete darauf, dass der Himmel über ihm einstürzte und ihn zermalmte. Nicht nur ihn, auch seine Frau und seine Tochter. Und alles nur wegen dem, was er getan hatte.

Nein, das stimmte nicht ganz. Nicht wegen dem, was er getan hatte, sondern wegen dem, was er wusste. Das war ein entscheidender Unterschied. Wenn es die Strafe für bereits begangene Sünden wäre, ließe sich nichts mehr daran ändern.

Doch wenn man wegen seines Wissens hinter ihm her war … Nun, dann war die Sache klarer.

Ethan betrachtete Frau und Kind. Leise lächelnd blickte Amy auf Violet hinunter. Sie hatte eine Strickdecke um die Schultern gelegt, und das Kaminfeuer hüllte sie beide in sanft flackerndes Licht. Violet umklammerte mit ihrer winzigen Hand Amys Zeigefinger. Er würde alles tun, um sie zu beschützen.

»No one can take my sunshine away.«

Er durfte keine Zeit verlieren. Jede Sekunde, die er mit ihnen zusammen war, waren sie in Gefahr.

Wenn er sie verlassen wollte, vielleicht für immer, dann schnell. Sofort.

Während Ethan sich dazu zwingen wollte, aufzustehen und die Menschen, die er über alles in der Welt liebte, zurückzulassen, hörte er ein Geräusch, das nicht her passte. An sich war es nicht bedrohlich und unter anderen Umständen hätte er es wahrscheinlich gar nicht bemerkt. Doch in diesem Augenblick nahm es schicksalhafte Bedeutung an. Es bedeutete das Ende der Welt.

Es war das Geräusch einer zuschlagenden Autotür.

Sie waren da.

Kapitel 42

»Ich bin nicht überzeugt.«

Verteidigungsminister Leahy starrte über den Couchtisch hinweg den Präsidenten der Vereinigten Staaten an und dachte: *Bitte, nicht schon wieder.*

»Ich begreife ja«, fuhr Clay fort, »dass ein Militärschlag unumgänglich werden könnte. Doch ich bin nicht überzeugt, dass der Zeitpunkt gekommen ist. Ich befinde mich noch immer in Verhandlung mit Epstein.«

»Sir, die Lage in Cleveland …«

»Ich weiß, was in Cleveland los ist. Die Leute haben Hunger und Angst und sind wütend. Sie wollen eine schnelle Lösung. Sie wollen Vergeltung.«

»Nicht nur das …«

»Glücklicherweise leben wir in einer Republik. Das heißt, sie wählen uns, damit wir gewährleisten, dass in einer Krisensituation nicht die Betroffenen das Heft in die Hand nehmen.« Clay strich sich übers Kinn. »Was nutzt es den Leuten in Cleveland, wenn wir New Canaan angreifen? Es fehlt dort trotzdem an Decken und Lebensmitteln.«

»Es geht doch gar nicht um Decken und Lebensmittel. Es geht darum, dass Terroristen ungestraft auf amerikanischem Boden operieren.«

»Ein Schlag gegen New Canaan wird die Kinder Darwins nicht aufhalten. Nach unseren Informationen ist es unwahrscheinlich, dass sie ihre Befehle aus New Canaan erhalten.«

Also gut, jetzt reicht's. Leahy sagte: »Sir, darum geht es auch nicht. Und Sie sollten aufhören so zu tun, als würden Sie mit einem Ihrer Studenten debattieren.«

Clays Augen blitzten. »Wie bitte?«

»Jetzt ist nicht der richtige Zeitpunkt für einen Vortrag über die Vorteile der Republik. Muss ich es Ihnen denn wirklich haarklein erklären?«

»Vor allem müssen Sie Ihren Ton ändern.«

Leahy hätte fast gelacht. Seit Jahren versuchten sie, die Markierung der Abnormen mit Mikrochips durchzusetzen, und stießen immer wieder auf Probleme. Doch jetzt bot sich die Chance, viel mehr zu erreichen, und er würde nicht zulassen, dass Clay ihm mit seiner Zimperlichkeit in die Quere kam.

Jeder Normalo in Amerika sollte uns auf den Knien danken. Denn so fragwürdig unsere Mittel auch sein mochten, wir sind es, die für die Sicherheit ihrer Kinder sorgen.

»Also, wenn das alles ist …«

»Nein, noch nicht.« Leahy beugte sich vor und begann, an den Fingern aufzuzählen:

»Fakt ist: Drei Städte werden von Terroristen kontrolliert. Es gibt tausende Tote und Verletzte, Sachschäden von mehreren hundert Millionen. Das Vertrauen in die Regierung ist so niedrig wie nie. Im ganzen Land horten die Leute Lebensmittel und verschanzen sich in ihren Kellern.« Das waren fünf Punkte. Er wechselte zur linken Hand und zählte weiter auf: »John Smith ist auf freiem Fuß und hält sich in New

Canaan auf. Erik Epstein ist eine Marionette und wir wissen nicht, wer die Fäden zieht. Allen Informationen zufolge ist New Canaan uns technologisch weit voraus. Wir wissen, dass sie Waffen herstellen und Labore finanzieren, die Gott weiß was entwickeln. Und jetzt ist auch noch der amerikanische Abgesandte ermordet worden. In der Öffentlichkeit. Vor den Augen seiner Familie.« Er hielt alle zehn Finger hoch. »Soll ich noch mehr aufzählen?«

»Owen …«

»Nein, Sir. Keine Diskussionen mehr, kein Überdenken. Es ist Zeit zu handeln, zum Wohl des Landes. Sie müssen Befehl zum Angriff geben. Sie müssen es jetzt sofort …«

»Ich muss überhaupt nichts.« Clay beugte sich vor. »Ich bin der Präsident der Vereinigten Staaten. Ich entscheide, wann wir angreifen. Wenn Sie damit nicht klarkommen, bin ich bereit, Ihren sofortigen Rücktritt zu akzeptieren. Haben Sie mich verstanden?«

Die Standuhr tickte. Sekunde für Sekunde. Leahy zuckte mit den Schultern und sagte: »Verstanden.«

»Gut.« Clay stand auf, drehte sich um und ging zu seinem Schreibtisch. Ein unmissverständlicher Hinauswurf.

Nun gut. Du wusstest, dass es so kommen könnte. Leahy sagte: »Aber was Sie sagen, stimmt nur zum Teil.«

Clay drehte sich blitzschnell um. »Owen, ich schwöre zu …«

»Sie sind der Präsident.« Leahy zeigte ein dünnes Lächeln. »Doch Sie sind nicht der Einzige, der einen Angriff befehlen kann.«

Kapitel 43

Ethan sprang auf. Amy, die ihm gegenübersaß, zuckte vor Schreck dermaßen zusammen, dass Violet durchgeschüttelt wurde. Als Amy seinen Gesichtsausdruck sah, fragte sie: »Was ist los?«

»Es ist jemand hier. Geh mit Violet in die Küche.«

Sie zögerte nicht und dafür liebte er sie. Sie verschwendete keine Zeit. Seine Frau war stärker und tüchtiger als er. Sie würde ohne ihn schon zurechtkommen. Er wünschte, er könnte ihr sagen, dass er sie liebte, und sie um Vergebung dafür bitten, dass er ihnen all das eingebrockt hatte. Doch sie würden überleben, und das war das Wichtigste.

Der Revolver lag auf dem Beistelltisch. Die Waffe, die vor nur einer Woche noch so schwer in seiner Hand gewogen hatte, wirkte jetzt beruhigend. Er vergewisserte sich, dass alle sechs Kammern geladen waren.

Du redest dir ständig ein, du würdest alles tun, um sie zu beschützen. Nun kannst du es beweisen.

Er schlich zur Vordertür und drückte sich gegen die Wand daneben. In der Tür war ein kleines Fenster mit einem verstaubten Vorhang. Der Vorgarten sah genauso aus, wie er ihn in der Erinnerung hatte. Dünne Bäumchen hier und da und ein Teppich aus Kiefernnadeln. Der gestohlene Pick-up stand mit dem Bug zur Straße, bereit, um jeden Moment loszudüsen. Kein anderes Fahrzeug zu sehen. War das Geräusch vielleicht nur …

Irgendetwas bewegte sich seitlich der Ladefläche des Pick-ups. Ethans Brust verengte sich und seine Hände begannen zu schwitzen. Ganz schnell jetzt. Wenn er zögerte, würde er vielleicht die Nerven verlieren.

Ein kurzer, kräftiger Atemzug durch die Nase, dann riss er die Tür auf und stürzte mit der Waffe in der Hand hinaus. Die Luft war kalt und roch nach Harz, Nadeln knirschten unter seinen Schritten, der Revolver in seiner Hand zitterte.

Zwei Schritte, noch einer, dann sah er eine huschende Bewegung auf der anderen Seite des Wagens. Der andere war um den Pick-up herumgelaufen. Ethan wirbelte herum, zielte und drückte ab.

Die Waffe bockte in seiner Hand, als wäre sie lebendig, und der Knall ließ ihn zusammenfahren. Ein Schwarm Vögel schreckte krächzend aus einem Baum auf. Der Mann war noch auf den Füßen und kam näher, war nur noch wenige Schritte entfernt. Ethan hob die Waffe und drückte diesmal ab, ohne auch nur zu zucken, doch der Mann war nicht mehr, wo er hätte sein müssen. Er war ausgewichen wie von unsichtbaren Fäden gezogen, stieß die Pistole zur Seite und stürzte sich auf Ethan, der nur noch den Kopf des Manns vor sich sah und ein Knacken hörte, und alles drehte sich und ein heftiger Schmerz explodierte zwischen Ethans Augen und er spürte, wie er fiel.

Als er auf dem Rücken landete, verschlug es ihm den Atem. Hustend blinzelte er die Gestalt über ihm an.

»Hi, Ethan«, sagte der Mann. »Ich bin Nick Cooper.«

* * *

Der Boden dröhnte unter ihr. Holly Roge brachte die F-27 in Querlage und der Horizont kippte um fünfzehn Grad, als sie eine geschmeidige Kurve um den Ostrand von Tesla beschrieb. Von hier oben konnte sie das ganze Militäraufgebot überblicken, Bodentruppen und Reihen von Panzerfahrzeugen nur ein paar Kilometer entfernt. Kuppelförmige Fertigbauten, schimmerndes Metall und Hubschrauber, die summten wie Libellen. Ihre Waffenbrüder und -schwestern, die geballte Kraft des US-Militärs. Eine Streitmacht, wie man sie eher in einer Wüste in einem fernen Land erwarten würde, bereit, jederzeit loszuschlagen.

Entspannt erzeugte sie die Alphawellen, um ihr Head-up-Display zu fünfundzwanzig Prozent auf Wärmebild umzustellen. Ohne besonderen Grund. Sie wollte nur immer genau informiert sein und wechselte ständig die Bildschirmanzeige, um Boden und Luft um sie herum abzusuchen. Ihr Baby machte es so einfach, diese Wundermaschine, ein an einer Rakete befestigter Stuhl, von einem Computer gelenkt, den sie mit ihrem Gehirn kontrollierte.

Durch die Wärmebildeinblendung hoben sich Hitzequellen von der kalten Luft ringsherum ab und die Stadt erglühte in durchscheinendem Gelb und Orange. Wenn sie die Augen zusammenkniff, sah es aus, als würde Tesla in Flammen stehen.

Das reicht jetzt. Sie wechselte wieder zum Standard-Display und überprüfte ihre Position. Ihre Wyvern flog mit zwei weiteren eine perfekte Formation, alle drei auf gleicher Höhe und fünfhundert Meter voneinander entfernt. Genau wie zehn Sekunden zuvor und zehn Sekunden davor, und zu wissen, dass es in zehn Sekunden immer noch so sein würde, erfüllte sie mit ungeheurem Stolz.

Unter ihr glitt die Stadt vorbei. In den letzten Tagen war Holly stundenlang immer wieder darüber hinweggeflogen und war mit dem Gelände vertraut, kannte die Umrisse der Gebäude und den Verlauf der Boulevards. Eigentlich ein hübsches Städtchen, trotz der Lage. Überall gab es kleine Plätze und auf den Dächern Gärten mit genveränderten Pflanzen. Das pulsierende Herz des Ganzen war ein Komplex aus mehr als zwanzig Spiegelglaswürfeln, die die vorbeisausenden Jets reflektierten. Das Dach des höchsten Gebäudes strotzte vor technischen Apparaturen wie Satellitenschüsseln und Klimamessgeräten, aber auch Boden-Luft-Raketen, den Flugabwehrwaffen, über die sie vorher alle gelacht hatten. Gegen ihre Wyvern würden sie nicht das Geringste ausrichten können.

»Leopard One, wir haben neue Order für Sie.«

»Roger, Bodenkontrolle. Bin bereit.«

Ein Strom von Text lief über die Cockpitscheibe. Eine Standardmaßnahme bei Einsätzen mit möglicher Gefechtssituation: Vorhaben nicht verbal mitteilen, auch nicht verschlüsselt. Nicht, wenn man Befehle einfach über …

Heilige Scheiße.

»Äh, Bodenkontrolle, ich glaube, es ist ein Fehler aufgetreten.«

»Ich prüfe nach.« Eine Weile verging. »Negativ, alles auf Grün bei Ihrem Vogel,

Leopard One.«

Holly starrte auf das Display und hoffte, sich verlesen zu haben. Doch sie wusste, dass es nicht so war.

EINSATZORDER DELTA ONE, dann ein Wust bekannter Einzelheiten. Vor jedem Start gingen sie die Anweisungen für alle Eventualitäten noch einmal durch. Sie kannte sie auswendig, brauchte eigentlich gar nicht zu lesen, doch immer wieder sprangen ihr einzelne Wörter ins Auge: ZIEL … KOMPLEX … ELIMINIERUNG … AUTORISIERT.

»Bodenkontrolle, können Sie die Order bestätigen?«

»Roger, Order Delta One ausführen.«

»Was? Nein.« Ihre Gedanken überschlugen sich und doch kam sie nicht mit. Das durfte nicht wahr sein. »Das ist ein Angriffsbefehl.«

»Roger.« Die Stimme klang kühl und distanziert und Holly fragte sich, ob sie die Person am anderen Ende kannte. »Order ausführen.«

* * *

In Coopers Stirn pochte es noch von dem Kopfstoß. Ein weiterer Körperteil, der ihm wehtat. Bald würde es einfacher sein aufzuzählen, wo er keine Schmerzen hatte.

Auf die Ellbogen gestützt sagte Ethan Park: »Sie werden mich umbringen müssen.«

»Hä?« Cooper hob mit der linken Hand den Revolver auf. Er hätte außer dem Wagen auch eine Waffe verlangen sollen. Doch das hätte länger gedauert und Soren war bereits auf dem Weg. »Sie haben da was falsch verstanden, Doc.«

»Für wen arbeiten Sie?«

»Für die Vereinigten Arsch-hoch-Staaten«, antwortete er lächelnd. »Hören Sie, ich bin hier, um Ihnen zu helfen. Sie wissen überhaupt nicht, in welcher Gefahr Sie sich befinden. Außerdem kann jeden Moment Krieg ausbrechen.«

»Ich bin … Was?«

»Die Kopfnuss war vielleicht nicht die freundlichste Begrüßung, aber immerhin haben Sie versucht, mich zu erschießen.« Er steckte den Revolver in die Tasche, der Lauf an seinem Bein noch warm. »Ich werde Ihnen alles erklären, aber ohne Scheiß, wir müssen so schnell wie möglich hier weg.«

»Lassen Sie meine Frau und meine Tochter gehen und ich komme mit Ihnen.«

»Okay.«

»Ich meine es ernst … Moment, Sie lassen sie gehen?«

»Klar.«

Ethan Park starrte ihn an und strahlte mit jeder Muskelfaser Misstrauen aus. Und darunter Angst, wenn auch nicht um sich selbst. Er war um seine Familie besorgt. Cooper konnte es nachvollziehen.

»Hören Sie«, sagte Cooper, »ich gehöre zu den Guten. Ich will Ihnen nicht Ihre Forschungsergebnisse stehlen. Und ich will auch Ihrer Familie nichts tun. Ich habe selbst Kinder. Ich will nur einen Krieg verhindern. Und wenn wir es richtig anstellen, werden Sie auch nicht mehr in der Schusslinie stehen. Also bitte, bitte, mit Sahne oben drauf.« Er reichte Ethan eine Hand. Der zögerte. Cooper sagte: »Der andere, der hinter Ihnen her ist, ist ein bisschen anders drauf als ich.«

Der Wissenschaftler nahm die Hand und Cooper zog ihn hoch. Hinter ihm knackte ein Zweig. Er griff blitzschnell in seine Tasche, um unbeholfen die Waffe zu packen. Wie dumm, sie wegzustecken, nur um dem Mann aufzuhelfen, doch er hatte Glück, sie verfing sich nicht, er zog sie mit einer glatten Bewegung heraus und zielte …

»Gottverdammt«, sagte er. »Sie beide sind vielleicht ein Paar.«

Er erkannte Amy Parks von den Fotos in ihrer Akte. Eine attraktive Frau mit Feuer in den Augen, drei Meter entfernt, eine Axt zum Schlag angehoben. Das Werkzeug war angerostet und schartig, diente dem Zerteilen von Holzscheiten. Cooper senkte die Waffe und sagte: »Doc, würden Sie bitte …?

»Alles in Ordnung, Baby«, sagte Ethan wenig überzeugend. »Wenn er mich umbringen wollte, hätte er es schon längst getan.«

Sie zögerte, doch dann ließ sie die Axt sinken. »Sie sind nicht von der AEB?«

»Nein.«

»Für wen arbeiten Sie dann?«

»Viel wichtiger ist im Moment, dass Leute hierher unterwegs sind, die Ihren Mann umbringen wollen. Und Sie und Ihre Tochter wahrscheinlich auch.«

Darauf verhärtete sich ihr Gesicht und nahm sofort einen wilden Ausdruck an. Auch ohne seine Gabe hätte er erkannt, dass er eine Löwin vor sich hatte, die ihr Junges beschützen wollte. Er musste zugeben, dass ihm die Parks langsam sympathisch wurden. »Ist Ihre Tochter drinnen?«

Sie nickte.

»Holen Sie sie. Schnell.«

Amy und Ethan sahen sich an, ohne etwas zu sagen. Ihre Blicke starr. Dann ließ sie die Axt fallen und rannte ins Haus. Cooper wandte sich an Ethan. »Wollen Sie irgendwas mitnehmen, was Sie unbedingt brauchen?«

Ethan schüttelte den Kopf. »Wir sind ausgeraubt worden.«

»Was ist mit Ihrer Arbeit? Irgendwelche Aufzeichnungen oder Proben?«

»So was hat alles Abe. Alles, was ich habe, ist hier drin«, sagte er und tippte sich an den Kopf.

Das hatte Cooper befürchtet, doch gehofft, sich zu irren. Präsident Clay würde ihn sicher anhören, aber würde er nur auf ihre Aussagen hin handeln? Völlig ohne Belege? Natürlich konnten Bobby und die AEB ihre Geschichte zumindest teilweise bestätigen, aber …

Eins nach dem anderen. Zuerst müsst ihr hier weg.

Der Porsche war zwar purer Sex, aber leider ein Zweisitzer. Sie mussten den Pick-up nehmen. Er könnte anrufen, damit ein Flugzeug bereitstand, um sie nach Washington zu bringen. Die Zeit drängte.

Gott, war er müde. Cooper richtete sich gerade auf und atmete tief durch, füllte seine Lungen bis in den letzten Winkel. Die Luft war sauber, kühl und von Kieferndduft erfüllt. Auf dem Boden neben seinem Fuß sah er plötzlich die rote Glut einer Zigarette und trat drauf. Keine gute Idee, hier zu rauchen, wo alles so trocken war. Doch jetzt war der leuchtende Fleck auf seinem Fuß. Seltsam …

Cooper wirbelte herum. Auch auf Ethans Brust erschien ein roter Fleck. Dann bemerkte Cooper die Stille. Hatten nicht gerade noch Vögel gezwitschert? Er warf sich auf Ethan und beide fielen in einem Wirrwarr aus Gliedmaßen schwerfällig zu Boden, während im Wald umher Maschinenpistolen ratterten.

* * *

»Was reden Sie denn da?«, fragte der Präsident mit zitternden Lippen.

Leahy erhob sich von der Couch und baute sich vor ihm auf. *Wie hatte Mitchum es noch genannt?*

Um sämtliche Murmeln spielen.

»Genau …«, er schaute auf seine Uhr, »in diesem Augenblick feuern drei Wyvern F-27 ihre Flugkörper auf die Zentrale von Epstein Industries in New Canaan ab. Ich weiß nicht, ob Sie sich mit Wyvern-Jets auskennen, aber sie sind in der Lage …«

»Was haben Sie getan?«

»Ich dachte, das wäre klar.« Leahy zuckte mit den Schultern. »Ich habe Order gegeben, den Gebäudekomplex den Erdboden gleichzumachen. In Ihrem Namen. Wir befinden uns im Krieg.«

Clay starrte ihn aus tiefliegenden Augen ungläubig an, als versuchte er, sich einzureden, dass es sich nur um einen Scherz handeln konnte.

»Mit etwas Glück«, fuhr Leahy fort, »erwischen wir auch Epstein selbst. Aber auf jeden Fall lähmen wir damit ihre Führung. Ganz abgesehen von dem technischen Rückschlag.«

»Nein«, sagte Clay. Er griff nach dem Telefon. »Ich werde es verhindern.«

»Gott, Sie haben wirklich nichts hinter diesem Schreibtisch verloren.« Leahy lachte. »Es ist schon geschehen, Lionel. Drei Jets haben soeben einen vernichtenden Angriff auf ein Zivilgebäude durchgeführt, mit tausenden Toten. Und Sie tragen die Verantwortung.«

Clay wurde aschgrau. Langsam ließ er sich auf seinen Stuhl sinken. »Dafür werden Sie bezahlen.«

»Nein«, sagte Leahy. »Werde ich nicht. Sondern Sie werden sich hinter mich stellen. Sie werden jetzt zum Telefon greifen und einen Großangriff auf New Canaan anordnen.«

»Auf gar keinen Fall.«

»Amerika hat soeben New Canaan den Krieg erklärt. Es gibt kein Zurück. Jetzt heißt es: wir gegen sie. Entweder Sie handeln sofort – und ein schneller Sieg würde tausende Leben retten – oder Sie zögern und riskieren die totale Vernichtung der Bevölkerung New Canaans.«

»Ich werde sagen, dass Sie es waren. Dass ich nichts ...«

»Dass Sie nichts mit dem Angriff zu tun haben? Dass der Präsident der Vereinigten Staaten von Amerika keine Kontrolle über seine eigenen Streitkräfte hat?« Leahy schüttelte den Kopf. »Den Toten ist egal, wer den Militärschlag angeordnet hat. Und ihre Angehörigen dürften solche Haarspaltereien auch nicht interessieren. Im ganzen Land würde der Aufstand ausbrechen. Cleveland wäre nichts dagegen.

Außerdem haben Sie noch nie eine Uniform getragen und deshalb verstehen Sie vielleicht nicht, dass Soldaten es überhaupt nicht mögen, wenn ihr oberster Befehlshaber sie im Stich lässt. Ich wäre nicht überrascht, wenn es zu einem Staatsstreich kommen würde. In jedem Fall wäre es das Ende für Amerika. Es würde Millionen Tote geben.«

Clay starrte über den Schreibtisch hinweg, der den Aufstieg und Fall von Nationen gesehen hatte. Der bereits hier stand, als das Atom gespalten wurde und als die ersten Genialen zur Welt kamen. Der Präsident umklammerte das Holz, als versuchte er, sich festzuhalten. Als wäre darin die Lösung zu finden.

»Ich sage es noch einmal.« Leahy beugte sich zu ihm hinunter. »Wir … haben … Krieg. Ihr Land braucht Sie. Was werden Sie tun?«

Einen nervenzermürbend langen Moment starrte Clay einfach vor sich hin. Leahy fragte sich, ob er ihn zu sehr bedrängt hatte. War er etwa wieder in Starre verfallen?

Dann griff der Präsident wie in einer Alptraumszene zum Telefon.

Kapitel 44

Cooper schlug hart auf dem Boden auf. Ein scharfer Schmerz schoss durch seine Schulter und er fühlte ein heftiges Reißen in seiner Brust. Schüsse zerrissen den Nachmittag, Dreischusssalven wie das Stottern Gottes. Das Fenster der Hütte zersplitterte.

Die Schmerzen waren unerträglich, wie Tiere, die sich mit rasiermesserscharfen Zähnen durch seinen Körper fraßen, doch für so was war jetzt keine Zeit und Cooper zwang sich, auf die Seite zu rollen und in die Hocke zu gehen. Sie waren hinter dem Pick-up gelandet. Ethan lag ausgestreckt auf dem Bauch, die Hände hinter dem Kopf verschränkt. Cooper konnte kein Blut an ihm entdecken. Er drückte sich mit dem Rücken an den Reifen und reckte den Hals, um über die Motorhaube zu spähen. Grelle Blitze flammten im Unterholz auf und Kugeln prasselten auf den Pick-up ein. Cooper zog schnell den Kopf zurück und …

Mündungsfeuer aus zwei Stellungen, in einem Abstand von etwa dreißig Grad zueinander.

Wenn die Schützen auf dem Bauch liegen würden, könntest du das Feuer wahrscheinlich nicht sehen.

Dass ihr den Pick-up als Deckung habt, ist ein Glücksfall. Aber auf Dauer wird es nichts nützen. Sturmgewehrmunition durchschlägt Autoblech problemlos. Der Motor wird ein paar Kugeln abfangen, aber nicht alle.

Ihr müsst hier so schnell wie möglich weg.

… warf sich auf den Boden, die linke Hand mit der Waffe ausgestreckt. Er atmete tief durch, betete stumm, rollte herum und versuchte, einen der Punkte zu fixieren, wo er vorher Gewehrfeuer gesehen hatte, Kiefernnadeln stachen durch seine Kleidung, Lehmgeruch, der Boden kalt, er stützte die linke Hand mit der rechten, die Stoßstange, Himmel, Bäume, dicht stehende Büsche, ein großer Mann, der sich, ein Sturmgewehr im Anschlag, in der Hocke auf sie zubewegte und Cooper entdeckte, seine Bewegungen verfolgte und zielte, Lehm spritzte vor ihm auf und Cooper atmete aus und drückte ab, einmal, zweimal.

Dem Mann flog ein Teil des Schädels weg, er fiel mit einer Drehbewegung um und seine Muskeln zuckten immer noch, sodass sein Gewehr noch eine Salve in den Himmel feuerte.

Einer weniger. Nicht schlecht für einen Rechtshänder.

Cooper kroch schnell zurück hinter den Pick-up, während an der Stelle, wo er gerade noch gelegen hatte, Kugeln Löcher in die Erde rissen. Diese Männer waren Profis, nicht überraschend. Und Soren war auch irgendwo da draußen.

Eins nach dem andern.

»Alles in Ordnung, Doc?«

Immer noch auf dem Bauch, nickte Ethan sachte.

»Am besten bleiben Sie so liegen und tun genau, was ich Ihnen sage.« Mit dem Rücken am Wagen schob Cooper sich hoch, bereit, loszustürmen. »Wenn ich es sage, stehen sie auf, rennen zum Haus und springen durch das zerbrochene Fenster.«

»Wieso nicht durch die Tür?«

»Dauert zu lange. Fertig? Los!« Er richtete sich auf, Kopf und Hals jetzt sichtbar, aber er stürzte schon vom Bug des Wagens zur Ladefläche, drei schnelle Schritte, von Kugeln verfolgt, und die Frontscheibe zerschmetterte und die Seitenfenster flogen raus. Als er bei den Hinterrädern war, zielte er und drückte zweimal den Abzug durch, auf gut Glück, ohne Chance auf einen Treffer, doch die Schüsse hatten die gewünschte Wirkung und der andere ging in Deckung. Cooper riskierte einen Blick über die Schulter und sah Ethan, die Arme zum Schutz vor den Scherben vors Gesicht gehoben, durch das Erkerfenster hechten.

Cooper stützte die Hände auf den Rand der Ladefläche und legte sorgfältig die Waffe an. Falls der Mann macho genug war, um rauszukommen und zu schießen, hatte Cooper einen leichten Vorteil, auch wenn ein .38-Revolver es kaum mit einem vollautomatischen Sturmgewehr aufnehmen konnte. Doch falls es eine bessere Taktik gab, sah er sie nicht.

Komm schon. Komm schon.

Der Schütze sprang hinter einem Baum hervor. Cooper versuchte zu zielen, aber der Mann blieb in Bewegung und rannte diagonal nach vorn, um Cooper zum Schießen zu provozieren, wobei ihn dünne Baumstämme teilweise abschirmten, bis er hinter einer haushohen Kiefer verschwand, ihr Stamm einen halben Meter dick, eine gute Deckung, doch Cooper konnte in den angespannten Muskeln und dem Schwung seiner Bewegungen lesen, dass er nicht hinter dem Baum stehen bleiben würde, sondern ein kleines Stück weiter. *Hab ich dich.* Er zielte dorthin, wo er den Mann erwartete, und als seine Gabe ihm auftrug zu schießen, drückte er zweimal hintereinander ab. Der Hahn schnappte zweimal, doch es kam kein Schuss.

Oh Scheiße.

Cooper war ein Profi und hatte seine Schüsse gezählt. Vier genau. Doch in der Hitze des Gefechts hatte er vergessen, dass Ethan zweimal auf ihn geschossen hatte. Der Revolver war leer.

Für den Bruchteil einer Sekunde, eine Ewigkeit, starrten sie einander an. Ihre Blicke aneinandergeheftet wie Liebhaber. Der Mann war korpulent, hatte einen Bart, dünnes Haar und buschige Augenbrauen. Cooper beobachtete, wie dem Mann klar wurde, dass er eigentlich tot sein müsste, und sich ein Lächeln auf seinen Lippen breitmachte. Er hob sein Gewehr an. Cooper befahl seinem Körper, sich zu bewegen, die Schusslinie zu berechnen und zur Seite zu tanzen, doch er war so müde und ausgelaugt, alles tat ihm weh, und selbst wenn er vollkommen gesund und ausgeruht gewesen wäre, hätte es wahrscheinlich keinen Unterschied gemacht, denn die ungefähre Flugbahn einer Kugel zu kennen war eine Sache, ihr auszuweichen etwas ganz anderes. Er sah einen verschwommen roten Fleck, wo das Laservisier war, und konnte den Lichtpunkt auf seiner Stirn fast spüren, und zum zweiten Mal innerhalb von zwei Tagen war er sich sicher, er war tot.

Er überlegte, die Lider zu schließen, doch beschloss, lieber sehenden Auges zu sterben.

Schüsse knatterten in schneller Folge, die Waffe auf Vollautomatik gestellt. Cooper wunderte sich, warum er sie hören, doch nicht spüren konnte.

Dann brach der bärtige Mann zusammen, als hätte ihn eine riesige Hand zu Boden gedrückt.

Cooper stand mit offenem Mund da. Er begriff nichts. Hinter ihm lachte jemand. Langsam drehte er sich um.

Shannon stand an der Ecke der Hütte, eine Maschinenpistole im Anschlag. Sie lächelte ihr schiefes Lächeln.

»Hi.«

* * *

Natalie wollte schreien.

Der Raum war anders als alles, was sie jemals gesehen hatte. Am ehesten glich er noch einem Planetarium, aber größer, und anstelle von Sternen hingen Holografien in der Luft. Tabellen, Kurven und regenbogenfarbige Diagramme. Bilder, die einander anscheinend ohne Sinn folgten: ein lächelndes blondes Kind, die Großaufnahme eines Blütenblatts, ein zerbombtes Betongebäude in irgendeinem verwüsteten Land. Live-Bilder von Nachrichtendrohnen zeigten, wie es draußen in New Canaan aussah: Truppenaufmärsche, Menschen, die mit offenen Mündern einem am Himmel vorbeiflitzenden Düsenjäger nachschauten, eine Panzerkolonne in der Wüste, die Staubwolken hinter sich herzog. Informationen über Informationen, alles in Bewegung und immer hin- und herwechselnd, ganz nach der Laune dieses seltsamen Showmasters Erik Epstein, des reichsten Manns der Welt, in Hoodie und Turnschuhen gekleidet.

Lichter strömten in blassen Farben über das blasse Gesicht ihres einzigen Sohns, und Natalie wollte schreien.

Ihn aus der Klinik hierher zu verlegen war Eriks Idee gewesen. Und kaum hatte er sie ausgesprochen, da hatte schon ein Team tüchtiger Techniker das Bett durch die Klinik geschoben und Natalie war hinterhergeeilt.

»Sind wir Geiseln?«, fragte sie und er reagierte, als hätte sie ihn gebissen.

»Nein. Nein. Sicherer. Die Klinik ist gut. Dicke Wände, gute Sicherheitsvorkehrungen. Aber das hier ist meine Welt. Der sicherste Ort.«

Nick hatte gesagt, Epstein tue nichts ohne Berechnung. Deshalb war sie sich nicht sicher, ob ihre Sicherheit der einzige Grund war, sie herzubringen. Als Anwältin wusste sie, dass es bei Verhandlungen nicht um das ging, was gesagt wurde, sondern um alle Karten, die die Beteiligten in der Hand hielten, ob sie sie ausspielten oder nicht. Falls es zum Krieg kam, war es vielleicht ein Vorteil für Epstein, die Exfrau eines amerikanischen Diplomaten bei sich zu haben.

Epstein stand in der Mitte des Raums und sagte: »Quadrate zwei bis zehn, weg. Ersetzen. Video, Drohnenbilder, Tesla«, worauf die Hologramme sich mit einem Flackern veränderten.

Kate auf Amys Arm sagte: »Wir müssen keine Angst haben, Mommy.«

Natalie hatte mit der Zeit akzeptiert, dass ihre Tochter genau wie ihr Exmann immer wusste, was in ihr vorging, noch bevor sie es aussprach. Oft fand sie es einfach süß und es war ein wenig, als hätten sie beide eine Geheimsprache. Doch manchmal wollte eine Mutter einfach ihre Angst vor ihrer fünfjährigen Tochter verbergen. Angst, weil ihr Vater in Gefahr war und ihr Bruder vielleicht nie wieder aufwachen würde. Angst, dass ihre Welt, dass die ganze Welt bereits zerbrochen sein könnte. So schreckliche Angst, dass sie schreien wollte.

»Ich habe keine Angst, Schatz. Ich bin nur müde.«

Epstein sagte: »Aufgefangene Kommunikationsdaten von Air-Force-Stützpunkt Ellsworth an F-27-Jets, Leopard-Geschwader, entschlüsseln.«

Kate runzelte die Stirn. »Wir sind hier sicher.«

»Ich weiß, Baby.« *Aber ich sehe ein Dutzend Bilder mit Soldaten. Jets, die über die Stadt jagen, mit Bomben unter den Tragflächen. Panzer, die auf uns zurollen.*

Und im Zentrum all der Zerstörung meine Kinder.

»Nein«, sagte Kate. »Die Soldaten. Wir brauchen keine Angst vor ihnen zu haben.«

Epstein sagte: »Natalie? Hören Sie sich das an.« Seine Stimme klang, als würde er sie zum Abschlussball einladen.

»Was? Okay.« Sie nahm Kate auf den anderen Arm.

Über verborgene Lautsprecher waren zwei streitende Stimmen zu hören:

»Bodenkontrolle, können Sie die Order bestätigen?«, fragte eine Frauenstimme.

»Roger, Order Delta One ausführen.«

»Was? Nein. Das ist ein Angriffsbefehl.«

»Roger, Order ausführen.«

»Bodenkontrolle, da sind überall Zivilisten. Diese Gebäude sind nicht, wiederhole, nicht evakuiert worden.«

»Verstanden. Angriffsbefehl Delta One ausführen.«

»Da sind tausende Menschen …«

Natalie fragte: »Ist das …?«

»Ja. Die Jets. Oben. Ihre Regierung hat ihnen befohlen, den Gebäudekomplex zu zerstören, in dem wir uns befinden.«

»*Was?* Sie haben gesagt, wir sind hier sicher!«

»Mommy«, sagte Kate.

»Sekunde, Schatz. Erik, Sie haben uns garantiert, dass wir hier sicher sind.«

»Ja.« In seiner Stimme klang so etwas wie Traurigkeit mit. »Sie sollten es hören, damit Sie begreifen.«

»Was denn begreifen? Mein Gott, Erik, kapitulieren Sie, sofort. Vielleicht können Sie …«

»Computer«, sagte Epstein. »Proteus-Virus aktivieren.«

»Ja, Erik. Umfang?«

»Alle.« Es klang fast wie ein Schluchzen. »Mach es mit allen.«

Bevor Natalie fragen konnte, was das bedeutete, waren wieder die Stimmen aus dem Lautsprecher zu hören.

»Bodenkontrolle! Ich habe keine Instrumente mehr! Das Head-up-Display ist weg. Mein Computer stürzt …« Dann war die Stimme der Frau weg.

Plötzlich sah Natalie auf einer der Projektionsflächen etwas, dass ihre Aufmerksamkeit erregte. Eine Kamera verfolgte vom Dach eines Gebäudes aus drei Jets, die über die Stadt jagten.

Alle drei trudelten völlig unkontrolliert. Natalie beobachtete, wie eine Maschine sich langsam um sich selbst drehte und mit einer anderen zusammenstieß. Beide explodierten in einem Feuerregen.

»Siehst du, Mommy«, sagte Kate. »Ich habe doch gesagt, wir brauchen keine Angst zu haben.«

* * *

Cooper starrte Shannon an. »Wie hast du uns gefunden?«

»Epstein. Das Handy, das er dir gegeben hat, hat einen Peilsender. Ich hatte mir schon gedacht, dass du Hilfe gebrauchen könntest.« Als sie ihn anlächelte, fühlte er etwas in seiner Brust, das nichts mit seiner Verletzung zu tun hatte. Er wollte zu ihr rennen, ihr eine Hand in den Nacken legen und sie an sich ziehen, um in einem Kuss mit ihr zu verschmelzen. Doch …

»Soren Johansen ist immer noch da draußen.«

»Soren?« Sie zuckte zusammen und drehte sich einmal schnell um sich selbst. »Er ist hier?«

»Ja. Komm mit.« Cooper drehte sich um und wollte zum Haus rennen. Doch nach zwei Schritten fiel er hin.

»Nick! Alles in Ordnung?«

»Ich werd's überleben«, sagte er und kämpfte sich hoch. »Komm schon.«

Die Hüttentür war nur angelehnt. Er riss sie auf und eilte hinein. »Dr. Park?«

Der Fernseher lief. Bilder von Truppen in Wyoming. Ethan war dabei, sich Glassplitter aus den rotgestreiften Armen zu ziehen. Cooper hörte ein Jammern und drehte sich um. Amy Park hielt ihr weinendes Baby in den Armen. Ein winziges Etwas. Er hatte vergessen, wie klein sie am Anfang waren. Amy schaute ihn an und fragte: »Ist es vorbei?«

»Nein.« Er wandte sich an Shannon. »Wo steht dein Wagen?«

»Auf der Straße. Ich habe Schüsse gehört und bin in den Wald gerannt.«

Scheiße. »Okay, alle in den Pick-up. Wir hauen ab.« *Vorausgesetzt die alte Klapperkiste fährt überhaupt noch. Sie hat jede Menge Kugeln abgekriegt. Und wenn …*

»Nein«, sagte Ethan.

Cooper und Amy fragten wie aus einem Mund: »Was?«

Ethan sah seine Frau an. »Ich hatte noch keine Möglichkeit, es dir zu sagen, aber wir müssen uns trennen.«

»Ethan …«

»Sie sind nur hinter mir her. Du bist ihnen egal.«

Cooper sagte: »Das ist ja sehr nobel von Ihnen, Doc, aber für so was ist jetzt keine Zeit.«

»Es ist alles meine Schuld. Ich habe uns das eingebrockt.« Ethan wandte sich an Cooper. »Sie haben es selbst gesagt. Die wollen nur mich. Werden sie uns verfolgen, wenn wir fliehen?«

Cooper nickte sachte.

»Okay, dann schaffen Sie meine Frau und meine Tochter hier weg.« Er sprach ganz ruhig. »Ich bleibe hier.«

»Doc, dieser Typ, der kommt nicht, um mit Ihnen zu reden.«

»Ist mir egal.« Ethan ging zu seiner Frau, legte einen Arm um sie und drückte seine Stirn an ihre. Er flüsterte leise. Cooper verstand nicht, was er sagte, aber er konnte Amys Körpersprache lesen, ihren Unwillen …

Wenn er hierbleibt, kannst du mit Shannon seine Familie hier rausbringen. Und Soren wird Ethan töten.

Was kannst du schon dagegen tun? Du darfst nicht vergessen, Soren hat dich schon mal fertiggemacht. Außerdem ist deine rechte Hand nicht zu gebrauchen, du kannst kaum stehen und hast keine Munition mehr.

Du hast doch keine Chance. Wie willst du gegen einen Mann ankommen, dessen Absichten du nicht lesen kannst, weil er keine hat?

Du musst dich entscheiden, Coop.

… und sagte: »Er hat recht.« Er wandte sich an Shannon. »Du bringst Amy und das Baby in Sicherheit. Geht hinten raus und seid vorsichtig. Soren wird sich auf uns konzentrieren, aber es sind vielleicht noch mehr.« Als sie zögerte, sagte er: »Bitte, Shannon. Wir müssen uns beeilen.«

Sie verzog das Gesicht, hob ihre Maschinenpistole und wandte sich an Amy. »Gehen wir.«

Violet schrie immer noch und Tränen strömten über Amys Gesicht. »Nein, nein, das können Sie nicht …«

»Für Ihre Tochter.« Shannon zog sie am Arm. »Kommen Sie.« Sie zerrte noch einmal an ihr, heftiger nun, und ohne den Blick von ihrem Mann zu wenden, bewegte sich Amy schließlich.

»Ich liebe dich«, sagte Ethan.

Und dann waren sie verschwunden. Cooper hörte, wie sie durchs Nebenzimmer hasteten und die Tür öffneten. *Okay. Und jetzt?*

»Sie müssen nicht bleiben«, sagte Ethan. »Wozu sollen wir beide sterben?«

»Ich habe es Ihnen doch gesagt, Doc. Ich habe selbst Kinder.« Cooper lief im Zimmer umher und suchte nach einer Waffe, einer Idee, einem Gebet. »Außerdem, wer sagt denn was von sterben? Vielleicht gewinnen wir ja.«

Wenn du das nur selbst glauben könntest.

* * *

Holly hörte Sirenen heulen, während sie mit ihren Instrumenten kämpfte. Der Steuerknüppel lag lose in ihrer Hand und die

Maschine reagierte nicht. Die Welt draußen wackelte hin und her und drehte sich. Als die Nase ihrer Wyvern sich senkte, zog sich ihr Magen zusammen wie während eines Sturzflugmanövers bei Volltempo. Ihr Display war verschwunden und sie hatte den Kontakt zur Bodenkontrolle verloren.

Sie sah den Fluglehrer vor sich, der ihnen die modernen Kampfjets erklärt hatte. *An eins müssen Sie immer denken,* hatte er gesagt, *es handelt sich nicht um Flugzeuge. Die Tragflächen halten Sie nicht in der Luft. Es sind Raketen. Sie fliegen nicht, sie donnern, und Sie und Ihr Computer arbeiten zusammen, um diese Kraft zu steuern.*

Jetzt, da Computer und Instrumente ausgefallen waren, war ihre Rakete der Schwerkraft und den Launen des Winds ausgeliefert.

Sie hatten tausend Situationen simuliert, einschließlich versagender Computer, obwohl das in der Praxis eigentlich nicht vorkommen konnte. Das hochentwickelte System war dreifach gesichert und selbst wenn eine Störung vorlag, sollte die Grundsteuerung …

Durch ihre Frontscheibe sah sie, wie Leopard Two mit der Nase nach unten kippte, sich um sich selbst drehte und mit Leopard Three zusammenstieß.

»Nein!«

Sie spürte die Kollision als eine Hitzewelle und einen plötzlichen Ruck, und Himmel und Erde wirbelten durcheinander, ihr Jet war völlig außer Kontrolle, Sirenen heulten, nichts funktionierte mehr, und vor ihr tauchte ein Gebäude auf.

Mechanisch tat sie, was sie in der Ausbildung gelernt hatte, legte den linken Arm auf die Brust, drückte den Kopf nach unten und löste den Schleudersitz aus.

Unter ihr eine Explosion, Knallen und Blitzen, der Magen rutschte ihr in die Kniekehlen, Wind traf sie wuchtig und kalt, alles drehte sich und der Horizont verschwand, sie spürte ein Zerren am Rücken und dann, wie sich – *wusch* und *schnapp* – der Fallschirm über ihr entfaltete. Sie schleuderte in weitem Bogen durch die Luft, war kurz auf gleicher Höhe mit dem Schirm, und als er sich aufblähte, pendelte sie darunter.

Hyperventilierend und zitternd hing sie in der Luft.

Unten hörte sie ein Krachen, ein Scheppern und Knallen, lauter als Donner. Sie blickte hinunter und sah, wie ihre Maschine in das verspiegelte Gebäude flog, auf das sie zugesteuert war, und in einem Feuerschwall das Heck abbrach. Flammen schossen seitlich aus dem Gebäude und Schockwellen zerschmetterten sämtliche Fenster.

Atmen. Du musst atmen. Also, wie sieht's aus, Pilotin?

Zitternd konzentrierte sie sich darauf, ihre Lungen vollzusaugen und ihre Lage einzuschätzen. Sie zwang sich, ganz nüchtern Daten zu sammeln und alle anderen Gedanken und Gefühle beiseitezuschieben.

In dem Gebäude unter ihr fanden weitere Explosionen statt und Flammen schossen aus den Fenstern.

Auf dem Boden sah sie, über einen Kilometer verstreut, die verbeulten Überreste von Leopard Two und Three. Sie suchte den Himmel ab, konnte aber keine anderen Fallschirme entdecken. Sie war mit beiden Piloten befreundet gewesen, war mit Josh manchmal etwas trinken gegangen und hatte Taylor Ratschläge in Liebesdingen erteilt, und nun waren sie beide tot, verbrannt oder zerfetzt.

Was ist mit den anderen Soldaten?

Sie riss den Blick von den brennen Flugzeugen los und spähte zum Horizont.

Die Truppen waren auf drei Stellungen verteilt, doch die meisten lagen vor Tesla, ein Aufgebot von fünfundvierzigtausend Soldaten, das sich über drei Kilometer erstreckte.

Drei Kilometer, auf denen eine offene Schlacht wütete.

Hundertfach stiegen wallende Rauchsäulen auf. Immer wieder leuchteten Explosionen auf wie fernes Feuerwerk und erst Sekunden später folgten dumpfe Knalle.

Die Panzerdivision bildete die Vorhut, eine Zickzacklinie von Truppentransportern und Kampffahrzeugen, einen knappen Kilometer vor der Stadt. Winzige Spielzeuggefährte im Staub. Vor den Panzern leuchteten immer wieder Lichtblitze auf. Sie feuerten.

Aber worauf?

Sie konnte keine gegnerischen Truppen sehen, keine Verteidigungslinie. Also wen beschossen …

Plötzlich sah sie, wie ein Panzer auf die Seite kippte, kurz so liegen blieb, um dann auf den Rücken zu fallen. Es dauerte eine Weile, bevor das Geräusch zu ihr drang, auf diese Entfernung nur ein dumpfer Schlag.

Ein Truppentransporter explodierte in einem Feuerball und winzige Sprenkel flogen durch die Luft. Sie wusste, es waren Soldaten.

Der Wüstenboden tat sich auf und verschlang eine Staffel von Armeefahrzeugen.

Wie ist das möglich? Woher kommt der Beschuss?

Vielleicht waren es Minen. Oder …

Dann beobachtete sie, wie einer der vorderen Panzer langsam sein Geschütz herumschwenkte. Ein Blitz schoss aus der Kanone. Und der Panzer daneben explodierte. *Mein Gott. Sie greifen sich gegenseitig an.*

Irgendwie sind die Fahrzeuge und Waffen manipuliert worden. Genau wie deine Wyvern.

Und nun töten sie deine Kameraden. Verloren, frierend und hilflos hing Holly tausend Meter über dem Abbild der Hölle.

Kapitel 45

Shannon schaute durch die offene Tür auf die Landschaft hinaus, ein schmaler Streifen aus graugrünem Gras und dahinter ein kleiner Teich. Mitteldichter Baumbestand, ähnlich dem Wald rings umher, zog sich einen Hügel hinauf. Alles wirkte friedlich, aber das machte sie nur noch nervöser.

Sie war Soren nie begegnet, hatte aber viel über ihn gehört. Samantha hatte ihn einmal geliebt, liebte ihn wahrscheinlich immer noch, doch auf eine Art, die Shannon überhaupt nicht gefiel. Samantha brauchte es, gebraucht zu werden, und niemand würde sie je so sehr brauchen wie ein Mann, für den eine Minute war wie elf.

Und John, er hatte ihr erzählt, dass Soren fast so etwas wie ein Zwillingsbruder für ihn war. Oder ein finsteres Spiegelbild. Während John nur in der Zukunft lebte und ineinander verschachtelte Pläne schmiedete, die sich über Jahre entwickelten, steckte Soren in einer endlosen und ebenso vielschichtigen Gegenwart fest. Wenn John über seinen alten Freund sprach, klang Wärme in seiner Stimme mit, aber auch gesunder Respekt, gemischte Gefühle, wie sie ein Zoowärter für eine seltene, aber besonders tödliche Giftschlange hegen mochte.

Und wenn du diese Schlange wärst, wo würdest du dich auf die Lauer legen?

Es war wahrscheinlich noch keine Minute her, dass sie den Typ umgelegt hatte, der Nick im Visier gehabt hatte, doch in einer Kampfsituation war das eine Ewigkeit und für Soren allemal. Wahrscheinlich hatte er sich anfangs im Hintergrund gehalten, um dem Kommando die Arbeit zu überlassen. Doch jetzt, wo sie erledigt waren, würde er selbst in Aktion treten.

Soll er doch. Besser, er jagt dich und bekommt es mit deiner hübschen Heckler & Koch zu tun, als dass er Nick in seiner jetzigen Verfassung angreift.

Genug davon. Wenn er irgendwo da draußen war, würde sie sich um ihn kümmern. Zögernd trat Shannon hinaus und schaute sich um. Nichts Verdächtiges. In der Hütte schrie immer noch das Baby, während die Frau – Amy? – es wiegte und versuchte, es zu beruhigen.

Davonschleichen bringt also nichts. Dann müssen wir schnell sein.

»Kommen Sie«, sagte Shannon und deutete mit dem Kopf auf den nächsten Hügel. »Gehen wir.«

Sie fürchtete, Amy würde zögern, wie eine typische Zivilistin in Starre verfallen, doch die Frau hatte Mumm. Ihr Gesicht war tränenüberströmt, sie hatte ein weinendes Baby im Arm und ließ ihren Mann zurück, der sich opfern wollte, und trotzdem tat sie, was sie tun musste, und folgte Shannon. Sie liefen in schnellem Trab, während Shannon, die Maschinenpistole schussbereit, die Umgebung absuchte. Es war kalt und die Luft roch nach Winter und Algen.

Als sie den Wald erreichten, fühlte sie sich sicherer. Er bot mehr Deckung und mehr Möglichkeiten, ihre Gabe einzusetzen. Außerdem, falls Dr. Park recht hatte, würde Soren sie vielleicht gar nicht beachten. Auf der Spitze des Hügels verharrte sie einen Moment und blickte zurück.

Und sah gerade noch, wie eine schlanke Gestalt durch die Hintertür in die Hütte schlich.

Shannon legte die Waffe an und zielte, doch es war hoffnungslos, das wusste sie.

Auch Amy hatte ihn gesehen. »Wir müssen zurück.«

»Kommen Sie. Gehen Sie weiter.«

»Wir könnten ihnen helfen.«

Shannon packte Amy am Arm und zerrte sie auf der anderen Seite den Abhang hinunter. »Schnell.«

Halb führte sie Amy, halb zog sie sie, während sie zur Straße rannten. Sie konnte ihren Geländewagen auf dem Seitenstreifen sehen. *Fast da. Komm schon, komm schon.*

Eine Stimme hinter ihr sagte: »Shannon.«

* * *

Natalie stand mitten in Epsteins Höhle und starrte auf die Projektionen.

Die meisten Diagramme waren verschwunden und in der Luft hängenden Videos gewichen, Live-Aufnahmen aus New Canaan.

Jede ein Bild unvorstellbarer Zerstörung. Feuer, Blut und Rauch.

Ihre Tochter hielt sich an ihr fest. Natalie wusste, sie sollte sie auffordern wegzuschauen, doch ihre Stimme versagte. Sie starrte nur.

Und sah zu, wie ein Hubschrauber brennend vom Himmel fiel und Menschen aus den offenen Türen sprangen.

Sah zu, wie der schwere Geschützturm eines Panzers sich drehte und die Kanone auf einen fünfzig Meter entfernten Truppentransporter richtete. Eine geräuschlose Erschütterung, ein Feuerstoß, und das Fahrzeug verschwand in einer Staubwolke.

Sah zu, wie inmitten von Scharen fliehender Soldaten Blitze in den Boden einschlugen. Männer und Frauen in Kampfanzügen rannten in alle Richtungen, während Raketen von unsichtbar am Himmel schwebenden Drohnen herabregneten. Bei jedem Einschlag bebte die Erde und Menschen wurden wie zerbrochene Puppen in die Luft geschleudert, ihre Körper verkrümmt und zerrissen.

Da waren tausende Soldaten, nur wenige Kilometer entfernt, die zu Tausenden starben.

»Was haben Sie getan?«, fragte sie. »Mein Gott. Was haben Sie getan?«

»Ich habe es nicht gewollt. Sie haben mich gezwungen«, sagte Erik Epstein mit zitternder Stimme. Er wischte sich mit dem Handrücken über die Augen. »Sie haben es selbst gehört. Die haben mich gezwungen.«

* * *

Shannon wirbelte herum. Der Mann war hinter einem Baum hervorgetreten und hielt ein Sturmgewehr locker in der Hand. Sie hatte ihn erst heute Morgen gesehen, zweieinhalbtausend Kilometer entfernt, wo er John Smith beschützt hatte.

»VanMeter«, sagte sie.

»Was machst du hier?«

Er hat sein Gewehr nicht auf dich gerichtet. Noch nicht.

»Das Gleiche wie du. John hat mich auf Ethan Park angesetzt.« Sie packte Amys Arm etwas fester. »Das sind seine Frau und sein Kind.«

»Davon hat mir John gar nichts gesagt.«

»Wieso? Spricht er normalerweise seine Pläne mit dir ab?« Shannon zuckte mit den Schultern. »Ich bin seit zehn Jahren mit John befreundet und wenn ich eins gelernt habe, dann, dass er immer Überraschungen auf Lager hat.«

»Verdammtes Miststück!« Amy versuchte, ihren Arm loszureißen. »Sie haben gesagt, Sie wollten uns helfen.«

Shannon ließ sie los, holte aus und schlug sie mit dem Handrücken hart ins Gesicht. Amy sog scharf die Luft ein und taumelte.

VanMeter sah sie aus seinen hübschen hellblauen Augen an, doch nicht sehr überzeugt. »Wo ist der Doc?«

»Soren kümmert sich um ihn.« Sie wies mit dem Daumen über ihre Schulter. »Im Haus.«

Seine schönen blauen Augen blinzelten nur eine Sekunde. Shannon glitt zur Seite und ließ sich auf ein Knie fallen, denn sie wusste, dass VanMeter zur Seite schauen würde, und durch die veränderte Blickhöhe gewann sie den Bruchteil einer Sekunde, den sie brauchte, und noch während er seine Waffe anhob, konnte sie sehen, dass er es bereits wusste, und dann tötete sie ihn.

Nun, John, du hast gesagt, ich muss mich entscheiden.

Sie stand auf, packte Amy und sagte: »Kommen Sie.«

Der Schuss hatte das Baby wieder zum Schreien gebracht. Außerdem blutete Amys Nase, doch sie blickte auf den Toten, und Shannon konnte sehen, wie sie kombinierte. Sie wehrte sich nicht, als Shannon sie zu ihrem Wagen drängte. Shannon entriegelte ihn mit der Fernbedienung und riss die Fahrertür auf. Amy eilte zur anderen Seite, doch Shannon sagte. »Nein.«

»Was?«

»Auf dieser Seite.« Sie gab ihr die Schlüssel. »Können Sie irgendwo unterkommen?«

»Bei meiner Mutter. Sie wohnt in Chicago.«

»Der Sprit reicht bis dahin. Halten Sie unterwegs nirgendwo an.« Dann rannte Shannon wieder den Hügel hinauf Richtung Haus.

* * *

Im Film hätte es in der Hütte einen Waffenschrank mit Glastür gegeben und Cooper hätte das Glas eingeschlagen, um sich zu bedienen. Leider hatten die Hendersons das Drehbuch nicht gelesen.

Cooper öffnete die Trommel des Revolvers und ließ die leeren Hülsen herausfallen. »Haben Sie noch mehr Munition?«

»Hatten wir, aber die …«

»Wurde gestohlen. Richtig.« Aus dem Augenwinkel warf er einen Blick auf den Fernseher, der Bilder aus Wyoming zeigte, und schaute schnell wieder weg. Er hatte jetzt keine Zeit für Ablenkungen.

Ethan fragte: »Und jetzt?«

»Ich überlege.«

Als ihm die Lösung einfiel, war sie so offensichtlich, dass er sich beinah vor die Stirn geschlagen hätte. Die Männer draußen hatten beide Sturmgewehre bei sich gehabt.

Er steckte den Revolver in die Tasche und wollte hinausgehen, doch dann blieb er stehen. *Denk erst mal nach. Du kannst dich hier nicht auf deine Gabe verlassen.*

Cooper legte sich flach auf den Boden und stützte sich mit den Ellbogen auf. Diese Position belastete seinen Oberkörper, und sobald er die Muskeln anspannte, schoss ein stechender Schmerz durch seine Brust und er hatte wieder dieses seltsame Gefühl, einen Herzschlag zu überspringen. Er sog scharf die Luft ein, dann zwang er sich loszurobben: Ellbogen, Knie, Ellbogen, Knie. Glassplitter bebten auf und schnitten ihm kleine Wunden ins Fleisch. Als er das Fenster erreichte, lehnte er sich darunter gegen die Wand, begutachtete die Scherben auf dem Boden und wählte eine, die dolchförmig zulief, etwa fünfzehn Zentimeter lang. Langsam schob er sie hoch und hielt sie so, dass sich darin spiegelte, was draußen vorging.

Die Reflektion war durchscheinend und nicht sehr klar, doch er hatte einen guten Blick auf den Pick-up. Er bewegte die Scheibe seitwärts und versuchte, sich zu erinnern, wo genau die beiden Männer lagen. Bäume, der dunkler werdende Himmel, ein verschwommener Fleck und …

Soren, der sich dem Haus näherte, wieder mit dieser abwesenden Ruhe und dem langen Kampfmesser in der rechten Hand.

Cooper zog schnell die Glasscherbe zurück. Sein Herz trommelte wie ein betrunkener Schlagzeuger, schwerfällig und aus dem Takt. Seine Handflächen waren schweißnass und Blut sickerte ihm aus einem Dutzend kleiner Schnitte.

Er kam nicht an die Gewehre heran, nicht ohne sich mit Soren auseinanderzusetzen. Alternativen …

Vielleicht war der Hinterausgang frei. Aber vielleicht lagen dort auch Scharfschützen auf der Lauer, die Befehl hatten, auf die eigentliche Zielperson zu warten. Durchaus vorstellbar: Soren kommt durch die Vordertür und treibt sie den anderen vor die Flinte.

Okay, ein Seitenfenster also. Sie könnten rausklettern und in den Wald rennen. Doch da hätten sie das gleiche Problem.

Außerdem, mach dir doch nichts vor, Cooper. Du kannst Soren nicht davonrennen, nicht in deinem Zustand. Ethan vielleicht, aber dann wäre er auf sich gestellt, das heißt, so gut wie tot.

Seine Hände zitterten. Er atmete tief ein und es war, als würde er Rasierklingen schlucken. Es gab keine Alternative. Sie mussten sich einem Kampf stellen und der beste Ort dafür war das Innere der Hütte.

Aber wie? Das letzte Mal, als er Soren begegnet war, hatte er eine dramatische Niederlage eingesteckt. Und jetzt war alles noch viel schlimmer.

Denk nach! Es geht um alles, was dir teuer ist, und die Roulettescheibe wird immer langsamer. Die Kugel wird jeden Moment liegen bleiben.

Er konnte es nicht mit Soren aufnehmen, nicht in einem fairen Kampf. Sorens Gabe war einfach zu stark. Ein T-Null von 11,2, mein Gott. Ein Lidschlag dauerte für ihn eine Sekunde, ein Schritt fünf. Eine befremdliche, schreckliche Gabe, die …

Moment. Für die meisten Abnormen ist ihre Gabe nur ein Teil ihrer selbst.

Doch bei Soren ist es anders. Auf sehr reale Weise ist er *seine Gabe.*

Sie bestimmt seine Wahrnehmung der Welt.

Er ist vollkommen von ihr abhängig und wird sich auf sie verlassen.

… man vielleicht gegen ihn einsetzen konnte.

Cooper kroch über den Boden und ignorierte seinen Schmerz. Das Risiko war so unvorstellbar groß. Es ging nicht nur um sein Leben, sondern auch um Ethans und um die Hoffnung, die er für die Zukunft bot. Es hing alles davon ab, dass Cooper sich nicht geirrt hatte.

»Doc, Sie müssen mir noch einmal vertrauen.« Er hielt immer noch die Glasscherbe in der Hand und benutzte sie wieder als Spiegel. Er würde vom Fenster aus nicht zu sehen sein. Er stand schnell auf, schaute sich im Zimmer um und vermaß es im Kopf. »Sehen Sie den Wandschrank? Wenn ich es sage, gehen Sie in die Hocke, kriechen hin und klettern hinein. Und schauen Sie sich auf keinen Fall um.«

Ethan lachte. »Ist das Ihr Ernst?«

Auch Cooper wollte lachen, doch verkniff es sich. Ein Bogendurchgang führte vom Wohnzimmer in einen anderen Raum dahinter, durch den die Frauen geflohen waren, wahrscheinlich die Küche. »Jetzt.«

* * *

Lionel Clay saß am Kopfende des Tischs und ließ den Blick durch den Situation Room schweifen. Die Welt war verrückt geworden. Männer und Frauen in Uniform brüllten einander an oder redeten ins Telefon, doch alle schauten in die gleiche Richtung.

Auf die Wand mit den Tri-D-Bildschirmen, wo amerikanische Soldaten einander massakrierten.

Eine Luftaufklärungsaufnahme zeigte eine Reihe brennender Fahrzeuge. Die, die noch mobil waren, fuhren in offenes Gelände und beschossen sich weiter gegenseitig.

Ein Hubschrauber schwebte über einer Gruppe rennender Soldaten und spuckte Blei und Leuchtspurmunition. Männer strauchelten und fielen, als hätte man sie von hinten gestoßen.

Ein Soldat, der einen Arm verloren hatte, kroch über die verbrannte Erde.

Überall lagen Tote. Gruppenweise getötet oder einzeln niedergemäht.

Kampfdrohnen schleuderten Blitze hinunter und jede Stäbchenrakete schlug mit einer Explosion ein, die schwere Fahrzeuge wie Spielzeugautos umstieß und Menschen entzweiriss.

»Was ist denn los?«

Als niemand reagierte, wurde ihm klar, dass es nur ein leises Krächzen gewesen war. Clay schlug mit der Faust auf den Tisch und fragte: »Was ist da los?«

General Yuval Raz, Vorsitzender des Vereinigten Generalstabs, war seit vierzig Jahren beim Militär. Seine Uniform strotzte vor Orden, die er sich bei Einsätzen in aller Welt verdient hatte. Er sah aus, als wäre er am liebsten unter den Tisch gekrochen. »Es ist ein Virus. Ein Trojaner. Wahrscheinlich haben sie ihn schon vor einiger Zeit in unsere Systeme eingeschleust.«

»Können wir nicht einfach alles ausschalten?«

»Nichts reagiert. Das Virus hat die manuellen Kontrollen außer Kraft gesetzt.«

»Ein Computerprogramm massakriert tausende amerikanischer Soldaten und wir können nichts tun, außer zusehen?«

»Wir versuchen, das Problem zu beheben, aber bis jetzt …«

»General!«, rief ein Soldat mit Lieutenant-Abzeichen, der ein Telefon an sein Ohr hielt. Er hätte eine Rasur vertragen können, auch wenn sein Bartwuchs noch spärlich war. *So jung,* dachte Clay. *So viele und alle noch so jung.* »Wir haben einen unautorisierten Raketenabschuss, eine BGM-117.«

»Eine Avenger?« Raz sah Clay an. »Die muss vom Air-Force-Stützpunkt Warren in Cheyenne kommen.« Er wandte sich an den Lieutenant. »Wie lang wird sie voraussichtlich bis New Canaan brauchen?«

»Sir«, sagte der Mann, blass im Gesicht, die Augen weit aufgerissen, »sie kommt nicht aus Warren. Die Luftraumverteidigung berichtet, dass sie von der USS *Fortitude* gestartet wurde, einem Angriffs-U-Boot der Luna-Klasse. Position: 38.47 Grad Nord, 74.40 Grad West.«

»38 Grad Nord und 74 Grad West? Aber das ist …«

»Circa hundertfünfzig Kilometer östlich von Washington.« Der Lieutenant schluckte hart.

General Raz legte die Hände auf den Tisch. »Haben sie schon versucht, die Selbstzerstörung auszulösen?«

»Keine Reaktion, Sir.«

»Aktivieren Sie alle Raketenabwehrsysteme.« Raz wandte sich zum Präsidenten. »Sir, wir müssen sofort hier raus.«

»Steuert sie aufs Weiße Haus zu?«

Raz nickte.

»Können Sie sie zerstören?«

»Wir werden es versuchen. Aber Sie müssen hier raus, Sir. Sofort.«

Lionel Clay starrte auf die Bildschirme. Auf blutende und brennende Soldaten. Er starrte die Offiziere rund um den Tisch an. Und die amerikanische Flagge, die schlaff in der Ecke hing.

»Sir, die Avenger ist unsere technologisch ausgereifteste Rakete. Sie kann eine Geschwindigkeit von über sechstausend Stundenkilometern erreichen, fünffache Schallgeschwindigkeit. Sie müssen hier weg.«

Das hast du alles nicht gewollt. Weder dieses Amt, noch ein geteiltes Amerika, und auch keinen Krieg. Du hast dich von anderen drängen lassen.

Du wusstest es besser, doch du hast es trotzdem geschehen lassen.

Und nun müssen Tausende sterben und eine Rakete ist unterwegs zum Sitz der amerikanischen Demokratie.

Wo wirst du sein, wenn sie herunterkommt?

»Ich habe den Befehl zum Angriff gegeben. Ich bleibe hier.«

»Sir …«

»Das ist mein letztes Wort.«

Der General musterte ihn, dann nickte er kurz. »Ja, Sir.«

Clay stand auf, nahm sein Sakko von der Stuhllehne und zog es an. Sein Gebiet war zwar die Geschichte und nicht die Mathematik, doch die Rechnung war einfach. Wenn die Rakete sechstausend Kilometer in der Stunde zurücklegen konnte, dann waren es hundert in der Minute.

Demnach blieben ihm noch dreißig Sekunden.

»Sir, die Abwehranlagen in der Chesapeake-Bucht haben das Feuer eröffnet.« Der Lieutenant schloss die Augen und biss sich auf die Lippe.

Das Weiße Haus wurde achtzehnhundert fertiggestellt. Alle Präsidenten bis auf George Washington haben hier residiert. Seit zweihundertdreizehn Jahren ist es ein Symbol für alles, was Amerika ausmacht.

Alle im Raum starrten den Lieutenant an, der mit blutleeren Fingern das Telefon ans Ohr hielt. Nichts war zu hören außer ihr Atmen.

Und dann gab etwas in dem jungen Offizier nach. Seine Schultern fielen herab und er ließ den Kopf sinken.

Es war vorbei. Sie alle wussten es, noch bevor er es aussprach: »Negativ. Kein Kontakt.«

Fünfzehn Sekunden.

Clay knüpfte seine Jacke zu und richte sich gerade auf. Er ließ den Blick durch den Raum schweifen. Komisch, erst jetzt fiel ihm auf, wer fehlte.

Du mieser, kleiner Scheißkerl, Leahy. Wenigstens hättest du auch hier stehen sollen.

Er wollte etwas sagen. Worte finden, um all dem Bedeutung zu geben.

Doch welche sollten das sein?

Fünf Sekunden. Er lauschte auf das Schrillen der Rakete, doch dann fiel ihm ein, dass sie schneller als ihre eigenen Schallwellen war. *Nie sind wir so findig wie bei der Suche nach Wegen, uns selbst zu zerstören.*

Es tut mir leid«, sagte Lionel Clay. Und dann: »Gott segne Amerika.«

Und die Welt löste sich in Weiß auf.

* * *

Soren lief.

An dem roten Porsche vorbei. Und fuhr mit den Fingern über die Motorhaube, das kalte Metall. An dem zerschossenen

Pick-up vorbei. Das Glas der Windschutzscheibe knirschte unter seinen Füßen.

Wie üblich hatte John recht damit gehabt, sich gut vorzubereiten. Das Team hatte versagt und nun war es an ihm, die Sache zu Ende zu bringen. Er war der Turm, doch nicht mehr in der hintersten Reihe. Er beherrschte das Spiel und würde ein Schachmatt herbeiführen.

Sein Nichts war zerstört, sein Hort des Vergessens geplündert. *Es ist Zeit zu gehen. Doch beende dies zuerst für deinen Freund.*

Dass Nick Cooper da war, hatte ihn überrascht. Der Mann war zäh. Doch Soren hatte den Verband an seiner Hand bemerkt, hatte ihn straucheln und fallen sehen. Das Einzige, was er mit seiner Zähigkeit erreicht hatte, war, das Unvermeidbare hinauszuzögern.

Soren lief zur Hütte, ruhig, aufmerksam, gegenwärtig. Durch das zerschmetterte Erkerfenster konnte er das Wohnzimmer sehen, einen laufenden Fernseher, aber keinen Menschen … Doch dann entdeckte er ihn. In der Hocke, aber nicht tief genug, bewegte Ethan Park sich hastig auf eine Tür an der Seite zu. Ein Wandschrank. Müßig registrierte Soren den Inhalt: Decken und Mäntel, Angelruten und Brettspiele. Park kroch hinein und schloss die Tür hinter sich.

Soren zögerte, nahm sich nach seinem Empfinden dreißig Sekunden Zeit, um nachzudenken. Der Doktor war intelligent, aber sich im Schrank zu verstecken, so etwas würde nur ein Kind tun. Zumal Cooper auch dort war. Das bedeutete …

Natürlich. Eine Falle. Soren sollte sehen, wie er sich versteckte. Cooper würde irgendwo auf der Lauer liegen, wo er Vordertür und Wandschrank im Auge hatte. Soren lächelte und stellte sich vor, wie ein so plumper Schachzug John amüsieren würde.

Er ließ die Vordertür links liegen und eilte zur Seite des Hauses. Als er um die Ecke kam, schaute er sich um, sah den Teich, Bäume, diese Shannon, die mit Amy Park und dem Baby in den Wald floh. Gut. Dann musste er sich jetzt nicht auch noch um sie kümmern.

Die Hintertür war nur angelehnt. Sicher hatte Shannon sie in der Eile offen gelassen. Leise schlich er auf die Tür zu. Obwohl er wusste, was ihn erwarten würde, bewegte er sich sehr vorsichtig um den Türrahmen herum.

Nick Cooper stand am anderen Ende der Küche bei einem Bogendurchgang, der ins Wohnzimmer führte. Er hatte Soren den Rücken zugewandt und zielte mit der Pistole auf die Vordertür. Soren war fast traurig. Der Mann hatte sich als so einfallsreich erwiesen, und obwohl er auch diesmal versagen würde, hatte er immerhin bis zum Ende gekämpft.

Soren schlüpfte durch die Tür. In vier Schritten würde er ihn erreichen.

Er tat den ersten Schritt, dann noch einen. Hob den Dolch an, die dünne schwarze Klinge so leicht, als wäre sie eine Verlängerung seines Arms.

Noch ein Schritt. Cooper hielt die Pistole in der linken Hand, stützte sich an der Wand ab und zielte unbeirrt auf die Vordertür. All seine Aufmerksamkeit auf die Falle konzentriert, die er gelegt hatte. Sein Rücken ungeschützt.

Der vierte Schritt.

Soren hob den Dolch an, visierte eine Stelle zwischen den Wirbeln auf der linken Seite des Rückgrats an und holte aus.

* * *

Cooper konnte die Luftbewegung im Raum spüren und das pochende Blut in seinen Adern. Er konnte das leise Knarren des Holzes hören, Schweiß riechen und Blut. Sein Arm wurde schwer, doch er richtete den Revolver weiter auf die Tür. Alles hing davon ab. Er hatte nur eine Chance, eine. Wenn es danebenging, waren sie beide tot. Er musste perfekt sein. Es ging um sein Leben und um Ethans, um seine Kinder und sein Land. Eine Chance.

Und als er in der Glasscherbe, die er neben sich auf der Arbeitsfläche an die Wand gelehnt hatte, sah, wie Soren den Dolch hob und ausholte, wirbelte er herum. Alles hing von einem Sekundenbruchteil ab. Mit der Linken riss er die schwere Pistole herum und betete, dass er recht hatte und das, was Todd ihm im Restaurant gezeigt hatte, stimmte, und während er beobachtete, wie Soren sein Gewicht verlagerte und sich nach vorn warf, die Hand mit dem Messer ausgestreckt, konnte Cooper seine Absicht kristallklar erkennen, glitt zur Seite und rammte Soren den Revolver mit aller Kraft in den Hals.

Der Schock in Sorens Gesicht war das Zweitschönste, was er an diesem Tag gesehen hatte.

Es war ein extrem heftiger, lähmender Schlag gewesen, und Soren ließ das Messer fallen, doch Cooper zögerte nicht, um den Moment zu genießen, sondern holte aus und schlug noch einmal zu, diesmal quer über Sorens Gesicht, und dann brach das Ungeheuer zusammen. Keuchend ging er zu Boden und ein Gurgeln entwich seiner Kehle.

»Hi«, sagte Cooper. Dann hob er einen Fuß und trat zu. Er hörte Finger brechen wie Streichhölzer. Soren schrie und packte seine geschundene Hand mit der unverletzten.

»Schon komisch.« Er humpelte um Soren herum. »Ich habe begriffen, warum ich keine Chance gegen dich hatte. Du hast nie angegriffen. Du hast abgewartet, dass ich den ersten Schritt mache, und einfach das Messer dort hingehalten, wohin ich mich bewegte. Aber sobald du dich entschließt, selbst zu handeln, kann ich dich problemlos lesen.«

Cooper hob wieder den Fuß an. »Weißt du, wie ich darauf gekommen bin? Das einzige Mal, dass ich dich lesen konnte, war, kurz bevor du meinem Sohn den Stoß versetzt hast.« Er brach Soren das linke Schienbein, als wäre es Reisig. »Schöne Grüße von Todd.«

Soren schrie.

Draußen hörte Cooper wieder eine schnelle Salve von Schüssen, so wie vorher. Shannons Maschinenpistole. Das Feuer wurde nicht erwidert. Gut. Cooper lächelte. Dann wollte er sich an die Wand lehnen und fiel um.

Eine Sekunde später war sie in der Küche und eilte mit erhobener Waffe auf ihn zu. »Nick!«

»Alles okay.« Er nahm die Hand, die sie ihm reichte, und stand unsicher auf. »Und bei dir?«

»Alles in Ordnung.«

»He, Doc«, rief Cooper. »Sie können rauskommen. Die Guten haben gewonnen.«

Der Mann, der seinen Sohn ins Koma befördert hatte, wand sich auf dem Boden und stöhnte. Sein Gesicht war blutig und zerschunden, seine Hand zertrümmert und ein Knochen ragte aus seiner Wade. Cooper betrachtete ihn. Nach einer Weile rief er: »Doc?«

»Cooper?« Ethans Stimme kam leise aus dem anderen Zimmer. »Das müssen Sie sich ansehen.«

Cooper blickte Shannon an, die ihre Waffe auf Soren richtete. Cooper humpelte ins Wohnzimmer, vorbei an zerbrochenen Bildern und Glasscherben, und ging zu Ethan, der auf den Fernseher starrte.

Eine Reihe brennender Panzer vor der offenbar völlig unbeschadeten Skyline von Tesla. Überall Tote, tausende Leichen in der Wüste verstreut. Schwelende Fertigbauten, schwarze Rauchsäulen. Hubschrauber, die durch den Dunst schwirrten und auf die wenigen noch aufrechten Soldaten schossen. Dann wechselte das Bild.

Nein. Oh nein.

Wo einst das Weiße Haus gestanden hatte, tat sich nun ein riesiger Krater auf. Die Erde ringsum war aufgeworfen und gewellt wie ein Teppich. Eine dichte Rauchwolke verbarg den Großteil des Einschlagsorts, doch überall waren Trümmer zu sehen.

Die Säulen des Südportikus lagen verstreut wie Bauklötze. Zwischen Haufen von Kalkstein, Marmor und verbogenem Stahl glitzerten Glasscherben. Windböen wehten Papierfetzen durch die Luft und überall flackerten kleine Brände. Staub, Erde und Fleisch in unheiligem Grau vermengt. Die Bäume auf dem Rasen an der Nordseite hatten Feuer gefangen und Flammen bebten wie Herbstlaub im Wind.

Cooper ging zum Fernseher und stellte den Ton an.

»… eine Rakete, die anscheinend von einem U-Boot abgefeuert wurde. Das Weiße Haus wurde vollkommen zerstört. Vermutlich befand sich Präsident Clay zu diesem Zeitpunkt im Gebäude und außer ihm … oh Gott.« Dem Sprecher versagte die Stimme. »Es war ein Computervirus, ein von den Abnormen ausgelöster Trojaner. Unsere Streitkräfte in New Canaan haben sich untereinander zerfleischt. Zehntausende sind ums Leben gekommen. Wir …« Wieder eine Pause und ein Schlucken. »Amerika befindet sich im Krieg. Mein Gott, wir führen Krieg gegen uns selbst.«

Cooper starrte auf den Bildschirm. Alles, wofür er gekämpft hatte, ging in Flammen auf.

Sie standen nicht mehr am Abgrund. Sie hatten sich kopfüber hineingestürzt.

Spontan trat Cooper gegen den Fernseher, der auf die Seite kippte und Funken sprühend gegen die Wand flog. Ethan schreckte auf und rief: »Großer Gott!«

Cooper holperte zurück in die Küche. Soren hatte sich auf die Seite gedreht. Er zitterte. Shannon sah Cooper mit großen Augen an. »Habe ich richtig gehört …«

»Ja.« Cooper senkte den Blick.

Ethan kam in die Küche, sah Soren und sagte wieder: »Großer Gott.« Und dann: »Wo sind Amy und Violet?«

»In Sicherheit«, sagte Shannon. »Sie werden nicht verfolgt. Amy fährt zu ihrer Mutter.«

Ethan nickte sachte. »Und jetzt?«

Und jetzt? Das war die Frage.

Cooper hatte gewusst, dass sein Plan kaum eine Chance hatte, und damit gerechnet, dass er bei der Ausführung draufgehen würde. Doch er hatte überlebt und Ethan Park gerettet, aber es spielte keine Rolle mehr. Das Weiße Haus war zerstört, der Präsident tot, und das Land befand sich im Bürgerkrieg. John Smith hatte gewonnen.

Nein.

Das lasse ich nicht zu.

»Doc. Ihren Chef, Couzen, kennen Sie den gut?«

»Ja, schon. Aber er ist entführt …«

»Nein. Die Entführung hat er inszeniert.«

»Inszeniert?«

»Ja. Er ist irgendwo da draußen und er hat die Formel, die unsere letzte Hoffnung darstellt. Sie werden mir helfen, ihn zu finden.« Er wandte sich an Shannon. »Es ist noch nicht vorbei.«

»Nick …«

»Nein, es ist noch nicht vorbei. Es sei denn, wir geben auf. Und lassen Smith gewinnen.« Er atmete tief durch und versuchte, seine zitternden Hände zu beruhigen. »Die ganze Welt zerbricht. Doch wir können immer noch kämpfen. Wir müssen es nur wollen. Solange meine Kinder noch leben, werde ich nicht aufgeben.«

Sie sah ihn lange an, seine unerschütterliche Kriegerin, und dann nickte sie langsam. »Also, wie sieht dein Plan aus?«

»Du packst dir diesen Scheißkerl«, er deutete auf Soren, »und bringst ihn zu Epstein.«

»Was? Warum?«

»Epstein hat gesagt, Soren sei Smiths engster Freund. Und dass er Smith besser kennt als jeder andere.« Er las das Einverständnis in ihren Augen. »Gut. Er wird uns nützlich sein.«

»Was ist mit mir?«, fragte Ethan.

Soren stöhnte. Fast beiläufig trat Cooper ihm gegen die Schläfe. Er rührte sich nicht mehr.

Cooper sah den Wissenschaftler an. »Sie und ich, Doc«, sagte er lächelnd, »wir werden die Welt retten.«

ENDE DES ZWEITEN BUCHS

Epilog

Der Diner hatte einen rissigen Resopaltresen und hinter der Kasse klebten Fotos hässlicher Kinder. Als der Koch ihn dort stehen sah, fragte er: »Zwei schwarze Kaffee zum Mitnehmen?«

Der Mann nickte. *Du hast eine Gewohnheit entwickelt. Das wird dein letzter Besuch hier sein.*

Er schaute sich um. Ein dicker Mann hatte sich voller Hingebung über seinen Teller gebeugt. Zwei Männer in gleicher Arbeitskleidung saßen plaudernd am Tresen. Das kleine Tri-D-Gerät zeigte eine Szene der Verwüstung. Ach ja, das Weiße Haus. Er hatte gehört, dass es zerstört worden war – vor einer Woche, oder so? –, doch er war zu beschäftigt gewesen, um sich genauer zu informieren.

»Hör mal«, sagte einer der Arbeiter, »das war vielleicht eine Atomrakete. Sie hätten Manhattan bombardieren können. Haben sie aber nicht. Also, vielleicht sollten wir …«

»Die Freaks hatten ihre Chance«, sagte der andere. »Aber es sind neunundneunzig von uns gegen einen von denen. Mal sehen, was die mit ihrem Computervirus gegen ein Bajonett anrichten.«

Der Koch stellte den Kaffee auf die Theke. »Vier Dollar. Ich heiße übrigens Zeke.«

Er streckte seine Hand aus. Sie war feist und verschwitzt und seine Nägel zu lang.

Dr. Abraham Couzen betrachtete sie. »Entschuldigung, aber ich bin erkältet.« Er legte die vier Dollar hin, nahm den Kaffee und ging hinaus.

Anfang Dezember, der Himmel ein kühles Weiß. Abe nahm einen großen Schluck Kaffee, dann noch einen und noch einen. Als er leer war, warf er den blauweißen Becher in einen Mülleimer und lief los. Die South Bronx war nicht der schickste Stadtteil, aber er hatte sich eingewöhnt. Und es war der letzte Ort, wo man nach ihm …

Der Mann an der Bushaltestelle. Hast du den nicht gestern schon gesehen?

Der Wind roch nach Benzin und Fisch. Im Maschendrahtzaun flatterte hängengebliebener Müll. Abe klappte seinen Mantelkragen hoch. Lief fünfzehn Meter weiter und drehte sich auf dem Absatz um. Der Mann war ihm nicht gefolgt.

Doch das hieß nichts. Möglicherweise überwachten ihn Drohnen aus großer Höhe. Die Regierung, Terroristen, Epsteins Spione … so viele kramten mit ihren schmutzigen Fingern in seiner Vergangenheit, suchten auf Überwachungsvideos nach ihm, plünderten sein Haus.

Pierre Curie hat es getan.

Die Idee war ihm letzte Nacht gekommen. Auf diese Weise würden man ihm die Früchte seiner Arbeit niemals wegnehmen können.

Abe entriegelte die Tür zu dem flachen, fensterlosen Backsteinkasten und hielt seinen Daumen auf den Biometriescanner. Reihen um Reihen von Leuchtstoffröhren erwachten flackernd zum Leben und beleuchteten eine verlassene, zweihundert Quadratmeter große Lagerhalle. Es war lächerlich einfach gewesen, genug von Epsteins Geld abzuzweigen, um das Gebäude zu kaufen und es seinen Anforderungen entsprechend umzubauen.

Barry Marshall hat es getan.

Gebläseschutzanzüge hingen schlaff an Haken, ihre Atemschläuche wanden sich zur Decke. Weiter hinten befanden sich nach Funktion aufgeteilte Arbeitsflächen: Nassbank, Instrumententisch und Rechnerbereich. Kühl- und Gefrierschränke, Trockenblockheizgerät, Thermozykler, Mikropipettierer, eine Reihe Zentrifugen und drei DNA-Sequenzierer.

Das Labor ähnelte dem, das er in Cleveland zurückgelassen hatte. Aber niemand wusste von diesem hier, nicht einmal Ethan. Wenn diese Arschlöcher seine Forschungsergebnisse haben wollten, mussten sie ihn erst einmal finden.

Jonas Salk hat es getan.

Es gab noch einiges zu tüfteln, ein paar Macken zu beseitigen. Nebenwirkungen. Tests, die er hätte durchführen müssen. Doch Epsteins Eile hatte ihn daran gehindert. Und die Einmischung der Regierung.

Doch er war Wissenschaftler. Es war seine Aufgabe, das Universum in den Würgegriff zu nehmen und es zu zwingen, seine Geheimnisse auszuspucken.

Er nahm einen großen Schluck Kaffee. Dann öffnete er einen Kühlschrank und nahm eine Spritze heraus. Darin eine milchige Flüssigkeit.

Es ist töricht.

Er riss die Verpackung eines Alkoholtupfers auf.

Leichtsinnig.

Rollte seinen Ärmel hoch.

Aber Pierre Curie hat sich eine Probe Radiumsalz am Arm befestigt, um zu beweisen, dass Strahlung Verbrennungen verursacht.

Wischte sich mit dem Tupfer über den Arm.

Barry Marshall hat ein Reagenzglas voller Helicobacter pylori *getrunken, um zu beweisen, dass Magengeschwüre von Bakterien verursacht werden.*

Nahm die Spritze.

Jonas Salk hat seiner ganzen Familie seinen Impfstoff gegen Kinderlähmung verabreicht.

Durchstach seine Haut und drückte zu.

Und Dr. Abraham Couzen hat sich selbst nicht-codierende RNA injiziert, um seine Genexpression radikal zu verändern.

Er hatte es getan. Es gab kein Zurück mehr. Er legte die Spritze weg und rollte seinen Ärmel wieder hinunter.

Er hatte schon immer gewusst, dass er ein Genie war.

Doch nun war es Zeit, ein Genialer zu werden.

Danksagung

Ich stehe bei so vielen Menschen in der Schuld, es ist schon peinlich.

Scott Miller und Jon Cassir sind die besten Agenten in unserer Branche und ich fühle mich geehrt, dass sie mir den Rücken freihalten.

Das ganze Team von Thomas & Mercer ist einfach einzigartig. Meine gute Freundin und Lektorin Alison Dasho hat auch mit einem Baby im Bauch meisterhafte Arbeit geleistet. Und als das Baby unbedingt hinaus wollte, hat Alan Turkus die Arbeit ebenso fachmännisch weitergeführt. Jacque Ben-Zekry wird bald die Welt beherrschen. Gracie Doyle ist die PR-Queen schlechthin. Danielle Marshall ist ein geheimnisvolles Genie. Mit Daphne Durham bei einem Bourbon ein Buch zu diskutieren, ist die reine Freude. Und Jeff Belle ist schlicht einsame Spitze. Mein Dank gilt ebenso Andy Bartlett, Terry Goodman, Paul Morrissey und Tiffany Pokorny.

Robert Yalden, ehemaliger Mitarbeiter des Secret Service, hat mir bei den detaillierten Beschreibungen des Weißen Hauses geholfen und mir beängstigende Einsichten in die Internetsicherheit gegeben.

Ein dickes Dankeschön auch an meinen Schulfreund Dr. Yuval Raz, der ausgetüftelt hat, wie die Abnormen genetisch funktionieren, und Cooper wieder zum Leben erweckt hat. Alle Fehler, Ungenauigkeiten und Fantastereien stammen von mir.

Jeroen ten Berge hat wieder wie immer sein Bestes gegeben und ein tolles Cover geschaffen.

Joe Buice hat den Flyer für Ringos »Armee- und Marineausrüstung« gezeichnet und Nick Robert das Plakat für »*(Ab) Normal*« entworfen.

Beide haben es nur getan, weil ihnen das Buch gefiel. Und das ist das Coolste überhaupt.

Ich danke allen Freunden und Familienangehörigen, die den ersten Entwurf gelesen und mir Ratschläge gegeben haben. Insbesondere Darwyn Jones und Michael Cook, zwei äußerst gelehrte Gentlemen.

Marjorie Braman hat mir mit ihrem Lektorat die Augen geöffnet für alles, was sich verbessern ließ, und Jessica Fogleman hat all die Stellen gefunden, wo ich Mist gebaut hatte.

Meine Kumpel Sean Chercover und Blake Crouch haben mir unablässig zur Seite gestanden. Ohne sie wäre dies nicht nur ein schlechteres Buch, es wäre wahrscheinlich gar nicht entstanden. Tausend Dank auch an Gillian Flynn für ihre unermessliche Hilfe.

Und auch Ihnen, liebe Leser, vielen Dank, dass Sie sich auf mein Buch eingelassen haben. Ich hoffe, ich habe Sie nicht enttäuscht.

Meine Familie bedeutet mir alles, und ich danke meiner Mutter Sally, meinem Vater Tony und meinem Bruder Matt.

Jossie, Du bist das Beste, was ich je mitgeschaffen habe. Ich bin irre stolz auf dich und liebe dich so sehr, dass mir ganz schwindelig wird. Und schließlich g.g., meine Partnerin, meine Frau, mein Leben. Ich liebe Dich.

5815526R00293

Printed in Germany
by Amazon Distribution
GmbH, Leipzig